知乎

有问题 就会有答案

有救

李鸿政 著

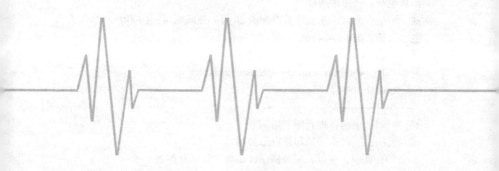

台海出版社

图书在版编目（CIP）数据

有救 / 李鸿政著 . -- 北京：台海出版社，2023.11
ISBN 978-7-5168-3684-2

Ⅰ.①有… Ⅱ.①李… Ⅲ.①长篇小说—中国—当代
Ⅳ.① I247.5

中国国家版本馆 CIP 数据核字（2023）第 188952 号

有救

著　　者：李鸿政

出 版 人：蔡　旭　　　　　　　　封面设计：YANG
责任编辑：赵旭雯　李　媚　　　　插　　图：Stano

出版发行：台海出版社
地　　址：北京市东城区景山东街 20 号　邮政编码：100009
电　　话：010-64041652（发行、邮购）
传　　真：010-84045799（总编室）
网　　址：www.taimeng.org.cn/thcbs/default.htm
E - mail：thcbs@126.com

经　　销：全国各地新华书店
印　　刷：三河市兴博印务有限公司
本书如有破损、缺页、装订错误，请与本社联系调换

开　　本：880 毫米 × 1230 毫米　1/32
字　　数：406 千字　　　　　　　印　　张：14.25
版　　次：2023 年 11 月第 1 版　　印　　次：2023 年 11 月第 1 次印刷
书　　号：ISBN 978-7-5168-3684-2

定　　价：68.00 元

目 录

1 死神之手 /001

2 甜蜜爱人 /027

3 柳暗花明 /055

4 一家三口 /077

5 再踏鬼门 /101

6 心脏骤停 /125

7 陈年往事 /151

8 血光之灾 /181

9 烤羊肉串 /203

10 石头惹祸　 /227

11 呼吸困难　 /251

12 老马胸痛　 /277

13 红玫瑰花　 /297

14 大区总监　 /315

15 体外循环　 /341

16 救人一命　 /361

17 夺命锁喉　 /385

18 心肌梗死　 /407

19 轻舞飞扬　 /425

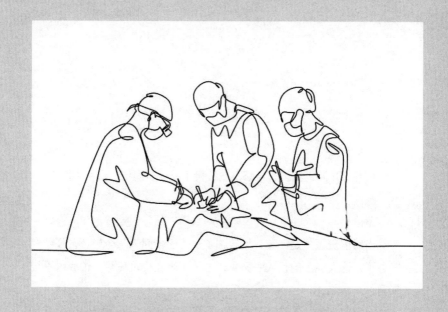

1

死神之手

未必有事，但小心驶得万年船。

夜晚 23:00，救护车一路飞驰，接了三个车祸伤病员回到医院。

汉南市第一人民医院。

急诊科。

当时值班医生是江陵，见救护车一下子带回来三个患者，江陵有些急了，这大晚上的，人手又少，一下子来几个重病号，怕应付不过来啊。

抱怨归抱怨，工作还是得做。车祸伤的病人即便耽误一分钟都可能有人死掉，所以江陵不敢大意。

他迅速判断了三个人的伤势，一个是 40 岁出头的男子，身上有酒气，脸色苍白，但意识还是清楚的，表情痛苦。他的左小腿看样子已经骨折了，畸形严重，骨头断端插破了皮肤肌肉，急救人员已经给他做了简单的固定包扎。

江陵一眼就看出这个人喝了不少酒，如果刚刚是他驾驶的车辆，那就是酒驾，甚至是醉驾，情况非同小可。

另外一个伤得比较重的是女性病人，约莫 30 岁，脸上有血迹，还有玻璃碎片，她刚刚死里逃生，心有余悸，一直捂着胸口，说胸口不舒服，有些疼痛。

她旁边还有一个 30 岁左右的男子，大概是她的男朋友或者丈夫，受伤最轻，只有脸上有些轻微玻璃割伤血迹，四肢活动很好，一直在安慰那个女病人。

一下子来了三个病人，急诊室顿时热闹了不少。

出车的裴医生已经拿到了三个病人的基本信息，他告诉江陵，40

岁出头的那个人叫陈凯，肯定喝了酒，他自己开一辆车。另外两个人，男的叫吴水，女的叫杨小慧，情侣关系。现场给三个人都监测了生命体征，还好，没有人休克。

现场已经报警了，交警在来的路上，估计很快就到。

接下来就交给江陵了。

"赶紧都推入抢救室。"江陵说道。几个护士都围过来帮忙，迅速开通静脉通道，连接心电监护。

江陵在急诊科干了8年，也不是第一天遇见这种交通事故造成的外伤病人，急诊科医生救治病人最关键的是什么？那就是及时识别出有生命危险的病人。

那个叫吴水的，喊得最凶，一直让医生先抢救他的女朋友，说她受了重伤。

江陵示意他别急，一个一个来，小腿骨折的那个病人看起来更严重，他意识都不大清楚了，刚刚问他名字都犹豫了几秒钟才回答出来。

"现在所有病人的血压都量出来了，还行，准备全都拉去从上到下扫一遍CT，以进一步判断有没有颅脑损伤、胸部损伤、腹部损伤等，因为这些脏器的损伤可能比较隐匿，容易忽略，必须第一时间发现。"江陵跟规培[1]医生林平说。

吴水是个暴脾气，他大声说，做CT也是他女朋友先做。因为他女朋友胸痛。

江陵刚刚快速给杨小慧检查过了，虽然病人说胸口痛，但听诊没有异常，不像是心肺损伤，最可能的是胸部软组织挫裂伤，可能是被安全带勒伤了。但常规CT还是必须得做。

江陵脾气好，一边开单一边跟吴水解释，那个叫陈凯的，怀疑他有脑损伤，如果是里面有脑出血，耽误了就有生命危险，必须先做检

---

1 规培：一般指住院医师规范化培训，是医学生毕业后教育的组成部分。——编者注

查，以便能及时送神经外科，该做手术就做手术。

"他就是喝了酒而已，一个酒鬼，喝了酒后还酒驾，还开车撞了我们，他就该死。"吴水怒不可遏。

"该不该死那是法官判定的，我们的任务是尽力保住大家的性命。"江陵依旧在忙手头的工作，没正眼看吴水。

"可是我女朋友脸上都是血，不怕脑袋有问题吗？我就要让她先做。"

"先做后做也差不了几分钟，请配合一下我们的工作。"江陵语气仍比较友好，在尽最大努力跟他解释，"你女朋友意识神志都很清楚，反应很好，不像脑袋有问题，脸上的伤是玻璃碎片划的。"

"听医生安排行不行？"一个护士插了一句。几个护士忙得不可开交，这个人却还在讨价还价，大家心里不舒坦。

这句话彻底得罪了吴水。

他突然用力猛踹了一脚抢救室门口的一台机器，机器应声倒地，线头掉了一地，屏幕估计都摔坏了。他嘴里嚷着："今天老子非得让我女朋友排在那个司机前头做 CT，否则就不客气了！"

江陵他们没想到吴水会闹这么一出，一个护士忍不住惊呼出声，那台彩超机是刚买的。

江陵赶紧起身去把门口的彩超机扶起来，来不及检查坏没坏，他憋红了脸，差点就跟吴水起冲突了，关键时刻还是冷静了下来。这个时候起冲突对所有病人都不利，只能沉住气让吴水别冲动："别急，就听你的，先帮你女朋友做 CT。"

急诊科这时候还是有不少病人的，大家看到吴水发飙，都躲得远远的。

江陵这时候得主持大局，因为夜晚值班没有领导在，他得决断。其实还有另外一个医生，叫华武星，但他此时在 EICU（急诊重症监护室）里面抢救病人。

听到江陵答应给杨小慧先做 CT，吴水才肯作罢。

几个护士嘀咕着："他也算是个情种，护着自己女朋友，但就是脾气发错了地方，怎么撒我们身上来了。可怜的彩超机，几十万的仪器，这一脚下去不知道还能不能修。必须得让他赔。"

"那些晚点再说，先把这三个病人的CT做了再说。"江陵自己离不开急诊室，让规培医生林平先推着杨小慧去做CT，然后回过头再推这个喝了酒的司机陈凯。

在他们去做CT时，江陵一直盯着陈凯，再次仔细检查了他的头部，没看到明显伤口，但陈凯的反应比较慢，说撞到了头，真希望他只是醉酒，而不是脑袋出了问题。

左小腿的骨折，跟脑袋的问题比起来不算什么，江陵也处理不来骨折，他已经电话联系了骨科，让骨科的医生下来看看，该做手术就做手术。但如果脑袋有问题，那么脑袋的手术就排在第一位了。

交警也来了，在跟出车的医生和护士了解情况。

不到10分钟时间，林平推着杨小慧回来了，从头扫到盆腔的CT做完了，结果没有明显异常，头颅没有骨折，没有内出血，胸腹腔也没有脏器破裂出血等，这跟江陵之前的判断差不多。

"赶紧把他（病人陈凯）推过去。"江陵跟林平说，"我联系他的家属。费用只能到时候再补缴了，先把检查做了。"

检查刚做完，陈凯"哇"一声就呕吐了一次，喷射出来的呕吐物直接溅在林平身上，狼狈不已，林平也顾不上自己了，因为病人已经喊不醒了。

林平意识到了问题的严重性，急忙把病人推回急诊室。正如江陵所担心的，陈凯的头部是有挫裂伤，并且有出血、硬膜外血肿，出血量不算大，但已经造成颅内高压，所以患者会有呕吐、意识障碍，如果不及时处理，下一步就是脑疝、死亡。

江陵迅速翻开了陈凯的双侧瞳孔，还好，双侧瞳孔还是等大等圆的，还没脑疝。

"赶紧联系神经外科。"江陵拿起电话就给神经外科打电话，说，"有个病人出车祸，脑外伤、脑出血、硬膜外血肿，小腿胫骨有骨折，已经简单包扎，当务之急是要处理硬膜外血肿。"

交警过来说，先救人，他们也可以帮忙联系家属。

吴水凑过来说："这人不能死，还要赔偿我们的，医药费都得他出，他酒驾。"

交警说会调查清楚的，先配合治疗。然后跟吴水了解车祸发生时的一些情况。

神经外科、骨科医生都来了。

大家了解了陈凯的情况后，说得立即手术。患者虽然没有颅骨骨折，但是由于头部外伤导致脑膜中动脉破裂，引起硬膜外血肿、脑组织挫裂伤，尤其是硬膜外血肿，已经严重压迫了大脑组织，导致意识障碍、颅内高压，如果不及时手术清除血肿，恐怕很快就不行了。

这些都在江陵的意料之内，他恨自己，刚刚应该坚持让陈凯先做检查，早发现血肿，便能更早手术，现在多拖延了一段时间。如果患者因此死掉，他会很难受。

江陵攥紧了拳头，恶狠狠地瞪了吴水一眼。

吴水也有些害怕了，说："没想到他真的这么严重，开始还以为他是装的，他还喝了酒呢。"

林平和交警都联系了陈凯家属，家属说马上就赶到。

"还没签字，谁敢手术？"神经外科医生跟江陵说。

江陵也有些犹豫："要不跟总值班汇报一声，让他们知道这件事，咱们不能大包大揽，万一患者死在手术台上，你我都脱不了干系。"

神经外科医生点头，这是唯一的办法。

江陵转头也给自己科室主任打了电话，说："这么个情况，家属还没来，准备跟总值班汇报后开通绿色通道，先做手术了。"

主任的意思很明确，救人第一，但一定要保持跟家属的密切沟通。

神经外科医生汇报给总值班后，通知了手术室，然后就回去准备了。

骨科医生同意外科医生的意见，先抓紧时间把脑袋手术做完，他们再接着上台处理小腿骨折，术前肯定还要拍摄 X 光片。

几个人迅速把病人推去了手术室，一刻也不能耽误了。

"医生，我也要扫一遍 CT。"吴水走过来跟江陵说。

江陵原本就打算让他去做的，但现在心里对他有些成见，尤其是看他活蹦乱跳的，不像是有内伤的情况，做不做 CT 似乎无所谓。

"不做也行。"江陵说了一句。

"还是做一个放心。"吴水现在脾气倒是好了，笑嘻嘻地跟江陵说，"反正我猜这钱都不是我们出，是那个司机出，我看交警已经在定责了，不做白不做。"

"那就做一个吧。"江陵给他开单，同时说，"暂时不能离开急诊室，留观一个晚上。另外，"江陵顿了顿，"门口被你踹坏了的彩超机……"

"彩超机怎么坏了？"门口有人大声说话。江陵的话被打断了。

话音刚落，人就进来了。

是今晚在急诊科值班的另外一个医生华武星，刚刚他在 EICU 里面抢救病人，并不知道抢救室发生的事情。

EICU 是急诊科里面的一个小部门，叫作急症重症监护室，专门收治急诊科那些病情危重的病人，平时把大门一关，基本上就跟抢救室、留观室、诊室等地方隔绝开了，里头的人不知道外面发生了什么事情是很正常的。

华武星抢救完里头的一个心衰患者后，想给另一个患者做胸腔穿刺引流，要用到彩超机。彩超机能帮助定位穿刺部位，使操作更简单安全。

但找了一圈机子没找到，护士说被江陵医生拿去了抢救室。

急诊科目前就只有一台彩超机，华武星得把机子拿回来，才能继续给患者治疗。

于是出了 EICU，来到抢救室。

一个叫霍婷婷的护士见到华武星，像见到了救星一样："华哥，你可出来了，刚刚来了一个狠角色，把咱们的彩超机给踹了。"

霍婷婷刚刚参加了车祸病人的抢救，她拉住华武星，快速地把整个过程都告诉了他，并且说："现在这个病人还在跟江医生扯呢，江医生人太斯文了，我怕他吃亏，你赶紧去帮忙。"

华武星没说话，扭头就奔向抢救室。

他一眼就瞄到了放在门口的彩超机，屏幕好像裂了一点，电源线也断了。

就像一个被无良丈夫揍了一顿的新婚媳妇一样，华武星最喜爱的彩超机，就这样被患者给糟蹋了，不由得怒火中烧。他知道"凶手"就在抢救室里面，所以故意提高了声音，问彩超机怎么坏了。

他边说边走进了抢救室，目光落在了吴水身上。

"你叫吴水？机子是你踹坏的？"华武星瞪着吴水问。

华武星身高180cm，体形相对魁梧，比江陵高了半个头，也比吴水高了半个头。如果华武星不是穿着白大褂，那体形就是个保镖模样了。

吴水被他双眼盯得心里发麻，也没有了先前的霸气，结结巴巴地说："那是不小心踢到的，不是故意的。刚刚我已经跟江医生说过了，有什么损失，我赔，我赔。"

江陵万万没想到，眼前的吴水，态度竟然发生了一百八十度大转变。

"哼，你赔，几十万一台的机子，你还未必赔得起。我告诉你，这机子如果修不好，你得给搬台新的来。这机子没得罪你，你踹它干吗？你插队做CT还有理了？如果那司机就这样死掉了，你也有一份责任，因为是你耽误了诊断和治疗。我们科到处都是摄像头，大家一言一行全都被拍下来了，你想赖也赖不掉。"

华武星一番话说得很解气，旁边的护士也都偷笑，说恶人还得狠人治。

吴水没有顶嘴，连连点头称是，然后让江陵帮忙开了单子，去做CT。他女朋友杨小慧由于没发现什么大问题，已经转到留观室了，抢救室住不下了。

等吴水走后，江陵叹了一口气，跟华武星说："还是你这大块头镇得住场子。"

"光块头大没用，还得动脑子。"华武星说，"这个病人明显就是欺软怕硬，见到交警就乖得跟孙子一样，见我们没脾气就想骑上头来，你不吓他两句，这急诊科都待不下去了。"

"你都知道了？"

"霍婷婷都告诉我了，这家伙就是熊样，不能给他好脸色看，如果咱们的机子真坏了，非得让他赔一台新的。你不知道，为了买这个玩意儿，老马不知道花了多少心思，今晚却让这孙子给踹了，你说气不气人。"

"但是你这样说话，万一他生气了，跟咱们闹起来怎么办？"江陵还是有些担心。

"咱们有理，怕啥。"华武星说。

"不是怕不怕的问题，关键是如果真的闹起来，后面的事情就没法干了，有理也说不清啊，那些等着的病人怎么办？万一还有病人要抢救怎么办？"江陵说的也有道理，"能忍就忍忍吧，马主任也没少说你呢。"

华武星摆摆手："不争这个了，我得赶紧看看机子还能不能用，我里头的病人等着用呢。"

说罢就转头把彩超机往 EICU 里面推，捣鼓了好一阵子，仍然不能开机。华武星爆了句粗口："明天必须得找那个叫吴水的算账！"

原本打算给一个病人做胸腔穿刺抽液术的，但现在彩超机坏了，没办法具体定位穿刺，半夜三更的找人来修也不现实。考虑到患者生命体征稳定，情况也不危急，只好等明天再说了。

规培医生冯小文很疑惑："华老师，你这么厉害，我见你上次给病人操作也没用彩超机定位啊，而且也是一针定乾坤，为什么今晚不能给这个病人直接穿刺呢？"

华武星笑了，说："彩超是我们急诊科医生的眼睛，用了它就不怕出意外，比如不怕穿到血管啦，穿错位置啦，等等。之前我不用它，是因为病人病情太紧急了，来不及，比如上次血胸那个病人，来势凶猛，等我们找来彩超机病人可能就不行了，没办法，为了救命，只能凭借经验穿进去。

"但今晚不同啊，病人总体情况还算稳定，胸水也不是很严重，既然不紧急，何必冒险盲穿呢？等明天修好了彩超机，或者找彩超室的人过来看清楚了，咱们再穿，那就万无一失了，没必要让病人多冒险。我也不是总能一针见血的，万一一针不中又穿第二针，或者第三针，反复尝试容易把患者置于危险之地。"

冯小文点头，懂了，不打无准备之仗。

就在这时，护士霍婷婷过来喊："华哥，外面抢救室同时来了几个重病人，江医生他们处理不过来，让你出去帮忙看看。"

华武星叮嘱冯小文几句，好好看着病人，有任何问题打电话叫他。

冯小文虽然是规培医生，但也是正儿八经的医生了，拿到了医师资格证，并且这会儿所有病人情况还算稳定。所以华武星放心她一个人先看着，自己去外头帮忙看看是怎么回事。

他边走边嘀咕："江陵那小子一个人带了两个规培医生，怎么还忙不过来。"

到了现场才知道，又同时来了三个病人。一个怀疑高血压脑出血的，一侧肢体动弹不得，嘴角歪一边，一个打架斗殴至头皮外伤大出血的年轻人，还有一个自杀昏迷的年轻女孩子。

大家都忙到飞起，平常急诊科虽然忙，但也很少会同时来几个难搞的病人。

江陵已经让一个规培医生推着怀疑脑出血的中年男子去做头颅CT，并且吩咐一旦检查结果出来是脑出血，就立马请神经外科会诊。

而那个满头都是血的年轻男子，江陵此时正在给他缝合头皮止血。病人这时候已经没有了打架时候的英勇，反复问江陵，流这么多血会不会出问题，比如影响智力之类的。

江陵安慰他："头皮出血虽然量大，但只要没伤着脑组织，一般问题不大，缝几针就好了。"

江陵瞥到华武星来了，头也不抬地说："还有一个病人，听说是注射胰岛素自杀昏迷的，我已经吩咐小林把她推入抢救室上心电监护了，我怕他一个人处理不了，你赶紧去瞧瞧什么情况，我这边走不开。"

华武星没说话，扭头就往抢救室奔。

见到护士霍婷婷，华武星忍不住跟她抱怨："江陵那小子从读大学开始就比较'黑'（倒霉），来急诊干了这么多年还是这么'黑'，一值班肯定得把所有人活活累死。还把我从里头（EICU）揪了出来。"

霍婷婷狂点头："对对对，人家值班都是一个病人一个病人地接，他啊，都是三个三个地来，姐妹们都怕了他。"后面这句话声音压低了。

华武星脚步不停，说："可真够倒霉的。"

"但话说回来，最辛苦的还是江医生。"霍婷婷说，"他一个晚上连一口水都还没喝过，也基本上不了厕所呢。"

华武星刚到抢救室门口，就有一对50岁出头的中年夫妻围了过来。

华武星以为是家属想了解情况，示意先别打扰，里面的病人需要做紧急处理，稍后再说。

"医生，刚刚推进去的那个女孩是我们的女儿，拜托你一定要尽力救救她。"病人妈妈开口了，她双眼通红，显然已经哭了很久。

"病人想自杀，可没那么好救。"华武星冷冷地说了句，"再说，大多数自杀的病人，都跟家庭环境有关。"说罢推门进入了抢救室。

规培医生林平看到华武星进来，赶紧汇报："华老师，新来的病人情况很严重，刚刚已经推了40ml高浓度葡萄糖（50%葡萄糖注射液）了，但人还是昏迷状态，没醒过来。"

"怎么回事？"华武星问，同时眼睛扫到了患者床头的心电监护，生命体征还行。还没等林平开口，华武星就先说了："你小子，上班期间还喝酒？"

林平一脸尴尬，说："不可能啊，我只是早上喝了点酒，但不多，今晚没喝，要值班的，酒驾可不行。这都被你闻到了。其他人都没发现。"说完后挠头笑了。

华武星说："我的鼻子灵得很，你可别做坏事啊。值班前 12 小时那是不许喝酒的。"

林平连连点头，华武星也不跟他深究，让他把病人的情况简要介绍一下。

林平便把患者的病史一五一十地告诉了华武星。

"患者唐晓玲，24 岁，大学毕业参加工作一年，是个会计。15 岁那年被诊断出 1 型糖尿病，一直用胰岛素控制血糖，这几年来一切都挺好，复查的血糖都还算正常。但事情就在今晚发生了变化。病人是跟父母一起住的，今晚父母有事外出，留她一个人在家。等到父母回家时，已经很晚了，大概是 1 个小时前，发现病人躺在地上，呼唤没反应，旁边还散落着平时常用的胰岛素笔。

"父母害怕极了，赶紧打了 120。我们出车的医生到了现场，测量的血糖只有 0.9mmol/L，考虑是低血糖昏迷，结合现场环境看，可能是患者注射了过量的胰岛素导致的，现场就给推了高浓度葡萄糖，但是人还没醒过来。"

"刚刚测量的血糖是多少？"华武星问。

"2.2mmol/L。"

那还是很低，正常人空腹血糖值范围为 3.9~6.1mmol/L，低于3.9mmol/L 就是低血糖了，更别说患者不是空腹状态。长时间低血糖昏迷，大脑肯定受损，到时候即便救回来，可能也是个傻子了。华武星皱着眉头，问："那支胰岛素笔呢，带来了吗？"

"带来了，已经是空的了。她父母说这是一支新开的笔，才用了一天，估计她全部都打进去了。"

"这真是他妈的糊涂蛋。"华武星朝着病人的方向恨恨地骂了一句。

"华老师，这算自杀吗？"林平低声问，他还从来没接诊过自杀的病人，有些紧张。

"难道是闹着玩吗?！她这么多年的 1 型糖尿病，肯定知道胰岛素的作用就是降低血糖，也肯定知道胰岛素过量会带来什么后果。从你的描述来看，她应该是试图注射过量胰岛素自杀，咱们的任务是看看能不能让她醒过来。至于会不会有其他问题，那就交给警察处理了。"

"前后可能一个多小时的时间了，有多大机会？"林平问华武星。

"鬼知道。低血糖造成的后果你又不是不知道，糖尿病高血糖的风险都是以年计算的，高血糖几年才会有并发症，但是低血糖的风险那是按秒来算的，几秒钟、几分钟就可能造成不可逆转的结局，更别说她这个有一个小时以上了，而且还是这么低的血糖，估计够呛。"华武星说边检查患者。看了瞳孔，问题不大，但患者四肢软瘫了，肌张力很低，病理征没引出来，暂时没发现异常。

华武星说完，又吩咐林平给她复测指尖血糖。"只要血糖还没上来，就继续给推高浓度葡萄糖，尽快让它升起来，减少损伤。死马当活马医了。"

"头颅 CT 做了没？"华武星问。

"还没来得及。"

"这边处理好后，赶紧给她推过去做一个，不管什么原因昏迷的，颅脑 CT 是必须做的，也是要尽快做的。别到时候患者有脑出血、脑梗死什么的我们都不知道，那就糟大了。常规抽血那一套得做，不能省。"华武星在急诊科干了 8 年，经验自不必说，何况他喜欢死磕医学专业，再复杂的病例他都能冷静应对。

"让护士帮忙给她插上尿管，密切监测尿量。同时看好呼吸循环，脑功能障碍的患者，随时可能有呼吸衰竭、循环衰竭的，下一秒可能就得抢救。"

"是。"

"我去跟家属了解一下情况，签病重通知书，让他们同意转入EICU 才行，放这里不安全。"华武星丢下一句话就开门出去了。

病人（唐晓玲）父母见华武星出来，忙问情况怎样了，能不能进去看看她。

华武星直截了当说:"低血糖时间可能很长,已经造成大脑损伤,目前昏迷状态,能不能醒过来,什么时候能够醒过来,现在还不好说,得边治疗边观察。"

父母听到这句话,顿时泄气了,反复说:"一定要想办法救救她啊,我们就这一个女儿。"

华武星没有直接回他们的话,而是说等会儿会安排她去做头颅CT,看看脑袋有没有出血或者梗死的情况。如果有脑出血,那还得找外科做手术。

"患者现在病情很严重,昏迷不醒,得办手续住我们的重症监护室,密切观察,如果情况不好,可能还得上呼吸机。即便上了各种抢救措施,你们的女儿也还是有可能醒不过来,或者即便醒过来了也可能会是植物人。当然,最好是能完全恢复,但那个可能性较小。"

"可能性有多少?"唐晓玲父母红着眼睛小心翼翼地问。

"这个难讲,因人而异,得边治疗边观察。"华武星说话滴水不漏。唐晓玲父母没有听到想要的答案,面如灰土,又撕心裂肺地痛哭起来。

"哭有什么用?"华武星埋怨地说了一句,"你们本来有机会救她的,她想自杀肯定也不是一时兴起,难道你们就没有察觉到一点异常吗?如果她真的救不回来,你们也有责任。"

华武星的话,像一把刀子一样刺入唐晓玲父母的胸口。他们听后浑身发抖,嘴唇震颤。

唐晓玲的妈妈扑通一声跪倒在华武星面前,泪流满面,恳请华武星一定要救活她女儿。这个动作吓到了在场所有人,其他家属也纷纷看过来,为这个苦命的患者感到惋惜。当然也有人无动于衷,在急诊科死个人是很常见的。

华武星本能地后退了一步,以为家属要有什么过激行为,没想到是跪倒在地。他怔了一怔,毕竟不是铁石心肠,做不到面对家属跪倒在地而无动于衷,便让病人父亲赶紧把她扶起来。"有话好好说,我不是神仙,救不了所有人,但肯定会尽力而为。"

林平这时候快步走出来，神色慌张，跟华武星说："病人血糖升到了 3.5mmol/L，但血压偏低了。"

华武星把病重通知书递给家属，说："把这个看完，然后签了。"刚好这时候旁边有个规培医生路过，华武星一把抓住他，说："给家属解释清楚条款，让他们决定住不住 EICU。"说完三步并作两步冲入抢救室。

一进入抢救室，又闻到一股酒精味。

"你确定今晚没喝酒？"华武星扭头问林平。

林平摊开手，有点委屈，说："绝对没有啊，哪里敢上班前喝酒？科室条款我们都很清楚的。"

华武星似乎发现了什么重要线索，快步走到唐晓玲床前，她此刻依旧处于昏迷状态，呼唤没反应，血压已经跌至 88/50mmHg 了，这是个休克血压。"赶紧给她再补一瓶液体，查找低血压原因。"

华武星又给唐晓玲浑身上下检查了一遍，尤其是靠近她的口鼻部，她呼吸还比较平稳，但似乎有些微弱，林平也发现了这点，说："她可能会出现呼吸衰竭，可能大脑功能障碍后出现循环和呼吸的抑制了。"

华武星不置可否，低声说："可能是病人喝了酒，我的鼻子灵得很，她呼出的气体就有一股酒精味，不是很浓，你可能闻不到。"

林平靠近病人，使劲闻了下，说："好像真有一股酒精味，之前都没察觉，还以为是我自己早上喝了一点酒的原因。"

"她父母说她喝了酒吗？"华武星问。

"那倒没。"

华武星若有所思，说："患者血糖一直在上升，快接近正常了，但患者还是昏迷状态，要么是低血糖时间太长导致大脑功能抑制了，要么是合并了其他原因。"

"酒精中毒？"林平脱口而出。

华武星点头，直接冲过去打开大门，问唐晓玲父母："病人今晚是不是喝酒了？"

唐晓玲父母还沉浸在悲伤中，被华武星突如其来一问，面面相觑，说："好像没有吧。"但很快唐晓玲父亲就想起来了，在女儿昏倒的现场，的确看到一个白酒瓶子，他努力回想了当时的情况，酒瓶里面的酒洒了出来，地上湿了一大片。

"女儿平时不喝酒的。"唐晓玲母亲抽泣着说，"那瓶酒还是老头的。"

"哎呀，真该死，她应该是喝了酒啊。"唐晓玲父亲懊恼地说，"当时太害怕了，只关注了胰岛素笔，酒瓶子滚到了一边，我们没有太留意。而且现在回想起来，当时家里的确有一股酒味，女儿身上也的确有一点酒味。"

"那她为什么要喝酒呢？"林平想不明白。

"也许是想借着酒精壮胆，喝了酒，才有胆量一次性把胰岛素都打了。"华武星推测。

"咱们出车的医生怎么没发现这点？"林平疑惑了。

"现场能看到胰岛素笔，患者有明显的低血糖，一般人都不会再去考虑其他的了。因为铁证如山，胰岛素导致低血糖，完美符合情况。"华武星分析。

"但有一个不合理的地方，患者平时不怎么喝酒，那这种烈性白酒是很难入口的，即便入口也容易吐出来，她应该喝不了太多。如果仅仅是一点酒精入肚，不至于引起酒精中毒导致昏迷。

"但不管怎么样，这都是一个机会，咱们一边按低血糖处理，一边按酒精中毒处理，看看能不能有机会让她醒过来。"华武星说完，便找护士帮忙抽血送标本去化验乙醇浓度，"同时加紧输液，多输液能促进乙醇代谢排出体外，也能对抗低血压。另外，搞一瓶维生素 C、维生素 B6 给她滴上，那玩意儿也有助于乙醇代谢。"

"一支纳洛酮针，也给她推上。"华武星跟护士说。

纳洛酮是急诊科经常用来救治酒精中毒患者的药物，护士都很熟悉。

"还要洗胃吗，华老师？"林平问。

"你说呢？"华武星反问他。

"可能要吧，我记得经口中毒患者抢救都是需要洗胃的，洗胃能减少毒素的吸收。"小林有点胆怯，不大肯定。

华武星白了他一眼，说："你没学到家啊，酒精一进入胃，几分钟、十几分钟就吸收入血，或者进入小肠了，再洗胃也是无济于事的，只会增加洗胃的并发症而已。尤其是这种昏迷病人，洗胃很容易就会导致液体进入患者的呼吸道，引起窒息，到那时候就得不偿失了，出了事谁负责？"

"其他的药物中毒、毒物中毒，是可以考虑洗胃的，因为那东西吸收慢得多，能洗出一点是一点。"

病人经过快速补充液体后，血压逐渐上来了一些，华武星也松了一口气："不管是低血糖，还是酒精中毒，都可能导致呼吸抑制、低血压，多补些液体会有帮助。但还是要时刻注意呼吸，一看到苗头不对，就赶紧给她气管插管上呼吸机，不要犹豫。"华武星叮嘱林平。

林平猛点头，对华武星的敬佩又多了几分。

"赶紧推出去把头颅 CT 做了。"华武星吩咐。

出了抢救室，规培医生已经让唐晓玲父母签好字了，同意收入 EICU 继续治疗。华武星告诉他们："病人同时注射了胰岛素、喝了酒，这两种东西都是对大脑有抑制的，情况不妙，已经在积极处理了，接下来能不能醒就看病人的意志力了。"

"对了，你们报警了没有？到底是自杀还是他杀？如果是自杀的话，她为什么自杀？"华武星问他们。

"不用报警了，这孩子肯定是想不开，自己打的胰岛素。"唐晓玲的父亲边流泪边说，"医生你说得对，是我们两口子没看好女儿。"

本来家丑不好外扬，但为了救命，也顾不上这些了。他继续说，似乎要把事情一五一十地告诉华武星。

"你们挑重点简短说，里面还有病人要处理呢。"华武星催促道。

唐晓玲父母处于巨大的痛苦和害怕当中，见医生这么冷冰冰的，有些不开心，但一想到女儿还需要他帮忙救治，也只好低声下气了。

"晓玲是为情自杀的。"唐晓玲的父亲说。

这点华武星并不意外，年轻女性自杀，多数跟感情有关，他不是头一回遇见。

唐晓玲父亲继续说："晓玲大学时谈了个男朋友，本来毕业后准备结婚的，但在这之前晓玲都没告诉他自己有糖尿病，需要一直用胰岛素治疗。前段时间晓玲把这个事情跟男朋友说了，然后就经常会听到他们在电话里面争吵，后来晓玲告诉我们，她跟男朋友分手了。

"晓玲很委屈，我们也替她难过，但感情这东西也不能强求，估计人家是嫌弃晓玲有糖尿病，所以就分开了，我们也不知道该怎么安慰她。

"从那以后，晓玲就无心上班了，整天情绪都不好，有时候也会冲我们发脾气。我们也不知道该怎么办才好，我们也去找过他男朋友，跟他说了这个病的情况。医生也跟我们说了，1 型糖尿病又不是癌症，只要长期用胰岛素，她是可以正常生活的呀，以后生孩子什么的都是可以的。但人家不答应，人家有顾虑啊。

"她知道我们老两口找过她前男友后，更加不开心了，整天把自己锁在房间里不出来。唉，我可怜的女儿啊。

"今天晚上我们有点事外出，回来得晚了，然后就出事了。"

唐晓玲的父亲边说边落泪，这是他们唯一的女儿，一个从小就患糖尿病的可怜的女儿，她可是老两口手心里呵护的宝贝女儿啊，如果她有什么事，他们俩也活不成了。

然后又是一顿号啕大哭。

刚好这时候江陵过来了，他那边处理好了头皮外伤的患者，急忙过来抢救室看看什么情况。华武星把事情简单跟他说了一下。"这个昏迷的女病人，得收入 EICU 进一步治疗了。"

江陵安慰唐晓玲的父母："会尽力的，先别担心，咱们会想办法。"

"长时间低血糖引起的脑损伤，大脑细胞是死一个少一个，不能再生的，跟皮肤不一样，破了不能修补。这还有什么办法好想。"华武星丢下一句话就走了。

江陵追上来，给华武星使眼色，说："他们老两口这么可怜，话不用说这么直白，安慰他们两句掉不了一块肉吧。"

华武星不同意，说："我只负责如实告知，最坏的结果必须让他们知道。给他们一分希望，他们就会要三分，你给三分，他们就会产生有八分的错觉，到那时候吃力不讨好的还是我们。"

"再说了，你见过低血糖几个小时还能救回来的病人吗？"华武星问。

"准确地说，是一个小时左右。"江陵纠正说。

"加上在急诊科的时间，快两个小时了。"华武星不甘示弱。

"即便是真的快不行了，也得给家属一个缓冲的时间，他们现在已经手足无措，很害怕了，让他们抱点希望等两天，到时候真的不行了再告诉他们，起码他们也更容易接受一些。"江陵试图说服华武星。

"每个人都会死的，他们要学会承受这一点。看他们的年纪，也不是不经世事的小孩子吧，这是现实，不是电视剧，你要学会保护自己啊，我的江医生。"华武星越说越激动。

江陵一时语塞，叹了口气，说："我知道说不过你，咱们斗嘴斗了十多年了，从大学开始，每次都是你赢。但这个病人，我觉得咱们还是给家属一点希望吧，太惨了。而且不到最后，也还不一定就不行呢。"

"江陵，你第一天当医生吗？我们给他们希望，谁给我们希望？再说，我没有把话说死啊，还是有转圜的余地嘛。"华武星似笑非笑。

江陵刚想说话，旁边有人喊住了他，原来是吴水，他说 CT 做完了，请江陵看一眼。如果没事，就安心去留观室陪女朋友了。

华武星正在气头上，见是吴水，正愁找不到人骂，说："你小子明天得赔我们一台机器，还没找你算账呢。"

吴水赔着笑脸，说："只要我和女朋友健健康康的，机器一定赔，是我当时太糊涂了。"

江陵到电脑旁打开了影像系统，看到了吴水的 CT 片子，头颅、胸部、腹部 CT 都扫了，没发现多大问题，但是报告写了一条"少许心包积液，请结合临床"。江陵再把片子调出来，仔细看了下，的确是有些问题。

"阿华，你看病人的心包，好像有点问题。"

华武星刚准备转身离开，被江陵喊住了。

他瞥了一眼吴水，似乎没发现特殊的情况。凑到电脑旁，顺着江陵的指向看，患者心包这里，的确是有点液体。

正常人的心包里面是有些液体的。心包是一层包膜，包裹着心脏，对心脏有个保护作用，防止心脏撑得太大。心包一共有两层，两层之间是少许液体，不超过 50ml，起到一个润滑、缓冲的作用。

如果心包里面的液体太多，那势必会影响到心脏的正常收缩、舒张。道理很简单，心包就好像一个拳头一样包裹着心脏，如果液体多了，那么这个拳头就压得紧了，心脏自然很难舒张，这对心脏来说是致命的。

吴水的 CT 显示，他心包的液体应该是偏多一点的，也不算很多，但比正常人要多一些。

"为什么会这样？"吴水开始有点担心了。

"不知道。"江陵说。

"你有呼吸困难、胸痛、咳嗽等症状吗？"华武星问他。

吴水摇头，一脸茫然："平时身体都很好的，就今晚发生了车祸，真够倒霉的。"

"不一定有问题，先给他做个心电图呗，今晚肯定不能回家，观察观察，如果积液不增多就没事，如果增多那就要处理。"华武星说。

江陵同意。

"出车祸的时候，你有没有被什么撞击到胸口？"华武星问他。

吴水细想了一下，说："没有啊。"

"你坐哪里？前排还是后排？驾驶位还是副驾？"华武星问他。

"我坐副驾，副驾。"吴水强调说。

"那就不像了，如果你坐驾驶位，还可能因为车子被猛烈撞击后急停，导致你胸口撞上方向盘。这种病例我们不是没见过，安全气囊也不是每次都能打开的。"

"我坐副驾，没撞方向盘。"吴水笑着说，"那我去留观室陪我女朋友了，今晚我也不回去了，太晚了。"

"先别走，做个心电图再说。"江陵起身说。

今晚的车祸当中，吴水是最轻微的那个，仅仅是脸部被玻璃碎片割伤了点皮，不碍事，CT也是他自己要求做的，但没想到发现了一个少许心包积液的问题，江陵不敢大意。

未必有事，但小心驶得万年船。

江陵重新给吴水听诊了心肺，依旧没有发现异常，然后亲自给他做了心电图。华武星也好奇他的心电图是什么样，就没离开。

就在吴水掀起衣服做心电图时，华武星又发现了异常。

他走到吴水身旁，冷冷地问了一句："你为什么要撒谎？"

吴水被华武星突如其来的发问搞得莫名其妙："我为什么要撒谎，我撒了什么谎？"

江陵也是一头雾水。

"你的身体出卖了你，你的眼神也出卖了你。别装了，吴水，你还有什么瞒着我们？"华武星似笑非笑。

江陵更是丈二和尚摸不着头脑。

吴水憋红了脸，没打算接着往下说。

华武星走过去一把掀起了吴水的衣服，露出他的左肩膀："看到没有，这个勒痕，从左肩膀一直到左上胸，明显就是安全带的勒痕。"

江陵细看，吴水左肩膀、左上胸的确有一条斜形瘀痕，如果不细致留意，还真不好看见。

"我估计这是你们发生车祸时，由于安全带突然勒紧，身上皮肤勒伤出血导致，虽然不是很明显，但它的确存在。这条勒痕的存在，提示你坐的是驾驶位，而不是副驾位。如果是副驾位，勒痕应该是在右肩膀。如果我没猜错的话，你女朋友的右肩会有勒痕。"

这几句话把吴水说得慌乱不已。他还没想好怎么回答华武星，华武星又说："你告诉我们你坐的是副驾，但其实你坐的是驾驶位，你为什么要撒谎？车祸之后换位置的一般有两种可能，一种是酒驾，跟那个司机陈凯一样，但看你不像喝了酒的；还有一种可能，能让你女朋友帮你顶位的，应该是你女朋友有驾照而你没有，那车祸的责任就不全在陈凯那，你们这边无证驾驶，应该要承担车祸同责。"

这一段话，彻底把吴水吓蒙了。

吴水惶恐不安的肢体语言已经告诉了华武星和江陵，他真的没有驾驶证，华武星也不是瞎猜。

但吴水还在尽力隐瞒："你胡说，我根本就没开车，是我女朋友开的车，对方司机是酒驾，是他撞了我们，交警已经在定责了。"

"不用着急否认，外面摄像头那么多，交警只要随便调几个摄像头就能知道我说的是不是真的了。"华武星说。

"我说出这个真相，并不是要追究你的责任，那是交警的事情。我的目的是告诉你，你坐的是驾驶位，有可能发生车祸时你撞击了方向盘而不自知。人在巨大的恐惧面前，有时候是会忽略身体上的一些疼痛的。

"我还在寻思你这个心包积液是怎么来的，现在看来有可能是撞击了方向盘导致的。虽然你胸口上面没有明显的破口伤痕，但那仅仅代表没有外伤，不代表没有内伤，撞击力度有可能传递到心脏，把心包上的血管给撞破了，出了点血，所以 CT 上看起来就是心包积液了，事实上可能是心包积血。"

江陵听华武星说得头头是道，不由得紧张起来。幸亏没有让吴水回去，万一出血还没停止，甚至突然加大了出血，随时会发生心包压塞，吴水小命难保。

"更可怕的是，如果损伤的是心脏，而不是心包，就完全有可能心脏破裂，那就不仅仅是心包积液这么简单了，心脏破裂是可能随时导致死亡的。"华武星瞪着吴水，一字一字地说，并且用拳头做了一个爆炸开花的样子。

江陵忙岔开话题，说："不一定，也可能仅仅是心包积液，量不大，可以观察，也有可能你本身有别的问题引起的一点心包积液，不一定是撞击导致的，也不一定有严重后果，但我们都需要密切观察。"

"今晚你住在抢救室更好一点，留观室那边不适合观察。"江陵补充了一句。

心电图结果出来了，心率偏快，此外没什么，并没有典型的心包压塞表现。

吴水被吓得不轻，频频咽口水，若不是江陵后面那几句话，他血压都要飙高了。

江陵示意规培医生林平看好吴水，然后把华武星拉到抢救室外，又开始说华武星："能不能不要每次都把病情讲得那么可怕？！这样会吓到他的，没病都吓出病来了。对，他是令人讨厌，但也不能这样吓唬他啊，再说他也答应赔咱们彩超机了啊。"

"哥，你也觉得他讨厌啊，我以为你气消了呢。而且我这哪是吓唬他呀，我是实话实说啊。这个少许心包积液，来路不明，你看他那样子，肯定坐的是驾驶位，那心包积液完全有可能是在发生车祸时撞击了方向盘导致的，如果血管破裂加重，分分钟可能出血量加大的，到时候他一下子就心脏压塞了，也不是闹着玩的。"华武星反驳。

"你那是推测，我也承认有这个可能性，的确需要密切观察，但也不能因为这个把事情说得那么恐怖啊，又是心脏破裂，又是死的，你看把他吓得心率多快，都飙到一分钟 120 次了。"江陵说。

"江陵，所以我说你啊，别老是这么老好人。你不把话说重一点，万一他真的猝死了，人家还以为是被我们治死的呢。"

江陵刚想开口，华武星的电话响了，是他妈妈。华武星示意江陵先别说话，大半夜的，老妈打电话过来可能有急事，华武星有点不安，接了电话，低声跟电话那头说："妈，我都说了今晚值班很忙的，有什么急事吗？"

电话那头兴奋地说："儿子啊，妈妈刚刚又物色了一个综合条件很不错的女孩子，明天回来带你相亲去。"

华武星一听，无语了："大半夜的，你打我电话就为这事？"

"是啊，刚刚我们聊得很开心，人家对你印象也不错，我开心得睡不着，想着你肯定也没睡，就先跟你说了。我约了人家明早 10 点，我知道你 8 点下班，你不要回来太晚哦，她明天 12 点就要去赶飞机了，这回见不上就得下回了，老妈能不着急嘛。"

"好了好了，妈，我这会儿很忙，有事明天再说。"华武星直接挂掉了电话。

"这么晚了，阿姨找你什么事？"江陵问，他跟华武星的妈妈也见过几次面。

"没事，家里老母鸡下蛋了，问我要不要，给我带两个过来。"华武星笑着说。

江陵知道华武星不愿意多说，也就没问他："说正经事，今晚吴水就在抢救室观察了，做着心电监护，你去忙你的吧。还有，刚刚婷婷（急诊科护士）跟我说，唐晓玲，那个自杀的女孩子，已经做完头颅 CT 了，没什么事，已经推进 EICU 了，他父母也跟过来了，你去看看吧，她归你管了。"

华武星扭头就想走。

江陵喊住他："说话放轻松一点，别老是摆一张臭脸。"

"对了对了，你的脸最好看。"华武星抛下一句话就走了。

就在这时，抢救室的门打开了，规培医生林平冲出来，急忙喊道："江老师，华老师，病人不好了，喘不过气！"

大事不好。

华武星也顾不上回 EICU 了，赶紧转回抢救室帮忙。

吴水坐在抢救床上，双手捂住胸口，表情痛苦，大口喘气，口唇发绀，大汗淋漓，心电监护频繁报警，血压低，心率很快！血氧饱和度测不出来。

他从嘴角憋出一个字，"痛"。

原来刚刚吴水的病情突然发生变化，林平见势不妙，怕自己应付不来，赶紧出来找江陵和华武星。

江陵、华武星看这阵势，就知道出了大问题，该不会真的是心包出血量突然加大，导致心包压塞了吧？

林平忙问："是不是心肌梗死？要不要重新做一个心电图？"

"不管是不是，你赶紧给他做心电图。"华武星说，同时用听诊器给吴水听诊了心肺。

"糟糕，心音听得不清楚了。"华武星小声说。

"脉搏也摸得不清楚。"江陵随后说。

"患者颈静脉怒张，江陵，这肯定是心包压塞了，一定是心包积液的量加大了，患者现在心脏被死死裹住，撑不开，血液没办法回流，也没办法泵出去，这是个死循环，必须马上做心包穿刺，把血液引流出来，解除心脏压迫，否则有生命危险了！"华武星边说边找工具。

抢救室气氛一下子紧张到了极点，几个护士赶紧进来帮忙。

"彩超机呢？"华武星大喊，"推过来给病人定位，要准备心包穿刺了。"

"华哥，机子刚刚不是给他端坏了嘛。"有个护士提醒华武星。

"妈的！"华武星急了，爆了句粗口。眼看吴水血压越来越低，心跳越来越快，江陵这边也帮规培医生快速把心电图做了出来。

大家一看，还是心动过速，心率达到了 140 次 / 分，但没有看到明显心肌梗死图形。患者肯定不是心梗，好端端的不会是心梗，但很有可能是心包压塞，毕竟刚刚的 CT 提示了心包是有少许积液的。

华武星和江陵都认同这个观点。

"你去彩超室借台机子过来，咱们看清楚、定位清楚给他穿刺，快去，晚了来不及了。"江陵喊另外一个规培医生。

"干他娘的！"华武星说，已经来不及了，借机子来回得十分钟以上，看他这样子，别说十分钟，十秒钟都不行了。

吴水满头大汗，眼睛就要上翻，逐渐失去意识。

华武星把心一横："管不了那么多了，直接给他盲穿！"

"盲穿心包？？"这句话吓到了江陵。胸腔积液可以盲穿，因为胸腔很大，只要小心一点不碰到血管和肺脏就好了。但是心包腔是很小的，里面就是心脏，岂能盲穿？一不小心穿到了心脏，岂不是雪上加霜？病人如果因此死掉了，大家都脱不了干系！这肯定是医疗事故啊！

"得等等，不能盲目上。"江陵做好了拦住华武星的准备，"这个险不能冒，阿华。"

"等机子来看清楚再穿，他的尸体都已经硬了。"华武星边说边快速找到了穿刺包。

"出了事算我的！"华武星眼珠子都要蹦出来了。

江陵看他已经做了决定。江陵跟华武星同学5年，又共事了8年，太了解华武星了，他做了这个决定，没有人能让他改变主意。

即便明知道前方可能是深渊，他也会一脚踏过去。

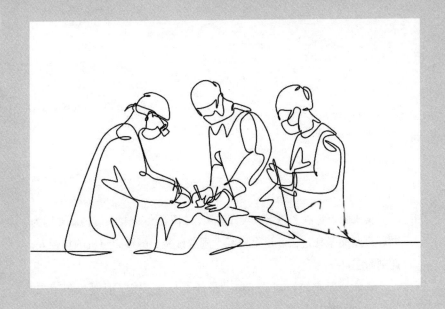

2

甜蜜爱人

这个曾经大闹急诊室、脚踹彩超机的年轻人，此刻命在旦夕。

一

吴水脸上写满了恐惧，大汗淋漓，喘不过气来，眼看他就要因为循环衰竭而晕死过去。这个曾经大闹急诊室、脚踹彩超机的年轻人，此刻命在旦夕。

华武星朝霍婷婷喊了一句："给他推 5mg 安定，让他安静下来，否则没办法操作。"

此时的华武星依旧冷静果敢，口头说出的医嘱格外有力量，不容置疑。

但霍婷婷有点迟疑了，她并不是不相信华武星，而是因为今晚抢救室的值班医生是江陵。华武星今晚是在 EICU 值班的，按制度来讲，霍婷婷应该首先执行江陵的医嘱。所以她快速看了一眼江陵，希望得到江陵的许可。

华武星边迅速打开穿刺包，边戴手套，见霍婷婷还没动作，急了："你愣着干吗，赶紧啊。"

"推吧，5mg 安定针。"华武星身后传来一个声音。

正是江陵，他决定跟华武星站在同一条战线上了。他们俩都认为吴水是心包压塞，要想救他，只有一个办法，那就是迅速做心包穿刺。有些情况的心包压塞还有等待的时间，但吴水的情况来势凶猛，容不得丝毫耽搁了，没有彩超机，那就没有吧。

霍婷婷得到了江陵的口头医嘱，手脚立即行动起来，迅速准备好了药物。

华武星脸上似有笑意，心想我们的江医生开窍了，同时一把扯开了吴水的上衣。此时吴水还有点意识，华武星还在挖苦他："你命好，遇到了江医生！当然，你也可能命不好，遇到了我。"

"都这时候了，你还跟他扯什么？"江陵也急了，让霍婷婷赶紧推针，5mg 安定迅速进入吴水的血管，眼看着吴水应声而倒，瞬时由高度紧张进入一个极度平静的状态。

安定是一种快速起效的镇静催眠药，急诊科医生用得比较多，5mg 安定能让大多数人快速进入安静睡眠状态。

"希望老天保佑他的呼吸还能坚持，血压还能维持。"华武星戴好了手套，瞅了一眼心电监护，淡淡地说。因为循环衰竭，患者的血压本来就低了，安定针虽然能迅速让人镇静，但同时也会进一步降低血压，这是非常凶险的。

江陵一把拧开碘伏消毒液，直接洒在吴水的胸口上，边倒边说："这回操作也算有我的份了，大不了一起死。"

华武星斜眼看了他一眼，心中一暖。关键时刻，老同学站在自己这边，感觉还是不错的。

一瓶碘伏差不多倒完了。

这就是穿刺前的常规消毒了。一旁的规培医生林平看得目瞪口呆，他第一次见这种消毒方式。平时术前消毒都是用镊子夹住一块纱布，蘸了消毒液慢慢地一圈、两圈、三圈这样消毒，而江陵是直接把整瓶碘伏都洒在了患者的胸口上。

这的确是争取了很多时间。

吴水的情况，容不得一秒的浪费了。

江陵这边刚消完毒，华武星立马铺了巾，江陵顺手固定了巾布，两人非常默契，衔接得非常好。

华武星没有丝毫犹豫，右手持着穿刺针，对准吴水胸口剑突下穿刺点，缓缓进针。

本来常规操作还需要打局麻麻药的，但因为刚刚已经给吴水用了安定针，估计不会有明显痛觉，为了进一步节省时间，华武星省略了打麻药的时间，直接持针就上。

现场所有人都屏息凝神，除了机器尖锐的报警声，没有别的声音了，仿佛可以听到穿刺针刺破吴水胸膛上的皮肤、进入体内组织的沙沙声。

华武星眼睛直勾勾地盯着穿刺针，边进针边回抽注射器。只要看到回抽有血，就意味着已经进入了心包腔。

成败在此一举！

心包穿刺术在急诊科来说算是难度比较高的操作了，通常是心内科医生做得比较多。华武星作为一个经验丰富的急诊科医生，自然也做过不少。但那都是有彩超机看好了积液、积血情况，找准了位置来穿刺的，像今天这样没有任何定位的情况下直接穿，是从来没试过的。

这就是完全依靠经验了，依靠他对病人心脏心包解剖的熟知程度，既要避开大血管，又要避免扎伤心脏，还要精准扎入心包腔，简直好比是孤身一人深入敌营砍掉对方将军的脑袋后全身而退，难度之大可想而知。

吴水的血压越来越低，华武星这边还没抽到血液，江陵急了，让护士继续给病人补一瓶 500ml 的生理盐水。"全速滴入，看看能不能把血压提上来。能多争取一秒是一秒。"

华武星额头上有汗水渗出，但手里的活儿没停。大家都为他捏了一把汗。

突然，一股暗红色的血液进入了注射器。

成功了！！华武星立即停止了进针，以防针尖捅破心肌。

华武星的穿刺针稳稳进入吴水的心包腔，穿到了积血。所有人都松了一口气。

华武星先是回抽了将近 20ml 血液出来，然后迅速置入了导丝、导管，最后把一根直径 2~3mm 的导管留在心包腔以持续引流。

眼看着暗红色的血液从导管快速引出，华武星才松了一口气："差点把老子吓死了。他的血压怎么样？"

江陵回头看了一眼心电监护，说："血压已经上来了，心率也开始下降了，这小子命大，活下来了。"

此言一出，众人欢呼。

林平有点不解，问华武星："华老师，这万一回抽的不是心包腔的血，而是心脏里面的血液呢？"

"你小子总算问了一个好问题。"华武星笑了，说，"所以我们要缓慢进针，一旦抽到血液，一般都是心包腔的。如果再进深一点，可能就是心脏里面的血液了，那就意味着我们穿破了心脏，那就大家同归于尽了。"

"玩笑归玩笑，心包腔的血，由于凝血物质被消耗掉了，我们抽出来后会发现这些血液是不能凝固的；而心脏里面的血，你一抽出来，很快就会凝固，这点可以鉴别，这叫作'抽出不凝血'。你看这个。"华武星摇晃着刚刚那管注射器里的血，暗红色的血液，果然没有任何凝固的迹象。

"还有一个最简单的办法，也是终极办法，可以判断你华老师是不是把针扎进心包腔里面了，那就是看病人的反应。你看吴水现在血压上来了，心率下去了，面色开始转红润了，就知道肯定解除了心包压塞，而不是刺破了心脏。"江陵也笑了，现场气氛开始变得轻松。

吴水活过来了。他还处于镇静状态，丝毫不知道刚刚发生了什么。

但是他的问题还没解决。

为什么他会发生心包压塞？应该是心包里面的某根血管破裂了，或者还有其他猜不到的原因。必须进一步处理。

江陵联系了住院部心血管内科、心胸外科的医生下来会诊，看看吴水的问题下一步要怎么处理。

大家商量后的意见是，先在EICU观察，完善心脏彩超检查，密切关注心包引流管的血量，如果出血没有自行停止，可能还需要开胸手术。

江陵把吴水的情况告知了杨小慧，说她男朋友刚刚死里逃生，但现在需要住院进一步处理。杨小慧也没想到会这么严重，怕得不得了。

华武星为了进一步验证自己的猜想，让林平给杨小慧也做一个心电图，顺便看看她的左侧肩膀是不是有安全带的勒痕。

没多久，林平来报："华老师当真是神人啊。"

"怎么样，要不要告诉交警？"江陵问华武星。如果真的是吴水无证驾驶，那这场车祸的性质又变了：一边司机酒驾，另一边司机是无证驾驶，都是不怕死的主儿。

"抢救室今晚是你负责的，我只是路过，怎么做你自己定啊。"华武星说。

"哼，你还路过，刚刚是谁在那儿恨不得扒开人家的心包。"

"那是两码事。话又说回来了，现在到处都是摄像头，交警肯定会查明真相的，当然，你给交警叔叔提一句，节约交警叔叔的取证时间，交警叔叔应该会给你点个赞的，哈哈！"华武星给江陵使了个眼色。

一看时间，已经凌晨 2 点。

"先这样吧，吴水进入 EICU 了，我让小文盯住他的引流管，估计死不了了。"华武星扔掉手套，径直回 EICU 了。

抢救室和 EICU 挨得很近。

没过多久，吴水的姐姐赶来了，杨小慧的父母也相继赶到。他们分别找江陵和华武星了解了情况。

华武星把吴水的情况简单跟他姐姐说了，他姐姐听了都觉得害怕，心有余悸，然后补签了心包穿刺术知情同意书。

华武星最后问她："吴水在哪儿工作？"

"吴水刚辞了工作，暂时还是待业状态。"他姐姐说。二人的母亲在老家，姐弟俩都在汉南市生活。

"那今晚（事实上应该是昨晚了）的车是谁的，是吴水的，还是他女朋友的？"华武星在试探。

"他哪儿来的钱买车，这车子估计是他女朋友的，就是那个叫杨小慧的姑娘，他们处了半年多了。"

"哦，对了，吴水说他考驾照花了特别少的钱，说是熟人介绍的，还有这么好的事，等他醒来我还得好好问问他，我也想考，省点钱。"华武星笑着说。

吴水姐姐听到这话，登时皱眉摇头："说到驾照这事，别提了，那小子，科目二考了3次都没过，还好意思提……"说到这里，她可能意识到不妥，不是什么光彩事，就不打算往下说了。这一切都被华武星看在眼里。

吴水没驾照，那这事就没跑儿了。

<h1 style="text-align:center">二</h1>

吴水姐姐还想多问几句，这时候规培医生冯小文冲出来，跟华武星说："那个自杀的女孩子，唐晓玲，氧合不好了。"

这在华武星的意料之中。一个长时间低血糖、酒精中毒的患者，深昏迷，肯定是大脑功能抑制了，刚刚颅脑CT虽然没看到脑出血，但是有些脑水肿，这很容易影响到患者的呼吸和循环，呼吸会逐渐微弱，血压也会降低，如果不及时处理，患者可能就会死去。

"别慌，"华武星边走边说，"呼吸机都在病床旁边了，气管插管箱也在，等下你给她气管插管，我把关。"

冯小文又兴奋又紧张："我来吗？"

"你想做一个出色的急诊科医生，气管插管那是必须学会的，谁都有第一次，你的第一次，就这次了。"

呼吸衰竭的病人，要上呼吸机，那就得先做气管插管。一根长30cm左右的气管插管，手指般粗，插入患者气道，起到一个沟通患者肺部和呼吸机的作用，氧气会通过这根气管导管输送到患者肺部。

俩人边快步走边说，不一会儿就回到了唐晓玲床旁。几个护士已经在处理，给面罩吸氧，氧流量调到了最大，但心电监护显示的血氧饱和度始终上不去，只有90%左右，再转差的话就有生命危险了。

"准备插管！"华武星一声令下。

事实上，手脚麻利的护士们早就准备好了气管插管装备，都放在床尾，就等华武星召唤了。

"呼吸球囊放在床头，小文，不用紧张，她已经昏迷了，不会痛苦的，等下就按我之前教你的，用喉镜挑开她的声门，看准声门，再把导管送进去，一定要看准了再送。你第一次做，看不准、看不清就不送，否则很容易进入食管。进入食管，那就失败了。"

"明白了吗？"华武星盯着她问。

看得出冯小文有些紧张，华武星安慰她："没事，第一次都这样，我当时还差点尿裤子了呢。"

一句话把所有人都逗乐了。

冯小文扑哧一声也笑了出来。

她屏息凝神，单腿跪在病人床头，左手持喉镜缓缓置入病人口腔，使劲挑了挑，却看不到声门。

"老师，声门没法暴露呢。"冯小文说。

"用点力，往前上方用点力，再用点力。不要撬病人牙齿，否则她醒过来后发现门牙没了，咱们要赔的，种植牙老贵了。"华武星淡定从容，指点着冯小文。

冯小文想笑又不敢笑，依照华武星的指导尝试用力挑开病人的咽喉。

可能是力量不够，用力的方向不对，迟迟没能暴露声门。

冯小文有些着急了。

"别急，沉住气，我看着呢，她血氧饱和度还有90%，能撑，继续。"华武星平静地说。

"看到了！老师！"冯小文惊喜之情溢于言表，"看到声门了，声门还在一动一动的。"

"可不嘛，只有死人的声门才不会动呢。"华武星一句话差点又惹得大家一堂笑。

"给。"华武星把导管递给冯小文。

冯小文右手接过导管，缓慢地伸入病人口腔，对准咽喉、声门，小心翼翼地放了进去。

"进去了吗？"华武星问。

"快了。"

"好，进了！"冯小文松了一口气，语气中带着自豪。

几个护士看到导管进入病人呼吸道，立即把呼吸机推过来，接好管路，马上上机。呼吸机立即开始给病人打入高浓度的氧气。理论上讲，患者的血氧饱和度应该马上提升。

"病人的血氧饱和度降至88%了！"一个护士说了一声。

华武星觉得有点不妥，用力压了一下病人的胸口，同时耳朵靠近导管末端，却没听到有气体流出的声音。而且呼吸机那端也没看到应有的呼吸波形。

"不对，不在气管内。"华武星依旧不动声色。

"华哥，掉到85%了。"有护士大喊。

"拔出来，把导管拔出来，扣面罩，呼吸球囊通气。快！"华武星跟冯小文说。

冯小文见状，慌了，不知所措。

"拔！快！"华武星又催了她一次。

冯小文手在发抖，不知为什么要拔掉："这不是已经进入气管了吗？怎么会这样？"

"冯小文！拔掉气管导管，你的导管进入食管了，呼吸机打进去的气体都到她肚子里去了，没有进入呼吸道。赶紧拔掉，然后扣面罩给她吸氧，否则她就要缺氧死掉了！"华武星吼了她一句。

"华哥，掉到83%了。"护士又喊。

华武星一把推开冯小文，占据了床头位置，快速拔掉了病人口腔里的气管插管，同时接过护士递过来的面罩，死死扣住病人口鼻。接好呼吸球囊，按压送气。

扑——哧——扑——哧——

呼吸球囊开始给病人送气，血氧饱和度开始缓慢上升，不到几秒钟，就升到了 90%。

90% 是一个安全界限值，大家这才松了一口气。

再按了几口气，血氧饱和度快接近 95% 了。

病人转危为安。

冯小文待在一旁，看着华武星操作一切，自己帮不上忙，而且刚刚差点因为自己的失误让病人出现生命危险，不由得害怕、难过，一时间没忍住，眼泪掉了下来。

"哭什么，这样就哭了，那以后还有的哭呢。"华武星松开面罩，准备给病人插管。病人现在血氧饱和度上升，可以耐受短期缺氧了，所以他决定亲自给她插管。

在护士的配合下，华武星三两下就把气管导管准确无误地插入了病人的气道，然后连接了呼吸机。

这下患者彻底安全了。

华武星起身后，本想再说冯小文几句，但发现她满眼泪花，到嘴边的话又咽了回去，转而说："慢慢来，第一次谁都会搞错的，明明就两个洞，一个是气管口，一个是食管口，想进气管却偏偏进了食管，有时候想去食管又偏偏去了气管，这都需要时间，没事的。回去再好好想一下，是哪个环节出了问题，多试几次，就能成功了。"

"对啊，华老师很温柔的，不要被他吓到了，他刚刚也只是着急病人而已，你别放心上。"旁边一个护士也安慰冯小文，"有他的指导，相信你很快就能上手的。"

冯小文擦干了眼泪，很快就恢复了平静，同时不解地问："老师，我感觉急诊的病人做气管插管比麻醉科的难多了。"

冯小文是硕士毕业，专业是急诊医学科，这个月刚来急诊轮科，之前也见识过华武星给病人做气管插管，她自己还去麻醉科练习了半个月，一直跃跃欲试。

"那是啊，急诊科的病人都是比较危急的，而且病人情况很差，可能一两下插不进去患者就会因为缺氧而死亡了；而麻醉科的病人，通常是全身条件很好的，而且已经被充分镇静、镇痛、肌松了，随便你怎么插，所以相对来说容易一些。

"但话说回来了，麻醉科也有很多高难度的插管，而且他们插管的次数比我们吃饭还多，所以专业手法上还是他们更胜一筹，这点咱们得服。万一哪天咱们自己捣鼓不进去了，还可以找麻醉科的老师帮忙，记住这点。"

冯小文似懂非懂地点头，眼睫上还挂着晶莹剔透的泪花。

"还有，小文，记住我一句话。"华武星回过头说，"病人不会因为你插不上气管导管而死亡，病人只会因为缺氧而死亡，对不？所以下一次插不上管，不要着急，既然插不上，那就先别插了，扣好面罩，按压球囊通气，只要保持氧气维持，患者就没事。再找人帮忙，或者缓一缓再重新插。"

华武星这席话，都是自己的肺腑之言。他也曾经是菜鸟，也有过无数的经验教训，但他也知道，试图通过简单几句话就让小文领悟到经验，是很难的，很多事情都得自己亲手试了，才来得深刻。

华武星把唐晓玲气管插管接上呼吸机的消息带给了她的父母。

唐晓玲父母得知状况后，一个踉跄，差点站不稳。

华武星说："她的大脑功能受到明显抑制了，今晚是呼吸不好，说不定明天血压也扛不住，你们得有心理准备。"

唐晓玲父母声泪俱下，又问华武星："还有没有机会醒过来？"

"我已经跟你们解释过很多遍了，长时间低血糖会导致大脑神经细胞水肿、坏死，造成脑损伤，而且注射胰岛素自杀我们也不是第一次遇见了，有些人能醒过来，有些人醒不过来，她这么长时间的低血糖，情况肯定重得多，你们自己体会吧。"

"医生，你一定要帮帮我们。"唐晓玲的父亲越说越靠近华武星，然后悄悄地塞给华武星一个鼓鼓的信封。

华武星立即后退了几步："别！别这样！这个东西改变不了你女儿的命运，你不给这个，我们是这样治，你给了这个，治疗也不会有什么变化。"

"这没什么，真的，没什么，就是我们老两口的一点心意，一点心意而已，你抢救了她一个晚上，也够辛苦了，你拿着这个，我们心安一点。"唐晓玲父亲结结巴巴地说，看得出他是第一次做这种事情，动作有些笨拙。

"华医生，您收下吧。"唐晓玲妈妈也在一旁小声说。看来他们是商量好的。

华武星笑了，表情有些诡异："告诉我，你们的摄像头放在什么地方？来，说吧，有几个摄像头，还有录音笔？"

唐晓玲父母不知道华武星说什么，面面相觑。

"你们送红包给我，不就是想拿我的软肋嘛，可惜你们打错算盘了，我还真不差钱。"华武星的笑容有些可怕，尤其是在这幽长的走廊里，让唐晓玲的父母打了个寒战。

"我们哪有摄像头、录音笔啊，华医生你误会了，我们是真的想感谢你。"唐晓玲的父亲缓过神来说。

"感谢我什么啊，你们女儿刚刚差点死了，而且能不能活下来还不知道，大概率是醒不过来了，有什么好感谢的，我只是做我的工作而已。"

华武星这句话，就像冬天的冷水一样，直泼在唐晓玲父母脸上。

他们脸色铁青，怔住不动，再也没说话。

华武星也不再理会他们，径直回病房了，丢下一句话："病人如果有变化，我会通知你们。"

唐晓玲父母被留在走廊，他们就像两尊残破的蜡像，许久才听到唐晓玲妈妈的号啕大哭，刺破长空。

回到病房后，华武星又巡视了一圈病人，一共 10 张床，都住满了，都是重病号。"今晚，吴水和唐晓玲的变数最大，得密切关注。"他跟小文和护士们说。

EICU 的护士们手上的活干不完，但闲暇时还是会打听唐晓玲的事情。

她们问华武星："知不知道唐晓玲为什么会自杀？"

"傻姑娘呗，她父母说她男朋友大概嫌弃她有糖尿病，就分手了，她想不开，就自杀了。"华武星说。

"真可惜啊。"姑娘们替唐晓玲抱不平，又觉得唐晓玲太傻，男人全世界到处都有呢，中国一直是男多女少呢，女性数量少，她长得还这么好看，还怕没男朋友嘛。

"这你就不懂了，这或许就是所谓的爱情吧。"另外一个护士抽空回了一句，手上的活没停。

"好了，咱们也不扯了，低血糖昏迷、酒精中毒的治疗也就只能这样了，接下来看她的了，这就是命。"华武星说完准备去睡觉了，已经凌晨4点了，直到现在他才稍微闲了一会儿。

临走前，他跟冯小文又说了一句："好好努力，你将来一定可以当气管插管跟玩儿似的，没啥大不了的，饭得一口一口吃，路也要一步一步走。你在我们这里待半年，绝对让你脱胎换骨。"

这话说到了冯小文心坎里，她眼泪汪汪的，又要落泪了。

华武星忙喊："打住，以后不许在我面前哭了啊。有上级医生在，你又没闯祸，仅仅是一次失误而已，算啥？好好睡一觉，明天还得早起开医嘱干活呢。"

冯小文拼命点头。

华武星看到稚嫩的冯小文，就好像看到了8年前的自己。8年前，他刚参加工作，也是在这里的急诊科，有过很多快乐的记忆，跟老马的，跟同事的，跟病人的，跟病人家属的……但也有刻骨铭心的苦痛记忆，尤其是跟病人家属之间，华武星永世难忘。

那些都是不开心的记忆，华武星想尽可能地抹掉这些记忆，但越是想抹掉，就越抹不掉。

于是他又失眠了。

他已经很久没有睡不着觉了。急诊科医生夜晚值班几乎是彻夜不眠，难得有一刻是空闲的，华武星就会扑倒在床上，刚开始怎么也睡不着，护士敲门的声音、走路的脚步声、喊他起床处理病人的声音，都会让他紧张。

但随着经验的增长，心态放平了不少，只要有 10 分钟的空闲，他就能倒头便睡，一睡就着，醒来后精力充沛。

但现在却翻来覆去难入眠。

眼看天就要亮了。

不知过了多久，华武星才迷迷糊糊睡过去。睡着后梦到了吴水的心包引流管，又梦到了唐晓玲的胰岛素笔，还梦到了走廊尽头的唐晓玲父母……

突然间手机响了。

华武星从睡梦中醒来，极不情愿地睁开眼，一看手机，是江陵来电话了。接通电话后，江陵平静地说："那个喝了酒的司机，陈凯，死了。"

华武星听到这消息，立马从床上蹦起来。

"谁死了？"

"陈凯，那个 40 多岁的酒驾司机，硬膜外血肿那个。"江陵重复一遍。他昨晚也没消停过，一直在处理源源不断的病人，华武星回到 EICU 后他还忙得焦头烂额。后来接到神经外科医生的电话，说患者术中情况很复杂，除了有硬膜外血肿，还有硬膜下血肿。

"奇怪的是，第一次头颅 CT 没看到有硬膜下血肿啊。"江陵很惊讶。

神经外科医生说："估计患者的硬膜下血肿是在做完 CT 之后才发生的，并非受伤当时发生，所以 CT 没有发现。他们做完了硬膜外血肿清除手术后，发现患者不对劲，不排除还有出血可能，迅速送 CT 室复查，果然发现患者新发了硬膜下血肿。"

硬膜外出血、硬膜下出血是完全不同性质的脑出血。硬膜是一层比较硬的脑膜，包围着松软得跟豆腐脑似的组织。硬膜外出血，一般还不至于马上压迫脑组织，因为有硬膜隔开了。但硬膜下的出血，就会迅速波及大脑。

"刚想推进去再次做手术，患者呼吸、心跳就停了。估计是影响了脑干，进展很快，来不及抢救。"神经外科医生说。

"太可惜了。"江陵叹了口气，接着问，"家属什么态度？"

"家属还好，毕竟患者属于酒驾，伤得又重，虽然很伤心，但他们还是接受了这个结局。"神外医生说。

江陵一脸茫然。

他怎么也没想到，一个硬膜外出血，竟然会夺去了陈凯的性命。由于大脑有硬脑膜保护，所以硬脑膜以外的出血一般不会波及大脑组织本身，所以多数情况下手术清除了血肿就好了，不至于致命。但没想到陈凯还有迟发性的硬膜下血肿，硬脑膜以下就是脑组织了，凶险度高了许多。

他开始懊恼，问华武星，如果昨晚他不同意吴水插队，执意先给陈凯做头颅CT，早几分钟将陈凯送入手术室，情况会不会得到改善。

华武星说："他那么严重，早几分钟晚几分钟不会有什么区别。别多想，这事不怪你。"

话虽如此，华武星也还是恨得牙痒痒。

心有不甘。

睡意全无。一看闹钟，已经六点半了。

挂了江陵的电话，华武星披上白大褂，快速走向病房。护士见他这么早起来，都觉得奇怪，病人都挺好的，这么早起来干吗，不多睡一会儿。

华武星跟护士关系不错，大家知道他忙了一个晚上，都想让他多睡一会儿。华武星没说话，径直走到吴水床前。

吴水已经醒过来了，精神还不错，此时在吃粥。心包引流管已经没有血液引出了，看来没有活动性出血了。而且心电监护显示生命体征一切稳定。

华武星黑着脸，说："恢复得不错啊，还吃起了早餐。"

吴水停了下来，说："感谢华医生的救命之恩，护士都告诉我了，昨晚是你救了我。如果不是你，我现在可能就在太平间了。真的非常感谢你，等我恢复后，一定要请你吃顿大餐。"

"对，你还能舒舒服服地躺在这里，那个司机，陈凯，他就没你这么好运了，他现在已经躺在太平间了。"

"什么意思？"吴水不理解。

"就是那个原本要先送去做 CT 后来被你粗暴插队的病人，那个司机，还记得吧？他死了！"

华武星一字一句告诉吴水。

吴水听到这个消息后，有些紧张。但很快他又想掩盖自己的紧张，说："他死了，好像跟我也没什么关系吧。"

"对，没什么关系，我就是想告诉你这个消息而已。不过，嗯，他如果早一点做 CT，早一点送上手术台，或许就能跟你一样吃早餐了。"华武星瞪着吴水，吴水忍不住一阵寒战。

"还有，如果是你女朋友开车，而不是你开车的话，他肯定也不会死掉。"

这句话，瞬间让吴水脸色惨白。

三

华武星内心其实挺讨厌吴水这个人的，大闹急诊室，踹坏了彩超机，无理由插队，还无证驾驶，但他命好，活了下来。可惜陈凯没那么好命了。

但不管怎么样，华武星没忘记自己的工作职责，他的职责是尽可能让手里的病人都活下来。对于吴水，他做到了。

但对于陈凯，还是失误了。

虽然正如他安慰江陵一样，早几分钟送去检查也不会改变结局，但起码那是一个机会，只要有机会，就不应该放过。但正因为吴水的蛮横，这个机会没了。

吴水突然掩面大哭。

护士闻讯赶来，问怎么回事。

华武星示意她们忙自己的工作，不用管这边。

"哭也没用啊，人死不能复生。陈凯的老婆孩子哭得那叫一个惨啊，整栋楼都听到了。"华武星添油加醋。他希望吴水认识到自己昨天晚上的行为的严重性。

吴水哭着说："当时真的很害怕，我全身都在颤抖，那是小慧的车，而且天很黑了，路上没什么车，我才敢摸着方向盘开一小段路，刚准备换小慧来开，他就撞上来了。小慧说胸口痛，脸上都是血，她可能是被撞伤了，或者是有什么严重的病。我爸爸去年就是心梗去世的，去世前也是胸痛得不得了，我以为小慧跟我爸一样……"

"所以我让江医生先看小慧，先给小慧检查，我怕小慧有什么情况，那就糟糕了。我也没想到他会这么严重，我以为他只是喝了酒装糊涂而已。"

吴水的哭声，再次吸引了护士们的注意。

他这番话，出乎华武星意料。

原来吴水是对胸痛有心理阴影了，估计他父亲的心梗让他非常害怕。事实上，杨小慧这样的年轻女孩怎么可能有心梗呢，何况还刚刚出了车祸，肯定是车祸引起的胸口痛啊。但不管怎么说，他真的很关心杨小慧。

事实上也是如此，他要求先给杨小慧做了CT，然后排到陈凯，最后一个才是他自己。这么说来，他也不是一个十分自私的人。正如之前霍婷婷她们说的，这还是一个情种，可惜脾气发错了地方，撒向江陵了。

华武星没再理会吴水。

他该说的都说了，该做的也做了。他本以为吴水是个十恶不赦的坏蛋，但现在看起来，吴水的坏可能也仅限于一时冲动的蛮不讲理。

很快就到交班时间了。

急诊科科室主任马志成来了，众多医生、护士一起交接班，江陵、华武星分别简明扼要地交代了昨晚夜班的情况。然后大家一起巡视了EICU的情况，了解到科室新来的两个病人，吴水、唐晓玲。

马主任巡房后，指着吴水的心包引流管，说："如果不再有血性液体引出，估计就是自行止血了，避免了一次开胸手术。今天复查心脏彩超，看看心包积液情况，同时请心胸外科医生会诊看看，如果没有什么特殊的，就安排他转去普通病房，择期出院了。"

"阿华，病人的心包穿刺术同意书，补签字了没？"马主任问。

"签了，给他姐姐签了，他本人清醒后也补签了。"华武星说。

"你是真大胆啊，我看以后就叫你华大胆算了吧。哼，没有签字，没有彩超，直接就给人家穿上了，还拉上了江陵，这万一没穿中，患者死了，我看你们怎么收场。"马主任有些生气。

华武星满不在乎，说："当时那个情况，如果不穿，或者等接到彩超机看清楚再穿，他现在就躺在太平间了。"

"你也这么想的吗，江陵？"马主任转头问江陵。

江陵说："主任您常说救人第一，昨晚的确是迫不得已。事后我们也第一时间找家属补签字了，而且现场也有摄像头，咱们如果动作不快，可能今天就要进行死亡病例讨论了。"

"哦，这么说来，我还得向医务科给你们邀功了，对吗？"马主任边走边说。

众人跟上。

"邀功倒不至于，别扣奖金就好了，否则下个月得吃土了。"华武星一句话惹得人家想笑又不敢笑。

马主任没准备再继续这个话题，带着大家去查了唐晓玲的情况。

华武星把病史简单介绍了，最后说："患者长时间低血糖，加上酒精中毒，导致患者深昏迷，出现呼吸不稳定，预后很差。"

"大好年华的一个小女生，就这样真可惜啊。"马主任看完唐晓玲的 CT 片子后说，"脱水药上了吗？患者有点颅内水肿。"

"都用了。"华武星说。

"还是请神经内科、内分泌科来看看吧，看看有什么需要调整的。咱们干急诊的，别想着一切都大包大揽，要懂得找人帮忙，这是对病人负责，也是对我们自己负责。"马主任说。

马主任话有深意，但说得很是正确。急诊科是处理急症的，病情复杂的必须找人帮忙会诊，一方面综合各方面治疗意见，另一方面也是多个人分担责任，万一出了事情，不至于自己一个人承担。

"继续观察吧，看看有没有机会醒过来，下午再拉过去复查一个头颅CT，看有没有新的发现。"马主任丢下一句话就走了，让大家各自看病人。

马主任把华武星叫去主任办公室，私底下教训他："你也干了将近10年了，马上就要升副高，做事情能不能想想后果？像昨晚这种情况，什么样的应对措施才是正确的，才能够保护自己，你不知道吗？万一搞砸了，你这辈子就老死在主治了。"

华武星把头歪向一边，说："我只记得老马教过我，救人第一，其余的放两旁。这句话我记了整整8年，我可不敢忘记啊。"

"你小子，现在还学会倒腾我了是吧？"马主任点燃了一根烟，眯眼看着华武星。

"岂敢啊，要不是吴水那小子把机子踹坏了，给我一百个胆我也不敢硬着头皮上啊。"华武星摊手无奈地说，"你得赶紧叫人来看看咱们的机子是不是真坏了，坏了得让他赔，否则出了院这事就没下文了。"

8年前，华武星来到这家医院工作，当时马主任是他的带教老师，手把手带华武星成长。他们俩关系挺好，华武星头脑聪明，反应很快，深得马主任喜爱。后来马主任成为科室主任了，华武星也成长起来了，自然也成了马主任手底下的爱将。

在华武星内心深处，马主任一直是自己的师傅，有时候又像自己的兄长，他们俩的关系可以说是亦师亦友，华武星习惯称马主任为老马。

"彩超机的事我知道了，我会处理好的，说说吧，下次再发生这样的事，你应该怎么处理才是最妥当的。"老马继续问华武星，"而且，我是说过救人第一，但我是有前提的，在保护好自己的同时才是救人第一，如果你连自己都保护不好，还谈什么救人。"

"你的意思是不管他了？让他活活憋死？"华武星斜眼看着老马。

"说你傻，你真傻。"老马没好气地说，"人，肯定要救，但你得找人撑着，懂吗？"

"找你？"

"找我也行，但找我不是最好的选择，我只能管管咱们科室的百十号人，到了上面，我就控制不住了。"

"那你的意思是？"

"找医务科啊！找总值班啊！找院领导啊！傻小子！"老马狠狠吸了一口烟，都喷在了华武星脸上，华武星不吸烟，不喜欢烟味，赶紧捏住了鼻子。

"找人我当然知道，但当时那种情况，根本来不及找人啊！"华武星反驳。

"你旁边不是有人嘛，傻瓜，让护士打电话给总值班，让规培医生打电话给医务科，不能让他们干站着看你干活。电话打通了，告诉他们，你准备给一个病人心包穿刺，但是彩超机坏了，来不及借，只能盲穿，再耽误就必死无疑，后果是可能加速病人死亡，让他们同意你的决定，他们同意了，你就放开手脚干。"

"你边做准备边说话，手机免提，让所有人都听到，到时候所有人都是证人，懂了吗？"老马缓缓吐了一口烟，"只要总值班、医务科的人知道了这件事，就等同于医院知道这件事了，那一旦出了事，就怪不到你头上了，上面有医院顶着。"

华武星突然间觉得后背一阵发凉。

老马说得有道理，自己当时的确是冲动了。

"你跟了我这么多年，怎么这种精髓就学不到呢？说你精明吧，有时候又太老实。说你老实吧，有时候又跟猴似的。让人不省心啊。"

"那万一总值班、医务科不同意操作呢？"华武星问。

老马怔了一怔，然后才说："你怎么会有这种想法呢？他们怎么可能不同意，医院的宗旨还是要救人的，他们顶多让你根据实际情况来决断，他们不能替你决断，他们也不傻的。

"只要他们没有明确拒绝你，没说不能操作，那这事就成了。你已经成功让医院知道你在以身犯险救病人了，而且通知过他们，万一出了事，说句不好听的，扎破了心脏，加速了病人死亡，医院也或多或少会帮你兜着，而不会把你推上风口浪尖。"

老马几乎等同于把这件事的凶险及化解方式揉碎了喂给华武星。

华武星也算是临床老鸟了，但在应付这些可能涉及医疗官司的事情上，还是不够精。

"另外，一大早我就接到了家属对你的投诉，唐晓玲的父母说你说话难听，态度不好。这事是真的吗？"老马继续问华武星，"他们在门口就拦住我了。"

华武星摊开手，说："我历来都是这样的，不喜欢我的病人家属一大把。我也不需要他们喜欢我啊，我是医生，不是人民币。"

"这个事也不能怪你，你有你的性格，虽然病人家属不喜欢你，但同事喜欢你啊，说明你这个人也不是一无是处嘛。"老马笑着说，"但是你得警惕啊，急诊科人来人往，什么病人家属都有，咱们还是尽量平和一点，别得罪人，别哪一天你挨揍了，或者说被砍伤了，那多委屈啊。"

"主任，你说完了没有？说完了我可准备下班了，回家好好睡一觉，我妈还说要给我介绍对象呢。"华武星开始打哈欠了。

"一说到这个事你就给我打马虎眼，上点心吧，这方面你得向江陵学习。"老马说。

"我走啦。"华武星转身就出门。

老马喊住了他，欲言又止。

"少吸点烟，我走啦。"华武星头也不回。

老马再次喊住了他，犹豫了一下，才心平气和地说："有些事情过去了就让它过去，翻篇了，不能把它带进你所有的生活，多数病人家属还是普通人，可以沟通的嘛，你也不用跟个刺猬一样，既会伤到别人，自己也不开心，何苦呢？"

华武星没有回答老马，走了。

他这个班结束了，在更衣室又碰到了江陵，江陵看华武星情绪低落，以为他被老马叫去批评了，安慰他，说："被领导教训两句也没啥，还不至于扣奖金吧，他们知道你还要供房呢，会手下留情的。"

江陵自己也不开心，正为陈凯的死有些内疚，试图说个笑话缓和一下气氛。

但好像不怎么好笑。

起码华武星没笑。

华武星不开心，并不是因为老马教训他。事实上老马也不算教训他，而是教育他，这是他们俩的一种相处方式，差不多10年了都是这样过来的。江陵比华武星晚入职几个月，而且当时他跟着另外一个上级医师学习，并没有跟老马接触太多，所以他不能完全理解华武星和老马之间的感情。

华武星不开心，是因为老马又说到了他的痛点，就是跟家属之间的瓜葛。刚入职那年，华武星还是非常热衷于跟家属打交道的，直至有一次，华武星被家属蒙骗了，害得他很惨，被医院扣分处分还是小事，最惨的是内心的原则被冲撞了，那个家属颠覆了他对美好医患关系的向往，从此以后，他不再相信家属，甚至波及了患者本人。但华武星毕竟是一个医生，救死扶伤是他的工作，他更愿意跟疾病打交道，钻研临床疾病他可以废寝忘食。老马曾经开导过他，让他尝试跟家属友好沟通，会发现其实大多数人都是友善的。医生群体也不都是好人，也有坏人，遇到一两个恶劣的家属不能代表天下家属都是这样的。

但华武星有自己的坚持，治病是他的任务，治病人才是悲哀的开始，试图跟家属建立关系更是灾难的前奏。

他已经不愿意去回首这段往事，希望它可以永远埋在心底，但这件事对华武星的伤害是持续存在的，老马也看出来了。

短暂调整之后，俩人都逐渐平静了下来。华武星问江陵要不要一起吃个饭。

江陵摇头："今天不行，约了女朋友，去看车，她相中了一款最新出来的车，准备买来做婚车。"

"豪车？"

"还行吧，全款拿下来可能得30多万。"

"你小子，存了这么多钱我咋不知道呢？"华武星调侃他。

江陵苦笑："我有几个钱你又不是不知道，这钱她出一半我出一半。她们银行今年业绩好，奖金高，而且她父母也体弱多病，常往医院跑，家里没个车还是挺不方便的。"

华武星刚想说话，老妈的电话又来了，他在换衣服，接通后放了免提，电话一接通，那头就迫不及待开口了："儿子啊，你回来了没有？我已经约好人家姑娘了，就在我们家楼下咖啡厅，你得准时来啊，别让人久等。我跟你说啊，这姑娘特好，妈哪哪都喜欢，好生养，准能给我生几个大胖孙子……"

"妈，你别跟催命符一样，你儿子昨晚值了夜班一宿没睡，你要折腾死我啊。"华武星提高了嗓门。

"知道我儿子辛苦啦，但这事特别重要啊，前面几个你都不满意，这个你肯定喜欢！你先回来见了面，晚点妈让你在家睡个一天一夜，总可以了吧。"

电话里沈大花的声音特别有穿透力，江陵快憋不住了，想笑，又不敢发出声音。

华武星才意识到江陵也在旁边，赶紧说："先这样吧，我这就回去。"然后挂断了电话。

江陵这才放开了笑，笑得前仰后合。

"笑吧笑吧，笑个够！"华武星没好气地说。

"阿姨说得对，你也三十好几的人了，你看我都快要结婚了，你连女朋友都还没有，她能不急吗？哦不，你是有女朋友的，不过那是十年前的事情了。"江陵笑着说，"相亲多好啊，省时省力，相中了直接送入洞房。"

这是江陵少有的能够调侃华武星的时候。

华武星也认栽，说："这是今年的第四个了。她给我张罗了四个，一个比一个夸张，第一个只看了人家工作稳定，后来人家说不想生孩子，黄了吧。第二个性格相貌不错，但要求我自己全款买婚房，我哪有钱，也黄了。第三个是上个月的事情，本来觉得还不错，后来一看，对方也是医生，然后就没下文了。"

医生跟医生的组合，看似完美，实际上无奈至极，两个人都是不着家的，你夜班我白班，你白班我夜班，就跟太阳和月亮一样，这日子没法过。这是华武星妈妈沈大花的原话，所以不答应。

"行了行了。"江陵不打算继续聊这个话题了，问华武星，"唐晓玲那个病人怎么样，还有什么办法吗？"

"还能有什么办法，等呗。刚刚我看神经内科的医生在会诊了，看他们有没有其他招儿。"

"希望她能醒过来吧，"江陵若有所思，"白发人送黑发人的感觉是真难受。"

"你操心的事可真多，下班了，赶紧带女朋友买车去吧。"华武星说他，"没有车，人家说不定还不愿意跟你结婚呢。"

这话说到江陵的痛处了，他叹了口气，说："都以为找医生当男朋友是挖到金矿了，殊不知穷得叮当响。跟那些做生意搞业务的同学比起来，人家豪车、豪宅、穿金戴银，我们真的是太寒酸了。"

"哟，好像还有什么故事似的，说来听听。"华武星调侃他。

"算了算了，不说了，一切都会好起来的。"江陵松了口气，推开门走了，临走前给华武星加油，意思是祝华武星相亲顺利。

华武星收拾好东西，也走了。经过护士站的时候，听到护士在给老马打电话，说 EICU 4 床患者血压垮了，休克了，正在抢救。

四

华武星一听，4 床不就是唐晓玲吗？刚才血压还行，怎么就休克了呢？

"怎么回事，是不是利尿剂用过头了，血容量不足了？"华武星问她。

护士说她也不知道，是里面的徐大力医生让她出来打电话的。

虽然华武星口口声声跟家属说患者随时会有生命危险，但短时间内血压就垮下来他也是不能接受的。血压垮下来的原因有很多，如果不及时处理，患者可能就真的一命呜呼了。虽然里面现在有值班医生在处理，但病人是他自己收进来的，他既然知道了这个事情，就没办法置之不理。

华武星加紧了步伐，径自走入 EICU 病房。在走廊里又看到了唐晓玲的父母，两人相拥而泣。华武星没跟他们打招呼，他们估计也没看到华武星。

进入病房后，华武星迅速换好工作服，飞奔到唐晓玲床旁。

几个护士看到华武星又折回病房，都很奇怪："华哥不是已经下班了吗？怎么还回来？"

现场已经有值班医生在处理了，是徐大力，比华武星晚来一年，也算是急诊科的一员干将了。他看到华武星又出现在唐晓玲床旁，也感到讶异，但很快就开始跟他描述唐晓玲的病情了。

原来刚刚神经内科医生过来会诊，判断患者已经是深昏迷，估计是低血糖时间太长，严重影响了大脑功能。正如华武星所说的，大脑神经细胞死掉一个就少一个，死掉一批就少一批，没办法再生。

昨晚患者呼吸不好，上了呼吸机。今天发现，患者基本没有自主呼吸了，神经内科医生甚至怀疑患者已经脑死亡了。

脑死亡，这是华武星不愿意面对，但不得不面对的事情。

一个深度昏迷的患者，现在各种神经反射都引不出来，甚至连自主呼吸都没有了，真的非常有可能是脑死亡了。简单地说，病人虽然还有心跳，但是脑功能完全障碍了，从医学上来讲，这个人已经死亡了，只不过普通人还接受不了而已，毕竟患者还有心跳。

"已经跟家属说了吗？"华武星问徐大力。

"说了，家属接近崩溃了。"

难怪刚刚看到她父母在走廊痛哭。

"血压这么低，怎么考虑？"华武星问。

"估计是脱水药用得猛了，液体补入不足导致的低血容量休克。"

徐大力分析，"现在正在加紧补液体，同时用点升压药，看能不能尽快把血压提上来，否则时间长了肾脏等器官也会受到波及。"

"老马呢？"华武星问。

"他去医务科了，好像是开会。"徐大力说，"我让护士给他汇报情况了。马主任很看重这个病人，据说她父母也找了医务部主任，好像医务部的潘主任跟他们家有点关系，是熟人还是什么其他关系。反正老马临走前吩咐了，必须好好看着她，别出意外了。"

"什么熟人不熟人的，如果真是熟人，昨天晚上一入院就应该给医务科潘主任打电话，不可能拖到今天早上。今天早上才电话，只能说明不是很熟，肯定是多方关系打听、七绕八绕才绕到潘主任身上的，熟不熟咱们都是这样治疗。"华武星最讨厌别人看病找关系，好像找了关系就能起死回生一样。

"找了关系，起码家属安心一些吧，希望我们尽力。"徐大力试图理解家属的感受。

"不找关系我们就草菅人命了吗？"华武星反问他。

"华哥，打住，饶了我吧，哈哈。"徐大力无意跟华武星争论，"既然你回来了，那就看看吧，治疗上还有没有需要注意的，你更熟悉她的情况。"

华武星没搭话，从头到尾又扫了一遍病人，检查了瞳孔，似乎有些缩小，对光反射很迟钝，这意味着脑功能真的不好。四肢的神经反射都引不出来。血压好了一些，说明徐大力的处理有效并且及时。

唐晓玲躺在病床上，除了还能看到心脏在跳动，真的就跟死了一样。就连胸廓的起伏，都是靠着呼吸机在吹，她已经失去了自主呼吸，这意味着脑干功能严重受损。

护工阿姨这时候在给唐晓玲梳头发，小心翼翼地，边梳边叹气："长得这么好的姑娘，真可惜啊。"

"阿姨，你梳这么好看，她自己也看不到。"徐大力说。

"那可不，她爸妈跟我说，她很爱美的，平时都打扮得漂漂亮亮的，让我帮忙收拾好看一点，万一她醒过来，看到自己不好看的样子，会伤心的。"阿姨说，"还有，等下她男朋友会过来看她。"

"就是为了他自杀的那个男朋友？"徐大力问。

"是吧，我也不清楚，她父母说的。"

现在整个科室都知道这个可怜的女孩子是为情自杀了，连护工阿姨都知道，很快整个医院都会知道了。

"她可能不会有醒过来那一天了。"华武星淡淡地说了一句。

大家陷入了沉默，只有仪器的嘀嘀嗒嗒声。

这时候一个实习护士过来了，要给唐晓玲登记尿量。华武星问她："昨天到现在，总共多少尿量了？"

"2500ml 左右。"

"嗯，还行。"

"老师，现在真的特别多女孩子自杀啊。"实习护士是个小姑娘，她边登记尿量边跟华武星聊天。

华武星"嗯"了一声，没搭话。

"我那边县医院，经常都会有人自杀，现在割脉自杀的很少，都是吃药自杀，特别恐怖。"小姑娘说得很认真。

"哦？有特别有意思的病例吗？说来听听。"华武星似乎饶有兴致。

"没啊，没什么特殊的，注射胰岛素的我们那边也有，我有个姐妹就是在我们那边医院的 ICU，跟我提起过。还有一些是吃大量安眠药，一整瓶全吞了，洗胃都来不及，人就没了。"

小姑娘越说越紧张，最后不由得打了个冷战。

"你说他们吃什么自杀？"华武星突然转过头来，瞪着小护士。

"安眠药啊。我就从来不敢吃，一个可以用来自杀的药物我从来不敢碰。"小姑娘说。

华武星内心突然汹涌澎湃，他似乎发现了什么重要的事情，扭头就往外跑，把徐大力等人搞得莫名其妙。

华武星跑到病房外面走廊，看到唐晓玲的父母还在，坐在凳子上以泪洗面。华武星快步走过去，问他们："唐晓玲有没有吃安眠药睡觉的习惯？"

这个问题把他们问蒙了，二人面面相觑，许久才反应过来。"没有吧，没有，没听她说过睡眠不好的情况，平时我们去挂号拿药，也就是拿胰岛素而已，没有拿安眠药啊。"

"那你们有没有吃安眠药的习惯？"华武星不死心，继续问。

"也没有。"唐晓丽父母给出的答案，显然不是华武星想听到的。

华武星进一步问："你们确定她没有吃安眠药吗？家里真的没有安眠药吗？还是她自己偷偷吃你们没有发现？家里有没有安眠药的药瓶子或者药盒，留意过吗？"

"医生，你是怀疑她吃安眠药自杀吗？"唐晓玲妈妈嘴唇发抖，问了一句。

华武星点头，说："我现在要你们回家找找，翻箱倒柜也好，啥都好，看看能不能在家找到相关的药瓶。我这边也会给她抽血化验，看看能不能有所发现。"

"如果是安眠药中毒，还有机会吗？"他们红着眼睛问华武星。

"不知道，走一步看一步。"华武星仍然没给他们希望。

回到病房后，华武星让护士给唐晓玲抽血、留尿，送去化验，看看能不能从中找到安眠药的成分，但是安眠药的种类这么多，检测也不是一时半会儿就能出结果的。

老马回来了。华武星跟他说了情况。

"你怀疑她是安眠药中毒？"老马问，"不是胰岛素过量和酒精中毒引起的昏迷吗？难道还有别的我们没发现？"

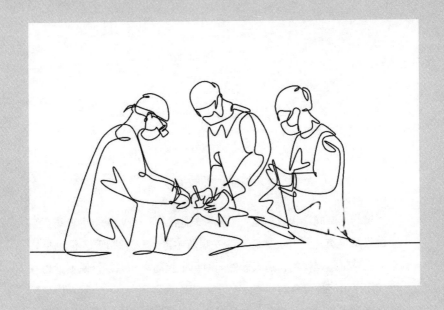

3

柳暗花明

一句话，不做，没什么希望；做了，有点希望。就这么简单。

一

　　老马的疑问让华武星陷入了思考，他说："一直就觉得患者瞳孔偏小，虽然没有达到针尖样瞳孔（安眠药中毒的一种表现），但也是偏小的，总觉得怪怪的，病人既然同时用了胰岛素和酒精，说不定真有可能用了第三种自杀的办法，吃过量安眠药。"

　　老马点头："也不排除这种可能性，过量安眠药中毒也会导致低血压、呼吸抑制，甚至类似脑死亡都是可能的。只能等化验结果了。"

　　"如果能在她家找出安眠药盒子，我们都不用等化验结果了，直接给氟马西尼和纳洛酮来解毒，说不定患者就能醒过来，她昏迷的时间不短了，多耽误一分钟都有危险。"华武星越说越兴奋。

　　老马示意他停下来："什么意思？诊断还没成立，就先上治疗？药物可都是有副作用的，而且万一患者死亡了，家属说我们的药出了问题，怎么办？说我们胡乱给病人用药，又去医务科找我们麻烦，怎么办？"

　　"又？什么叫作又去医务科？"华武星问。

　　"不瞒你说，她父母托了很多关系，找了医务科潘主任，抱怨了几句，也没啥，就是说你态度不大友善而已，算不上投诉。"老马点了根烟，"我都尽量在潘主任面前给你美言了，你小子，不知道我给你擦了多少次屁股。"

　　华武星给老马作了个揖。

　　"少来这一套，你说没证据就直接给病人上氟马西尼，这点我是不同意的。换作平时，也就算诊断性治疗了，但这个病人情况很复杂，很可能醒不过来。除非你说服她的家属，家属同意，签了字，咱们就干，否则别把什么都往自己头上扣，懂了吗？你真的不让我省点心啊。"

没多久，唐晓玲父亲来电话了，找华武星。

华武星赶紧接过了电话，唐晓玲父亲说："在家找了个遍，垃圾桶也找了，各种柜子都打开了，也没发现有安眠药的盒子。估计女儿真的没用过安眠药，更不可能吃安眠药自杀。"

好不容易找到的一丝希望，落空了。原以为患者是服用过量安眠药导致的深昏迷，果真如此的话似乎还有救治的希望，总比长时间低血糖导致的脑损伤要好。但这个电话，等同于又把唐晓玲进一步推向了黑暗的深渊。

深不见底。

护士说刚刚来了一批人在探视唐晓玲，护工阿姨还特意看了有没有病人的男朋友，结果她男朋友并没有来。跟唐晓玲要好的几个闺密都来了，大家哭得稀里哗啦，纷纷感叹命运弄人。

"她男朋友为什么没来？"华武星问。

"他还有脸来！"唐晓玲的一个姐妹恨恨地说，"把我们玲玲害得这么惨，他还敢来吗？"

华武星问："唐晓玲是不是跟男朋友同居的？"

这个问题有些唐突，在场的人很意外。"问这个干吗？"有个姐妹擦了眼泪，瞪着华武星。

"别误会，我就想了解一下他们是不是一起住而已。如果是一起住的话，住在哪里，我想问她男朋友一个问题，一个关乎病人生死的问题。"

华武星想到，唐晓玲家里没有找到安眠药的盒子，万一她曾经跟男朋友同居过，或者偶尔住一起，说不定在男朋友那里会存有药物。

唐晓玲的几个闺密面面相觑，大家谁也拿不准唐晓玲到底有没有跟男朋友同居过或者偶尔住一起过，这个问题太隐私了，估计她们真的不知道。

"那她男朋友的电话或者微信，你们有吗？"华武星继续问。

"只有微信，没有电话。"一个闺密说，"但是刚刚拉黑了他。"

华武星内心一顿吐槽。

华武星知道问她们也没用，为了不耽误时间，他直接打了唐晓玲父亲的电话，电话一接通，就问他："唐晓玲男朋友的联系方式有没有？"

"有的，玲玲的手机里面有。"刚刚他也给唐晓玲的男朋友打了电话，问他知不知道唐晓玲有没有吃安眠药的习惯，他说没有，本来也是，自己的女儿还是他们了解得更清楚一些，但就是怕，万一这孩子有事不敢跟他们说……

华武星还想从唐晓玲父亲这里拿到她男朋友的电话，询问安眠药的事情，没想到唐晓玲的父亲已经问过了，并且答案依旧让人失望。

看来病人并没有吃安眠药的习惯，那么她用安眠药来自杀的可能性就微乎其微了。

老马来了，看到华武星情绪有些低落，拍了拍他的肩膀，说："如果你想要氟马西尼和纳洛酮，就必须取得家属同意，并且签好字，千万不要一时头脑发热就怼上去。

"我们救不了所有病人的，你又不是初来乍到的年轻医生了，赶紧下班吧，回家好好洗个澡休息休息。你看你那眼圈黑得跟什么似的。"老马再次提醒华武星。

EICU里面每两张病床之间就有一个洗手台和镜子，华武星旁边刚好就是镜子，镜子里的自己真的很憔悴了，胡子拉碴，黑眼圈明显。

突然手机响了。

掏出来一看，是老妈来电。

糟糕。华武星才想起来今天老妈要带他相亲。

华武星赶紧找个角落接了电话，电话一接通，那头就开始劈头盖脸骂了："还有5分钟，你怎么还不来？你是不是存心让我难堪啊，兔崽子！"

华武星一个劲儿道歉，说病人状况不好，走不开。

"你不是下班了吗？地球离开你就不转了？科室没你就不能干活了？还是你存心不想来啊，我都已经给人家姑娘倒3杯水了，人家就要喝不下了！"华武星妈妈发脾气了，说，"今天你要是不赶紧过来，我以后都不管你这破事了，我也不等着抱孙子了，再过两年我就找个养老院待着去，你自己过吧。再说一遍，多等你10分钟，你赶紧飞回来！"

华武星刚想说两句，对方就挂机了，不给反驳和拒绝的机会。

这下闹大了。

正准备打回去，又接到新的电话。

是一个年轻男性的声音，一接通电话就自我介绍，说是4床唐晓玲的男朋友。

听到这个介绍，华武星的耳朵立即竖了起来。对方说："跟护士要了您的电话，刚刚玲玲爸妈找过我了，问我知不知道玲玲吃安眠药的事情。我说她从来没说过吃安眠药这个事。但是我刚刚登录她的网购账号，发现了异常。"

华武星屏息凝神，生怕漏了重要信息，让他接着说。

"我在她的支付记录里面，找到了一个购买地西泮片的链接，并且显示已经付款一个多星期了。我查了一下，地西泮片就是一种安眠药，我想这可能是个比较重要的点，所以就冒昧联系你了，不知道对她的治疗有没有帮助？"

华武星很激动，问买了几盒药。

"3盒！"

挂了电话，华武星立即找到老马，告知了情况。老马也是一脸不解，都什么年代了，怎么还能这么容易网购到安眠药，安眠药可都是严格管控的，不允许随意售卖。

病人很有可能是真的口服了过量安眠药自杀的。但她不想让家里人知道，所以没露出任何痕迹，如果不是男朋友有她的网购账号，还真是没办法追踪。

华武星把唐晓玲的父母都叫到急诊科来。

"目前掌握了病人购买安眠药的证据，但是不是一定口服了过量安眠药自杀还不知道，化验结果还没出，估计最快得明天后天才能出来。但病人情况危重，等不了那么长时间，我们可以先按过量安眠药中毒来处理，用特异性的解毒药，并且使用血液净化治疗，尽量减少血液中的药物成分，看有没有机会醒过来。"

病人父母又是一阵痛哭，女儿买安眠药自杀，说明这不是一时想不开，而是准备了很长时间了，都怪自己没开导好女儿。

"现在不是说这个的时候，现在要你们签字，同意我们用氟马西尼、纳洛酮、血液净化治疗，这些治疗有可能起效，也有可能是多此一举，不好说，得摸着石头过河。"华武星语速飞快。

华武星又把这些治疗的费用、可能带来的不良反应都简单说了。

一句话，不做，没什么希望；做了，有点希望。就这么简单。

病人父母很激动："答应，什么治疗都答应，有帮助就好！"

签好字后，华武星带着护士准备给唐晓玲用药。

氟马西尼是一种苯二氮卓类安眠药的特异性拮抗剂，据老马说用药后一分钟可以清醒，但也分情况，有些中毒比较深的，可能要连续用好几支药，甚至几十支药才有反应。而纳洛酮，是阿片受体特异性拮抗剂，能治疗酒精中毒，也能治疗安眠药中毒，效果也因人而异。

"氟马西尼0.3mg，静推。"护士重复了一遍。

"推吧。"华武星紧紧盯着唐晓玲的生命体征。

一针下去，没什么反应，等了几分钟也没反应。

二

"再推一针。"华武星说。

于是又推了几针，依旧没反应。纳洛酮也用了不少，也没有反应。唐晓玲依旧像个死人一样，躺在病床上，一动也不动，除了呼吸机在规律打气外，没有其他要醒过来的迹象。

老马说："急不得，可能需要点时间。另外，患者的确长时间低血糖，搞不好低血糖昏迷才是重要的，药物中毒还是次要的呢。"

这种可能性的确存在。

接下来要做的是血液净化。原理很简单，华武星先在患者股静脉打针，放入一根导管，把血液引入床旁的血液净化机器，机器里面有吸附剂，能把药物毒物吸附起来，清洗干净血液后再回输给病人，从而达到解毒的功效。

老马问华武星要不要先回家休息，这些留给值班的徐大力做就行了，徐大力也是"老鸟"了，信得过，不用事事都自己动手。

华武星不答话，但他手头上不停的动作已经告诉了老马，他想自己做。

老马也就由他去了，转头吩咐规培医生冯小文："等下给你老师订个午饭，多打点肉。"

冯小文也没走，她听到唐晓玲病情有所变化，于是决定留下来一同处理。看到华武星忙前忙后的一直搭不上话，这会儿看他在给唐晓玲做血液净化，赶紧过来学习和打下手。

她知道华武星爱吃什么，点头回应了主任。

"老师，她们（护士）说病人可能是安眠药中毒，还能治吗？"冯小文轻声问。

华武星头也不抬，说："就看这两天了。想死的人，有时候拉也拉不住，谁能想得到一个女孩子会用三种方法来自杀？要不是她男朋友浏览了她的网购记录，咱们都还跟傻子一样被她玩得团团转呢。"

"还有，昨天我语气不好，说了你几句，别放在心上啊。"华武星抬起头，望着冯小文说。

"哪有，老师，您教训得对，是我自己太着急了，心态不够稳定，我决定继续踏踏实实地跟着您学习。"冯小文笑着说。

"嗯，这态度很棒。想学什么，我就教什么，绝不保留哈。"华武星也笑了，手上的活儿没停。

要做血液净化，就得先做深静脉穿刺，这需要无菌操作。这种操作对一个成熟的急诊科医生来说算是小菜一碟了。华武星一边操作一边给冯小文讲解，哪里需要注意，有什么技巧，等等，说得很耐心。

正做着穿刺，华武星的手机又响了。

糟糕，肯定是老妈打过来的。华武星心想，但没办法，现在戴着无菌手套，没办法接电话。冯小文问要不要帮他接，华武星一想，算了，这种事特别糗，还是别让其他人知道了，就说不用接了，估计是骚扰电话。

手机响了很久，停了。

然后又响了。

"这也是骚扰电话？"冯小文问。

"不管它，现在很多人都问我要不要买房、贷款啥的，让它响吧。"

话虽如此，但华武星心里苦啊，看刚刚老妈那个架势，不像开玩笑的，真的是生气了。但现在正在紧要关头，也没办法回电话。

不到 10 分钟，华武星操作完了，接好了管路，护士推了血液净化机子过来。

机器开始运转。

看着暗红色的血液从唐晓玲的静脉被源源不断地引出，所有人都在期待她醒过来的那一刻。

华武星扔了手套说："剩下的真的得靠佛祖了！"言外之意，别无他法了。如果病人真的是药物中毒，那么氟马西尼和血液净化是最好的治疗方式了。但坏就坏在中毒的时间比较长，对大脑的损伤已经造成了，能不能醒过来，没人知道。

得空了以后，华武星赶紧给老妈打电话。

但没人接听。

又打了几遍，仍然没人接听。

华武星着急了，赶紧换了衣服回家。冯小文喊住他，还有午饭没吃呢。

华武星一看时间，已经中午 12 点了，就让冯小文替他把饭吃了。刚出科室，又被唐晓玲的父母堵在门口，他们担心地问："情况怎么样了，醒过来了没有？"

华武星无奈，说："我不是神仙，治疗已经上了，能不能醒过来得等，说了很多遍了。"

"拜托华医生，一定要想尽办法，想尽一切办法，救救她。"唐晓玲妈妈准备下跪了。

华武星眼明手快，一把扯她起来："别这样，你跪我也没用啊，该做的我们都做了，我已经下班了，有什么事找我们马主任吧。"

一路飞奔到停车场，开了车火速赶回家。

这期间又打了几遍老妈的电话，还是没接。

不会出什么事了吧？华武星着急了。

等他慌慌张张赶回家，开了门，发现老妈正坐在沙发上看电视呢。

啥事也没有，华武星如释重负，说："妈，你都吓死我了，怎么不接我电话呢？"

他妈妈没理他，继续看电视，不断地换台。

"妈，你怎么没回我话啊？我真不是有意的，我刚刚真的在忙，等我想起来这件事的时候，已经过了时间。我真的特别对不起，我的好妈妈。"华武星走到老妈面前，一个劲儿道歉。

他妈妈用力地、拼命地按遥控器，终于发话了："华大医生，你还记得你有个妈妈啊，你还记得你有个家啊，你到底还要不要成家啊！

"你知不知道刚刚楼下那几个阿姨见到我了，又问我，沈大姐啊，你儿子的事成了没有啊？如果没成，我再帮忙物色几个，医生那是多好的资源啊，可不能浪费了啊。

"你知道我刚刚多为难吗？我跟人家姑娘谈了那么久，还约了时间，你又不到，可知道我多着急啊，打你电话又不接！我把水壶里的水全都倒给人家了，人家喝水都快喝饱了啊，我沈大花脸皮那么薄，我帮你扛了大半个小时，你都没出现。你的病人重要呢，还是你能不能讨到老婆重要啊？你说啊，你还管不管你妈妈了啊！

"我就是不接你电话，让你急，你不是也不接我电话嘛！"沈大花跟个孩子一样发脾气了。

"妈也知道你忙，可妈不是已经挑了你下班后的时间了吗？又不是你正常上班的时间，你就不能抽空把这事了了吗？多好的姑娘啊，你怎么就这么……这么……不珍惜呢。"沈大花一把鼻涕一把泪地诉说着。

"妈，真对不起，我知道你是为我好，但我刚刚真的在忙，我那个病人病情有变化，快要死掉了，他父母又跪在地上求我……我是她的管床医生，我最熟悉她的情况，我不能见死不救啊，治病救人不是您平时要求我的吗？我没敢忘记啊，好妈妈！"华武星试图把医院的情况说得更糟糕一些，转移他妈妈的注意力，把她从怒火和抱怨中拉出来。

这招果然奏效。

"真的？"沈大花擦了眼泪问华武星，"那人救回来了没有？"

华武星松了口气，再慢慢地把唐晓玲的事情添油加醋地跟沈大花描述了一遍，又说了吴水的事情。因为事情的经过都是真实的，所以华武星说得非常顺畅，沈大花自然都相信。

沈大花终于冷静下来了，说："一晚上辛苦了，赶紧吃点东西，补补觉去吧。"

"妈，那个姑娘，后来怎么样了？"华武星笑着问。

"哪个姑娘啊？"

"就是您准备介绍给我的那个啊。"

"人家啊，人家搭飞机走了啊，我都跟你说了，她今早赶飞机。但是对你也有好感，所以决定先见个面。没想到你个兔崽子放人家鸽子，人家嘴上不说，但心里肯定不高兴，还以为咱们老华家耍大牌呢。"说到这里，沈大花又微微动怒了。

华武星赶紧收住，不再问这个问题了，以免再次让她伤心。

"武星，你爸走得早，这么多年来你一直跟着我过，咱娘儿俩感情也好，但感情再好，咱俩也不能过一辈子啊。妈老了，总有一天会不在的，陪不了你一辈子，妈想着早点给你找个伴，给妈生个大胖孙子，这也有错吗？"沈大花的眼睛又红了，"小区里那些老太太，哪一个不是两三个孙子孙女围着跑的，就你妈，孤零零一个老太太。"

沈大花越说越激动。

"妈，我答应你，只要我碰到合适的，一定一定把这事定了。"华武星表态，"但这事你也说过了，得讲究缘分，对不对？也急不来。我总不能上街随便抓一个回来摁住跟我成亲吧，那跟山贼抓压寨夫人有什么区别？"

"去你的，胡说八道，妈什么时候让你上街抓一个了，净瞎说。"沈大花擦干了眼泪，啐了华武星一句。

"你得争气点，早点把媳妇娶回来，早点生个大胖孙子，我就满足了。"沈大花跟华武星说。

华武星随口应着，扒拉了几口饭，就去休息了。

这一觉，他睡了整整 10 个小时，等醒来的时候天已经黑了。

看了一眼手机，有个未接电话，是江陵打过来的。华武星调了静音，所以没听到。打开微信，看到江陵发来了几条信息，大致意思是，买车这事黄了，没买成。

今天一大早，江陵的确是说要跟女朋友去看车的，怎么这事又黄了呢？

华武星打通了江陵的电话，问怎么回事。

"睡醒了？"江陵问华武星。

"快说说，怎么黄了啊，人家不卖了？还是要加价？"

江陵犹豫了一下，说："本来想买 30 多万那辆的，但是雪茄爸妈突然说要做婚车的话，得买好一些的，开出去才有面儿。"

华武星哭笑不得："30 多万的车还不好啊，我的才十几万，你那未来岳父岳母也是够讲究的啊。他们想让你买什么车啊？100 万的？保时捷？"

"他们说雪茄一个堂姐结婚的车也是自己买的，50 多万。我们如果买 30 多万的就显得寒碜了。"江陵语气平缓。

"有多大力气搬多大石头啊，难不成还要使出吃奶的力气去买一辆跟自己收入不匹配的豪车来装门面？江陵，你不是这样的人吧。"华武星说，"即便一人一半也要拿出 30 万啊，真金白银啊，兄弟，谈个女朋友不容易啊。"

"别说了，反正今天车没买成，我想想怎么做才好吧。"

"你打电话给我，不是问我借钱？"华武星说，"我可告诉你啊，哥哥我每个月供着这套房，所剩无几，几万块还能拿出手，多了也没了，咱们一个月收入多少你我心里跟明镜似的，饿不死撑不坏。你如果决定要买，拉不回头，那我就咬咬牙都给你了。"

"哪里的话，还用不着借钱，我信用卡也有不少。"江陵说，"就是想问问你的意见，你点子比较多，怎么处理这种状况呢？雪茄跟我意见差不多，买辆 30 多万的差不多得了，她要跑业务，有辆不错的车还是会给人留下好印象的，但也没必要买那么贵的，压力太大，就是她父母比较强硬，说得风风光光的，不能让人小看了。"

看得出江陵很纠结。

"这样吧，你把莫雪茄退了，继续单身吧。"华武星笑着说。

"能不能正经点给个意见？"江陵很严肃。

"还能怎么样，咬咬牙上呗。堂堂一个大城市大三甲医院急诊科主治医师，买辆车都要犹犹豫豫的，咱又不偷不抢，够得着就下手。实在够不着，那只能认尿。但话说回来了啊兄弟，这事可能只是个开始，以后类似的事情还多着呢，提前做好预案吧。"华武星说。

江陵叹了一口气，转而聊其他的，说科里护士霍婷婷给他发信息，那个叫吴水的已经出院了，交警也过来问话了。交警已经搞清楚了，吴水无证驾驶，这事性质不轻。

"拘留了？"

"嗯。"

"不单单是无证驾驶，对方司机还死亡了，很复杂，搞不清楚。但陈凯也的确是酒驾，这事就交给警察了，咱们管不着。只是可惜了陈凯。"说到陈凯，江陵又有些内疚。

"行了，别想那么多，先想想怎么应付你未来的岳父岳母吧。"华武星挂了电话。

电话刚挂，就不断收到新的消息，急诊科微信工作群里异常热闹，大家聊得起劲。

突然华武星瞥到一条信息，眼睛再也挪不开了。

三

几个护士在热烈讨论，说4床唐晓玲醒了，还拍了照片上传到群里。

照片里面，唐晓玲已经睁开了双眼，虽然还很虚弱，但很明显，她眼睛已经睁开了！

也就在这时，华武星收到了老马发来的信息："唐晓玲醒了，她父母说要给你送锦旗。"

华武星倏地跳了起来。

沈大花还以为儿子出什么事了，地板这么响，赶紧敲门。

华武星激动得有点语无伦次，说没什么事，就是工作的事，那个生命垂危的病人，好像活过来了。

沈大花推门而入，也很兴奋，夸儿子了不起。而且说还有另外一个好消息，一个多年不见的老朋友说她有个侄女，是个医学博士，也在汉南市工作，非常优秀，还是单身状态，可以找个时间约出来一起吃顿饭。

华武星哭笑不得："妈，不用三句话不离老本行吧，早上刚黄了一个，现在又接上一个，有点过于着急了。再说了，您上次不是嫌弃医生不好嘛，说医生搭医生，家都不成家了，还说什么一个是太阳另一个是月亮呢。"

"你不懂，这个是我多年好友介绍的，必定是综合素质很高的，医生的确是忙了些，但如果两人都是医生的话，可以请保姆啊，再不济，你不还有我嘛。家里由我负责就行了，我这把老骨头再熬个十年八年也不是问题。"沈大花想象着很快就能有儿媳妇、大胖孙子，一脸甜滋滋。

华武星不忍打断她，让她继续幻想。

"对了，你说你的病人活过来了？"沈大花突然反应过来了。

"对，就那个自杀的小姑娘，眼睛睁开了，群里面说的。"

"那真的是功德无量了，年纪轻轻的怎么就想不开呢？若真的走了啊，估计她父母得心疼死。"

"您少操心这些了，睡觉去吧，明天我去看看怎么回事。"华武星赶沈大花出房间。

"那个医学博士，我说正经的啊，这一次我们约好时间，你可不许放鸽子了，务必准时或者提前到。到时候我有了姑娘的相片，也给你瞧瞧，都瞧上眼了咱们再见面。"沈大花把话说完才出去，"这是当前最大的事情了，武星，你不小了啊，今年过了生日就35岁了，人生有几个35年啊。"

"好好好，我都答应你。"华武星随口应付着。

等沈大花出去后，华武星才抓起手机回复老马信息，说："他们不是说要投诉我吗？"

得知唐晓玲醒了后，华武星整个人都轻松了，又舒舒服服睡了一觉。化验结果还没回来，但疗效已经有了，如此看来真的是安眠药中毒占了重要原因，低血糖昏迷还不至于引起大脑广泛损伤，否则不可能醒得过来。

如果不是那个小护士的提醒，他们到现在还在天真地等待着唐晓玲自己恢复。华武星后背一阵发凉。

第二天一大早，华武星直奔医院。他很想亲自检查一下唐晓玲，看她到底有没有智力、记忆力、判断力、理解力方面的异常。

进医院之前，跟往常一样，他先在医院门口的早餐店买了早餐，平时为了赶时间，他都是打包带走的。今天心情不错，时间不紧，他选择坐下来慢慢吃。

吃到一半，就出事了。

真倒霉，第一次坐这里吃早餐就遇到这事。

只听哐当一声，对面坐着的小伙子连人带桌倒了下来，现场一片狼藉。两个好心人上前了解情况，但怎么叫他都没反应。华武星跟那小伙子距离有四五米远，看得清清楚楚，此时倒地的小伙子双上肢屈曲、双下肢伸直，持续抽搐着，正好脸朝着华武星，只见他双眼上翻，牙关紧闭，紧接着就是口吐白沫。

看起来怪吓人，那两个好心人的确被眼前的状况吓到了，不敢再上前拍他、喊他，开始变得慌张，转头说要打120，找医生帮忙。

这应该是典型的癫痫发作了，华武星吞了一个饺子后做出判断。急诊科太多这样的病人了。

一般来说，不用额外处理，让他抽几分钟就会逐渐恢复了。

服务员也围了过来，有人帮忙打120。倒地的小伙子隔壁的几桌人全部散开了，这不是什么喜闻乐见的事，大家避之不及。

一个女孩子突然拨开人群冲了进来，边喊边哭："宝弟，你怎么了？"

这个叫宝弟的小伙子依然没反应，眼睛上翻，口吐白沫，人还在抽搐。

现场有人喊了："这是羊痫疯，赶快掐他人中！"

但谁也不敢上前动手。

"我是他姐姐，我不会，谁来帮帮我？"那女孩子哭着向人群喊。

依然没人敢上前，几个服务员也手足无措，大家只能打电话，然后眼巴巴看着宝弟抽搐。

这时候刚刚那个好心人——一个三十岁出头、穿着格子衬衣的男子出手了，他直接扑向宝弟，用力掐着他的人中。

人中是中医名词，指的是上唇上方正中的凹痕，又叫水沟穴。民间传闻，掐人中能救人于危难。

宝弟口周都是泡沫唾液，脏得很，这个男人算是很大胆了，救人第一。

但饶是他使出了吃奶的力气掐着宝弟的人中，宝弟依然在抽搐，还时不时吐出些白沫来，牙关紧闭，双眼死死地往上翻，恐怖异常。

大家见效果不佳，而且宝弟牙关紧闭，不断抽搐，又有人喊："赶紧撬开他的嘴巴，把一支筷子送进去给他咬着，别到时候把舌头咬得大出血了，那就要命了！"

说话的人不少，动手的只有格子衬衣男子。

宝弟的姐姐更是哭得手足无措，一点忙帮不上。

有人给格子衬衣男子递来一支筷子，说："快！用这个撬开他的嘴巴，插进去，别让他把舌头咬伤了。"

格子衬衣男子犹豫了一下，接过了筷子，正思考如何能用筷子撬开宝弟的嘴巴，这时候旁边一个身材健硕的年轻人蹲下身来，说他来帮忙。

两个大男人正准备用暴力撬开宝弟的牙关。

看到这里，华武星忍不住了，这真是胡闹。一个癫痫发作的患者，一般抽搐几分钟就会逐步缓解，这时候要做的是保持他的呼吸道通畅，不要撞伤了就好，没必要掐人中，更没必要把筷子塞进患者嘴里。

本来掐人中时，华武星就想出手制止了，但一想到掐人中不会增加对患者的伤害，顶多就是无效而已，为了避免惹事上身，他还是决定静观其变，反正癫痫就这样，抽几分钟就好了。他见过太多患者及家属了，多坏多恶劣的人都见过，这个抽搐的年轻人，不是他病房里面的病人，他没有责任去帮忙。

更重要的是，华武星料定他几分钟后就会停止抽搐，不会有生命危险。

但现在情况不同了，这两个人试图撬开患者的嘴巴，硬塞筷子进去，美其名曰为了预防咬伤舌头。事实上癫痫发作咬伤舌头的可能性很低很低，而这种用暴力撬开牙齿硬塞筷子的行为反而会对患者造成伤害，比如牙齿损害、异物窒息，或者捅伤咽喉，都是可能的，甚至是致命的。

想到这里，华武星不得不出手制止了。

就在华武星起身准备去拦住他们时，一个人影先他一步冲了过来，一把抓住他们手中的筷子，说："快停下！你们这不是帮他，是在害他！"

众人惊愕，纷纷定神看来人是谁。

四

原来是个年轻女子，扎着马尾。两个大汉被她这么一喊，也都不敢再下手了，乖乖收起了筷子，像做错事的孩子一样。

"我是医生，病人这是癫痫发作，掐人中、撬开牙齿、塞筷子都是错误的做法，这可能会造成患者口腔损伤，甚至可能造成异物窒息，那就弄巧成拙了。"这名女子继续说着，声音不大，却异常坚定，眼前两名男子不得不信服。

"这就是羊痫疯，不撬开牙齿，等下咬伤舌头就麻烦了。"人群中有人继续大声嚷着。

"不掐人中，小伙子抽得时间长了脑子就坏了。"还有人说。

宝弟姐姐梨花带雨，一会儿看看人群，一会儿看看眼前这个年纪大她几岁的姐姐，到底该信谁，她自己没了主意。

年轻女子从包里掏出自己的工牌，展示给众人，说："我是汉南市中心医院的医生，这是我的工牌。"

工牌亮出，大家见她真的是医生，再也没人说话。毕竟专业的医生还是值得信赖的。

宝弟姐姐一把扯住年轻女子的手，说："求求医生，帮帮我弟弟。我爸爸已经住院了，弟弟不能再出事了。"边说边哭，看样子家庭情况不简单。

年轻女子安抚了宝弟姐姐一句，然后弯腰把宝弟的头偏向一侧，用纸巾擦干净口周的泡沫，解开了他的衣领，然后查看了瞳孔。宝弟穿的是比较紧身的衬衣，把脖子勒得很紧。年轻女子说："这么紧的领口，不方便患者呼吸，极端情况下是可能造成窒息的。"

本来大家不明白她为什么要解开宝弟的衣领，但经她一句话的解说，众人明白了。

专业的医生就是不一样。人群中有人开始赞扬。

"你弟弟应该是癫痫全面强直—阵挛发作，会经历一个强直期、阵挛期，几分钟后就会进入发作后期，肌肉逐步松弛，可能会发生尿失禁，随后血压、心率会逐步恢复正常，人也会慢慢醒来，整个过程大概是10分钟，一般不超过15分钟。我们要做的是把他送到急诊科，再好好检查一下有没有摔伤。"

话音刚落，有人发现宝弟的裤子湿了，这是尿裤子了。

"神了！说什么来什么。"现场有人发出惊呼。

"看来有这个美女医生在，这个年轻人性命无忧了。"有人又说。

大家纷纷拿出手机拍照，这绝对是值得发朋友圈的事情。

"大家不要围在一起，各自散开吧，病人需要通风的环境。"年轻女子朝着众人说。

"快看，他不抽了！"格子衬衣男子说。

"真的啊，停止抽搐了，看来这医生说得没错，就是几分钟的事情啊。"又有人开始赞扬年轻女子的专业性，但也有人说，这都归功于刚刚人家用力掐人中，否则哪里有这么快。

宝弟姐姐看到弟弟不再抽搐，紧紧悬着的心终于落了一点，一个劲地感谢大家，尤其感谢那两个挺身而出的壮汉，和眼前这个美丽的医生姐姐。

一眨眼的工夫，宝弟醒了，悠悠地睁开眼睛。

众人欢呼起来，美女医生所言不虚啊。小伙子果真自己醒了过来。

宝弟姐姐看到弟弟醒了，破涕为笑，激动万分，紧紧握住他的手，然后又哭了，说："你刚刚吓死姐姐了，还好没事。"

众人见宝弟醒来了，纷纷坐回自己的座位，继续吃早餐。

服务员有点为难，跟年轻女子说，刚刚已经打了120，估计马上就到了，但这小伙子醒来了，要不要退了120？

"别，来了就来了，送到医院观察观察，看看有没有其他损伤，查查癫痫发作的原因，这是需要进一步治疗的，你做得很对。"年轻女子说。

宝弟醒来后，人还是很虚弱，问刚刚发生什么事了，怎么全身酸痛，感觉很累。

"刚刚你癫痫发作了，全身抽搐，所以会肌肉酸痛，现在没事了，去医院急诊科看看，观察一下，没事了再回家。"年轻女子轻声安慰他。

正说着，120车的急救人员进来了，1个医生、1个护士、2个担架工，医生护士边测量血压、血糖，边问怎么回事。年轻女子把病人的情况简单跟他们说了，说完后他们抬起人就准备走。

那医生一转头，看到华武星也在旁边，打了个招呼："华哥也在啊，要不一起回去？"

华武星本来就在角落里吃早餐，没打算跟他打招呼，没想到还是被他看到了，赶紧多吞了一个饺子，说："老徐，你们先走吧，我早餐还没吃完。"

这医生就是徐大力，也是急诊科的主治医师。刚刚接到电话，说医院附近早餐店有人倒地，就赶紧出车过来了。

徐大力也不耽误，话不多说，扭头就走。

担架工抬着宝弟出去了，宝弟姐姐拎着大包小包的东西跟在后面走，还不忘回头谢谢那个年轻女子。

宝弟和姐姐出了门口后，服务员开始过来清理现场。

年轻女子望了华武星一眼，然后朝他这边走来。

华武星见她走向自己这边，以为她找其他人，但自己左右两边都没人，而她又看着自己，只好礼貌性地跟她微笑点头，然后继续埋头吃饺子。

"你也是中心医院的急诊科医生？"年轻女子在华武星面前一个空位坐了下来，"我怎么没见过你？"

"这有什么稀奇，医院那么大，我也没见过你。"华武星边吃饺子边答。

"刚刚那个年轻人差点被人撬开牙齿，硬把筷子插进咽喉了，你还坐得这么稳？"年轻女子语气平淡，却透露出一种责怪华武星的意思。

"这是饺子馆，不是医院。我没义务。"华武星头也不抬，继续吃。

年轻女子有点无奈，说："那也不能见死不救吧。"

"我在急诊科待了将近 3000 天，见过的癫痫病人比老板锅里的饺子还多，没一个因为抽搐而死掉的。"华武星吃完最后一个饺子，擦了擦嘴巴后说。

"那万一他被人强行撬开嘴巴，塞了乱七八糟的东西进去，导致窒息了，不就出事了吗？"

"那就怪他自己命不好了。"华武星示意服务员过来结账。

"但是你就坐在这里啊，你本可以救他一命的。"年轻女子开始有些激动了。

"你也可以早点出手帮他啊，为什么那么迟才出手？"华武星反过头质问她。

"我刚进门，简单评估之后就出手了，不像你，坐这里这么久就只看热闹。"她有些不满。

"我一个人救得了多少人？"华武星突然回过头盯着她，稍微压低了声音，"你刚刚没看见吗，现场那么多人，有几个人上前施以援手？如果不是病人的姐姐苦苦哀求，会有人站出来吗？还有那些躲在背后阴阳怪气的人，一下子让别人掐人中，一下子让人撬牙齿、塞筷子，光动嘴皮子，又有多少人是真的想帮他？大家还不是围在一起看热闹、拍照、发朋友圈？"

年轻女子没想到华武星反应会这么大，被吓到了。

"不是有两个好心人挺身而出了吗？他们才不是看热闹。"年轻女子反驳。

"那是因为他们年轻！"

年轻女子怔住了，望着华武星，欲言又止。

华武星付了款，走之前又说了一句："今天他很幸运，遇到了你。没被那几个人撬开嘴巴，否则我们牙科又多了个病人，说不定 ICU 也会多个病人。"

"当然，你也很幸运，如果那小子赖上你，估计你也够呛，因为他们可能认为是你耽误了抢救。周围那么多人都可以作证。"

说到这里，华武星停了一下："哦不！那些人才不会作证，他们只是看热闹的，这样说来，你还未必能赢了官司。"

话毕，华武星抬脚就走。

让华武星想不到的是，年轻女子竟然跟了出来。

华武星以为她还要继续教训自己，无奈地摊开手，说："咱俩不认识，没必要为了这件事发生争吵吧？而且你也没有给我发工资，我可以选择不听你的。"

年轻女子开口了："你叫什么名字？"

这个问题出乎华武星意料，但他不想就这样告诉她姓名。

"你可以去急诊科门口看，那里有我的照片和简介。要投诉我见死不救什么的我也不会有意见的。"

"我记住你了，我为有你这样的同事，感到非常'荣幸'。"

年轻女子嘴角上扬，隐隐有点嘲讽华武星的意思。

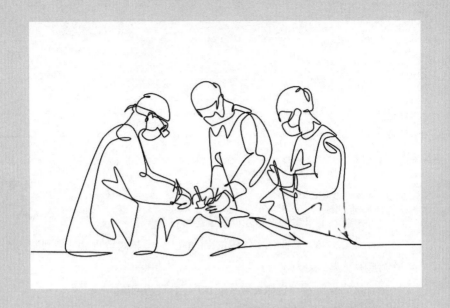

4
———

一家三口

没有什么比活着更重要。

一

华武星没有理会她，快步回到了急诊科。

刚到急诊科，就见到了忙进忙出的徐大力，华武星问他："刚刚那个癫痫病人呢，好点没有？"

徐大力说："小林送他去做头颅 CT 了，还没回来。"

"估计没啥大问题。"徐大力说，"但他不是第一次发病了，他们告诉我，这是第三次了，前两次都是去年发作的。"

"哦，看来找神经内科看还是有必要的。"华武星说，"同时记得给他抽血查个肝功能，看看胆红素情况，他巩膜都已经黄到发糊了。"

"巩膜黄染？我怎么没留意到。"徐大力说。

"等下如果他再抽搐，双眼上翻，你再好好瞧瞧。"华武星说完就准备走，"他要么肝胆有问题，要么溶血了，我猜他的肝胆不大好。"

徐大力绝对相信华武星的专业能力，华武星说有问题，那是肯定不会错的。他只是郁闷，自己刚刚为什么没能发现患者的巩膜黄染。

华武星似乎读懂了他的心思，说："没关系的，一个癫痫患者，谁都会先怀疑他脑子出了问题，不会留意到他的眼睛，等下你再好好看看。"华武星之所以能发现患者眼睛巩膜黄染，是因为刚刚患者抽搐发作的时候脸正好朝着华武星这边，当他双眼上翻的时候，巩膜一览无遗。

"好，抽血结果出来后我会通知你。"徐大力说完后又去处理其他病人了。

急诊科的医生都是连轴转，各种机器嘀嘀嗒嗒声、电话铃响声、广播传呼声、家属大呼小喝声、医护人员交谈声，十分嘈杂。

但这就是急诊科。

华武星准备进入EICU看唐晓玲的情况，昨晚听大家说她清醒了，但具体什么情况华武星还不是很了解，所以他迫切想看到唐晓玲，这个病例挺有意思的。以为脑死亡的病人，竟奇迹般复活了。

半路遇到了老马，老马笑嘻嘻的，看得出心情不错，示意华武星进办公室。

"我先去看看4床。"华武星说。

"急啥，人都好了，有什么好看的。"老马说，"赶紧过来，有要紧事。"

华武星只好先跟着进了办公室。

老马从口袋掏出一个信封，递给华武星。

"给谁的？"华武星问。

"给你的。这还用问，快打开看看。"

"谁给的？"

"说要投诉你的那个人，唐晓玲的父母。你那个4床的家属！"老马没好气地说。

"不看。"

"为什么不看？"老马糊涂了。

"不看我也猜到了，不就是感谢信嘛，这东西都不是真心实意的，恶心人。不满意的时候多难听的话都说得出来，高兴的时候什么乱七八糟的好听话也整得出，没意思。"华武星转身就想走。

老马急了，说："这事医务科潘主任都知道了，人家锦旗都连夜做好了，明天就送过来，你不得意思意思啊。"

"你是管床医生，病人又是潘主任的熟人，等下潘主任过来看病人，你怎么都得把病情简单介绍一下吧，我们怎么努力、怎么积极的你也得吱个声吧。这些话我就不方便讲了，你们年轻人讲是最好的，以免我有王婆卖瓜的嫌疑。"

"敢情我就是那个瓜了？"华武星说。

"你是个好瓜，好瓜不怕吆喝啊，否则烂在地里都没人知道。"

老马又开始语重心长了："阿华，干咱们这一行的，你得摁得住疾病，唬得了病人，哄得住病人家属，但这还不够，还得托得住领导。如果你跟领导关系不好，他天天给你穿小鞋，你干活儿也不是滋味啊。"

"托托托，我尽力托住，行了吧？"华武星应付着说，"如果没其他事我就进去干活了。"

"信还看不看？这可是人家手写的感谢信。"老马再问。

"先放着吧，晚点看。"华武星头也不回，走了。

留下老马一个人干瞪眼。

华武星来到唐晓玲床旁，唐晓玲的确是活过来了，人清醒了，连气管插管都拔掉了，血压也正常了。不到两天的时间，却发生了翻天覆地的变化，华武星的心里早已有所准备，但当看到唐晓玲这么灵活地在病床上刷手机时仍觉得不可思议。

护士见华武星来了，跟他汇报了唐晓玲的血糖情况，入院至今一直用胰岛素控制着血糖，血糖总体还比较理想。

华武星点点头，这些他都已经知道了。但他还是叮嘱护士："看紧她，这是个会自杀的病人，千万别让她在咱们这里再自杀了，那就真的是糗大了。"

护士说："马主任已经吩咐过了，姐妹们都紧盯着她，她身边没有什么锐器，双手也稍微束缚住了，想自杀还是很难的。再说，目前病人的情绪看起来挺稳定的，不像是会自杀的人。"护士眨巴着眼睛说。

"小心驶得万年船，"华武星仍不放心，"她要在这里成功自杀了，我们的努力也白费了，家属还要把我们送上法院。"

护士吐了吐舌头，说："一定会看住她。"

华武星走到唐晓玲面前，直截了当问了一句：

"还是活着好吧？"

"你是华医生吧？"唐晓玲开口了，声音不大，估计之前气管插管对她的咽喉还是有些损伤，这需要几天时间来恢复。

"对，他们是这么叫我。"华武星说。

"她们跟我说了，救了我的人是一个高个子，看起来很凶，但其实一点不凶、性格特别好的男医生。"

"她们是这么介绍我的吗？"华武星环视了一圈周围的护士，几个护士都吐了吐舌头，表示这话不是她们说的，不知道是谁说的。

华武星也不是真的要追究这个，接着跟唐晓玲说："不光是我的功劳，我只是给你打了个针，你嘴里那根管子也是我插的，那肯定不大舒服，现在已经拔掉了。你很快就可以回家了。"

华武星很想跟她说点什么，毕竟这是一个特殊的病人，自杀的年轻女性，但站在她面前，见她活生生的，似乎又不知道该说什么好。

"是有点不舒服，我醒过来的时候，就觉得特难受，嘴巴也张不开，想呕，才发现有根管子在我嘴里面。"唐晓玲竟然笑了。

"很好，你很快就可以离开这里了。"华武星又说了一句，"你能抬起左手吗？"

唐晓玲缓慢抬起了左手。但有束缚带稍微绑住了双手，不能完全举起来，即便这样，华武星还是能看出来，她的肌力基本恢复了。

"右手呢？"

她又举高了右手。

"脚呢？能活动吗？"

唐晓玲掀开被子，露出两只脚，虽然动得有些慢，但很明显两只脚活动没问题。

看来这次事故并没有给她的大脑造成很严重的影响，起码思维、精神、活动基本正常。这有些不可思议，但的确发生了。

华武星没打算跟她继续探讨为什么自杀的事情，一来这不在医生的工作范围，二来也怕影响病人的情绪，没必要惹麻烦。她能活过来，华武星的任务就完成了。现在最关键的是，不能让她在住院期间再次有自杀的念头，否则后果不堪设想。

"接下来我们会安排你出院，或者转到普通病房，住在这里太难受了。"华武星说，"你看周边都是昏迷的病人，就你一人是清醒的，有压力吧？"

"对我来说，不算什么。"唐晓玲微微一笑。

华武星没办法体会一个几乎快要死掉，最后又活了过来的人的内心世界。

这时候冯小文过来了，跟华武星说："老师，抢救室那边江老师说有病人要进来我们这儿，让你去看看。"

"让他找马主任。"华武星还准备给唐晓玲检查一下神经系统。

"马主任说找你。"冯小文马上答道。

华武星停下手头的工作，吐槽了一句："这老马，见不得我闲片刻吗？"转头跟冯小文说："你联系她家属，就说今天就给她转普通病房，过两天出院。"

华武星扭头就走。

"华医生。"唐晓玲喊了一声。

华武星回过头："还有事吗？"

唐晓玲眼中的泪水在打转。本来还想跟华武星说两句话，毕竟护士说是眼前这个医生救了自己，也是他花费心思找到了她吃安眠药的证据，又是他及时给自己上了呼吸机和血液净化等治疗才让自己转危为安，华武星是她的救命恩人。

经过这次生死考验后，唐晓玲想清楚了，没有什么比活着更重要，这也是刚刚她父母探视时跟她反复强调的，看到白发苍苍的父母忧心忡忡，她难受极了，自己怎么会那么糊涂做出这样的事情？

她想感谢华武星，但又不知道该说什么话好，沉吟良久，也只说了句"谢谢你"。

唐晓玲口中说出"谢谢你"这三个字，华武星大概能知道她肯定是重新活了过来。没有什么比活着更重要。

华武星走出病房前，跟护士说："4床估计不用绑手了，她不想死了。"

华武星大踏步走向抢救室，冯小文紧跟其后。

江陵今天在抢救室值班，接了个比较危重的病人。病人昨晚就来了，但因为 EICU 没床位，一直没进来，留在抢救室。

到了抢救室，江陵在处理其他病人，见华武星来了，赶紧过来介绍情况。

"60 岁男性患者，在家已经呼吸不好 5 天了，有些咳嗽、咳痰，昨晚就来急诊了，呼吸科没有床位，所以暂时在急诊处理了，用了点抗生素、止咳祛痰药物，效果不好。刚刚患者呼吸更加急促了。看看里面（EICU）床位空出来了没有，弄进去安全一点。"

华武星边听边问："买车的事情解决了没有？"

江陵现在没心思说这个，说："先把这个病人搞好再说。"

华武星才发现眼前这个病人情况不妙。患者半坐在床上，有些气喘，扣着面罩吸氧，没办法看嘴唇是否发绀，但人还是清醒的，床头心电监护：血压 160/80mmHg，心率 118 次 / 分，呼吸频率 25 次 / 分，血氧饱和度 92%。

"这个参数看起来不是很好，"华武星跟冯小文说，"尤其是血氧饱和度，仅有 92%。正常人在空气条件下呼吸时血氧饱和度应该会有 98% 以上，这代表绝大多数的血红蛋白都跟氧气结合了，血红蛋白就好像一艘艘快艇，专门负责运送氧气给机体组织使用，98% 的血氧饱和度意味着这么多快艇几乎都满载了。"

但眼前这个患者，用面罩吸氧的条件下血氧饱和度才只有 92%，这意味着很多血红蛋白是没有满载的，也就是说氧气是不够的，他当然缺氧！

"考虑是哪里的问题？"华武星问江陵。

"应该是肺部感染、呼吸衰竭。"江陵说，同时从桌面上拿出一摞化验报告递给华武星。

"患者一旦缺氧到一定程度，我们有个界限，就是血里面的氧气分压低于 60mmHg（特定的情况下）就可以诊断为呼吸衰竭，意味着患者缺氧已经很严重，呼吸都已经衰竭了，再不进行下一步处理可能就直接缺氧死亡了。"华武星继续跟冯小文说。冯小文则捧着个笔记本，拼命地记录华武星说的内容。

她非常信任眼前的华老师，她渴望学到华老师掌握的所有知识。

二

江陵说："刚刚给患者抽了动脉血气，看到血氧分压只有68mmHg，但那是扣着面罩吸氧测出来的，如果不吸氧，估计数字会更低，患者诊断为呼吸衰竭是没问题的了。家属也很积极，同意气管插管上呼吸机。"

"是什么导致的呼吸衰竭呢？重症肺炎？"华武星大致检查了患者的肺部，又回头问江陵，"患者有没有发烧？"

"拍摄了胸片，看到左下肺有炎性渗出，怀疑是肺炎。"江陵又拿出了胸片递给华武星，"早上抽了血化验，血常规看到白细胞计数升高了一些，怀疑就是感染了。另外，患者有中度贫血，问了患者，说自己有多年的痔疮，很有可能是痔疮出血过多导致的。"

"看起来，患者像普通的肺炎。"华武星说，"收呼吸科最合适。没必要收咱们EICU啊，再说我们也只有一张空床了，就是吴水走了后空出的床位。"

"人家暂时挪腾不开床位啊，"江陵一摊手，"总不能一直放在抢救室吧，不安全。不过我已经请呼吸科的医生过来看了，让他们给点意见。"

"那可以。不过话说回来，患者现在有气促，而且血氧不好，来EICU密切监护，必要时上呼吸机也是合适的。"华武星想了想后说，"患者现在应该诊断为重症肺炎，不仅仅是普通肺炎了。"

"家属什么态度？"华武星问。

"全力以赴，不惜一切代价。"江陵立即回答说，"这是患者女儿刚刚的原话，她就在外面候着呢。"

"莫名其妙，既然是全力以赴，早干吗去了，在家拖了5天才来医院。"华武星吐槽道。

"问了家属，说是当时没人在家，病人自己一个人来医院不方便，所以就硬扛了几天。刚刚我也数落了他们，等下你就不要再说这个了，以免他们崩溃。"江陵好意提醒。

"对了，刚刚那个送去做头颅 CT 的年轻人回来了没有？癫痫那个。"华武星问。

"小林带他去做的，差不多应该回来了，小林电话告诉我没看到什么异常，没有脑出血、脑肿瘤等，怀疑是原发性癫痫，我已经联系神经内科了。"江陵顿了顿后接着说，"这个病人肝脏可能也有问题，我怀疑他有黄疸。"

华武星笑了："你眼睛挺尖，抽血了没有，肝功能查一查，胆红素肯定拉高不少了。"

"那是必须的，等他回来第一件事就是抽血。"

说完两人就出了抢救室，门口一个家属见华武星和江陵出来，立马迎上来，眼中还带着泪水。

华武星一见到这个家属，愣住了，这不是刚刚在早餐店见过的那个癫痫患者的姐姐吗？

江陵抢先介绍："这个是里面那位 60 岁重症肺炎患者的女儿，她可以全权做主。这位是 EICU 的华医生，你爸爸病情比较重，我们商量了，还是认为送进 EICU 治疗比较合适。"

癫痫患者的姐姐猛点头，泪水还没擦干，说："费用的问题不用担心，我们已经在尽力筹钱了，几个亲戚也借了些，得有十几万，该做什么就做什么吧。"

华武星问："里面这个肺炎患者是你爸爸，刚刚送去做头颅 CT 的小伙子是你弟弟？"

此言一出，江陵、冯小文都惊呆了。他们并不知道宝弟是眼前这个家属的弟弟，他们一直以为她仅仅是重症肺炎患者的女儿呢。

"对，本来是我爸来急诊，我跟我弟弟两个来陪同，没想到早上我弟弟就出事了，现在就我一个人了。"她说着说着眼睛又红了。

"你叫什么名字？"华武星问她。

"康欣，我叫康欣，我弟叫康宝，我爸爸叫康永全。"她擦干了眼泪说。

这回对上了。

里面那个重症肺炎患者的确叫康永全。

华武星调侃了一句："你们这一家子啊，可真凑巧了，老子和儿子同时住急诊科。"

了解完基本情况后，华武星就把康永全的情况跟康欣说了："是重症肺炎，呼吸衰竭，缺氧，很可能需要气管插管上呼吸机。这种情况病情危重，搞不好人就没了。"

"人就没了"这四个字一出口，康欣"哇"的一声就哭了出来。华武星也愣住了，这女孩子怎么这就哭了啊，他说："生病肯定得有个心理准备啊，现在是住院，而且是住在危重病房，又不是住酒店。"

江陵忙安慰她说："只是说这个可能性而已，也未必治不好，边治疗边观察，也有很多病人能治好的。"

华武星不满意了，斜眼看了江陵一眼："现在是收在 EICU，还是放在你的抢救室啊？谁是主管医生？"

江陵无奈，说："那就交给你了，我到里面去。"

华武星和江陵对待病人家属的态度是不一样的，华武星跟家属沟通病情，喜欢把丑话说在前头，而且说得很重，好像几乎没有生还的可能。而江陵比较体谅家属，担心说得太重了会吓到家属，所以用词比较柔和。

"体谅家属，就是惩罚自己的开始。"华武星平时是这么教冯小文的。

但不管怎么说，康欣都已经知道她爸爸的病情不简单了，严重缺氧，她也是能看到的，但她还是希望医生能全力以赴。她告诉华武星，妈妈两年前已经去世了，爸爸工作很辛苦，他们姐弟俩还没有让爸爸享过一天福，不能就这样失去爸爸。

不管花多少钱，她都愿意去面对。

"现在不单是你爸爸，你弟弟情况也不容乐观，可能还有别的问题。"华武星说。

"我弟弟不是已经醒了吗？"康欣说，"刚刚已经推去做 CT 了，估计快回来了。"

话音刚落，规培医生林平推着康宝回来了。林平跟冯小文是同一年来的规培医生。冯小文在 EICU 跟着华武星，林平在抢救室跟着江陵。

康欣见到康宝，关心得不得了，一看就知道平时这个姐姐有多护着弟弟了。康宝这时候意识已经完全清醒了，精神也好了一些，还说自己不用住院，不用进抢救室，挣扎着要起来。

华武星喝止了他，说："要命的就乖乖躺好，检查清楚了再说。你这个病肯定是有问题的，你随便站起来，万一再次癫痫发作，摔伤了我们可不赔偿的。"

康欣连忙安慰他："配合医生，治疗两天如果没事了再出来。"

康宝很听姐姐的话，也不再执拗。但他也很担心爸爸的情况，问怎么样了，康欣忍着泪水，说："好一些了，但等下还是要转入 EICU 观察。肯定会没事的。"

康宝大概也知道怎么回事了，本来是陪爸爸来看病的，没想到自己也躺床上了，真是天意弄人。

"看到患者的巩膜和皮肤了吗？都是轻度发黄的，这人肝胆有问题。"华武星低声跟冯小文说。

冯小文细看了一眼，缓缓点头。"尤其是眼睛的巩膜，黄染比较明显。"

华武星让林平把康宝推回抢救室，听江陵的安排，等神经内科会诊，同时督促护士尽快给他抽血。

"医生，我爸爸会不会有肺癌啊？"康欣突然问华武星。

华武星不置可否，转头问冯小文："病人的胸部 CT 做了吗？"

冯小文说："只做了胸片，没有做 CT，江老师本来想给他做的，但是病人说他 10 天前单位体检时做了胸部 CT，没看到肺癌，江老师为了给他省点钱，就没安排 CT。想着如果住两天病情还不好再做。"

"这江陵真是的，又不用他掏钱，有什么好省的。"华武星嘀咕了句。然后大声跟康欣说："既然 10 天前做过胸部 CT，没看到肺癌，那么现在也不可能有肺癌，肺癌不会长这么快的，应该还是肺炎，但是肺炎也有很多种，有病毒的、细菌的、真菌的，很复杂，需要边治疗边观察。"

康欣似懂非懂地点头，接过冯小文递过来的病危通知书，冯小文把住 EICU 的一些细节告诉她，然后要她签字。

也就在这时，华武星见到了一个"熟人"，她正朝抢救室这边快步走来。

这不就是刚刚在早餐店的那个女医生吗？不同的是，她现在换上了白大褂，显得更加专业干练。

华武星低声问冯小文："认不认识这个女医生？"

小文回头看了一眼，说："这就是呼吸内科的杜老师啊，杜思虹，是医科大学的博士，很厉害的。"

"哦，是她。"华武星若有所思。

"你不认识她吗？"冯小文显得有些惊讶。

"医院这么大，我哪能每个人都认识。再说，我跟呼吸科打交道比较少，估计这个博士也是新来的。你们规培医生到处轮转，消息肯定比我灵通得多。"

"是的，听我舍友说，杜老师是去年才来我们医院的。大美人啊，听说很多男医生都在追她。"

华武星给了她一个白眼："你们怎么这么八卦啊。"

正说话间，杜思虹来到了抢救室门口，她见华武星正看着她，微微一笑，说："我刚刚在急诊门口看了你的简介，你叫华武星，我记住你了。"

"你叫杜思虹，杜博士，我也认识你了。"华武星不甘示弱。

三

两个人见面第一句话竟然是这样的，冯小文傻了眼，不是说两人不认识的吗？但听他们讲话的方式和语气，不像是初次见面啊。

"哪个病人需要会诊？"杜思虹问华武星。

华武星指了指抢救室门口，说："里面有个疑似重症肺炎的。"

杜思虹是呼吸内科的博士，而康永全是重症肺炎，这个病也属于呼吸内科范畴，所以请呼吸内科的医生过来瞧瞧是合适的，多一个人给治疗建议，对患者更好，同时也能够多分担一份责任，万一出了事，不用自己全背。

康欣签完字后，问什么时候转去 EICU。

华武星说："等呼吸内科医生看了病人后，咱们就转。"

杜思虹推开抢救室的门，华武星、冯小文也跟着进去了。

江陵见大家进来，收起手头的工作，对杜思虹说："总算把你等来了，病人现在缺氧还是没有缓解，你们没床，所以我们准备把他转入我们的 EICU 继续治疗。你看看治疗上有没有需要加强的地方。"

江陵是认识杜思虹的，华武星不认识。但从今天开始，也算认识了。

杜思虹听完了江陵对病人（康永全）的描述后开始查体，听诊心肺，问了一些简单的问题，康永全都回复了，但他的确是缺氧，一说话就气短。

"病人有发热，血液中白细胞计数水平升高，胸片提示有炎症，估计就是肺炎了。但胸部 CT 还是要完善的，排除肺癌、肺结核等情况。"杜思虹说。

"对，CT 还没做。"江陵说。

"做一个吧，看清楚一些。"杜思虹说。

"好，就听你的。"

江陵话刚落音，护士又找他，说那个大呕血的病人又呕血了，血压也降了。家属打算放弃了。

江陵无奈，让华武星先处理康永全，他去处理呕血的病人。呕血的病人是昨晚来的，肝癌、肝硬化晚期，没什么希望了，家属也不同意做胃镜，顺其自然，估计就是等了。

江陵刚走，康永全情况就发生了变化。心电监护发出尖锐的报警声。

冯小文喊了出来："病人心率150次／分了！"

康永全气喘吁吁，眼神里能看到他的惊恐。他跟旁边的护士说："赶紧，给我调大氧气，难受。"

血氧饱和度掉到了88%。

众人看到康永全突发病情变化，都很惊愕。

"这不是好事情。"华武星皱着眉头说，"看来患者等不及转EICU了，说不定在这里就得插上气管插管，上呼吸机了。"

杜思虹也没想到病人的情况变化这么快，迅速用听诊器给他听了双肺，双肺呼吸音呼呼响，对称的。

"不是气胸。"杜思虹跟华武星说。

患者缺氧突然加重，必须要警惕自发性气胸的可能，如果一侧气胸，也就是肺脏破裂了，那么这一侧胸腔的呼吸音会很低很低，甚至听不到。如果听到双侧呼吸音对称，那么基本不会是气胸，这个听诊是很关键的。

华武星多了一个心眼，说："该不会有心脏的问题吧？刚刚患者女儿说他有高血压病史，患者严重缺氧的情况下有可能诱发心肌梗死，如果是心梗……小文，给他做个心电图。"

冯小文立即动手。

华武星同时调高了吸氧浓度，让护士做好气管插管准备，另一个护士把呼吸机也推过来了。这的确是一支训练有素的急诊队伍。

冯小文说："今天总共做了两次心电图，都没有看到明显的异常。也查过肌钙蛋白、心肌酶等，也都是正常的，刚刚你也看过了。之前的证据不支持急性心肌梗死。但现在会不会突发心梗的确不好说。"

心电图结果很快出来了，华武星、杜思虹、冯小文都凑过来看，还是没有看到明显的心梗图形。

如果患者有心肌梗死，那么就会有缺血坏死的心肌细胞，这部分坏死的心肌细胞的电活动肯定是异常的，甚至不再有电活动。这时候通过做心电图就能判断出来了。普通人看来弯弯曲曲的心电图轨迹，在医生眼里都是有价值的，升高一毫米、降低一毫米都有特殊的意义，三两句话讲不明白。

"看来患者不是心梗。"华武星猜测错误。

杜思虹分析说："一个重症肺炎患者突然气促厉害，而且排除了心梗、气胸等常见疾病，那么就只能用病情转差来解释了，比如病人翻个身，或者是发生心律失常，都可能会引起心率这么快、缺氧更严重。"

"那就插管吧，家属已经答应并且签了字。"华武星说完就挽起袖子准备干活，并且让冯小文出去跟家属交代一声，就说要气管插管了，病情重。

"等等！"杜思虹似乎发现了什么异常情况，喊住了华武星。

"什么情况？"华武星疑惑，"不插管了？"

"不，"杜思虹把心电图递给华武星，说，"你看患者这个 I 导联的 S 波，还有 III 导联的 Q 波和 T 波，是不是有些眼熟……"

华武星接过心电图，重新认真看了一眼，才恍然大悟："患者该不会是肺栓塞吧？这个心电图的确有可能是肺栓塞患者的表现，不一定是，但是有可能。如果不认真看，还真看不出来。"

"看来，呼吸内科博士还是有点本事的嘛。"华武星说，"从这样一份心电图上就能捕捉到肺栓塞的蛛丝马迹，的确不容易。"

"不管你是赞我还是损我，现在都不是谈这个的时候，得立即送 CT 室做 CTA（CT 血管造影术）了。"杜思虹望着华武星说。

一想到肺栓塞华武星就心惊胆战，半年前，一个肺栓塞患者就在他眼皮子底下死掉了。

什么是肺栓塞？

人体所有静脉血液都要回流到右心房，然后进入肺脏。在肺里面，静脉血跟气体发生反应，静脉血释放出二氧化碳，吸收氧气，变成了动脉血，进入左心房，再泵给人体使用。在组织里，动脉血释放出氧气，回收组织排出来的二氧化碳，变成了静脉血，静脉血回流到右心房……周而复始。整个过程当中，血液就是保姆的角色，血液离开家（左心房）的时候，容光焕发，氧气充足（动脉血），保姆把营养物质、氧气带给组织享用，组织用完氧气后会排出二氧化碳，这时候血液里面的氧气少了，二氧化碳多了，我们称之为静脉血。

静脉血回流到右心房，然后进入肺动脉。如果患者静脉系统有血栓形成，并且这个血栓脱落了，那么会随着静脉血流进入肺动脉。万一卡在肺动脉里面，血液就过不去了，血液无法到达肺脏，也就没办法再获取氧气。血液这个大保姆回不了家，也就没办法拿到食物（氧气）了，机体组织是不是就要忍饥挨饿了？它们可都在翘首以盼保姆带着食物（氧气）来呢，悲剧的是，血液在肺动脉这里被卡住了。即便有些血液挤了过去，也没办法带走足够多的食物，可怜的孩子们还是吃不饱。

这就是肺栓塞。

严重的肺栓塞，是会让人顷刻毙命的，丝毫耽误不得。华武星知道这个，杜思虹当然也知道。但通过心电图诊断肺栓塞还是有些勉强，心电图只能大致提供一个思路。真正要确诊肺栓塞，还是得靠CT肺动脉造影也就是CTA。

康永全的情况不乐观，喘憋，满头大汗，血氧饱和度升不上去，心率很快。

华武星冲出抢救室，找到康欣说："患者现在病情更重了，怀疑有突发肺栓塞可能，必须要做CTA，起码有个治疗的方向。"

关键时刻，华武星把话都撂明白了。康欣听到这话犹如晴天霹雳，害怕得不得了，嘴唇颤抖："都做，有帮助的都做。"

那就行。

华武星冲回抢救室，跟护士和冯小文说："准备插管的东西，先气管插管上呼吸机，再做CT。"

护士早已经把插管箱准备好了，就等华武星一声令下。

没想到杜思虹却拦住了华武星，说："病人其实上无创通气就可以了，还没到插管那一步。"

"这时候还上什么无创通气，你看他用面罩顶得住吗？"

"你那是面罩，还不是无创呼吸机。你把无创呼吸机推过来，给他打气，说不定就能把血氧顶上去。"杜思虹站在华武星面前说。

"病人血氧都掉到 87% 了，还扯什么无创通气。"华武星丝毫不客气，绕过杜思虹，来到病人床头，示意护士静推咪达唑仑 5mg，先把病人放倒（镇静）再插管。这根导管要从患者口腔进入，不镇静是很难插进去的。

杜思虹指着护士手里的咪达唑仑，说："患者血压已经有降低的趋势了，如果是肺栓塞的话，肯定是个大面积肺栓塞，右心房功能不好了，镇静药只会加剧低血压，甚至可能导致猝死。"

华武星头也不抬，说："我敢打赌，我处理的低血压比你处理的肺炎要多得多。"

护士则停在一旁，不知道该不该推这 5mg 镇静药。一个是自己的急诊科医生，一个是来会诊的呼吸内科的博士，两个人的意见竟然截然相反。

华武星看出护士的犹豫了，说："医嘱是我下的，听我的，赶紧！"

护士正准备推药，杜思虹一把夺过护士手里的药，说："这针不能推！"

没有人想到杜思虹会做这样的事情。

华武星也愣住了，他第一次遇到这样的事情，但他还是迅速反应过来了，说："你是来会诊的还是来捣乱的？这里我做主，我让推针你阻拦什么？再不插上管，病人会因为缺氧而死掉。"

"你也可以尝试先给他无创正压通气，如果能维持血氧，那就没必要冒险推药插管了。而且你看这个人有点肥胖，脖子偏短，肯定插管困难，如果你三两下没插进去，越搞越糟，甚至可能把声门给捅水肿了，那后果可就不堪设想了。"杜思虹据理力争。

"对你来说是困难气道，对我来说可是小菜一碟。"华武星跟她针锋相对。他把氧流量开到了最大，多争取点时间。

杜思虹继续说："插上管后马上就会面临呼吸机相关性肺炎，患者已经有严重的肺部感染了，后续一系列问题你想过吗？"杜思虹丝毫没有退让。

华武星气得脸都红了，说："万一无创通气不行呢？"

"到时候再插管，起码给了他一个机会。"杜思虹说。

"到时候可能已经来不及了！去太平间给他插管吗？"华武星跟护士说："愣着干吗？重新抽一支咪达唑仑。"

护士知道，华武星决定了的事情，没有人能改变，即便是马主任在现场，有时候也执拗不过华武星。今天这镇静针是推定了，气管插管也是插定了。

护士迅速转身去抽药。

就在这时候，康永全的情况更差了，大汗淋漓，血氧跌至85%了。他人还是清醒的，刚刚也看到了整个过程，内心无比害怕，整个人都在发抖，呼吸更加急促。

"再不插管，他就会死在你面前。"华武星冷冷地说了一句，当然是跟杜思虹说的。

杜思虹也没想到患者情况又恶化了，一切发生得太快了。她本想让患者试着用无创正压通气，那也是呼吸机，却是无创伤的呼吸机，对病人来说更加舒适，而且不需要使用镇静药，对患者来说减少了一分风险。

但临床上的病人就是这样，变化莫测。

杜思虹逐渐冷静了下来，她也看到了病人情况的恶化，再不插管，真的会像华武星所说的一样，病人会因为缺氧而死掉。

她喊住了护士："不用重新抽药了，就用这个吧。"说完直接把药推入了患者静脉。

华武星见她的态度180度大转弯，也愣了愣。华武星本想让护士重新抽一针镇静药后强行给患者气管插管的，没想到杜思虹现在同意了他的做法。

那就更省事了。

杜思虹刚推完针，护士就报告说患者的血压进一步下降了。这一切都在华武星的意料之中，他赶紧让护士多补液，同时用上去甲肾上腺素（一种升压药）。

康永全瞬间从高度紧张状态迅速进入安静状态，华武星左手持喉镜，挑开他的咽喉，暴露声门，手法异常娴熟，顺利置入了气管导管。这套气管插管动作华武星做了几百上千次，熟悉得不得了。

杜思虹见到华武星行云流水般的气管插管动作，暗自折服。原本看患者脖子偏短、体形微胖，是个困难气道，一般来说气管插管不会那么好做，但华武星却在最短的时间内做完了这件事，这出乎杜思虹的意料。

气管插管完成后，护士一秒也不耽误，立即连接上了呼吸机，开始给病人打气。

"不好，患者心率慢了！"杜思虹察觉到了患者的异常。

华武星刚插上气管插管，本想松口气，听到杜思虹这句话，不由得吓了一跳。

这出乎华武星的意料。

"室颤了！"杜思虹、护士齐声喊出来。同时心电监护再次发出尖锐的报警声。

华武星快速挪到患者右边，一看心电图监护，已经是一条直线，心跳直接停了。

"不好！"华武星大喊一声，整个人立即扑过去，给康永全做胸外按压。

抢救室的气氛一下子绷紧了。

四

江陵闻讯赶过来，见到华武星已经开始给康永全做心肺复苏。他怎么也没想到，刚离开几分钟，现场就发生了这么多事情，更没想到患者竟然心跳停了。

江陵知道华武星一个人在里面指挥抢救就可以了，他快速冲出抢救室外，跟康欣说明了情况。这是他们俩的默契，一个人负责抢救，另一个人必须负责跟病人家属沟通，让病人家属实时了解整个过程，否则容易出问题。

华武星一边胸外按压，同时让护士准备除颤仪、肾上腺素、升压药、补液、抽血。

杜思虹更是料想不到病情会发生这样的转变。

华武星持续按压，护士准备好了除颤仪，看到心电监护显示还是室颤后电击了两次，没恢复窦性心律，就继续按压。华武星已经满头大汗，他眼睛直勾勾地盯着心电监护，时不时又瞥一眼患者的脸部情况。

所有人的心都提到了嗓子眼儿。患者难道就这样没了？

杜思虹站到华武星旁边，说："换我来吧，你休息一下。"

华武星经过给患者插管、抢救、按压等一套操作下来，的确有点疲乏了，继续按压会降低按压效率，所以换人是理想的做法。

华武星退下来，杜思虹顶了上去。

这时候老马推门而入。

大家见马主任来了，心里安定了不少。华武星见冯小文跟在老马背后，才反应过来为什么刚刚没见冯小文。他本来想让冯小文替自己继续给病人胸外按压的，但刚刚一直没看到她，原来冯小文看情况不对，尤其是华武星和杜思虹起了争执，她赶紧去找马主任了。

华武星把情况简单跟老马说了，老马点头，说："大概知道了，按压了多久？"

"3分钟了。"华武星看了看时间说。

话音刚落，护士就兴奋地喊出来了："有了有了！心率回来了！"

杜思虹心中一喜，赶紧停了下来，众人紧紧盯住心电监护屏幕，果然，患者的心脏恢复了跳动。

大家如释重负。

老马笑了，跟杜思虹说："思虹，你是福将啊。"

杜思虹微微喘气，有点不好意思，说："马主任见笑了，是大家抢救及时。但现在情况还不稳定，说不定等下还会出现心跳骤停。毕竟可能有肺栓塞，栓塞没有解除。患者还是缺氧的。呼吸机的帮助有限。"

"依你看，肺栓塞的可能性有多大？"老马问杜思虹。

"五成以上吧，"杜思虹说，"心电图的表现有点像，何况患者的病情突然变化，而且势不可当，如果能做CTA明确是最好的。"

"现在出去做CT，风险太大了。好不容易心跳回来了，路上如果再次停跳，那就被动了。"老马说完转头问华武星，"准备怎么处理？这是你的病人，按你说的做。"

华武星望了杜思虹一眼，说："既然杜医生认为肺栓塞的可能性很高，要我说都不用去做CTA了，直接给病人用尿激酶（一种溶解血栓的药物），尽早溶掉血栓。"

"没确诊就用尿激酶？会不会太激进了？"老马问华武星，"万一不是，用了尿激酶后导致脑出血，那就是烂摊子了。偷鸡不成蚀把米啊。"

华武星说："不做CT，我们不是还有彩超机嘛，我听护士说机子已经修好了，直接推过来看一看肺动脉，如果能看到肺动脉里面有血栓，那就板上钉钉了。即便看不到肺动脉血栓，只要能看到右心室扩张，也能推测存在肺动脉栓塞。"

老马点头，认可华武星的分析："虽然CTA是诊断肺栓塞的金标准，但在没条件做CT的时候，做个心脏彩超看看也是能找到蛛丝马迹的。"

事不宜迟，老马安排冯小文去推彩超机。

"如果明确是肺栓塞的话，可能还得思虹你帮我们把把关啊。尿激酶用多大量，我们经验也不多，这个你们呼吸内科更专业一些。"老马笑着跟杜思虹说。

杜思虹谦虚了几句，说："病人的病情的确很重，要尽快评估清楚情况。"她现在有些懊恼，病人出现心跳骤停不知道会不会跟自己耽误了让华武星插管有关。她原本非常自信，但刚刚病情的变化的确出乎她的意料，事实证明华武星的坚持是正确的。

江陵回来了，他刚刚已经在外头跟康欣沟通过了，康欣同意所有操作，包括溶栓治疗。

"我听说他还有个儿子，也在我们这里？"老马问江陵。

江陵指着病区最里头，说："他儿子在最里面，目前生命体征是稳定的，神经内科医生也看过了，准备收入住院。"

"儿子估计问题不大，老子就凶多吉少了。"老马叹口气说。

冯小文把彩超机推回来了。

华武星接过机子就给康永全做心脏彩超。

大家都围了过来。

患者诊断肺栓塞，仅仅是大家的一个猜测而已，杜思虹发现了心电图的异常，但单凭一个心电图诊断肺栓塞还是不够客观的，必须要有更直观的证据，比如CTA。但此时做CT不大可能，唯有寄希望于心脏彩超。

如果心脏彩超能发现肺动脉里面有血栓迹象，那就真相大白了。很多肺栓塞的病人做心脏彩超是不容易发现血栓的，因为血栓可能比较小，或者位置比较深，不容易判断。

华武星曾经到外院培训过3个月的重症超声技能，加上他原本学习能力突出，基础知识扎实，现在应付一般的彩超检查是没问题的。

但探头在患者胸口转来转去，始终不见有肺动脉血栓的迹象。

"难道不是肺栓塞？"老马疑惑。

杜思虹重新查看了康永全的心电图，前后两份对比，她还是坚持认为，肺栓塞的可能性是很高的。

"看，这里！"华武星的声音有些激动。

大家凑近了看。

华武星说："经过计算，患者的右心室是扩张的，而且右心室壁活动度减低。这间接说明了，患者的肺动脉里面很可能是有血栓堵住的，否则不会有右心室扩张。右心室负责把血液泵入肺动脉，如果肺动脉堵住大部分或者全部，那么右心室的压力肯定会升高，右心室就

098

会扩张。"

"这个推断是没问题的，但毕竟没有CTA，不能直接定论就是肺血栓栓塞症了。"老马稍有迟疑。

"再抽个血，查D-二聚体，如果D-二聚体升高了，就说明有血栓形成并且血栓发生了部分溶解，这个D-二聚体就是血栓形成的依据之一。"华武星尝试说服老马。

"即便D-二聚体很高，那也只能说明有血栓形成，但不一定就是肺动脉血栓栓塞啊，也可能是其他地方有小血栓，直接就把尿激酶用上，还是存在风险的。咱们得稳中求进。"老马说的也是有道理的。

"那怎么办，拉出去做个CTA？"华武星心直口快。

"不行，路上太危险，刚刚才把心跳按压回来，正如杜思虹所说，现在出去很容易前功尽弃。"老马缓缓说道。

"跟家属解释清楚，可以先上尿激酶，如果是肺栓塞的话，呼吸机也不能发挥太大的作用。"杜思虹说，"现在患者的血氧饱和度升至92%就上不去了，也验证了这一点。道理很简单，道路不通，来再多运输车都没用，因为东西运不过去。当务之急，是尽快溶掉血栓，恢复肺动脉的通畅性。"

"我去跟家属说。"华武星放下探头，快步走出抢救室。

杜思虹也跟了过去，她也想了解病人家属的态度，毕竟这个病人可能会被收入呼吸内科——如果能腾出床位的话。

华武星出了抢救室，迅速找到康欣。康欣这时候已经满脸都是泪水，眼睛红通通的，显然刚刚江陵跟她沟通后她已经很害怕了。但华武星不管这些，直截了当告诉她："现在怀疑肺栓塞，没办法出去做CT证实，只能先用溶栓药。运气好的话，溶栓药起效，他可能会脱离生命危险；运气不好的话，溶栓药下去就脑出血了，会直接危及生命。要不要溶栓，你选一个。"

康欣"哇"的一声大哭出来。

"你哭什么，选一个。你迟迟不选择，他更危险。"华武星微微有些生气。

康欣哭得更凶了。

杜思虹不满华武星的言辞，本想吐槽他几句，但在家属面前还是忍住了。于是跟康欣说："短期内出了变故，我知道你现在很难受，但现在更需要你坚强点，你得振作起来，我们一起帮助你爸爸渡过难关。

"现在情况的确有些复杂，大家都很想救他，现在唯一的机会就是药物溶栓治疗，但这个药有风险，剂量把握不好的话可能会导致出血，万一是脑出血，那就麻烦了。但如果溶栓有效果，及时通了肺动脉，你爸爸是很有机会活过来的。他是有机会的，不要太害怕。"

杜思虹短短几句话，言语温暖，加上设身处地地为康欣考虑，康欣也逐渐恢复了平静，说："我同意医生说的治疗，医生该做什么就做什么，我也不懂，一切都听你们的。出了事我也不怪你们。我只想要我爸活过来……"

"你爸爸未必能活过来，只能试一试。"华武星打断她的话。

杜思虹也说："这只是一个尝试，或许会有机会的。"

康欣点头："就按你们说的做。"

"那就得了。"华武星立即转身回到抢救室，杜思虹安抚了一下康欣后也随之而入。

老马得知家属同意溶栓治疗，便让护士去拿药。抢救肺栓塞的常规流程是先诊断，再用药。毕竟溶栓药也有副作用。但此刻患者的确危在旦夕，即便用了呼吸机，血氧饱和度也不大能升上来，生命体征摇摇欲坠，下一秒真的可能再次发生心跳骤停。从抢救室推出去到CT室，得走好几分钟的路，一路上颠簸，说不定真的会再次出意外，那就骑虎难下了。

再说，有了心脏彩超所见，也已经高度怀疑是肺栓塞了，没必要为了确诊它而以身犯险。

这时候突然有个年轻人冲了过来，边哭边喊："我爸爸怎么啦？！"

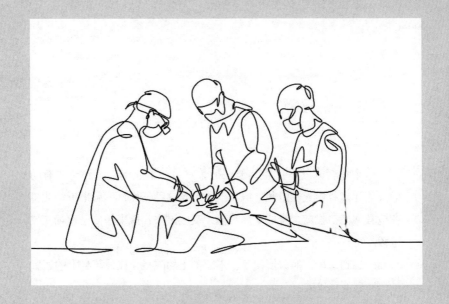

5

再踏鬼门

这是康永全的第三份病危通知书了。

这个年轻人就是康宝，他在抢救室另一端，一直听到这边有动静，估计是有病人在抢救。原本他不敢看这种场面，但后来听华武星在抢救室门口找康永全的家属，他才反应过来，原来是自己爸爸在被抢救。

一想到这里，他就崩溃了。不顾护士的阻拦，拔掉了身上的留置针，冲到他爸爸床前。

当他看到康永全安静地躺在病床上，嘴巴上还连接着气管插管等后，他再也忍不住了，大声痛哭。

江陵连忙扯住康宝，试图让他平静下来。

但此时的康宝，见到自己的爸爸一只脚踏入鬼门关，哪里还安静得下来，刚刚他爸爸都还是可以说话的，他没办法接受短期内病情变化这么大。

康宝异常激动，突然全身抽搐，一个站不稳，差点要摔地上，幸亏江陵扶住他，缓缓放下来，让他躺地上。

所有人看到这情景都惊讶不已。

除了华武星、杜思虹，因为他们俩一大早已经在早餐店见过康宝癫痫发作了。

但见康宝双眼上翻、口吐白沫，整个人已经失去了意识，任江陵怎么呼唤都没反应。

"这是癫痫发作了。"江陵说，接着便让护士拿安定注射液过来，给他推5mg，迅速终止抽搐。

安定注射液（地西泮注射液）是一种镇静药，同时也是治疗癫痫发作的药物。

江陵告诉老马，这个病人叫康宝，就是康永全的儿子，并且把早上他癫痫发作的事情也说了。

"神经内科医生来看过了吗？"老马问。

"已经叫了，但他们还没过来。"

就在护士准备推安定针的时候，康宝停止了抽搐。

这一次癫痫发作不到30秒的时间，药物都省了。但康宝还没醒过来，江陵及华武星几个人联手把康宝抬上推床，把他推回了病房最里头他自己的病床。江陵吩咐林平密切看好病人，只要呼吸道通畅，这种病人就没事。

康永全的尿激酶送来了。杜思虹也进一步核对了药物剂量，最好是能保证药物疗效，又能避免不良反应。

华武星接过药迅速准备滴入，老马喊住了他，老马有些犹豫，毕竟还没完全诊断，这样推的确有风险，即便家属已经签署了知情同意书，但他总觉得不是太妥当。

"怎么了？"华武星问老马，他以为老马不同意用尿激酶，有点心急。

老马松了一口气："用吧。"老马作为科主任，思考问题自然要比华武星周全。对老马而言，病人如果病重不治死亡，那跟他的整个科室都是没关系的。但如果病人是因为治疗措施不当而引起死亡，那就是另外一种性质了。所以老马有压力。

华武星接到指令，毫不犹豫，尿激酶注射液一滴一滴进入康永全的血管。

尿激酶是一种溶解血栓的药物，进入患者体内后，能够把血管里面的所有血栓都溶解掉，如果真的有肺血栓栓塞，那么这个血栓是会被溶解掉的，除非药物剂量不足。但在溶解肺血栓的同时，也可能把其他部位的血栓都溶掉了，甚至造成一些原本血管条件不大好、容易出血的地方发生大出血，比如脑出血，那就麻烦了。溶栓是目的，造成出血是副作用，有时候剂量不容易把握，真的有点听天由命的感觉。

老马等病人用上溶栓药后，安排康永全转入了 EICU 病房，里面人手更充足、设备更多，抢救也方便。另外，病人也需要一个安静的休息环境。

所有人都在担心康永全会不会发生第二次心跳停止。

所有人也都在期待尿激酶会不会起效。

安顿好康永全后，杜思虹就准备回自己科室，临走之前，她犹豫再三，想跟华武星说句抱歉，毕竟今天是因为两人起争执才耽误了康永全的抢救时机。

事实上他们俩的争执并没有耽误多少时间，但杜思虹还是觉得过意不去，正想开口跟华武星说时，华武星却先开口了，只见他似笑非笑，说："别忘了写会诊记录，我们的治疗还得仰仗您指导呢。"

杜思虹原本就很犹豫要不要跟华武星道歉，现在见华武星言语之外似乎有暗讽，心里更不是滋味了，说："我会一直密切关注病人的情况，希望他能活过来。"然后头也不回的就走了。

随后，老马把华武星叫去了办公室，问跟杜思虹怎么回事，怎么在抢救室吵了起来。

华武星说："没什么，就是治疗意见不统一嘛。"

"哼，说得真轻巧，我听说还差点动手了。你这堂堂男子汉，怎么跟一个小姑娘较劲呢？"老马说。

"马主任，那是医学博士，哪是什么小姑娘。"华武星提高了嗓门。

老马安抚华武星："不用太激动，当时那种情况，谁也没办法预测患者的病情进展，如果有机会的话尝试一下无创正压通气也是可以的，那是她站在患者的立场思考问题，为了让患者更加舒适地接受治疗。"

"人都快死了，要舒适度有什么用。"

"人家也是发表自己的专业见解嘛，意见不同可以商量，没必要把气氛搞得那么僵硬。要不是小文来找我，还真不知道你们会闹成什么样。"

"她那是商量吗？她是来指挥我。"华武星一脸不忿，"会诊医生的职责是什么？是提意见，不是掀桌子。"

老马又安慰了华武星几句，说："思虹是个很不错的医生，她有她的见解，也都是为了病人好。再说，我跟她爸关系不错，今天如果搞得下不来台，下次见面都尴尬了。"

"她爸是谁？"华武星也有些好奇。

"药学部杜主任啊，杜药师，我哥们儿，他名字就叫药师，刚好是搞药学的，你说巧不巧。"老马点了一根烟说。

老马跟杜药师接触比较多，所以知道杜药师有个女儿叫杜思虹，偶尔也会碰头。

"思虹才来我们医院不久，大半年左右吧，以后你们免不了还会经常碰头看病人，别把关系搞复杂了。"老马再一次提醒华武星。

华武星听厌了这些话，抬脚就想走。老马又叫住他了，说："思虹这姑娘不错，怎么样，要不要考虑一下？"

"你怎么跟我妈一样啊，我妈三天两头给我介绍对象。"华武星有些不满。

"你别不识好歹，条件这么好的女孩子，你可是提着灯笼都找不着。我之前一直想跟你说这事，但忙着忙着就忘了，今天她自己上门来了，我就非说不可了。"

老马说完后还觉得不够，继续数落华武星："咱医院那么多主治医师，哪一个不是成家立业了，有的都已经要上二胎了，就我们科有两个大龄未婚男，你和江陵。江陵我听说他已经有女朋友了，正谈婚论嫁，就你还孤家寡人，人家不知道的还以为我们急诊科多惨多穷，主治医师都讨不起老婆了。"

"我们科也没多富有啊，比那些赚钱的科室差多了。"华武星反驳老马。也就是华武星跟老马关系非比寻常他才敢这么跟老马说话，换了其他人，哪敢这样跟急诊科主任说话。老马也不生气，跟华武星吐苦水："你不知道管百十号人多困难啊，要看着你们的钱袋子，还要防着不要出医疗意外，我这几年头发都掉了不少。"

老马说的是真心话，科主任看起来风光，但背后付出的心血也是常人不能想象的。

说到最后，老马给华武星下了军令状："两年内，赶紧把婚结了，争取 35 岁之前搞定这件事，否则我都担心你精子质量下降了。"

华武星不愿意听他扯这些，借口说要观察康永全用了尿激酶后的情况，回到了病房。

正好冯小文在给唐晓玲办理出院手续，说要转到社区医院继续康复治疗。唐晓玲的父母见到华武星，都感激涕零。华武星受不了这套，赶紧躲了。

至于那封感谢信，华武星后来还是打开看了，无非就是一些过于夸张的感谢语。华武星觉得，病人家属都是很现实的，病治好了当然皆大欢喜，但如果出了差错，他们宁可拼了命也要拉你下来。所以，华武星对这封信没什么感觉。

只不过华武星还是会感叹，年轻真好。如果不是唐晓玲年轻，这么长时间的镇静药昏迷、低血糖昏迷，早就出现不可逆转的脑损伤了。

华武星处理完 EICU 里头的事情后，去找江陵问问头车的事情怎么样了，是不是真的要借钱，好提前做好准备。江陵说已经决定买 60 万的了，大不了刷信用卡。人活一口气，树靠一张皮，莫雪茹的父母说的也是有道理的。谁都希望自己的女儿嫁得风风光光。

"世人皆苦啊。"华武星嘲笑江陵。

后来康宝的抽血结果出来了，肝功能的确不好，转氨酶、胆红素都明显偏高了。奇怪的是，检测并没有发现康宝有慢性乙型肝炎、慢性丙型肝炎等病毒性肝炎，而且康宝也说自己不喝酒，没有酒精性肝炎的可能。

最常见的引起肝炎的疾病，康宝都没有。

那会是什么原因引起的肝损伤呢，江陵也奇怪，不过这些问题就留给神经内科的医生来考虑了。神经内科医生刚刚也会诊了，癫痫明确，要住院进一步查找原因。

华武星说："他们（指神经内科医生）也是半桶水，这么明显的一个癫痫和肝功能损伤，还有什么好考虑的，查一个血铜、铜蓝蛋白就一目了然了。"

江陵恍然大悟："你怀疑他有肝豆状核变性？"

"不用怀疑，90%的可能性就是了。"华武星一脸不屑，觉得神经内科医生水平太次了。肝豆状核变性本来就是常见的导致肝损伤的病因，加上患者有癫痫发作，那就要高度怀疑了，他们竟然连这个都没想到。

肝豆状核变性是个相对少见的常染色体隐性遗传病，由于患者体内代谢铜离子的途径出现障碍，导致过多铜离子沉积在体内排不出去，这些铜离子会沉积在肝脏、大脑（尤其是豆状核）、肾脏等部位，造成器官功能损伤，最常见的受损部位是肝脏和大脑的豆状核，所以病名叫肝豆状核变性。病人会有大脑功能障碍表现，比如癫痫、肌张力障碍、精神症状等，也会有肝炎、肝硬化。华武星实习时见过这种疾病，所以一看到患者有不明原因的肝功能异常和癫痫，就想到了这种可能。

"神经内科医生可能没怎么见过这个病，也不能就说人家不专业吧。"江陵见不得华武星数落别人，"而且还不一定就是这个病呢。"

"打个赌，如果他被确诊为肝豆状核变性，你这车就不要买了。如果他不是这个病，我无偿资助你10万块买车。敢不敢？"华武星笑着说。

江陵才不愿意跟华武星打赌。

正说话间，康欣找到了华武星，问他爸爸情况怎么样了，渡过难关了没有。

华武星不会那么傻，说已经渡过难关了这样的话，虽然病人的生命体征的确趋于平稳了。他刚刚从病房出来时，再次检查了康永全的情况，血氧饱和度高了，呼吸没那么急促了，虽然人还没醒过来（用了镇静药），但估计生命已然无碍。

"还得继续治疗，一边治疗一边观察，而且还得去做 CT 等等，生死未卜。"华武星应付病人家属的套路就是这样，不会给家属太多好消息。

康欣听了华武星的话，又要哭了。

华武星说："一个爸爸已经够让你头痛了，现在你弟弟情况也不轻，他可能是铜中毒，这是个遗传病，搞不好你也有问题，找个时间做个基因测试看看。"

这句话更加让康欣崩溃，什么铜中毒，什么她也有问题，什么基因测试，她一脸蒙，短期内没办法接受这么多信息。

江陵赶紧打圆场："只是一个猜测而已，不一定是，先送康宝去神经内科，到时候他们的医生会跟你进一步沟通。"

打发走康欣后，江陵责怪华武星："不应该这么快说铜中毒、肝豆状核变性这些话，万一不是的话，岂不是打脸？而且也增加她的心理负担。"

"哈哈，我又不是他的主管医生，你才是，要打脸也是打你的脸。"华武星说完这句话，得意扬扬地走了，留下江陵一个人气得直跺脚。

华武星回到病房后，处理了几个病人，抽空又跟冯小文讲解了肺栓塞的一些知识，听得冯小文入了迷。

第二天早上，刚交完班，护士急匆匆找到华武星，说："不好了，康永全的屁股上出现了一大片瘀斑。"

可能是尿激酶的副作用，皮下出血了。

华武星当时在处理其他病人，听到这消息后立马赶到康永全床旁。

这是他最担心的情况，皮下出血还好，万一有脑出血，那就麻烦了。

华武星给康永全做了个全面检查，确认只有臀部皮下有瘀斑，其他部位没有，而且反复看了病人的瞳孔，都是正常的，才稍微放了心。

老马也赶来了，凭借他多年的临床经验，他认为康永全问题不大，肺动脉血栓应该在溶解了，目前来看，最大的副作用仅仅是臀部出血，还能承受。

"要不要去做个 CT？"华武星问老马。

"这时候做 CT 没什么大帮助，没必要折腾病人了，好好歇着吧。"老马刚说完，就接了个电话，是医务科潘主任。老马挂了电话后，就去医务科了，临走前吩咐华武星看好病房。

没过多久，杜思虹又来了，问康永全的瘀斑是否严重。华武星很奇怪："你是怎么得到一手资料的？"

一旁的冯小文吐了吐舌头，说："是我跟杜老师说的，杜老师很关心这个病人。"

华武星看了冯小文一眼，说："你这小姑娘不错啊，汇报病情倒是挺积极。我看你是身在曹营心在汉。"

华武星只是觉得奇怪，他当然没有真的责怪冯小文。冯小文也看得出来，华武星虽然跟杜思虹在抢救室争执了一次，但华武星对杜思虹并没有敌意，再说，杜思虹是会诊医生，她有权利关注病人的动态变化。所以杜思虹之前离开 EICU 之前，就跟冯小文说，病人情况变化时，除了通知华武星，也可以跟她说一声，两人还加了微信好友。

杜思虹没理会华武星的话里有话，直接去看病人。

也就在这时，康永全悠悠地醒来。

此时的康永全，比起之前在抢救室时，要好太多了。整个人都是平静的。他睁开眼睛后，发现自己口里有个管子，难受至极。

华武星看他氧合很好，考虑肺血栓应该溶解得差不多了，应该已经无碍。他直接把康永全口里面的气管插管拔掉，停掉了呼吸机，接上面罩吸氧。

康永全也不负众望，脱掉呼吸机、拔掉气管插管后，靠着面罩吸氧也能维持得不错。但他总体上还是比较虚弱。能开口说话以后，他从牙齿缝里挤出了几个字："这是在哪里？"

护士告诉他，这是在急诊科重症病房。

他一听说是重症病房，挣扎着就要起来，说要回家。

华武星眼明手快，一把摁住他，说："刚死里逃生，现在又不想活了？你身上还有血栓，动起来等下又发生血栓栓塞，那就大罗神仙也救不了你了。"

说起来，这肺动脉血栓栓塞来得快，去得也快。一切得益于及时用了尿激酶。

杜思虹又检查了康永全的四肢情况，发现四肢肌力、肌张力都是正常的，满意地点点头："应该没有脑出血。"

杜思虹望了一眼华武星，问："给病人做双下肢静脉彩超了吗？有没有发现下肢静脉血栓？"

肺血栓栓塞症虽然发生了，但是这个血栓哪里来的呢？还是得找到，最常见的是下肢深静脉血栓形成后脱落导致的栓塞，所以常规做下肢血管彩超，看看有没有血栓形成是很关键的。如果有，那就得进一步处理，以防血栓再次脱落。

华武星当然也知道这点，在康永全清醒之前，已经用彩超机给看了他的下肢血管，但没看到显著的异常情况。

"这么说来就奇怪了，可能是在下腔静脉有血栓，不过那个位置太深了，彩超看不到。"杜思虹自言自语。

"怎么样？脱离危险了，可以转去你们科进一步处理肺炎了。"华武星跟杜思虹说。

"我跟领导汇报一下，腾出空床后就收他。"杜思虹口头上答应下来了。

这时护士过来，说病人的女儿找华武星，好像有什么要紧的事。

华武星有点不情愿，本想推脱，让护士跟她说自己在忙。但现在眼前就站着杜思虹，自己的一举一动都看在她眼里，不出去的话又说不过去，只好出去应付一下。谁知杜思虹又跟了出来，说："说不定病人这几天就转去我们科了，我也趁机跟家属沟通一下。"

华武星也不拒绝。

于是两人一起见了康欣，康欣一见到华武星，泪水夺眶而出，说："宝弟抽血结果出来了，医生说血铜超标，说这是个遗传病。"她一直问华武星这个病是不是很严重，是不是华武星之前跟她说过的那个病。

她真的是手足无措了。

华武星有些不耐烦，说："这个你应该问神经内科医生啊，我是急诊科医生，神经内科的事情我不专业。而且我也不是你弟弟的主管医生。"

康欣有点委屈，又有点害怕，吞吞吐吐地跟华武星说："虽然你有点凶，但我能感觉到你是个好医生，你一直在帮助我们，我想听听你的意见。"

华武星无语了："这哪儿跟哪儿啊，你要是问你爸爸的情况，我能回答你，他现在已经拔掉气管插管了，病情好转了一些。但如果你问你弟弟的情况，现在他不在急诊科了，我没有权利也没有义务跟你解释更多。"

康欣一个没忍住，"哇"的一声又哭了。

"你不要动不动就哭啊，让其他病人家属看到还以为我欺负你，还以为我是多坏的医生呢。"华武星冷冷地说，其实他面对这样爱哭的女孩子也是没办法。

杜思虹见状，赶紧安慰康欣，问怎么回事，有什么能帮上忙的可以跟她说。

"医生姐姐，你真好。"康欣擦干眼泪后，说了这么一句话。然后把昨天华武星、江陵跟她说的关于肝豆状核变性的事儿都跟杜思虹讲了，专业名词她记不住，但是讲个大概是可以的。

杜思虹也知道她弟弟就是那个患癫痫的男孩子，但她万万没想到病人会是肝豆状核变性。

杜思虹有些惊讶，跟华武星确认康欣说的是不是真的。

也就在这时，江陵给华武星来电话了，一接通就说："你小子有两把刷子哈，刚刚看了康宝的检查结果，血铜、铜蓝蛋白真的是明显异常，他们（神经内科医生）准备给病人做头颅 MRI（核磁共振成像）了，初步诊断真的是肝豆状核变性。"

由于杜思虹就站在华武星旁边，江陵这几句话，杜思虹听得清清楚楚。康欣真的太可怜了，一个女孩子，要面对这么多事情，现在爸爸和弟弟都病重，她一个弱小的身躯实在是承受了太大的压力。

也许是女性更容易安慰女性，杜思虹三两句话就稳定了康欣的情绪，并且跟她说，这个医院神经内科医生是很专业的，这个病也不是绝症，只要积极治疗一般可以控制好。

"现在我们更加关心的是你爸爸的情况，刚刚他已经醒了，呼吸也稳定了，我们准备把他转入呼吸内科病房继续治疗，你看怎么样？"杜思虹征求康欣的意见。

康欣含泪点头，她当然没意见，她对杜思虹印象很好，绝对信任杜思虹。

康永全也应该要转去呼吸内科了，因为江陵打电话给华武星，说抢救室又有两个很重的病人，都得住 EICU，如果康永全不转出去，那 EICU 床位就不够了。正好，康永全病情好转，康欣又同意，杜思虹这边也答应接收。

完美。

华武星也打电话告诉了老马，说康永全情况好转，科室床位紧张，准备把他转去呼吸内科。老马也同意，但有个要求，要华武星全程陪同转运，不能让规培医生代劳，以防万一。

华武星觉得老马真的是太过小心了，病房那么多事情，哪能抽出时间陪同病人去啊，一般都是规培医生和护士负责转运的。再说，病人已经脱离呼吸机了，生命体征都很稳定，没必要小题大做。

但老马态度很强硬，说："这是命令，不是跟你商量。"

随后老马语气又软下来了，说："我始终觉得他不大妥，好得太快了，我有点不放心。你就陪他走一趟，顺便也去呼吸内科看看，了解了解杜医生嘛，她挺不错的。"

华武星挂了电话，不再听老马啰唆。但老马说得有道理，亲自陪同转运会更好，万一路上心跳又停了，那就坏事了。只要到了呼吸内科病房，那就是他们的事情了，病人出了什么状况也就怪不到急诊科头上来。

说走就走。

推车刚出 EICU 大门，康永全的情况就发生了变化。

只见他突然痛苦地叫了一声，然后捂住胸口，说胸口痛。陪同转运的心电监护也开始发出尖锐的报警声。

现场发生的一切，让冯小文、护士等人惊愕不已。

华武星爆了一句粗口，老马真的是乌鸦嘴。话虽如此，华武星一点不敢放松对康永全的病情评估，此时此刻病人再发胸痛，最大的可能是第二次肺栓塞了，因为血氧饱和度也有下降的趋势。

恰好杜思虹也在旁边，她快速听诊了康永全双肺，她跟华武星的看法一致，可能还是肺栓塞。

康欣则担心得不得了，本来她见到爸爸平安出来已经很高兴了，没想到短短一分钟病情又有变化。

冯小文问："华老师，要不别去呼吸内科了，先赶紧退回 EICU 吧，抢救也更方便。"车子就这样横在门外走廊，大家都等华武星一声令下，就往回推。

杜思虹也这么认为，现在去呼吸内科不是最好的选择，病人情况不稳定，怕路上出意外。

但华武星犹豫了，他有自己的想法，好不容易从里头推出来了，就这么回头心有不甘。而且他看了康永全的情况，没有第一次那么糟糕。

虽然他胸口痛，但是脸色没有发绀，血氧饱和度也能维持在 95% 以上，心率不算很快。

"先不回去，也不去呼吸内科，我们去 CT 室。"华武星斩钉截铁地说。

这句话一出，吓到了所有人。

"你疯了，现在去做 CT，万一心跳又停了怎么办？"杜思虹急了。

"我们一直怀疑他是肺栓塞，但没有确切的证据。为什么他短时间内发生了第二次肺栓塞，真的是肺栓塞吗？有没有其他因素？你不想搞清楚吗？稀里糊涂地治疗有意思吗？"华武星说完后，示意大家往CT室方向走。

杜思虹没有要走的意思。

华武星瞪大了眼睛，说："他现在还在急诊科，还是我的病人，我还有给他开医嘱的权利。"

但他很快也意识到自己的处境了，病人危险，家属也在旁边，队友们担心也是情理之中，不要把处境搞得那么僵硬，他想起了老马说过的话。这个老马，该死的老马，真的是乌鸦嘴。

"要不要问问马主任的意思？"冯小文小声说了一句，"马主任走之前还叮嘱我们看好他的。"

"千万别，老马知道后肯定去不成CT室。"华武星压低了声音说。

"那你还去？"杜思虹不理解华武星。

"相信我，这个CT我们一直憋着想做，我们现在不要浪费时间了，做了CT，对以后的治疗和预后都有帮助，而且我们可以把胸腹部一起做了，能得到很多有用的信息。退一万步讲，万一他心跳停了，我路上就可以给他插管，插上管后用呼吸球囊给他按压通气，这个不比呼吸机差多少，还有，抢救盒我们也带了，要什么药都有……"华武星真的是非常想冒险把CT做了，试图劝服大家配合他。

其实最大的阻力还是杜思虹，其他人也不敢违抗他的意思。

康永全胸痛还是很明显，但好在血氧饱和度还能维持。

"给他推一支吗啡。"华武星吩咐护士。快速缓解他的疼痛，也能减少氧气消耗。

这是杜思虹第二次跟华武星起诊疗分歧，第一次分歧，杜思虹是想阻止他给康永全气管插管。事实证明华武星应该是正确的。现在是第二次，华武星要冒险把病人推出去做CT，目的是判断到底是不是肺栓塞。杜思虹其实也有怀疑，但她实在是不敢冒这种险。

现在她见华武星如此坚决，而且各种可能出现的后果他都考虑到了……

同时也观察了患者的情况，虽然他胸痛厉害，但是生命体征还算稳定，分出 10 分钟做个 CT，应该是值得的。

如果不行，那就真的只能就地抢救了。

关键是取得家属的理解。

康欣不懂，她除了哭，剩下的就只能是听华武星和杜思虹的了。

还没等杜思虹开口，康欣似乎读懂了杜思虹的意思，抢先说："我听你们的。你们觉得能做我们就去做。"

"还愣着干吗？赶紧边推药边走，去 CT 室。"杜思虹朝大家发话。

几个人推着床车，快速奔向 CT 室。

华武星则打电话给 CT 室，说有危重病人需要立即做胸腹部 CT 增强扫描，要安排好位置。得到对方确认后，华武星加紧了脚步。

急诊科危重病人做 CT 可以优先，这是明文规定。其他病人也不会反对这类躺在抢救床上的病人插队，毕竟他们自己还能站着去做检查，而这些病危的只能躺床上被人推着走。

杜思虹仿佛做梦一样，她不敢想象自己会做出这么疯狂的事情。前一天还跟华武星起争执，责怪他见死不救、太过冒险激进，没想到今天就跟他一起冒着风险推危重病人去做 CT，真有点背炸药包的感觉。

但看到华武星在前头带队，步伐坚定，她又想起了刚刚康欣对华武星说的那句话：虽然你有时候有点凶，但看得出你是个好医生。

让杜思虹想不明白的是，为什么华武星那天早上会面对康宝的抽搐而无动于衷呢？她还是太不了解华武星，毕竟两人刚认识没两天，不了解也正常。在杜思虹内心隐隐有个念头，她很好奇华武星是个怎么样的人。

不一会儿到了 CT 室，华武星已经联系好了人，CT 室的人过来将病人接了进去。他们似乎已经熟悉了华武星的工作习惯，一切都如行云流水，有条不紊。

康永全很快就躺进了 CT 机，护士用最快的速度给他打好了针，这枚针是打造影剂用的，康永全的情况需要做 CT 增强扫描，需要注射造影剂，才能看到有没有肺血栓栓塞，或者其他的问题。

康永全还是胸痛得厉害，但较之前似乎有点减轻，这可能是吗啡发挥了作用。他没看到康宝，有些疑问，问康宝去哪里了，康欣不敢跟他说实话，就说去买吃的了。

听到这话，大家都觉得有些心酸，这是个命途多舛的家庭。

康永全跟康欣说："回家吃点药就好了，别住院了。"

康欣知道他是心疼钱，眼泪差点掉下来，但还是忍住了，并且驳斥了自己老爸："不管什么都比不上治病重要，钱足够的，不用担心。"

康永全没办法，只好听女儿的安排。

做 CT 时，华武星迅速自己动手穿好了防辐射衣，陪在康永全旁边。

冯小文让华武星出来，别吃辐射。他摇手，示意她赶紧出去，赶紧开始做，不能耽误时间了。

CT 室技师开玩笑地跟杜思虹、冯小文说："这是华哥这个月来第三次穿铅衣了，今年如果要评比最贴心的医生，我一定投他一票。"

华武星的心思，他们都知道。紧急病人在做 CT 时，医生都担心病人心跳停止，要想第一时间发现并且第一时间处理，最好的办法就是陪在他身边。由于辐射问题，很少有医生会在 CT 室内陪病人做完检查。

但一到华武星手上，只要是关键的病人，华武星每次都会义不容辞地穿上铅衣。这让杜思虹意想不到，换作自己可能都做不到这样，她心里对这个医生莫名多了几分好感。

CT 很快就做完了，过程顺利，没有发生大家担心的心跳停止的问题。

结果出来，技师让华武星赶紧过来看。

没错，华武星和杜思虹的分析是正确的，患者真的是肺栓塞！

还好，这次肺栓塞不是栓塞到肺动脉主干，而是栓塞了右肺动脉一部分，血流没有完全堵住，所以患者血氧饱和度还能勉强维持。但即便如此，如果不及时溶解掉血栓，也是会产生巨大影响。

"得再次用尿激酶了。"华武星说。必须尽快溶解掉血栓，否则患者的心肺功能会进一步受到影响。这时候华武星也来不及思考为什么会发生第二次肺栓塞，杜思虹说可能病人体质是高凝状态，容易形成血栓，这个可能还得进一步检查。

说罢，华武星就掉头往急诊科走。

病人这个样子肯定去不了呼吸内科，加上杜思虹自己科里还有事，就跟华武星他们分开了。临走前杜思虹又叮嘱冯小文，有什么情况都可以跟她说。也许杜思虹觉得光嘱咐冯小文还不够，于是也跟华武星说，有什么需要帮忙的随时电话联系。

华武星点点头，没说话，推着康永全头也不回地走了。

回到 EICU 后，华武星让护士加大氧流量给病人吸氧，同时准备尿激酶，要再次用尿激酶溶栓。他让冯小文跟康欣再次告知病重，签署病危通知书，这是康永全的第三份病危通知书。

康永全这时候胸痛好一些了，但血氧饱和度升不上来，华武星知道这个情况不能再耽误，得抓紧时间溶栓了。

溶栓前他给老马打了电话，汇报了情况。

老马得知他冒险出去做 CT，劈头盖脸又是一顿骂："臭小子，我离开一步都不行，总有一天你得把急诊科的屋顶都给掀了！"

还是那句话，病人不做 CT 不一定会死，但是推出去做 CT 很有可能在路上出意外，加上病人家属还在身边，百口莫辩。老马真的是生气了。

老马一大早就被医务科科长潘芸叫去开会，会上讲的就是关于避免医疗纠纷的事情，还点名了华武星，说华武星被警告过多次了，急诊科天天都要面对形形色色的病人，很容易出问题。加上华武星做事风格冲动，跟家属沟通不算很愉快，这个月都被投诉两次了，还经常没获得家属授权就进行诊疗操作，这是相当危险的，就是走钢丝啊。

会后，潘芸单独把老马留了下来，问华武星的情况。面对潘芸的当面责难，老马也是一肚子苦水。他尝试给华武星辩护，说有一次投诉应该算是无效的，后来家属还写了感谢信，他还把感谢信交给了潘芸。

"小华呢，性格是直了点，但他更多时候是为病人着想的，是真的为救病人心切。"

潘芸倒不这么认为，她认为华武星不是性格直的问题，而是莽撞。"医务科的职责是保护咱们的医生，当然也是维护病人及家属的利益，但如果一而再、再而三出问题，到时候恐怕医院都保不了他。"

这话其实说得算是有些严重了。老马也理解潘芸的良苦用心，只能怪这臭小子脾气冲，脾气犟。

潘芸后来叹了一口气，说："有什么样的师父就有什么样的徒弟啊，当年你不也是这样，总是给医院惹麻烦。"

老马笑了，说："那都是多少年的事情了，过去我是烂命一条，现在我还得管着几十张嘴吃饭呢。"

潘芸扑哧一声笑了，说："这回得让你自己尝尝带刺头的滋味，你就能理解老院长的为难了。"

潘芸嘴里的老院长，其实已经退休十多年了。当年潘芸也是急诊科的一名医生，跟老马是同事，老院长是急诊科出身的，也很照顾老马和潘芸。后来潘芸转到医务科搞行政去了，一眨眼十几年过去，潘芸也升到医务科科长这个职位。而老马则成了急诊科的科主任。

"但话也说回来了，你得经常提醒小华，别让他太冲动了，凡事有个规矩，别坏了事情。"潘芸好心提醒老马，"家属投诉到我这里来还好说，如果家属绕过我，直接投诉到院长那里去，恐怕就没那么好处理了。"

这话正说到老马心坎里去了，也多得潘芸照顾，否则按照华武星这个性格，迟早得出事。

"小华这孩子呢，以前是挺好说话的，你也是知道的，自从8年前那件事，跟家属闹得不愉快，后来他就这样了，不信任家属，跟家属对着干，这些年我也没少说他，但他对治病救人这事一点也不含糊。"老马说到这里就打住了，没准备往下讲。

大家心照不宣。

"反正不管如何，还是要多跟他沟通，别让他走歪了。这么好的一个小伙子，出了事多可惜。"潘芸说，"听说他到现在还是单身，没有女朋友，需不需要帮忙介绍啊？"

老马谢了潘芸的好意，说："那小子现在固执得很，他妈妈天天给他介绍对象，就不劳咱们费心了，等他求我的时候我再给他物色一两个。"

两人又聊了一些其他事，末了潘芸问老马："小柔成绩怎么样，明年高考有没有信心？"

小柔是老马的女儿，今年高三，准备高考。

"孩子大了，不好管啊，"老马叹了口气，"我一个人又当爹又当妈的，你说照顾儿子还好，现在是老子照顾闺女，很多话她都不愿意跟我讲了，能不能考上大学，就靠她自己了。嗯，考不上也没啥，健健康康就好，干咱们这行的，知道健康才是无价的，你说对吧？"

潘芸只是随口一问，没想到老马吐了这么多苦水，只能安慰老马，孩子大了有自己的路，父母也干涉不了太多。

潘芸最后交代老马一些其他的事情，就让老马回科室了。

老马刚想走，就接到了华武星的电话，得知华武星冒险把病人推出去做CT，所以就忍不住臭骂了他一顿。

人家潘芸刚刚说完，他马上又来惹事了。

老马急急忙忙回到科室，华武星连溶栓药都已经配好了，华武星的意思是，不管老马能否赶得及回来，药都得先上。

这点老马不责怪他，华武星是个有经验的医生，可以自己做主。

但病人突然胸痛发作，在血氧饱和度上不来的情况下直接推出去做CT实在是太危险了，毕竟之前有过类似发作并且心跳停了。"这万一在路上停了，该怎么办？"老马没好气地说。

"这不已经安全了吗？还明确了是肺栓塞，多划算啊。"华武星笑着说。

"你还笑得出来！你这是运气好，但你能一直这么运气好吗？倒霉一次，就够你受的了。"老马气还没消。

教训归教训，治疗不能耽误。"溶栓药赶紧上。"老马吩咐护士。

现在最大的问题是，病人已经发生臀部皮下出血了，这一针溶栓药下去，会不会加重出血，甚至导致脑出血，谁也不能保证。万一脑出血了，那就白折腾那么久了。

这么回过头来分析，患者第一次胸痛、血氧饱和度下降肯定也是肺栓塞了。这期间患者好转后又加重，应该是又有血栓栓塞。但是这个血栓从哪里来的，目前还不知道。

"只能继续完善相关检查，并且再次请呼吸内科、心血管内科的医生过来帮忙看看，咱们干急诊重症的，不能大包大揽，有疑惑的病例及早找人分担，不要自己一个人硬撑到底。"老马告诉华武星。

华武星让冯小文去起草会诊申请："就明天吧，约几个科室过来一起讨论讨论。"

康欣得知自己爸爸再次发生肺栓塞，也是一头雾水，但她总体比较好说话，华武星说什么她就做什么。另外，她又得想办法筹钱了。

除了爸爸住在这里，弟弟也住了神经内科，她一个人两头跑，两天下来感觉憔悴了许多。

"就没有其他亲戚可以帮忙照看了吗？"华武星问她。

"没了，家里亲戚都没空，能借钱就不错了，还要人家过来陪护是不可能的。"康欣说。为了省钱，她连护工都没请，很多杂事都亲力亲为。

华武星知道她家经济条件不好，也只能在治疗药物上有所取舍，能不用的药物尽量不用。但他并没有把这事跟康欣说，冯小文说："华老师你人太好了吧，做好事不留名。"

华武星却说："你说帮人家省钱，人家就信你吗？多一事不如少一事。"

正说话间，杜思虹给冯小文来电话了，问康永全情况怎么样了。

冯小文回答说："用上镇痛药和尿激酶，感觉情况又好一些了，病人胸痛缓解了，这个药起效真的很快。"

杜思虹又交代了一些注意事项，并且说都写在会诊记录上了，让华武星记得打开电脑看。说完才挂电话。

华武星问冯小文："现在到底我是管床医生还是她是管床医生啊，感觉她怎么比我还上心啊？"

冯小文扑哧笑了，说："杜老师很关心病人的，而且这个病人本来是她会诊的，又说要去呼吸内科住院，所以她就更关心了，这不挺好的吗？有她帮我们出谋策划，事半功倍。"

"好什么好，我一个人就处理不过来了吗？还得她指导？"华武星板起脸。

冯小文笑得更大声了，说："哪里的话，华老师出了名的专业，旁人哪敢指导您啊，这不是马主任让她会诊嘛，会诊医生当然得尽责啊。"

华武星也没真生气，跟冯小文开个玩笑而已。杜思虹水平还是不错的，有见解，起码康永全肺栓塞这个诊断是她先提出来的，足以见她业务能力扎实，就是有点过于保守。但转念一想，保守也有保守的好处。

当天康永全用了尿激酶后，情况的确又有所好转。

第二天会诊医生如约而至，呼吸内科还是杜思虹过来的，心内科医生也来了，大家讨论康永全的病情，为什么会连续两次发生肺栓塞，有没有什么原因没发现的。

大家就说了，一般来说，肿瘤患者、长期卧床、妊娠、口服避孕药等患者血液较为黏稠，有更高的血栓形成风险，比如下肢静脉血栓形成，一旦栓子脱落，就可能随着血流进入肺动脉卡住。但这个患者血栓形成的原因并不明确。而且华武星后来也给患者做过双下肢血管彩超，没有看到静脉长血栓。栓子哪里来的，不好评估，说不定在更深的静脉或者某处，反正B超没看到。

要想形成血栓，一般有三个因素，一个是血液黏稠，一个是血流缓慢，还有一个就是血管内皮破裂。血液黏稠容易导致血栓形成很容易理解，血流缓慢也容易导致血栓形成，这个也不难理解。而血管内皮如果有破裂，那么一些凝血分子都会堆积上去，长此以往，也会容易形成过多血栓。所以一般建议患者不要长期卧床，因为那会导致血流缓慢。也建议公交车司机不要老坐着，要时不时活动活动，这些都是为了预防血栓形成。

回到康永全身上，结合已有的检查结果，没有头绪。会诊医生们建议完善基因相关检查，看看有没有基因方面的问题。

就在大家讨论康永全的病情时，护士冲进来跟华武星说，病人又胸痛了。

"见鬼了。"华武星暗自骂了一句，匆匆赶到康永全床前。其他人也是惊愕不已，难道又有第三次肺栓塞了？不可能啊，才用了溶栓药，而且抗凝药也用了，就是预防血栓再次形成的，在这种治疗基础上，患者再有血栓形成，那真的是无可奈何了。

华武星快速评估了康永全的情况，他虽然胸痛厉害，但血氧饱和度没有降，依旧有100%，这是鼻导管吸氧下的，说明他并没有缺氧。

而且这次康永全胸痛的位置跟之前不一样，之前都是胸口疼得厉害，他也是双手捂住胸口，但这次他是左下胸疼，差不多到腹部的位置了。

"怎么回事？"华武星问他。

康永全告诉华武星："刚刚有点痰，使劲点咳嗽，然后就开始胸痛了，就好像刀子割肉一样……哎哟哟，疼死我了。"

康永全眉头紧皱，看得出的确痛得厉害。

华武星示意他把手拿开，他好好看看疼痛的部位。表面上没有明显异常，但是康永全稍微转动一下身体，胸痛就更厉害，痛得哇哇叫。

这时候大家也都过来了，围在康永全床前，试图了解情况。

有人提出，看来还得做一个胸部CT，看看是不是肺栓塞，如果是的话，说明我们的抗凝力度还不够，得加强。

杜思虹隐隐有些担心，说："患者臀部已经有皮下瘀斑了，说明有出血倾向了，再使用更大剂量的抗凝药，说不定搞出脏器出血，那就麻烦了。"

都有道理。

老马望着华武星，等他开口。这么多年来，老马一直很认可华武星的专业能力，他是管床医生，理论上他更熟悉病人的情况，他的意见是要听的。

华武星没回答，依旧让病人转动身体。无论左转、右转，康永全只要稍微转动上半身，就疼得嗷嗷叫，华武星用手掌稍微压了一下他的左侧胸口，没加重疼痛，但是手掌往下移，靠近腹部的时候，康永全就叫起来了。

"痛痛痛！"

华武星停下来，跟老马说："不是一定要做 CT，让他们过来拍个胸片就可以了。"

"这下你不愿意冒险了？"老马调侃他。

"不是不愿意冒险，是犯不着。"华武星跟大家说，"病人应该不是第三次肺栓塞，我估计是肋骨骨折了。"

"肋骨骨折？"大家面面相觑。

"刚刚他使劲咳嗽，然后就胸痛了，我检查了胸痛的位置，跟前两次不一样，这次是在左侧胸肋部，靠近左上腹，我估计病人左侧第8 或者第 9 肋骨骨折了。"华武星缓缓说道。

一个咳嗽就把肋骨震断了？大家更加觉得不可思议。

心内科医生笑了，说："患者年纪不算大，60 岁，按理来说骨质疏松不会很严重，一个咳嗽就把肋骨震断的可能性实在太低了。再说，患者已经有过两次肺栓塞，这次胸痛很可能还是肺栓塞，做个胸部 CT 增强扫描还是有必要的。"

华武星摇头，说："不像肺栓塞，你看患者血氧饱和度一直很好，并没有降下来，这跟之前两次也不一样。"

"那也可能是栓塞得不厉害啊，还没影响到血氧，如果没及时处理，说不定等下栓塞加重的话就会出现血氧饱和度下降了。"心内科医生继续分析。

"这么说来，还是做个 CT 更稳妥？"老马询问大家的意见。

"不能做了，患者原本肌酐就比较高，肾功能不大好，再做增强

CT 还得注射造影剂，怕对肾功能不好。何况患者这次不像肺栓塞，肯定是肋骨骨折。"华武星信心满满。

"也行，既然如此，那就先做个胸片，如果没发现问题，再考虑要不要做 CT。"老马拍了板。

心内科医生也不好再说什么。

问题是，如果是肋骨骨折的话，患者为什么这么容易就肋骨骨折？

这才是大家要担心的问题。

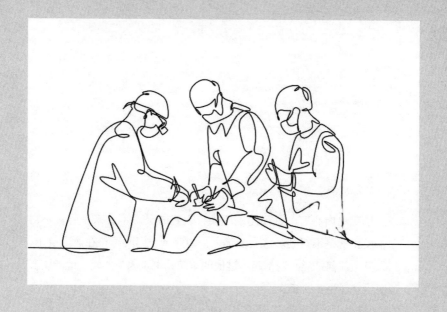

6

心脏骤停

太奇怪了! 好端端一个病人, 怎么可能咳嗽一下就把肋骨震断了呢!

一

华武星内心有一种隐隐的不安，但暂时又说不上来是哪里不对劲，反正就是不对劲。这么多年来，华武星一门心思扑在病人身上，病人身上任何蛛丝马迹都瞒不过他的眼睛，也正因为如此，他能比普通医生发现更多的细节。

"杜博士，您的意见呢？"心内科医生问杜思虹。

杜思虹此刻也没了主意，见华武星这么肯定是肋骨骨折，又回想起前几次跟华武星的交锋，她知道华武星绝对不是一个随口胡说的人，便说："可以先按华医生说的做，床旁胸片很快就能做完，而且患者目前生命体征是稳定的，有时间给我们慢慢排查。"

华武星没想到杜思虹这回肯定了自己的判断，略微感到惊讶。

很快影像科的人就推了床旁 X 光机来，在给康永全翻身的时候，他又痛得嗷嗷叫，死活不肯动了，好不容易才劝说开来。

床旁胸片拍完，图片马上出来。

大家仔细一看，天啊，华武星说得没错，真的是肋骨骨折了，患者左侧第 8 根肋这边骨皮质不连续，明显骨折了。

太奇怪了！好端端一个病人，怎么可能咳嗽一下就把肋骨震断了呢！

胸片除了看到肋骨断了一根，其他情况还好，肺炎情况有所好转。这回估计得找胸外科医生来看看了。

"幸亏骨头断端没有错开，否则就容易刺破局部的血管、胸膜或者肺组织，导致血胸、气胸了，那是会要命的，非得开胸不可。"老马边看胸片边说，"患者真的是命大。"

"既然明确了肋骨骨折，那就应该不至于是肺栓塞了。患者的确已经在用抗凝药了，这种时候不大可能再有肺栓塞。"杜思虹说，"胸部 CT 的确可以暂缓，否则真可能像华医生所说的，造影剂损害了肾脏，到头来还得做血液透析，那就得不偿失了。"

杜思虹向华武星投去了赞许的目光。

只不过，患者为什么会肋骨骨折呢？只能说患者骨质疏松太厉害了，别说剧烈咳嗽，即便打个喷嚏、转个身都可能骨折，当然，要警惕有没有肿瘤的情况，肿瘤转移也会有病理性骨折，但从目前的检查来看，没发现任何肿瘤的迹象。

华武星让冯小文联系胸外科医生过来会诊，自己则出去跟康欣沟通，说："病人肋骨骨折了，幸亏是闭合性的，而且仅有一根肋骨骨折，估计不用手术，用弹性胸带固定好休养一段时间就好了。但不排除还会有第二根、第三根骨折的可能，如果那样，就棘手得多了。"

康欣听到爸爸肋骨骨折了，一开始不敢相信，但事实如此，不得不信，哭着说："我爸怎么这么命苦，接二连三发生问题，在家以为是肺炎，来到医院才知道有肺栓塞，而且还发生了两次，现在又肋骨骨折了，这……这什么时候是个头啊，呜呜呜。"

"不用开刀手术吧？"她红着眼睛问华武星。

"暂时不用，这个得看胸外科医生会诊意见，现在不能给你定论。"

"医生，我快受不了了，太难了。"康欣几近崩溃，在华武星面前号啕大哭。

"你刚刚说什么？"华武星突然怔住了，问康欣。

康欣还是哭，没听懂华武星的意思。

"别哭了！"华武星喝止了她。

康欣吓了一跳，呆呆地望着华武星，呜咽着说："我爸命苦，接二连三出现各种问题。"

"对，就是这样。"华武星双眼瞪着地板，大脑迅速活跃起来，自言自语，"她说得对，哪有人刚好这么巧，接二连三出问题呢？先是肺栓塞，发现有贫血，肾功能也开始不好了，现在又有骨折，这太巧合了。"

医学上讲究一元论，意思是，尽量用一种疾病来解释病人的所有症状，而不是说病人同时合并几种疾病。

康永全的情况是复杂的，但再复杂的疾病也可用一元论来解释。

华武星边想边转身回病房，他要回到康永全的床前。

一个病人怎么会同时有这么多疾病呢？难道一切都是偶然吗？难道这一切都没有联系吗？

患者的贫血是什么原因呢？肾功能异常又怎么解释呢？肋骨骨折，真的是骨质疏松吗？60岁的男性，会骨质疏松到打一个喷嚏就骨折了吗？

起初还怀疑会不会是当初康永全心跳骤停时给胸外按压造成的肋骨骨折，但如果真有骨折，应该早就发现了，不应该等到现在。

太多疑问了。

大家一直致力于处理患者的肺栓塞，以为肺栓塞处理后就完事了。不承想第二次发生肺栓塞。还检查出来一根肋骨骨折，CT所看到的患者骨密度都不是太好。

华武星喃喃自语："能不能用一种疾病来解释上述所有的异常呢？一元论不是我们一直追求的吗？为什么我们会满足于肺栓塞的诊断呢？难道我们不好奇为什么会导致肺栓塞吗？患者的血栓是哪里来的呢？患者为什么那么容易就栓塞了呢？"

杜思虹想跟华武星讨论，但根本没机会插嘴。

老马也示意她让华武星自己待一边："他就这样，想到病情的时候会比较兴奋激动，沉浸在自己的世界里，旁人插不进话的。"

"还有这么奇怪的人。"杜思虹看着华武星在康永全床边兜来兜去，一会儿看看尿袋，一会儿看看心电监护，一会儿又看看患者的手脚，听听心肺，他停不下来。

杜思虹心里终于承认，他是个很好的临床医生，为了病人他的确是到了废寝忘食的状态了。但同时她又有一种非常强烈的好奇感，好奇为什么华武星那天不出手救康宝，也就是康永全的儿子。一个这么好的临床医生，怎么可能忍受病人在自己面前倒下而无动于衷呢？还有，华武星对待病人家属为什么会这么冷言冷语呢？还屡次遭到投诉，这些都是公开的院务内容。难道是他性格的问题吗？可是，看他跟科室的医生护士打交道又挺好的，护士们也都很护着华武星，就连规培医生们，虽然有时候害怕他，但总体还都非常喜欢他。

　　这个人太矛盾了，杜思虹没办法看透他。

　　越是看不透，就越感到诧异，或者说猎奇也罢，杜思虹心中埋下了一颗种子。

　　华武星平静下来了。

　　他突然跟老马、杜思虹、冯小文说："病人血液黏稠、肾功能异常、骨折、贫血……这一切信息叠加起来，我想我们应该找血液内科会诊才对。"

　　"血液内科？"杜思虹不明所以。

　　"血液内科有不少疾病能导致病人有上述情况，尤其是多发性骨髓瘤。"华武星缓缓说道。

　　"多发性骨髓瘤，"老马边听边点头，"这个可能性很高，那患者就不单纯是肺栓塞了。"

　　杜思虹也反应了过来，点头表示同意。

　　华武星有些兴奋，手舞足蹈，接着说："正常情况下，我们的骨髓会生产很多正常的浆细胞，而浆细胞平时的工作就是生产免疫球蛋白，免疫球蛋白是保护机体的，就像特种兵。但在病理条件下，患者的骨髓错乱了，它们生产出很多不正常的浆细胞，这些细胞也会分泌很多蛋白质，但它们不是正常的免疫球蛋白，它们没有任何保护机体的作用，反而会占着茅坑不拉屎，而且还浪费食物，阻碍正常浆细胞的发展发育……"

　　"你这个比喻……"杜思虹皱起了眉头，"占着茅坑……"但她内心又觉得挺有意思，挺好笑，也很容易理解。

冯小文也听入了迷，说："华老师的比喻都是很粗俗的，但是，话糙理不糙，哈哈。"

华武星继续讲："这些异常的蛋白质会侵蚀患者的骨头，导致骨质疏松，一不小心就会骨折。骨髓没办法正常造血，那么红细胞、血小板这种成分就会被迫减少，患者会发生贫血、血小板减少症。这些坏蛋白会堆积在肾小管，引起肾损伤、肾功能异常。这些坏蛋白堆积在血液里面，就会引起血液黏稠，患者容易有头晕、眼花、乏力等表现，严重的情况会引起血栓形成，血栓一旦脱落……"

"就是肺栓塞！"杜思虹脱口而出。她已经跟上了华武星的思维。"这就是我们做下肢血管彩超没能看到血栓形成的原因，因为血液本身比较黏稠，血栓都是即时形成即时导致栓塞的，不一定跟下肢血管有关。"

老马眯着眼睛，说："这就是患者前后两次发生肺栓塞的原因。也能解释患者当前所有症状！"

患者真的是多发性骨髓瘤吗？这个病多发于老年人，患者这个年龄倒也合适。华武星越想越兴奋："小文，打电话，让血液内科医生过来会诊，看看病人。"

冯小文刚刚在一旁听大家分析，听得入神，华武星连叫了她两声才反应过来，屁颠屁颠跑去打电话了。

"但如果真的是多发性骨髓瘤的话，病人恐怕也不好处理，这个病没法治愈。"杜思虹压低了声音，跟华武星、老马说。

"能不能治是另外一回事，能不能正确掌握病情又是一回事，先看血液内科怎么说吧。"华武星丝毫不担心治疗预后的问题。

也对，得先明确诊断，否则谈再多治疗都是无济于事的。

胸外科、血液内科医生先后来了。胸外科医生的意见是，肋骨骨折明确，但因为是闭合性单支肋骨骨折，问题不大，可以戴弹性胸带，局部固定骨折处，减少摩擦就好了，不用手术，嘱咐病人好好休息，别活动太多上半身，咳嗽的时候要捂住骨折处，轻声咳嗽。

胸外科医生的意见跟华武星想的差不多。

血液内科医生评估完后，也觉得像多发性骨髓瘤，并且说："要明确诊断，得做骨髓穿刺检查，同时查血清中的 M 蛋白（单克隆免疫球蛋白或其片段）。血清中出现 M 蛋白，意味着骨髓中克隆性浆细胞异常增生，这对于诊断多发性骨髓瘤很有帮助。"

事情到这里，很多东西都清晰了。

杜思虹一看时间也不早了，说科里还有事，就不留下来看骨髓穿刺了，让华武星有什么新的消息及时通知她，她对康永全这个病例也很感兴趣。

华武星说："病人到时候可能得去血液内科了，不属于你们科的疾病，你还这么大兴趣？"

杜思虹给了他一个白眼："转科了也可以了多了解学习的嘛。"说完就走了，走前还不忘叮嘱华武星，记得告知她骨髓穿刺结果。

华武星让冯小文跟家属沟通，取得同意后，就带着冯小文准备给康永全做骨髓穿刺了。

骨髓是在骨头里面的，要想穿刺到骨髓，那就得穿破骨头。穿刺针是钢针，非常尖锐锋利，刺入骨头，直达中间的骨髓腔，便能抽到骨髓。

康永全能忍受疼痛，但不能忍受的是一直在花钱。因为住在EICU 里，每天都有账单，即便没有，他也会问护士要，他知道每天要花费多少钱。所以他很想早点转出去，甚至想着回家。

他家原本就不富裕，自己打点小工，女儿康欣工作了几年，收入不算高。儿子康宝刚大学毕业，工作也还没找到。这样一个家庭，哪里支付得起这昂贵的医疗费用？虽然康欣多次让他别担心，会有办法的，但他知道，所谓的办法无非就是找亲戚朋友借钱，康欣一直没告诉他借了多少钱，但他也不糊涂，多少能猜到点。

这医院虽然不是酒店，但花费可比住高档酒店多多了。

还有康宝，怎么一直不见康宝？之前康欣来探视时他也在问，他还不知道康宝也住院了，康欣没敢告诉他，怕他担心，会加重病情，借口说康宝去新公司面试了，可能会被录取。而康宝那边，也听从姐姐康欣的安排，暂时不过来探望爸爸了。

这么一个穷苦的家庭，也难怪之前江陵会想方设法为他们节省费用。

但今天这个骨髓穿刺是没办法节省的，华武星明确跟康永全说了："要想早点出院，就得早点找到病因早点治疗，这个骨髓穿刺就是能够找到病因的，花点钱痛几下，说不定就可以早点回家了。"

正因为如此，康永全点头答应了。

冯小文是规培医生，看起来比华武星年轻很多。起初康永全还诧异，怎么不是华医生给他穿刺呢？

华武星则冷冷地说："如果规培医生一直不动手，都是老家伙动手，说句难听的，将来你儿子孙子住院了，谁来给他手术？是戴着老花镜、手抖得抓不住筷子的经验丰富的老医生，还是从医 20 年却没拿过手术刀的中年医生？"

康永全虽然不满意华武星拿他家里人来举例，但仔细一想还是有道理的。

华武星继续说："这里是教学医院，既然你来了，就应该考虑到迟早有这么一天的。"

康永全没再吭声。

冯小文怔怔地望着华武星，意思是要不要动手，能不能动手。

康永全见冯小文还没开始，便催促她："怎么还不来？您轻点。"

冯小文见康永全答应让她操作，兴奋至极，连说了几声谢谢，并且担保一定会轻手轻脚。

骨髓穿刺部位选定了康永全的髂骨，就是骨盆这里突出的那块骨头，穿刺前有局部麻醉，即便这样，穿刺时康永全还是觉得很痛，但他是个坚强的人，硬是忍着一声不吭。毕竟这个疼痛跟肋骨骨折比起来是微不足道的。

有华武星的指导，小文顺利穿刺到了骨髓，很开心，这是她第一次做骨髓穿刺。

二

第二天一大早，检查结果出来了。骨髓中单克隆浆细胞比例明显增高，而且血清中检查到了单克隆 M 蛋白，诊断水落石出。

康永全确诊为多发性骨髓瘤。

老马说："这可算是恶性肿瘤了，具体治疗效果怎么样，就看他自己的造化了。"

华武星盯着手中的检查报告，说："多发性骨髓瘤的自然病程具有高度异质性，有些人只能活几年，有些人能活 10 年以上，这就看血液内科的功夫了。"

华武星让冯小文打个电话告诉杜思虹，就说病人确诊了是多发性骨髓瘤。

没想到冯小文拒绝了，淘气地说："杜老师是要你跟她说，不是让我跟她说呢。"

"你这小姑娘，还学会偷懒了是吧，我哪有她的电话和微信啊，怎么说？你直接把报告拍个照发给她就得了，就说是我说的。"

冯小文满脸委屈，说："你可以打她科室电话啊。你看我多忙，这么多化验单，还有这么多病程记录没写呢。"

华武星板起脸，拿她没办法，只好拨通了呼吸内科办公室的电话，说找杜医生。

那边是规培医生接的电话，说杜老师在查房。

"那你转告杜老师，就说急诊科的康永全，确诊为多发性骨髓瘤了。"然后挂了电话。

华武星找到康欣，说："病人已经确诊为多发性骨髓瘤了，这个病导致了两次肺栓塞，还有骨折等，要去血液内科继续治疗。"

华武星还告诉她，这个病属于恶性肿瘤能不能治疗就看后续情况，这方面他不专业，得由血液内科医生评估。

康欣得知是恶性肿瘤，心灰了一半，问能不能治愈。华武星告诉她："没办法预测，有些人只能活几年，有些人可能活十几二十年，甚至完全控制住，现在说这个还早。"

康欣眼泪又掉下来了，过了一会儿才告诉华武星，康宝明确诊断为肝豆状核变性，医生现在开始给他做排铜治疗。医生说这个病就是铜离子过量，以后很多东西都不能吃，幸亏发现得早，还没有肝硬化，否则就棘手了。这也算是不幸中的万幸。

她对华武星感激涕零，华武星不仅救了她爸，虽然诊断为恶性肿瘤，但起码目前暂无生命危险，而且有了个方向。华武星还救了她弟弟，因为华武星是第一个提出来可能是肝豆状核变性的医生。其实康宝早几年就发生过癫痫，也去过医院，但没有医生告诉他们可能是这个病，所以一直没有正确治疗。

"您就是我们康家的救命恩人！"康欣跟华武星说。

华武星反应冷淡，说："救命是真的，恩人就不必了，这是我们的工作。救活了就是恩人，救不活难道就是仇人了吗？"

康欣没想到华武星会是这个反应，一时之间不知道该说什么好。想要华武星的电话，华武星拒绝了，说："我这边治疗已经结束了，要电话没什么用。以后你们就去血液内科好好看。明天就可以把病人转去血液内科了，我们已经联系好了。"

康欣一家是不幸的，也是幸运的。

华武星走之前，提醒康欣："希望你也可以去做个基因测试，毕竟这个肝豆状核变性是遗传性的，说不定你也有问题，如果有，那就及早干预，效果会更好。"

康欣接受华武星的意见，说神经内科医生也是这么建议她的，但现在实在是分不开身，两头都要她一个人照顾。

康永全，终于活着转出 EICU 了。

转出当天，杜思虹也来看他了，大家都为他的重生感到开心，毕竟先后两次肺栓塞实在太惊险了。而肋骨骨折这边已经用弹性胸带固定好，只要不是活动很明显，疼痛都不会太剧烈，能忍受。康永全也露出了笑容，每一个死里逃生的病人都会觉得庆幸。

正如康欣所说，只要一家三口都还在，家就是幸福的。

杜思虹告诉华武星："那天规培医生已经转告我了，得知康永全的结果，太不容易了。"回想起第一次跟华武星起争执，差点让康永全陷入险境，她仍觉得后背发凉。

康永全的治疗还得继续，但起码暂时没有生命危险，剩下的事情就交给血液内科了。转出当天，康宝也来了，他的病情也恢复了，肝豆状核变性是个慢性病，从外表上看起来跟正常人并无两样，所以康永全并未察觉到异常。康宝是规培医生林平陪同来的，华武星好奇林平怎么跟康宝关系这么好了，像好朋友一样。后来冯小文才告诉华武星，林平的家庭情况跟康宝很像，也是父亲重病，上面有个姐姐，妈妈没了，所以林平一开始就非常同情康宝，得知康宝有肝豆状核变性时更加替他感到惋惜。加上两人年纪差不多，聊了几句就混熟了，还彼此加了微信。

原本康宝是很想来 EICU 探望康永全的，主管医生都劝不住，后来还是林平给他做了思想工作，康宝才同意好好接受治疗。从这点来看，林平还是做了不少工作的。瞒住康永全，不让他知道自己儿子有病住院，那对他也是有帮助的。

但纸终究是包不住火的，在康永全住血液内科期间，无意中从护士口中得知康宝也住院了，而且住在神经内科。他们康家的确是多灾多难，但好在一切都慢慢挺过来了。

家家有本难念的经，尤其是住院的病人，每个人都不容易。能活下来，已经是上天恩赐了。这是康欣后来跟杜思虹说的。康欣很感谢杜思虹，如果不是她，康宝可能那天就被旁人好心办坏事了。

康欣更感谢华武星，但华武星似乎不接受她的感谢，她有很多话没办法跟华武星说，只能跟杜思虹说。

说回杜思虹这边。在杜思虹心里，华武星能一边无畏任何风险地抢救病人，却又能眼睁睁看着病人（康宝）抽搐而不理会。他很害怕病人死去，甘愿穿上铅衣不怕辐射陪护病人做 CT，却对病人家属冷言冷语，搞得经常被人投诉。本来杜思虹不知道华武星被人投诉这事的，自从知道急诊科有这个人后，发现有关他的信息到处都有。加上医院是个小江湖，哪有什么秘密，一有点芝麻绿豆大的事很快就路人皆知。

在对待疾病这方面，华武星是有才华的，杜思虹承认这点，或许有才华的人都比较高冷，不屑于跟病人家属打交道，毕竟病人家属什么都不懂，专业知识信息差，纯粹浪费口舌，这是杜思虹能找到的唯一理由。

杜思虹很想问华武星是怎么想的，但是话到嘴边又吞回去，毕竟大家也不是很熟，甚至两人连联系电话都没有，微信也没有加为好友，也就是共同参与诊治过一个病人而已，以前的工作和生活从来没有交集。

这种感觉太奇怪了。

杜思虹心里想什么，华武星是不知道的。他现在要做的是赶紧下班回家，因为他刚刚又收到老母亲沈大花的微信，说今晚7:00，已经约了跟上次说的医学博士见面。

沈大花担心华武星没收到信息，专门打了电话过来，华武星没来得及接，她又打到科室去了。她有急诊科的电话，平常有事要找华武星时，手机打不通，就直接打急诊科电话，准能找到华武星。

华武星只好应诺她，说："等下准时下班，这次绝对不会放鸽子了。"华武星还多问了两句，对方叫什么名字，有没有相片，长得好不好看，等等。

沈大花笑了，说："原来我儿子也着急了啊，哈哈，你应该着急了，都多大岁数了。我跟你说，我跟对方说你才32，收入有4万~5万一个月，没任何不良嗜好，不吸烟不喝酒，人家听了很开心啊。"

华武星不乐意："妈，你怎么能瞎说呢，我一个月哪能赚那么多钱，两个月还差不多，你这不是骗人嘛。再说，谎报年龄也不行啊，老点就老点，那也得据实交代啊。"

"你去年最高的一个月不就有这个数吗？你以为妈不知道啊。"沈大花说。

"你还查我银行卡了？"华武星很惊讶。

"我哪儿查你了，是你自己把工资单放家里也不收拾，我碰巧看了而已。你也是，什么东西都乱放，我现在这把骨头还能动，再过十年八年我动不了了，你没个老婆帮你收拾能行吗？"沈大花又开始埋怨华武星了。

"说正经的，妈，对方姓名、相片之类的，总得给我对对眼吧，合不合眼缘很重要啊，万一看了相片觉得不合适，就别浪费时间了。"

"相片还没要到，但人家跟我保证，肯定不会差，先见了面再说。不行就当积累经验呗，下一次你就更容易应付了，何况我儿子条件也不差，颜值也不低，长得也对得起群众，又是人民医生，抢手得很哩。"沈大花越说越开心，好像胜券在握。

华武星正准备多聊几句，这几天工作太忙，回到家也都是查资料，没怎么跟老妈沟通，在家吃完饭抹抹嘴又对着电脑查资料写论文了，想到自己的确也不年轻了，老妈整天为自己的终身大事奔波担忧，不如早点把这事结了算了。

可就在这时，抢救室门口人群涌动，还有人大喊大叫，似乎出事了。

华武星跟沈大花说今晚保证准时到家，然后就挂了电话，径直走向抢救室，拨开人群。

江陵正在给一个病人做胸外按压。

护士霍婷婷正忙着推药，规培医生林平满头大汗，双手拿着除颤仪，站在床旁，喘着粗气，问江陵："老师，还要不要电？"

江陵也全身是汗，说："现在心跳直线了，不用电，继续按压吧。"

"怎么回事？"华武星问。

江陵见华武星来了，没回答华武星，咬着牙说："换你来，顶上。"

华武星见状，知道江陵和林平已经筋疲力尽。胸外按压是个体力活，即便是华武星，正儿八经地按压5分钟都会觉得很累。

华武星直接上手，替换下了江陵，这才看清楚床上的病人，是个20岁出头的年轻人，紧闭双眼，脸色苍白，已经插了气管插管，呼吸机在旁边打气。

"按多久了？"华武星问。

江陵抬头看了时间，说："得有 40 分钟了吧。刚刚跟家属说放弃算了，病人已经死亡了，但家属死活不同意，要我们继续抢救。"

"门口那一堆都是家属吗？"

"是的，他老婆、父母、岳父岳母都在。挺可惜的，这么年轻，刚来到门口就倒地了，小林发现时心跳呼吸没有了，我们就立马抢救了。肾上腺素也推了好几支了吧。"江陵望着霍婷婷，"总共推了几支？"

霍婷婷看了下记录，说："推了 8 支肾上腺素了。"

华武星心底一凉："这还有什么好抢救的啊，都 40 分钟了，瞳孔怎么样？"

江陵说："早就散大了。"但不放心，又翻开患者的眼皮，说，"还是散大的，但还没有大到边，估计有 5~6mm 吧。对光反射没有了。"又摸了摸四肢，"都是冰凉的。"

"考虑什么原因？"华武星手上没停。

"已经抽了血送检，考虑是心肌炎，重症心肌炎可能性最高，家属说前几天就有点发烧，而且病人的精神状态不好，累，没想到这么严重。"

"家属不肯放弃？"华武星问江陵。

"这么年轻是很难放弃的，但这样按下去也不是办法。其他病人还得处理呢。"江陵无奈摊手。

"老马呢？"

"已经通知马主任了，他开会去了，马上赶回来。"江陵说，"这种情况还得主任出面才镇得住，否则家属闹起来，也是够呛的。"

"通知医务科了没有？把他们喊过来啊，这时候就让他们给家属做思想工作。"

"医务科还真的没叫。"江陵让护士打电话，"通知医务科，就说病人按压了 40 分钟，家属还要求我们继续按压，而且家属堵在门口，人很多，严重影响了我们正常的工作程序，其他病人的治疗还得继续呢。"

"按惯例，按压 30 分钟无效那就可以宣布死亡了，我去跟家属讲。"华武星准备让江陵接手。

"你可别去，家属现在正在气头上，而且悲伤过度，你这暴脾气，两句不合可能就打起来了。"江陵连忙拦住华武星。

"放心，我自有分寸。"华武星催促江陵过来接力。

林平抢先一步过来了，说："江老师休息一下，我来。"

华武星瞅了林平一眼："你小子不错，还懂得体恤你江老师。"

说罢华武星就换了下来，出了抢救室。

三

几个家属立马围了过来，几个人眼中都充满了期待，希望从华武星这里得到好消息。但华武星的话让他们失望了。

华武星斟酌了用词，说："病人已经按压了 40 多分钟，理论上按压 30 分钟无效就可以宣布死亡了，再按压下去也于事无补，可能还会按断骨头，导致血胸、心包积液等情况，会进一步损害病人。"

一个年轻女子扑通一声跪倒在华武星面前，边哭边说："求求医生，求求医生，救救他，救救我老公。"

一家人又哭成了一团。

"我们已经尽力了。"华武星无奈摊手。

"我不相信我儿子就这样去了！"一个中年人应该是病人的爸爸，也哭红了眼，"我们不放弃抢救，要一直抢救，一定会有奇迹的。"

"我儿子人那么好，怎么会有这样的事情呢？他肯定还在的。你们想办法救他，多少钱我们都愿意出。"病人妈妈已经哭得声嘶力竭。

华武星示意他们把病人的老婆扶起来。"有话好好说，不要动不动就跪，医生也不是神仙，能救的人绝对不会放过，但医生力量也是有限的，病人已经按压快一个小时了，不会有奇迹了，而且再这么耗下去，急诊科的其他病人也会被耽误病情的。"

华武星这句话引爆雷了。

"医生你怎么能这么说话呢！"病人妈妈恶狠狠地瞪着华武星，边哭边说，"我儿子现在最危重啊，难道不值得你们多花几个小时抢救吗？其他病人不都还好端端躺在床上吗？一个活生生的年轻的生命就只能抢救30分钟吗？"

华武星刚想反驳，老马来了，后面还跟着医务科科长潘芸。

病人妈妈的话，估计老马和潘芸都听到了。

老马赶紧扶住病人妈妈，说："我们医院不会放过任何一个机会去抢救病人，这点你放心，但病人的确是病情很重，按压时间长了，心脏也没反应，瞳孔也散大了，这意味着大脑已经有很严重的损伤了，再继续按压，对病人也不好，到时候肋骨全按断了，也不好看，徒增痛苦。这样，我们再想办法尽力抢救一段时间，如果实在不行，咱就接受现实，好不好？"

"你是谁？"病人妈妈斜眼看了一眼老马，继续哭。

老马这时候没穿白大褂，也难怪对方不知道他是医生。

老马自我介绍："我是急诊科的科主任，这位是我们医院医务科的潘科长。我们医院得知了病人的情况，高度重视，毕竟是年轻人，情况特殊，所以立即过来查看情况，只要还有一丝希望，我们都不会放弃。"

老马几句话说完，登时化解了危机。

"已经按压了50分钟，"华武星跟老马说，"我们三个医生，一个护士手臂都酸了。我们护士刚刚抽药的手都在抖。"

本来家属已经平稳了情绪，华武星这一句话说完，连老马都看不下去了："这小子太糊涂了，怎么能当着家属的面说这话呢？"

果然，病人的爸爸勃然大怒，说："我儿子都那样了，你们手臂酸了又有什么关系呢？医生不就是以治病救人为己任吗？你这样做良心能安吗？"

"每个人都要学会面对死亡，老年人会死亡，年轻人也会死亡，拒绝接受现实那是自欺欺人，浪费医疗资源，急诊科这么多病人还等着救治，难道人家的命不是命吗？"华武星也生气了，跟家属硬怼起来。

老马本想拦住华武星，但一个不及时，华武星话已经放出来了。

这下炸锅了。

病人妈妈和老婆哭天抢地，岳父岳母也在破口大骂华武星不负责任，根本不是医生，简直是草菅人命，什么难听的话都涌出来了。

人群围了上来。

为了平息骚乱，老马喝止了华武星，并且跟家属保证："一定会继续抢救一段时间，用各种措施，除非实在没办法了，再做定论。"

老马话说完了后，拉着华武星进入抢救室。留下潘芸一个人面对家属。潘芸以前也是急诊科医生，虽然现在升为医务科科长，但急诊科抢救流程她也是懂的，做家属沟通工作也是一流，所以老马放心。

进入抢救室，江陵和林平、霍婷婷还在抢救病人，刚刚门口外面的话他们也都听到了，江陵知道华武星又闯祸了。

果然，老马当着大家的面训斥华武星，说："你是真糊涂还是假糊涂啊，你当着家属的面同意再抢救几分钟会死吗？何必跟他们较劲呢？"老马怕抢救室里其他病人听到这话，特意把声音压低了。

"现在其他病人不是还比较稳定嘛，我们多按几分钟也不会影响大局，大家也不会掉一块肉，但如果家属因为这个闹起来，且不说领导会找咱们麻烦，我们自己也闹心啊。"

"马主任！抢救30分钟不行就可以宣告死亡了，那是你手把手教我的，也是咱们的医疗行规，怎么今天就不适用了呢？他们这不明摆着占用医疗资源嘛。"华武星不服气，直接称呼马志成为马主任了，换平时他都是叫老马的。

"此一时彼一时啊，大多数家属对病人死亡没意见，那我们按压30分钟不行就算了，一来对病人有交代，对家属有交代，对我们自己也有了交代。但万一碰上一两个要求我们按压一个小时的，只要不是特别忙分不开身，咱们都可以理解，这有问题吗？"老马也越说越激动。

"人家那是亲儿子啊，亲丈夫啊，这么年轻就走了，肯定不舍得。你这一张宣告死亡的通知书下去，他们就没了儿子，没了丈夫了，能多拖一阵是一阵，你得尝试理解家属的想法啊，对不对？

"你要一个人接受亲人的死亡，总得有个时间吧，他这个是急性病，我听江陵说考虑重症心肌炎，前后也就几天时间，刚开始还不在意，来到急诊就不行了，这病情变化来得太快了，他们短期内还接受不了，我们就当做好心人，给他多10分钟、20分钟，又何妨呢？

"我们不是神仙，但经过我们的努力，是可以给家属多争取十几分钟的缓冲时间的。这对于我们后面的工作安排会顺畅很多，家属也能更加配合。"

老马一口气说了这么多，大家很少见老马这么激动。平时老马在大家眼里都是非常淡定自若的，笑口常开，但这次，看得出他是真的认为华武星做错了。

"我只担心给他们希望越大，失望越大。长痛不如短痛。"华武星说。

"你这……真的是个顽石，怎么解释都不听。"老马气呼呼的，"阿华，你以前不是这样的，8年前那件事你就不能踏过去吗？跟家属好好沟通，尝试站在对方的立场思考问题，会对我们很有帮助的。"

"以前的事不要再提了，我早就忘了。"华武星淡淡地说。

江陵和林平轮流给病人做胸外按压，已经快一个小时了。两人都已经筋疲力尽。

"你得克服自己，过了这一关，你会成为一个更好的医生。"老马扔下一句话，准备出抢救室跟家属沟通，时间差不多了，可以再次让家属放弃了。

华武星转过头看了一眼心电监护，他不抱任何的希望，患者肯定是必死无疑的，心电监护上的波形不是患者自己的心跳波形，而是按压出来的波形。

但就在那一瞬间，华武星呆住了。

"江陵！停！别按了！"华武星喊起来。

"马主任还没沟通好呢，他说的有道理，万一家属闹起来，大家都不好过。"江陵边按边说，喘着粗气。

"不是这个意思，我好像看到自主心跳了！"

这句话一出，江陵也蒙了："怎么可能，刚刚还评估过没有的。"但他还是停了下来，一来实在是累了，二来他相信华武星的判断。

原本如果患者真的没有心跳，那么一旦停止按压，心电监护会马上呈现一条直线。可现在，江陵停止按压后，屏幕上依旧有波形，而且很明显是窦性心律，心率 100 次 / 分。

"天啊！这……这么可能！"江陵惊呼。

林平和护士霍婷婷也凑了过来，大家都惊讶不已。

华武星立即用听诊器听了患者心脏："真的是心脏恢复跳动了，不仅有心电，还有搏动。"

江陵触摸了患者的颈动脉："颈动脉也有搏动！"

太不可思议了。

"他活过来了？"

"瞳孔呢？"华武星问。

江陵迅速翻开患者瞳孔："瞳孔还是散大的，但比之前似乎要缩小一点！"

这真的是太神奇了，瞳孔没有完全散大，心率恢复了，脉搏恢复了，患者真的可能活过来了！

"赶紧通知马主任！"江陵一个跟跄，冲了出去。

华武星愣在原地，一时之间不知道该做什么好。大脑放空了几秒，才缓过神来，赶紧吩咐霍婷婷，找头部冰袋过来，给患者头部冰敷，降低头部温度，减少大脑氧气消耗，保护脑功能。同时测量一个血压，血压也恢复正常了。

老马和潘芸正在跟家属做沟通工作，说："病人可能是重症心肌炎，心脏情况不好，这种情况下能挽救回来的可能性微乎其微，我们也只能尽力而为。现在里面的医生还在积极抢救，胸外按压、肾上腺素、呼吸机等都在用，没有放弃。"

"但如果再抢救几分钟，瞳孔还是散大、肢体冰凉并且没有恢复心跳和呼吸，那就只能接受这个现实了。"

家属痛哭涕零。

就这时，江陵冲了出来。

"恢复心跳了！"江陵朝老马喊了一句。

"什么？"老马回过头，不敢相信！

"马主任，病人……病人恢复心跳了，颈动脉搏动也能触及，应该是抢救回来了！"江陵喘着气总算把这句话说完了。

老马一听，拔腿就往抢救室冲，潘芸则拦住了家属，让大家继续在门口等待。

刚刚家属也听到了江陵的话，大喜过望，病人父母和儿媳妇相拥而泣。祈祷着，祈祷上天能饶过他们的亲人。

老马和江陵回到抢救室，华武星已经在给病人做心电图了。怕心电监护看不清楚，做个心电图更放心。

结果出来，果然是窦性心律。

几个医生面面相觑，谁也不敢相信这是真的，但这就是活生生的事实。

"按压了一个小时，患者竟然活过来了。这说出去真的太不可思议了。"老马自言自语。到头来只能这样解释，一定是病人年轻，而且大家及时抢救，发现心跳停止后一刻也没有耽误，立即胸外按压，并且江陵及时给上了气管插管接呼吸机，保障了患者的氧气供应，加之江陵几个人一直给患者胸外按压，等同于从头到尾患者都没有停止过血液供应，只不过效率低一些而已。

"这种事真的是万中无一，"老马说，"今天我们遇到了，患者幸运，我们也幸运。

"接下来，患者可能还会再次发生心跳停止，一定要密切监测。另外，不要跟家属说太多好消息，要强调现在病情还不稳定，别给他们太大希望，要告诉他们随时还会再次心脏骤停。

"赶紧转入 EICU，好好看着，请心血管内科医生过来会诊，让他们出点意见。"老马吩咐。

一切准备妥当后，老马再次出去跟家属说，患者心跳回来了。

这句话一出，家属对老马感激涕零，而后欢呼雀跃。

老马示意他们先别太激动："病人情况还不稳定，还得进一步观察，转入 EICU。因为这种状况下随时会有再次心跳骤停发生，一旦再次发生，死亡率会加大。要做好心理准备。"

病人妈妈激动地说："我儿子一定能挺过去的！一定能！我相信你们能帮到他的！"

老马点头，说："我们会全力以赴，我们大家都希望他能挺过去。为了这个希望，我们会继续努力的，今晚 24 小时不间断都有人看着他。"

四

华武星走出抢救室，始终觉得不可思议，这太不科学了。但现实就这样发生了，可能真的跟老马说的有关：患者年轻，而且第一时间发现并且抢救，除了胸外按压，还上了呼吸机、除颤仪，所以成功了。

"但接下来，患者还是有很大的可能会变成植物人，因为长时间脑灌注不足，会对大脑功能造成影响。即便不是植物人，大脑功能也会有损伤，影响记忆、理解能力等。"华武星跟家属说。

病人妈妈擦干眼泪："只要儿子能活下来，什么损伤都能接受。"

他们一看是华武星，顿时情绪又上来了。"刚刚就是这个医生要我们放弃抢救的，如果听了他的话，我儿子就没了！"病人妈妈愤愤不平。

潘芸赶紧打圆场，说："华医生是按原则办事，国际上通用的标准都是按压 30 分钟，如果不成功就可以宣告临床死亡了。另外，虽然华医生嘴上这么说，但手里的活儿一直没停，也是他们的坚持，病人才有机会恢复。当然，也跟你们的坚持分不开。"

潘芸一通话，才把华武星从旋涡中拉出来。

老马赶紧把华武星拉到一旁，私底下跟华武星说："这个病人进入EICU后，你就别管了，给徐大力管。家属目前对你有些看法，怕到时候关系闹僵，对大家都不好。"

华武星当然也知道，家属现在说话都带刺，他也不愿意凑过去。

老马拍拍他的肩膀，语重心长地说："家属的话也不要放心上，他们也是一时意气，等气消了就没事了，咱们再鼓鼓劲，万一把他儿子救回来了，给咱们送锦旗都来不及呢，哪还能跟你找麻烦啊。"

"我习惯了，无所谓。"华武星说，抬头看了看时间，"现在距离心跳停止已经有一个多小时了，我刚刚给他头部进行了降温治疗，接下来如果呼吸循环稳定的话，应该尽早送去高压氧舱治疗，希望他醒过来的时候能记得 1+1=2。"

华武星担心的是，这么长时间大脑缺血缺氧，很可能引起脑功能损伤，智力、记忆力等都可能大为减退，甚至成为植物人。头部降温治疗，是为数不多的能减轻脑功能损伤的办法之一，华武星已经给安排上了。

"虽然有难度，但咱们还是可以试一试的，明天如果情况允许，就送他进去做高压氧。"老马说。

"先过了今晚再说吧，说不定今晚可能都熬不过去。"

华武星说的是事实，既然考虑病人是重症心肌炎，那么心脏本身的疾病是关键的，就像老马说的一样，有第一次心跳停止，就可能会有第二次，除非能积极干预原发病。但大家都知道，心肌炎没什么药，无非就是对症支持治疗，很多时候也是靠运气。

"不扯了，我得回家了，我妈今晚还安排了我相亲，再不去的话，她可能不认我这个儿子了。"华武星说。

老马笑了，说："这才像话嘛，你今晚好好准备准备，这里下班了，也就没你什么事了。里头我让其他几个医生看着就行。"

临走前老马问华武星："康永全转走了吗？转运期间没什么事吧？"

"转了，如果有什么事早就通知你了，你还能那么安稳地在医务科跟潘科长切磋吗？"华武星没好气地说。

"切什么磋，我们开会去了。"老马说，"今年的职称评比要来了，留给我们科的副高名额只有一个，要么是你，要么是江陵，看你们的课题和论文了，如果两个都不达标，那就都没有，只能等明年。"

华武星似乎对职称评比没什么热情。

老马提醒他："你不可能做一辈子主治，别的不说，升了副高，工资、奖金都高不少啊，你那房贷压力也没那么大，还有啊，出去讲课的费用都高一倍以上。你好好掂量掂量吧。再说，如果你有兴趣的话，以后我们科这担子就落你身上了。"

说到这里，老马又摇头："就你现在这样子，跟各种家属不对付，还得磨砺啊。"

"我也不稀罕。"华武星哼了一声，转头就想走。

"你别以为我不知道你小子，嘴里说不在乎，半夜里偷偷起来磨刀。"老马笑着说，"走吧，今晚好好准备，等你好消息，最好是能双喜临门。"

"哪来的双喜？"

"职称、老婆，还不够吗？哈哈。"老马推门走了。这个心跳骤停的年轻人恢复了心跳，家属情绪缓和了，老马心里舒松不少。

就在这时，沈大花的电话又来了："臭小子，在路上了没有？"

华武星赶紧收拾东西，说已经在路上了，堵车呢，但一定准时到。

"今晚不管如何都不能迟到！如果堵车走不了了，你就把车停路边，跑步过来，听到没？"

"知道了知道了。先这样，挂了啊。"华武星挂掉电话，刚想走就被江陵喊住了。

"干吗，有话快说！"华武星准备出门了。

"家属的话别放心上，他们也是着急。"江陵说。

华武星白了他一眼，说："还以为你的病人又不行了呢，不说了，走了！"

话毕，华武星直接跑出去，直冲地下停车场，以最快的速度把车开了出去。路上脑海里还在回放刚刚抢救的场景，想起家属指着自己鼻子说的话，华武星表面毫不在乎，其实心底还是会有些许难过和委屈。也就在这时，他开始有些动摇了，难道刚刚自己的坚持真的错了吗？如果不是老马和江陵，自己岂不是误了那年轻人的性命？思来想去，刚刚那的确是奇迹，生活不可能时时刻刻都有奇迹，那是病人走运。

但他更关心的是，那个年轻人能不能见到明天的太阳。如果他侥幸熬过了明天，后面脑功能能不能恢复，能恢复多少，都还是未知数。

华武星是幸福的，他有老马这样的领导，还有江陵这样的同事。

华武星一路飞驰，竟然没有明显堵车，很快便到了沈大花指定的地址，是在华武星所住小区附近的一家西餐厅。

还有 10 分钟才到约定的时间，华武星找个靠窗的位置先坐下。

接着又接到了沈大花的电话，问现在什么情况。

"我现在已经到餐厅了，先坐下了，但对方还没出现啊，人到底长什么样啊？有没有电话之类的？我这样有点抓瞎啊。"华武星抱怨道。

"我刚刚把你的照片发给对方了，人家如果到了肯定能认出你，你就先等一等吧。女孩子要矜持的嘛，男孩子先到才能体现绅士，你先到了就等一等，别急。"沈大花说。

"妈，这消息不对等啊，你把我的相片供出去了，又没有要到对方的相片，这哪是相亲啊，这是人家在挑选啊，我虽然大龄单身，但我有自尊的好不？"华武星有点责怪沈大花。

"好了好了，你就好好等一会儿，人家很快就到了。"沈大花要挂电话了，还不忘叮嘱华武星，"等下吃东西不要吧唧嘴，动作轻柔一点，照顾一下人家女孩子，才能让人产生好感……"

"行了，又不是面试，吃个饭而已，合适就处处，不合适就当交个朋友呗，没那么紧张吧。"

说完就挂了电话。

一看时间，还有 5 分钟，还不见有人过来。华武星深呼吸了一口气，说不紧张是假的，他问服务员要了一杯水，暂时不点菜。

华武星是谈过恋爱的，不过那是很久以前了，大学期间，到现在都差不多 10 年了，后来由于大家工作方向不同、所在城市不同、性格也不合，就分手了。这 10 年当中，可能是圈子小的原因，没遇到合适的女生。沈大花着急得不得了，尤其是这几年，华武星迈过 30 岁的坎，看着邻居们都儿孙成群了，华武星却还是孤家寡人，抱孙子这个愿望迟迟不能实现，沈大花是使出了浑身解数给他安排相亲，但都不合适。

今晚这个，用沈大花自己的话来讲，是多年老友介绍的，知根知底，对方还是医学博士，高智商人才，以后儿女都能沾了这智商的光。

华武星正四处张望，沈大花又来电话了。

"哎呀，武星，对方说来不了啊，要不咱们换个时间吧。"

"什么？"

"对方说那女孩子临时有点很重要的事，实在是分不开身，跟你说抱歉，下次会专门来我们家拜访，这次是她不对，她自己也认了。我觉得虽然有点可惜，但也能理解，你不也经常闹出幺蛾子来嘛，上次你也迟到，害人家白等了一个小时呢。"

"妈，你怎么帮人家说起话来了，你得帮帮我啊，我才是那个受害者，我被人放鸽子了啊。"华武星有点生气。

"好事总是多磨的嘛，刘备还三顾茅庐呢，你这算啥。赶紧回家吃饭，妈给你做好吃的。"

"这不像你的风格啊妈，平时要是谁敢临时放鸽子，你肯定得锤死他。"

对方不来，对华武星而言不是什么大事，自己也是为了成全沈大花的安排才来相这个亲的。但想到自己匆忙出门开车上路，一路慌慌张张的，提前到了餐厅，对方突然说不来了，多少觉得有点失望，生气谈不上，就是有点小小的失落。

就好像在路边花了几块钱买了根雪糕，刚想放进嘴尝尝，一不小心掉地上了。你说很伤心也谈不上，毕竟几块钱的东西不值当的，但要说毫不在乎好像又不行，怎么说都是自己掏了钱的，并且一度很想尝尝。现在倒好，没了。重新掏钱买一根吧，好像没胃口了，那就这样吧。

大概是这个感觉。

华武星说："既然都来了，那我就在这儿吃算了，好久没吃过牛排了。你也不用煮我的饭，赶紧跟那些阿姨出去跳舞吧。"华武星知道妈妈近段时间热衷广场舞，不跳就浑身发痒。刚好这个时候也是跳舞的合适时间。

"当真？"沈大花很开心，"那我可真去了啊。你也不用太灰心，对方答应我了，找个合适的机会亲自来我们家，人家够有诚意了吧？妈不着急，妈看到你能够如约而至，已经很开心了，说明你对这个事上心。"

"去吧去吧。"华武星催促她，然后挂了电话。

突然一个熟悉的身影从旁边走来，华武星定睛一看。

杜思虹？！

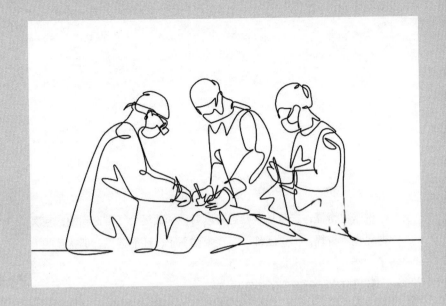

7

陈年往事

刺猬是为了保护自己，才不管是否会扎到别人。

一

说来也奇怪，自从认识杜思虹以后，华武星会经常遇到她，在医院遇见也不奇怪，但这回都已经在家楼下了，还能遇见，那就真的太巧了。

杜思虹也远远看到了华武星。

"你怎么也来这里吃饭？"等杜思虹走近了，华武星站起来跟她打招呼。杜思虹莞尔一笑："我家就在这附近，怎么不能来？"

"你也是这个小区的？"华武星有点惊讶。

"你别告诉我，你也住这儿？"杜思虹也是面露惊讶。

那可真是太巧了。

杜思虹问华武星怎么一个人在这儿吃饭。华武星含糊其词，说原本在等一个朋友，但那个朋友临时有事没来，所以就打算自己一个人对付了。

杜思虹直接在华武星对面坐了下来，这让华武星有些尴尬。事实上华武星认为他们俩其实还没有那么熟，说是朋友似乎也谈不上，因为两人甚至不知道对方的手机号码，说是陌生人也不合适，毕竟在急诊科一起工作了好几天。

"怎么？这里还有人来？"杜思虹指着自己的座位问。华武星连忙摇手，说："没人，就我一人。"

看到华武星有些笨拙的动作，杜思虹忍不住想笑，说："你这个样子跟在医院真是两个样子。在医院，你可威风了，身前身后都有小弟小妹（规培医生）跟着，走路都带风，说话都不允许人反驳。"

华武星想到自己跟杜思虹先后两次的争执，此刻竟然坐在同一张饭桌上，有些不自在。杜思虹却说："刚好我也还没吃饭，既然撞上了，大家同事一场，要不就当这里是医院饭堂，一起吃个饭得了。"杜思虹好像很自来熟。

"好好好！"华武星连声应着，把菜单递给杜思虹，让她选自己喜欢吃的，他买单，这点绅士风度还是要有的。

"那我可不客气了。"杜思虹抿嘴笑着说。

华武星百思不得其解，怎么这么巧就撞上杜思虹了呢，幸亏没让她知道自己是出来相亲的，否则这事传出去就糗大了……

点了菜后，气氛安静得有点不自在，杜思虹轻咳了一声，坐直了身子，说："前几天咱们还为病人的事吵架，没想到今天就坐在一起吃饭了，感觉很奇怪，是不是？"

"正如你说的，咱们住同一个小区，那是迟早都会在这里见上面的。整个小区就这两个餐厅，碰面的概率还是挺大的。"华武星东一句西一句地扯着。

"说来也是巧，咱们在医院外头碰面的两次，一次是在早餐店，这次是在西餐厅，都跟吃有关。"杜思虹喝了一口水，看得出她非常轻松。

而华武星就不自在多了，他很少单独跟女生吃饭，尤其是这样面对面边吃边聊更少，这10年来还是头一回，太不习惯了。

杜思虹说："正式自我介绍一下，我叫杜思虹，来我们医院才半年多，比起你这个急诊科老兵，我算是新人了，以后工作上还请你多多指教。"

"你是博士，学历比我高，知识肯定也比我深入，我还得跟你学习呢。"华武星也谦虚了一句，"我虽然待的时间比你长，但急诊科那些都是体力活、苦力活，没什么拿得出手的。"

"这不像你啊，华医生，在医院你可是有一夫当关、万夫莫开的气魄啊，这会儿又跟我谦虚起来了。"杜思虹边说边笑，眼神如碧波般清澈。

华武星分辨不出她这是真心夸奖自己还是存心说反话，只能以尴尬笑回应。

杜思虹又说："我跟你面对面吃饭，不会被你女朋友看到吧？她不会误会吧？"

华武星连忙否认："不不不，不会误会，不会误会，我那个……还没有女朋友。"

看着华武星急忙否认的窘迫样子，杜思虹又觉得好笑，说："那就行，那我这餐饭吃得也能安心一些。"

"你是怎么想着当个急诊科医生的呢？那么累。"杜思虹突然问了华武星这个问题，"我身边很多同学都不愿意到急诊科去呢。"

华武星想到两人住在同一个小区，又在同一家医院工作，后面不免会有工作接触，就放松了一点跟杜思虹聊了起来。

"混口饭吃而已。"华武星笑笑说。

"哟，看来这还是秘密啊，这也不能说？"杜思虹也笑了。

"这也不是什么秘密，我哪有什么秘密。"华武星耸了耸肩，接着说，"也算阴差阳错，当时马主任带我，他是急诊科的，带着带着我就喜欢上急诊科了，一干就是差不多 10 年。"

"榜样的力量？马主任可是一个相当出色的医生啊，我爸时常把他挂在嘴边。你是受他影响吧？"

"你爸？"

"对啊，我爸是药学部的，他跟马主任关系还不错。"

"哦哦，杜药师是你爸？老马提过，我差点忘了。"

"那，你爸妈也都在这个小区里住？"华武星瞪大了眼睛问。

"那不是，他们住的地方距离这里有好几里路，我一个人住，也就住了半年多，这里离医院不远，租房和交通也比较方便。"杜思虹说。

华武星跟杜思虹住同一个小区，两人也是直到今天才知道。

此时餐厅响起了一首经典老歌，歌声旋律动听，歌词优美，华武星一不小心听入了神，杜思虹笑语盈盈，说："这首歌是梅艳芳唱的，歌名叫《似是故人来》，好听得很。"

华武星才意识到自己的失态，尴尬地笑了声："罗大佑谱曲，林夕作词，由梅艳芳唱出来，真的很好，很好。"

"这么老的歌，你也听过？"华武星问杜思虹。

杜思虹笑了，说："以前跟爸妈住的时候，他们经常听梅艳芳的歌，耳濡目染吧，那个年代的歌是真的好，不仅曲子好，歌词也是极佳，基本都会听，也会唱两句。"

听到杜思虹对这些经典老歌赞誉有加，华武星觉得舒适了不少，顿时觉得两人的隔阂消失了一半。他本来就喜欢听经典老歌，无论如何也欣赏不来最近几年新出的歌曲，不知道那唱的是什么，反而越老的歌听起来越有韵味。

"歌是好歌，就是歌词伤感了点儿，咱们俩初次同桌吃饭，还是聊点开心的吧。"杜思虹给华武星倒了杯茶，笑着说。

这句话华武星也意会了，两人自认识以来，多数时候意见相左，也闹出不少不愉快的事情，此刻回想起来，却能淡然一笑，心里不由得升起一阵暖意。

"听说你们科来了个心跳骤停的年轻人，还差点打起来？"杜思虹眼睛眨巴着问华武星。

华武星哭笑不得："说好的聊点开心的呢，这叫开心的吗？"

"病人活过来了，不值得开心吗？"

"这你都知道，消息很灵通啊。"华武星感到惊讶。

"医院里面能有什么秘密，几个小时就传开了呗，群里面都有消息。"杜思虹打开手机，让华武星看。

"谣言可畏啊，哪里打起来了，是我差点被病人家属打了。"华武星回答了一句。

"你这人虽然不怎么讨人喜欢，但也不至于被人憎恨啊，怎么家属会针对你呢？"杜思虹在等待华武星回复。

华武星干笑了两声，不接话。

"但不管怎么说，病人好起来了，皆大欢喜。康欣也找我了，跟我说，他们一家子都很感谢你，说是你救了他爸爸和他弟弟。"

"别这么说，你也没少出力。"华武星谦虚了一句。

杜思虹目光流转，喝了一口水，然后小心翼翼地问了华武星一句——这个问题在她心底憋了很久，一直找不到机会。

"马主任跟我提起过，说你8年前跟病人家属有些不愉快的事情，具体是什么，这个可以讲讲吗？"

华武星听杜思虹这么一问，先是一怔，然后淡淡地回了句："那都是很多年的事情了。"再无下文。

华武星不愿意多说。

杜思虹料想到华武星不愿意回答，但她也不愿意就这样放弃，接着说："我本来想问马主任的，但他说让我问你，我想着突然问你这些事也不好，会勾起你不好的记忆，没想到今天在这里遇到你了，我还是没忍住，很想知道那是怎么回事，马主任说对你影响蛮大的。我很好奇。"

"你问这个干吗？好奇害死猫，我又不是病人，没必要这么清楚地了解病史吧。"华武星淡淡地笑了笑。

杜思虹叹了一口气，说："那天在早餐店，是我唐突了，对你说错了话，可能惹你不高兴了，你也别往心里去，那天我是真的着急，病人明明很危险，而你却还坐得住，没有出手帮他，所以，所以我就……我就说了些不好听的话，这个我跟你正式道歉。"

华武星没想到杜思虹竟然会跟自己说这些，颇感意外。

杜思虹没有停下来的意思，继续说："此外，那天在抢救室，我让病人尝试无创通气，的确是觉得无创通气更适合他，但没想到病情进展这么迅速，还抢了你的药，差点造成不可挽回的局面，多有得罪，请你原谅。"

杜思虹眼睛眨巴着看着华武星，脸上稍泛红晕，左一句道歉，右一句请求原谅，说得华武星都不好意思了，赶紧说："没放心上，知道你也不是有心的，都是为了病人着想嘛。"

"另外，"华武星犹豫了一下，"那天在早餐店我也是气晕了头，呵呵，被你说得有些生气，所以我才说了那样的话。其实我当时看他们打算撬开康宝的嘴巴时，就做好阻止他们的准备了，但你比我先一步，所以我就退了回来。"

"真的？"杜思虹听华武星这么一说，高兴无比，弯弯的眼睛里似乎有什么在欢快地跳动着。

在杜思虹心里，华武星在关键时刻做什么样的选择是很关键的，他到底是挺身而出还是选择事不关己高高挂起呢，她心里一直没底。起初她以为华武星是个冷漠的人，后来见华武星三番五次为抢救病人而以身犯险，又觉得华武星内心是有一片热火的，可华武星跟病人家属的沟通又让人觉得他这个人像只刺猬，不可靠近。

"那个，8年前，到底发生了什么样的事情呢？"杜思虹再次提起这个话题，"我来这个医院时间短，不清楚这些往事，我还问了我的好姐妹古蕴，她也说不上来，就说那件事以后，你就经常收到家属的投诉，到底发生了什么事情？可以跟我说说吗？"

杜思虹这回算是问得单刀直入了。

华武星没有直接回复杜思虹，反而示意她听现在餐厅播放的歌曲，这又是一首经典老歌，歌里唱着："往事不要再提，人生已多风雨……"

这是张国荣唱的《当爱已成往事》，歌词寓意原本讲的是情爱，但此时此刻恰好是一句"往事不要再提，人生已多风雨"，华武星的意思很明显，那些都过去了，不开心的事情不要再提了。其实华武星的态度算是很平和了，若换作平时，其他人这样问他这些事情，他要么出言相讥，要么一走了之。绝不会像现在这样安安静静地坐着，心平气和地聊着。

这一切都因为对面是杜思虹。

首先，两人阴差阳错一起合作抢救了几次病人，虽然过程磕绊，但结果总体还是好的，这种关系很特殊，算得上是战友。其次，今晚是在小区附近的餐厅，而非医院，华武星整个人是放松的，而且两人竟然还住在同一个小区，不得不说这是一种缘分。最后，杜思虹对华武星喜欢的歌曲给予了好评，这就是知音啊，连江陵都数落华武星，怎么老听几十年前的歌，跟当下环境格格不入，偏偏杜思虹就高度赞扬了这些歌曲，这不得不让华武星对她心存好感。

综上种种，当杜思虹问到华武星这个问题时，华武星没生气，只是选择不说，让杜思虹知难而退。

杜思虹凝神听了餐厅播放的这首歌曲后，知道华武星仍然不愿多说，但她从华武星的眼神里也捕捉到了一个细节，华武星仅仅是不愿多说，而并没有反感自己的追问。于是她站了起来，让华武星等等她，她去去就来。说罢就离开座位，直奔餐厅柜台。

华武星一头雾水，不知道杜思虹意欲为何。

但见杜思虹一路走向餐厅柜台，跟服务员说了几句，然后就掉头回来了，嘴角有浅浅笑意。

杜思虹回到座位后示意华武星听歌。

原来杜思虹刚刚是跟服务员说要切换歌曲，杜思虹点了一首歌，优美的旋律一开始，华武星便听出来了。"这是谭咏麟的《一首歌一个故事》。"华武星笑着说。

杜思虹轻轻笑了，转而正色说："我特别喜欢这首歌里的一句歌词：犹如人生之歌一开始不休止，唱每一首歌一个故事，为这前路永远冲刺……这不是让我们大胆往前走嘛，过去的虽然已经过去，但不应该被遗忘，每一个故事都是我们人生当中的一部分。

"现在好了，我专门让他们换了这首歌，这首歌贴合我们现在的气氛，你现在可以跟我说说你过去的事了，我洗耳恭听。"杜思虹望着华武星，丝毫不掩饰自己强烈的好奇心。

华武星哭笑不得："原来你刚刚去跟服务员说的就是切换歌曲这件事啊！"

"是的。"杜思虹在等待华武星开口。好奇的种子已经深深种在了杜思虹的心里，8年前，华武星身上到底发生了什么事才让他跟病人家属的交流如此隔阂？这个问题一直没有得到回复，杜思虹很不甘心。

"我先告诉你一个秘密吧，你一定要守口如瓶哦。"杜思虹眨巴眨巴眼睛。

华武星没想到杜思虹会突然说她的秘密，他不是一个八卦的人，但又不好拒绝人家女孩子，难道让人家不要说？想到这里华武星表态："好，我一定守口如瓶。"

"其实也不是什么天大的事情。"杜思虹说，"我记得我小的时候，有一次很严重的发烧，然后起皮疹，我爸我妈送我去医院，检查了一圈，医生说我这个病不好治，不能断根，以后有的是麻烦。"

"现在好了吗？"华武星关切地问。

"你看。"杜思虹伸出自己手臂，肤若凝脂。

"时好时坏，现在是好的时候，但不知道什么时候可能又不好了。"杜思虹嫣然一笑，"我17岁那年，住过一次ICU。"

华武星不敢相信这是真的。

"为什么？"

"红斑狼疮，人家说这是美人病呢，我是不是应该庆幸。"杜思虹笑着说。

"红斑狼疮？"华武星听后但觉背后凉飕飕的。

这是个难缠的自身免疫性疾病啊，年轻女性多发，而且很难治愈，严重的情况会发生脏器功能衰竭，华武星不敢再想下去。

"你看过宝岛作家痞子蔡的《第一次的亲密接触》吗？"杜思虹问华武星。

华武星点头，说："以前读高中的时候看过，书里面的女主人公轻舞飞扬的确得的是这个病，但后来，结局不大好。"

华武星不好直接说出那个结局，因为女主人公死了，死于系统性红斑狼疮。

"我们都没必要隐晦，干这这一行的，实事求是就好。"杜思虹似乎已经看透了自己的疾病。

"你别担心，痞子蔡那本书到现在都20多年了，当时治疗红斑狼疮跟现在的差别可大了，现在轻轻松松能控制得很好，一定可以的。"华武星安慰杜思虹。

"谢谢你的安慰。"杜思虹莞尔一笑，"我现在处于缓解期，好多了，起码不用吃药，我已经停掉激素三年多了，还不错。再也不用反反复复进出医院了，其实住院真的挺烦的。"

杜思虹说着说着就笑了："所以我特别理解住院病人的苦闷，天还没亮护士就要过来给你抽血，心有余悸啊。"

如果不是杜思虹主动说，华武星真的想不到这么一个温婉动人的女生会患有系统性红斑狼疮。也难怪这病称之为美人病，专挑年轻女生下手。

"你怕吗？"杜思虹冷不防问华武星。

"怕什么？"

"我这个病。"

"那有什么好怕的，生病了就吃药呗，又不是什么绝症。即便是绝症，得了就是得了，害怕也没用，还得想办法面对才是。"华武星说。

"你真这么想？"

"那是自然的。"

餐厅里依旧在播放着谭咏麟的《一首歌一个故事》，时间仿佛静止了一般，杜思虹心里泛起涟漪，跟华武星说道："我的秘密已经跟你分享完了，你也跟我分享个秘密呗，这样就公平了。"

二

华武星哑然失笑，这还有什么公不公平的呢。

"那个，8年前，到底发生了什么样的事情？"

杜思虹言语婉约，小心翼翼，说话时始终注视着华武星的眼睛，华武星见她眉目如画，双眼像秋日的天空一样清澈，一脸真诚、期待，没有了平日在医院时那般的干练，反而多了几分妩媚，突然觉得内心一热，不忍拒绝。这么多年来他也没跟谁透露过这些伤心事，没想到今日一次阴差阳错的邂逅，让他在这个刚认识没多久的女生面前破防了。

"先吃点东西吧，我看也很晚了，估计你也饿了。"华武星跟杜思虹说。

"这么说，你愿意说了？"杜思虹见华武星有所松动，脸上难掩兴奋。

"这也不是什么大不了的事情，没什么能说不能说的，你要是愿意听，愿意听我吐苦水，我还感谢你呢。"华武星认真地说道。

两人边吃边聊，饭差不多吃完了，华武星才跟杜思虹说起 8 年前那段往事。

杜思虹端坐着，认真倾听。

那的确是一件不开心的事情。

8 年来，华武星都是把这件事埋在心底，但无论怎么埋藏，这件事都对华武星还是产生了很大的影响。

这是关于一个医生、一个病人、一个病人家属的故事。

那时候华武星刚毕业，分配到了急诊科工作，当时的上级医师是老马。

"那天夜晚，我独自一人值夜班，忙得焦头烂额，深夜时来了一个腹泻、腹痛的中年男子，他姓赵，赵杰，我永远不会忘记这个名字。他老婆陪同他来的。"华武星眼神放空，语气虽然平缓，但依然听得出他对这个病人的痛恨。

"我问了一些常规的东西，然后让他做心电图，因为老马教过我，腹痛的中年男子，尤其是有高血压病史的，要考虑到急性心肌梗死的可能。我那时候经验还有些欠缺，但我知道心电图是必须要做的，我让他做，但他不同意，说我讹他钱，呵呵。"华武星说到这里，忍不住笑了出来，笑声不自然，这是苦笑，也是冷笑。杜思虹看得出来。

"'一个腹痛、腹泻，不就是肠胃炎嘛，做什么心电图，这不是讹钱是什么？'他很大声地跟我说，我试图让他安静下来，因为越激动血压越高，如果真的是心脏出了问题，那么他的行为会害了自己。

"他不肯，要我给他开点止泻药、止痛药，我坚决不肯，因为他没有进食过不洁食物，没有明显诱因，不太像肠胃炎，虽然有腹痛、腹泻，但我的直觉告诉我，没那么简单。好说歹说，他同意了做腹部彩超，彩超没看到明显异常。"

"后来呢？"杜思虹的心提到了嗓子眼儿，不由得攥紧了拳头，很替华武星担心。

"我让他签字，如果不接受心电图检查，那就签字，免除我的责任，我就让他回家。

"他当然不肯，说签了字我就没有责任了，想得美，医生不就是救人于危难吗？怎么能够逃避责任。

"我无语了，不签也行，那就不能回家，只能留在留观室。观察一个小时再说。我给他建议。

"他说他要回家看球赛，对，你没听错，他要回家看球赛。那时候手机没有现在这么智能，也没那么多流量，球赛只能在电视上看，或者在电脑上看，手机不行。所以他要回家，让我赶紧给他用药。

"我那时候刚独立值班，不够自信，拗不过他，最终他不肯签字，我也开了对症的药给他，嘱咐他，也嘱咐陪他一起来的家里人，如果有不舒服，比如胸口痛，一定要及时赶回来。

"现在回想起来，凡是要求我这个那个的病人家属或病人，我都非常厌恶，不听话的更可恶。最近我们科有个病人叫吴水，车祸伤，还有一个病情更重的病人。原本那个病人要先做 CT 的，但是让这个吴水打了尖插队，他执意要先做，江陵拗不过他，答应他了，没想到病情更重的那个病人发生硬膜下出血死了，江陵也很懊恼，这又是一个典型的失误。怪谁呢？怪江陵？还是怪病人？呵呵。"华武星苦笑了两声。

"再回到 8 年前这个病人，赵杰，他们强烈要求回家，我也只能让他回家，即便还没签字。他随口答应着我的嘱咐就回去了。

"他们走后，我其实一直放心不下，还让护士打了电话联系他，但一直没人接电话。

"直到下半夜，救护车突然拉回了一个病人。"

华武星说到这里的时候，停了一下，深吸了一口气。看得出回忆这些让人难受的事情，他是有一定的心理压力的。

"来的是赵杰？"杜思虹低声问。

华武星点头："没错，就是他。"

"这次他不是站着来的，而是躺着来的，而且脸色苍白、大汗淋漓，胸痛得不得了。我一看就知道出了问题，十有八九是真的心肌梗死了，因为他说胸痛得厉害。他老婆告诉我，他回家不久就开始胸痛，而且越来越厉害，只能打120。

"路上已经做过心电图了，但没看到明显心肌梗死图形。回到急诊室，我再次给他做了心电图，还是没有发现问题。抽血查的肌钙蛋白也是正常的。"

"不是急性心肌梗死？"杜思虹很诧异。

华武星摇头："不像。不管是什么病因，肯定是大问题，因为当时他的血压很高，胸痛很明显，我怀疑有可能是主动脉夹层，让他做胸部CT。"

"但当时我们夜间做CT增强扫描有点麻烦，由于人手不够，影像科只能喊二线护士回来打留置针、推造影剂做CT增强扫描，这个过程耽误了十多分钟时间。"

"十多分钟时间，对一个危重患者的抢救来说，已经是致命的了。"华武星缓缓地说。

"家属开始着急了，等到进入CT室时，他开始变得烦躁，两个人都压不住他，没办法测量血压，更没办法让他配合做CT。

"一下子人就不行了，不动了。"

杜思虹听到这里，也倒吸了一口凉气。

"我迅速判断出他是心跳没了，立即现场抢救，胸外按压，静推肾上腺素，把我们带去的肾上腺素全部用完了，边抢救边推回急诊科，抢救了大半个小时，人还是没能救回来。

"我很害怕。

"那一瞬间，我大脑是放空的，我知道他的病情不简单，我以为他可能是心肌梗死，但万万没想到他会如此迅速地死在我面前。"华武星的脸色近乎苍白，看得出他又沉浸在痛苦的回忆当中了。

"我猜测可能是主动脉夹层破裂了，如果能及时做 CT 检查，估计能发现是不是主动脉夹层，但患者就在 CT 室门口不行了，没机会做检查。

"退一万步讲，即便我们没耽误那十分钟，把 CT 做了，估计也避免不了夹层破裂的可能，因为他的情况进展得实在是太快了，根本来不及做任何处理。

"病人死了，家属起初很崩溃，后来就把气撒在我身上，怪我，为什么早些时候不拦住病人，为什么明知道有危险还要放他回家。

"这问得我哑口无言。"华武星摊开手，苦笑，其中全是心酸与悲哀。即便过了这么多年，杜思虹依然看得出来当初的华武星有多无助和无奈。

"家属同意做尸体解剖吗？"杜思虹轻声问。

"她要是同意就好了，起码能还我个清白，家属最初还不肯把尸体送去太平间，一直留在抢救室，闹了一个晚上，越闹越大，人越来越多，所有亲戚都来了。我没办法，只好把老马和医务科的人叫了来。

"第二天我原本要下班了，他们不让我走，让我给说法。为什么病得这么重的患者会放他回家，我三番五次解释说我已经说过不能走要留观了，但家属根本就不听解释，说是我说的，可以回家观察。警察也来了，问我有没有证据证明我说过的话，我说护士可以作证。

"'护士怎么能够作证呢，你们是一伙的。'家属恶狠狠地跟我说。我永远忘不掉家属的目光。

"那个小护士，经过那次事情后，她离职了，她当时吓哭了。

"证据呢，有签字吗，有摄像头吗？警察问我。他们本来不想管这件事，这属于民事纠纷，他们说只能调解，让我们和平解决。

"能吗？不可能！

"我哪里有证据，我理亏，我没有强硬一点让他签了字再走。"华武星眼神黯淡，缓缓说了这一句，"那时候科室也没有这么多摄像头，不像现在，洗手间门口都有几个摄像头了。"

"家属开始拉横幅，说我草菅人命，不要赔偿，要我偿命。嘿嘿。"华武星冷笑了两声。

杜思虹后悔了，她不应该非要华武星谈起这段往事，这真的是在华武星的伤口上撒盐。

"对不起，我不该提起这件事的。我不知道你经历了这种事。"杜思虹光听华武星描述，都觉得难受极了，可想而知当初华武星受了多大的委屈。

"当时我们的科主任，和我的上级医师老马，为了这件事情都焦头烂额。连续几天，急诊科基本都没办法正常工作，因为来拉横幅的人太多了，起初他们要我偿命，后来说可以协议解决，赔偿200万。"

"这不是耍流氓吗？"杜思虹愤愤不平，"医院不管吗？"

"医院怎么管？我们的确也理亏啊，谁让咱们的CT增强扫描耽误了十几分钟呢？管理上是存在漏洞的。对方请了律师，抓住了这一点。而且我也没办法证明我跟家属说不能回家要留观，我的确没有让他们签署知情同意书。"

"他们是有组织的，而且不达目的不罢休。"华武星喝了口水继续说。

"当初那个让我帮忙开药的家属，到头来说我才是杀人凶手，你说可笑不可笑。"华武星笑着跟杜思虹说，"200万，差不多是我当时20年的收入了，我不吃不喝，给医院干20年，差不多就可以赔了这笔钱。"

"你说那么一个斯斯文文的人，发起狠来怎么就能够那么凶神恶煞呢？她怎么就能一口咬定是我害死了她丈夫呢？我当时为了劝说他做心电图，为了劝他留观花费了多少力气，为了让他签那张该死的纸又费了多少口水，你知道吗？"华武星越说越激动，脖子上的青筋开

165

始暴起。

杜思虹在他眼睛里看到了火。她现在终于知道他为什么对病人家属那么冰冷了，知道他现在为什么面对病人家属那么像一只刺猬了。刺猬是为了保护自己，才不管是否会扎到别人。

"最后这事怎么解决的？"杜思虹很心疼华武星。

"医院跟他们协商，赔了 50 万。"

"可明明是病人和家属的问题啊，凭什么还要赔钱呢？"杜思虹百思不得其解。

"医院说了，毕竟人死了，我们的确也有疏忽的地方，虽然不是致死的原因，但如果真打官司，我们未必能胜诉，于我们来说有很大的不良社会影响，还是赔一笔钱息事宁人吧。"

"这钱嘛，医院出一部分，影像科掏一部分，我们科掏一部分。我们领导人还好，没让我全部承担，我只承担一半，另外一半科室帮我出。"

华武星恢复了平静，似乎在诉说其他人的故事。

"但从那次以后，医院的摄像头就陆续装了起来。你现在可以看到了，急诊科里里外外到处都有摄像头。另外，凡是劝说无效的，一律签字，不签字的也要在病程记录上面记清楚，家属为什么不签字。"

听完华武星的叙述，杜思虹心底泛起一股悲凉。她很同情华武星的遭遇。但现在，她除了表示同情以外，好像没有其他能够做的了。

华武星继续说："当时差点就辞职不干了，后来我妈和老马都给我做工作，毕竟读了那么多年医科不容易，随便转行也不知道该做什么，而我的确喜欢临床，干着干着，差不多又快十年过去了。"

"所以，不管家属说什么，也不管他现在表现得对你多好多信任，没用的，一旦出了事情，不管是不是你的问题，他们都会咬你一口，直到从你身上扯下一块肉为止。"华武星冷冷地说。

杜思虹本想安慰华武星，说也不一定都是这样，还是有很多家属是愿意配合医生、始终相信医生的，这样的事情始终是少数，是个例。但话到嘴边又咽了回去，华武星此时正难过，不管再小的概率事件，他就是遇到了，而且对他的伤害那么深。

"不开心的事，就让它们随风而去吧，相信会越来越好的。"杜思虹尝试给华武星打气。

杜思虹知道华武星身上有故事，但没想到会是这么伤心的事情。医疗事故，基本上每一个临床医生都会遇到或听过，但像华武星身上这样极端的例子还是少见的，这样的事情对当事医生肯定会留下一辈子的烙印。何况8年前华武星初出茅庐，正是抛头颅洒热血、充满干劲的年纪，被人这样冷不防泼了一盆冷水，有多委屈可想而知。

难得的是，华武星并没有自暴自弃，依旧醉心于艰苦的临床工作，虽然与病人和家属沟通没那么畅快，但为了治病他的确是花费了全部心思，这点杜思虹是亲眼所见的。

不知不觉，餐厅的客人走得差不多了。

杜思虹看了看时间，说："时间不早了，我得回家了，今晚跟你聊了很多，谢谢你。同时，我再次表示歉意，之前在急诊科不该那样跟你说话，也不该指责你见死不救。"

华武星一看时间，才知道跟杜思虹聊了两三个小时，这是很多年都没有过的轻松时刻了。

杜思虹再次对华武星表示歉意，这让华武星很是不好意思："咱们也算朋友了，不用那么客气，再说之前我说话也是挺过分的。"

"我们算朋友了吗？"杜思虹反问华武星。

"算啊，算吧。我们都交换秘密了。"华武星尴尬地笑了笑。

"那我怎么还不知道你电话号码，你也没加我微信好友呢，哼。"杜思虹做生气状，样子既可爱又调皮。

华武星挠挠头，连说："对不起，对不起，是我疏忽了。"登时拿出手机，跟杜思虹互相保存了号码，也加了微信好友。

"你叫轻舞飞扬？"华武星通过杜思虹的好友申请后，发现杜思虹的微信昵称竟然跟《第一次的亲密接触》的女主人公同名，都叫轻舞飞扬。

"是啊，好听吗？"

"好听是好听，就是……"华武星欲言又止。

"直说无妨啊。"杜思虹眼里满是笑意。

"那我可直说了啊，这名字不大吉利，你看痞子蔡的轻舞飞扬是没治好病的，后面人没了。你这个肯定能控制好，你自己是医生，你爸又是药学部的主任，咱们医院这么多高手，还怕控制不好这个病吗？肯定没问题的。"

这话把杜思虹逗乐了："看不出你这个优秀的急诊科医生，还挺迷信的嘛。一个名字能把我咋地。"

华武星颇为尴尬，说："那倒是。"

三

华武星主动付了饭钱，杜思虹却说："无功不受禄，这次你请我，下次我回请你。"华武星哑然失笑："不就一顿饭嘛，请得起。"杜思虹也笑了，说这是态度问题。

两人边走边聊，虽然在同一个小区，但这个小区很大，两人一人一端，还得各走各路。

回家的路上，华武星心潮起伏。自从这件医闹事件后，华武星对待病人家属的心态都变了，他一个年轻的医生，一开始从业就遇到这样的事情，的确是够打击士气的，后来的 8 年，他一直认为，患者和家属随时会变成自己的仇人，稍有不慎可能会中对方的圈套，所以他不再跟家属推心置腹地交流沟通，转而变得多疑、不信任家属。

老马也为了这个跟华武星做了无数次思想工作，毕竟绝大多数家属都是正常人，都会听医生的，只有极个别人才会像赵杰家属那般野蛮无赖。再说，也不能苛求家属，医疗队伍中也有败类，也有坑害病人和家属的，都一样。人都有好坏之分，只不过有些人刚好做了病人家属这个角色，或者担任了医生这个角色，不要一棍子打死一船人。

如果一直跟家属搞对抗，不利于工作，也不利于医生的人身安全，万一哪个家属发起疯了，咬你一口，怎么办？

但任凭老马说破了嘴，华武星都无动于衷。江陵也因为这事跟华武星沟通了很多次，但华武星固执得很，江陵也没办法。

这次跟杜思虹敞开心扉的交流，却出乎意料地让华武星轻松了不少。或许华武星也没有想到，原来以为不会再启齿的内心疙瘩重新翻出来，竟没有想象中那么气愤，反而觉得那么多年的临床生涯，让自己更能平静地接受一些没那么美好的事物。事实上杜思虹没说什么，仅仅是安静地听华武星的内心分享，但很多时候，有人愿意静心倾听而不是告诉你要怎么做会让你更加舒坦，不是吗？

回到家后，沈大花也已经回来了。她笑着跟华武星道歉，说："没安排好事情，不要怪妈妈，人家是真的临时有事，来不了。你知道的，医生都比较忙，这个课题那个课题的，多得很，不过没关系，介绍人说找机会登门来我们家拜访，赔礼道歉，你说人家够诚意了吧？"

华武星也不追究这件事情，来不来都无所谓，就连沈大花也觉得他这次佛系了很多。至于为什么这么佛系，华武星也不愿意多说。当然跟见了杜思虹有关，但华武星暂时没有打算把杜思虹这事告诉沈大花，以免她大嘴巴突突突。这么说自己母亲似乎有些不尊敬，但这是华武星的真实想法。

第二天去了医院，那个重症心肌炎的年轻人还在昏迷，华武星看清楚了，他才26岁，叫孔有尚，幸运的是他已经恢复了自主呼吸。老马的确没有安排华武星管他，而是安排了徐大力。

恢复了自主呼吸，说明患者起码不是脑死亡。这是非常关键的一点。

为什么不让华武星管这个病人呢？很简单。

用老马的话，家属已经先入为主对华武星没好感，就不要去主动惹这个麻烦了，毕竟管床医生还是要跟家属频繁接触的，徐大力之前没跟家属接触过，是合适的人选。

华武星也乐得自在，当然，他也理解家属的心情。只不过大家正商量着什么时候让病人出去做高压氧治疗比较合适，华武星认为，最起码得等患者自主呼吸很稳定，可以脱离呼吸机了，才安全。大家也基本同意这点。

让华武星倍感诧异的是，规培医生林平对孔有尚这个病人异常上心，时不时就来看他的各种化验结果，从头到尾做神经系统检查，有一丁点病情变化他都非常紧张。

华武星问冯小文："知不知道小林为什么这么关心这个病人？这又不属于他管的病人，他比徐医生还上心啊，这小子。"

冯小文神秘兮兮地跟华武星说："因为孔有尚跟小林子的哥哥情况很像！他哥哥当年也是因为重症心肌炎而去世的。"

"小林子的哥哥？"华武星更惊讶了，"难怪那天抢救时我看他神情就怪怪的，都快哭出来了，我还以为他没见过这种抢救场面给吓的呢，原来如此。"华武星若有所思。

"对，我以前听小林子说过，他哥哥去世的那年他才16岁，好可怜。"冯小文说起林平的事情，伤心之情溢于言表。他们俩是同学，又分在同一个科室规培，平时接触较多，自然感情较好。

这天快下班时，华武星在查看孔有尚的情况，林平又进来了。一进来又忙前忙后看孔永尚的病历和化验资料。华武星问他："其他人都下班走了，你怎么还没走？"

林平挠挠头，说："想看看病人到底什么时候能脱离呼吸机，什么时候能醒过来。"

"你很关心他啊。"

"病人嘛，都一样。不是你教导我们的吗？要多看病人，多分析，多思考，才能进步。"

"你小子，你心里想什么我还不知道吗？"华武星拍了拍林平的肩膀，接着说，"你即便是一天来看他十次，他还没到该醒的时候就不会醒，甚至都可能醒不过来了。那天你已经很努力了，我们都能看到的，他（孔有尚）能不能活下来，真的要看他自己了。"

听华武星这么说，林平的眼睛一下子红了，说："我真的已经尽力了！如果当年我能快一步到医院，我可能就能见到他最后一面了！"

华武星知道，林平说的是当年遗憾没能见他哥哥最后一面。

"我哥哥当年也是重症心肌炎……病情进展迅速，还没等我赶到医院，就被拉去太平间了。那是我一辈子的遗憾，没能见我哥哥最后一面……"林平一个没忍住，眼泪掉下来了。

"我哥哥对我很好，小时候我们经常打架，但长大后他一直都很照顾我，我家没什么钱，我哥为了让我读书，他自己早早就出去打工了，还帮我交学费……没想到突然之间就失去了他。"

痛苦的记忆向林平袭来，他再也忍不住，号啕大哭。

华武星沉默了，许久才跟林平说："很抱歉听到你哥哥的事情，人死不能复生，这句话平时都是我们安慰病人家属的，没想到用在自己人身上时，才觉得是那么沉重。"

"以前学重症心肌炎的时候，我发誓不能让得这个病的人死在我的手上，我经常模拟遇到这个病时该怎么处理，每个细节我都想到了，可是这次我……"

"你放心吧，我们一定会竭尽全力，但凡有一点可能，都不会放弃孔有尚的。"华武星明白，在林平内心里，已经把孔有尚当成他哥哥了。

林平内心对哥哥有愧疚，又有无限的怀念。现在他把这一切都映射到孔有尚身上，所以他拼了命地要救回孔有尚，别人都下班了，他依然念着孔有尚。救孔有尚，似乎就是在救他哥哥，也是在救他自己。

看到林平挂在眼角的泪水，华武星内心被触动了，那天自己坚持要宣告孔有尚的死亡，是不是真的做错了？

也许老马说的是对的，在不影响其他病人抢救的前提下，多按压几分钟或许是对家属最大的安慰，即便明知道于事无补。原则都是死的，人却是活的，环境也是随时变化的。退一万步说，万一真有奇迹呢？自己作为一个医生，自然可以很客观地对待病人的死亡，但在家属看来，那可是自己的亲哥哥、亲儿子、亲丈夫。

自己一句话，太平间的铁盒子就会把病人运走，病人从此就消失在这个世界上了。

华武星第一次动摇了自己的信念。他拍了拍林平的肩膀，没再说什么，径直走开了。

时间又过去了两天。

孔有尚恢复得出人意料。

他终于成功脱离了呼吸机。虽然人还没醒，但是不需要呼吸机了，说明呼吸功能稳定了，也说明大脑功能有一定程度的恢复。大家都很开心，徐大力把消息告诉家属时，家属也激动得哭了，一直说谢谢菩萨，谢谢菩萨。

华武星得知这个情况后，说："家属还以为是菩萨救了他儿子，是菩萨保佑才让他有所恢复吧。"

老马叮嘱华武星："你可不能跟家属接触，万一说漏嘴了这句话，人家又以为是我们邀功了。"

"邀功怎么啦，这分明是咱们日夜不停的努力才有的改变，当然，不是我的功劳，是江陵、徐大力、小林子和咱们几个姑娘的功劳，也得让家属知道我们干了什么啊，总不能病人一活过来就谢菩萨，一死掉就找我们麻烦吧。"

华武星说的是有道理的，老马不知道该怎么反驳，只好说："反正你别惹他们就是了。潘科长也在关注这个病人，而且听说这病人是在电视台工作的，咱们千万不要被人抓到什么不好的地方用大喇叭宣扬。"

"另外，"老马正式宣布，"今年职称申报消息正式下来了，大家抓紧时间准备材料，名额总共就那么多，咱们科医生组能达到晋升副高条件的就华武星和江陵。"

末了，老马还特意跟华武星和江陵说："原则上上头只给了我们一个名额，从你们两个当中选出一个，就看你们的本事了。当然，也有可能两个都通不过。"

老马把晋升副高后的各种待遇福利都说了一遍，目的是激发他们俩的斗志，并且撂下了话："别给我丢脸，到时候你们俩一个都上不去，那就真的让人看笑话了。"

华武星满脸不在乎："能上就上，不能上就明年呗，明年上不来那就后年呗。"

"你以为是熬汤啊，熬熬就能熬上了？"老马给了他一个白眼，"不花点心思，一辈子都是老主治。"

江陵就认真多了，问老马要了需要填报的相关资料，临走时还跟华武星开玩笑地说："我可不会让着你的，咱俩各凭本事咯。"

"看谁运气好啦，如果我上了，一定请你大吃一顿，管饱的。"华武星拍胸口说。

江陵也不甘示弱，说如果他上了，请华武星吃两顿，管饱管醉的。

两人随便聊了两句就分头干活了。

接下来的几天，徐大力和林平推着孔有尚出去做高压氧治疗。每次出去，他老婆和爸妈都非常激动，拼命呼喊着他的名字，但依旧没有回应。

大家都以为他以后可能就这样了。死不了，但是一直处于昏迷状态，时时刻刻需要人照顾。

直至有一天，护士过来喊，说孔有尚睁开眼睛了。大家都兴奋不已，甚至不敢相信，大家等这一天也等了将近一个星期了。

这已经是奇迹了。

一个心脏停了一个多小时的病人，经过心肺复苏及后续一系列治疗，能够睁开眼睛，已经是非常非常不可思议了。华武星见证了这个奇迹，林平也是热泪盈眶。

老马也有些激动，吩咐加强高压氧治疗，争取让他能早日开口说话。

即便智商为3岁也好，不会读书也好，起码能发出声音，能跟家属沟通，也是很好的结果了。

又过了两天，患者竟然开口讲话了，问护士要水喝，说口渴。

大家更加激动，但很快就发现，孔有尚傻了，什么也记不清了。

虽然人活过来了，但是智力、记忆力真的不行了，言语和行为都有点像3岁的小朋友，正跟老马料想的一样。

华武星也说："能有这个结果，算是老天的恩赐了，还想怎么样。"

孔有尚老婆哭了，申请来到病床旁边陪同，陪他讲话。孔有尚竟然认得这是自己的老婆，拉着她的手一直不肯放开，并且一直嚷着要抱抱。

他老婆羞红了脸，说："他以前不是这样的，以前就是个大男子主义，虽然很顾家，但人很无趣的。没想到现在跟个孩子一样，反而跟我亲热起来了。"说着说着又哭了。

护士们都很感动，大家都期待孔有尚能进一步好转，虽然这样的概率真的极小极小。起初以为能保住命都已经是奇迹了，后来患者居然能清醒过来，现在还能开口说话，真的是从没遇到过的事情。

大家能做的不多，抢救心肺复苏术后的病人，最关键是前面48小时，亚低温治疗、降颅内压等，都已经做完了。后面就靠高压氧了，其他的药物都是次要的。病人能恢复到什么程度，真的就是靠他自己的造化了。

当然，最关键的还是当初大家轮流给他胸外按压，大脑的血供其实没有完全中断，高质量的心肺复苏是以后能苏醒的最大关键。

"看他的命吧。"老马点了一根烟后说。

由于患者有些胸腔积液，老马让请呼吸内科医生过来看看："原本可以不请呼吸内科的，胸腔积液我们自己也会搞，但这时候多一个科室会诊，多一分安全，既是为病人着想，也是为我们自己着想。"

没想到来的不是别人，正是杜思虹。

四

杜思虹来之前，也了解过这个病人了，说这个病人已经是医院的红人了，家属大闹急诊室，本以为绝无生还机会，没想到奇迹般活了过来。

她看完病人情况后，建议做胸腔穿刺术："把胸腔积液抽出来，否则病情可能会持续加重，影响呼吸功能。"

"为什么会有胸腔积液呢？估计是肺炎引起的。患者这段时间一直卧床，容易继发肺炎，肺炎导致了胸腔积液。"

孔有尚听到要给自己穿刺肺部，吓得不得了，蜷缩着身子，跟个小孩一样。

杜思虹也跟哄小朋友一样哄他，答应给他棒棒糖，才让他同意穿刺。

但华武星想到了另外一件事："胸腔穿刺可能做不了。因为患者还需要做一段时间的高压氧，胸腔穿刺怕有影响。"

杜思虹则认为："胸腔穿刺把胸水抽出来，不留置管道，皮肤和胸膜的破口很快就会愈合，并不影响做高压氧。"

经过杜思虹的解释，大家也同意她的看法，那就穿刺吧。胸水太多不引出来的话，怕导致肺粘连，那就更棘手了。

孔有尚又提出了一个要求，傻里傻气地说："要老婆，老婆在身边才行，否则不打针。"

"这家伙，现在记忆全没了，基本上只记得有老婆了。"华武星笑着跟杜思虹说。

"疼老婆的人，运气都不会太差。"杜思虹笑着说，"说不定他能全好了呢。"

"那就见鬼了。"华武星不信。

华武星让徐大力跟家属沟通，取得了理解，签署了知情同意书，当天就安排胸腔穿刺，并且让孔有尚老婆进来陪同。

杜思虹说要跟家属解释清楚这个操作的目的和意义，让他们签字才行。华武星则说："让徐医生去吧，家属可不是很好说话。"

杜思虹坚持要自己跟家属沟通，因为她是会诊医生，要了解家属的态度。这对于治疗是有帮助的。

华武星没办法，只好答应她，但也放心不下。那天家属就差指着他的鼻子破口大骂了，虽然他自己觉得无所谓，但他担心杜思虹会遭受一样的待遇，所以尾随而出。

杜思虹找到孔有尚的父母和老婆后，表明了自己的身份，告诉他们这个胸腔穿刺的目的和必要性，但家属似乎有些犹豫。

杜思虹看出来了，坦诚相告："胸腔穿刺可能有点风险，但获益更大，所以我们决定做这个操作。我们做这个穿刺次数很多，经验很丰富，一般来说不会有问题，但凡事不能保证，万一出问题，我们也会第一时间抢救的。"

看得出杜思虹跟家属沟通是非常顺利的，她能站在家属的角度分析问题，同时也会让家属理解医生的立场，家属听她解释完后，自然知道该做什么选择了。

本来家属还是有些犹豫的，人好不容易才救了回来，虽然整体智商跟3岁小孩一样，但毕竟人是活过来了，他们很担心这个操作会有生命危险。见杜思虹这么说，家属终于放下心来，一切交给医生处理。

华武星在旁目睹了杜思虹跟家属的沟通，本来他还担心家属会刁难杜思虹，没想到家属对杜思虹会这么心悦诚服，自己的担心显得很多余。

胸腔穿刺比较顺利，抽出很多淡黄色胸水。

这期间孔有尚说痛，他老婆又暖言安慰了他几句，摸摸头，拍拍手背，这家伙就真的不再喊痛了。

奇怪得很。

抽出胸水后的几天，又继续给孔有尚做了高压氧治疗，慢慢地他的情况又有所好转，连老马都惊讶到不行："太不可思议了，这个病例必须得找院宣传科的人过来，让他们宣传宣传，这是个很成功的病例啊。以为病人死了，没想到还活下来了，最后还能讲话，现在又一天比一天好转，说不定再过两天就完全正常了，这必须得大肆宣传啊。这是我们抢救及时、救治有方啊，这多能体现出我们这支队伍的专业素养！"

老马越说越开心，太久没有这么成功的心肺复苏抢救案例了："宣传出去，一来增加我们的知名度，二来也能让社会对心肺复苏更加重视，全民学习心肺复苏，就能第一时间抢救患者，说不定还能救很多人呢。"

华武星则泼他冷水："这么成功的案例，我在这里干了将近 10 年，也就见过一次，这是很难复制的。万一以后所有家属都要我们持续按压 120 分钟，怎么办？这不是极大地占用抢救资源嘛。"

华武星的担忧不无道理，但老马接着说："那些都是以后的事情了，先把这件事宣传出去，必定能加大社会对心肺复苏的信心，以后我们再办免费的心肺复苏学习班时，肯定会有更多人来学习，大家都学会了心肺复苏，以后抬进来急诊科的病人就可能不再是心跳停了几十分钟的了，而是可能一边按压一边抬进来。"

"再说，咱隔壁医院跟咱们暗中较劲，他们急诊科的规模在扩大，已经超出我们了，我们也得抓住一切机会强化我们在社会面的专业素养……哎呀不跟你说这些了，说了你也不懂，等以后你坐我这个位置，你就要挠破头皮想这些乱七八糟的事情了。"

接下来几天时间，孔有尚的恢复速度比老马和华武星等人想象的还要快。

孔有尚的记忆基本恢复了，计算能力、情感、智商等也都基本恢复正常。

老马看着这个病人，心里乐开了花，说要好好犒劳大家，中午每个人加一个鸡腿，另外加 500 块的水果。

众人欢呼雀跃。

唯一美中不足的是，孔有尚目前的注意力容易分散，刚说着一件事，可能就跳到另外一件事上去了。但没关系，估计以后也可能会逐步好转。即便不能好转，家属也已经感激涕零了。这回家属不再是感谢菩萨了，而是感谢医务人员，还买了几大篮子的水果送过来，徐大力也欣然接受，这是家属发自内心的感激，理应收下。

林平看到孔有尚的恢复情况，也是欣喜不已，好像看到自己的哥哥重新活过来了一样。孔有尚自然不知道林平是把他当哥哥的，他只是觉得这个年轻的林医生实在是很关心自己，是一个好医生。

用他老婆的话来说，孔有尚原本就是一个无趣的人，所以当他逐步好转的时候，孩子气也逐渐没有了，也不再一口一个老婆、亲爱的称呼他老婆了，而是直呼名字，并且说话都是直来直去。杜思虹来看他，也只能笑着摇头，私底下跟华武星说："可能他老婆还是宁愿看到他失去记忆的样子，那样的老公相处起来更开心一些，还会哄老婆。"

华武星则说："做人也不能太贪心了，世上哪有两全其美的事情。人能活过来已经是天大的奇迹了，还想着借助这次奇迹改变病人的性格，天底下哪有这么好的事情，到头来这还是一笔稳赚不赔的买卖。"

华武星的话把杜思虹逗乐了，两人相视大笑。

两人自从上次在餐厅敞开心扉交流后，隔阂也少了很多，华武星觉得杜思虹是个活泼、开朗的女生，而杜思虹也知道为什么华武星总是摆一张臭脸给家属。随着两人接触增多，了解增多，聊天也更加投合。

这一切老马都看在眼里。老马跟杜思虹的父亲杜药师是好朋友，杜药师是医院药学部主任，也跟老马是同学。但那是 30 年前的事情了，现在大家的工作都忙，私底下很少接触，平时都是医院要开什么中层干部会议时才会碰头，聊一聊，了解一下大家的近况。

得知华武星跟杜思虹聊得来后，老马逮住机会问杜药师："你女儿条件这么好，有男朋友了没有啊？"

"你想干什么？"杜药师上下打量了一眼老马，一脸戒备。

老马白了他一眼："你瞎琢磨什么呢，我自己哪儿有这工夫，我都一只脚入土了。再说，我能自降身份矮你辈分？"

杜药师这才哈哈大笑："那你想当媒人？"

"这不是才跟你了解嘛，思虹这孩子长得好，又是博士，肯定有大把人想跟她处对象，所以我才想着跟你证实证实，她到底有没有对象？"

一说到这个问题，杜药师就开始给老马吐苦水："按理来说，咱思虹这么好的条件，肯定是不愁的。但实际情况是，她现在已经 32

岁了。老马，这孩子32岁啦，当初我结婚的时候才多少岁？不到25岁！她妈妈不也是20岁出头就嫁给我了吗？她现在倒好，32岁了还不痛不痒的，这马上就要高龄产妇了，到时候各种风险就来了，你搞急诊的这方面你比我懂得多。"

杜药师越说越激动。

杜药师告诉老马，原本杜思虹是有男朋友的，后来男朋友出国了还是怎么的，分了，为这个她还哭了好长时间。后来经过杜药师夫妇及她好朋友的开导，才逐渐走出失恋的阴影，奋发向上，考取了医学博士，并且顺利毕业，然后参加工作。这五六年来，也没再谈过对象。他和她妈都催了不知道多少次，可人家就是不着急。光太监急有什么用。

"这么说来她真的还没有男朋友？"老马瞪大了眼睛。

"没有！"杜药师没好气地说，"要真有我还能不知道？"

"那我这儿还真的有一个可以介绍给她。"老马笑着说。

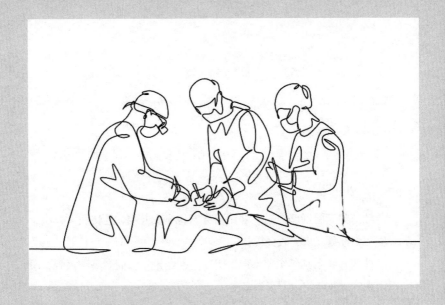

8

血光之灾

华武星所做的一切都是为了病人的安危，
但有时候他的行为的确会把自己推上风口浪尖。

一

杜药师满脸疑惑，说："我记得你家也是女儿啊，还比我女儿小十多岁呢，你哪儿来的人介绍？"

杜药师和老马年纪差不多，但杜药师结婚早，而老马结婚晚，所以两人的女儿年纪也差了十多岁。

老马告诉杜药师："这个小伙子是我们急诊科的，相貌堂堂，业务能力一流。"

杜药师笑了："业务能力是次要的，关键是人品要过关，将来对老婆好、看重家庭才行啊。"

"绝对重感情、重家庭。"老马拍胸口说。

"谁？"

"我们科小华！华武星！"

"那小子？是医务科多次通报的那个？"

"没有多少次，前后就两次，而且那也不是他的问题。"老马开始维护华武星。

"不行！"杜药师一听就摇头，"这小子我见过几次，业务能力没得说，但人太固执了，容易得罪人，他在急诊科也没少给你捅娄子吧？"

"哪有！他可是我们急诊科的一块宝啊，咱小护士们不知道多喜欢他，华哥长华哥短的叫个不停，人缘特别好，跟同事也相处得很愉快啊。"老马反驳。

"前段时间，你们科不是有个心肺复苏时间很长的病人吗？听说他又差点跟家属干起来。这样的人当我女婿怎么行？三天两头惹麻烦，我不同意！我这一个顽固的女儿已经够我受了，再找一个刺儿头，非把我搞出脑出血不可。"杜药师说得坚决，"老马，你就看我已经吃了两片降压药的份上，放过我吧，我折腾不起。"

"瞧你说得那么可怜，刚刚又是谁担心女儿嫁不出去了。"老马也没好气地说。

"哥们儿，再帮我物色个别的吧，安分一点，懂事、孝顺最关键，不能整天惹麻烦啊。"

既然杜药师都这么说了，老马也不便多说。只好说："有时候女儿长大了，可就由不得你掌控咯。你看我家那个小家伙才十几岁，读高中，现在都不让我管太多了。你自己都说，思虹30多岁了，还能事事都听你的不成？"

"你这话什么意思？"杜药师提高了警惕，"他们俩好上了？"

"那倒没有。"

"那就行，回头我让她妈给她做做工作，别的事我可以不管，这个事得管，而且管定了。"

老马自讨没趣，没再往下说。后来回到科室，见到华武星，本想跟华武星就这事聊一聊，还是忍住了，以免节外生枝。

老马是华武星的师傅，他除了关心华武星的工作业务，也关心他的生活，再说，老马一直有培养华武星成为自己接班人的想法，方方面面都督促着华武星。华武星也的确给他长脸，业务能力没得说，那是全院都知道的，很多危重病人需要救治，华武星都是冲在最前线的，一些高难度的操作华武星都能拿下来。但华武星就一点不好，容易跟病人家属起冲突，这是医者大忌。且不说容易跟家属产生矛盾，也容易给医院惹麻烦，到头来吃亏的是自己。

老马也知道华武星变成这样的原因，8年前那个医疗官司的确对华武星伤害很大。但老马也多次开导华武星，一切得往前看。人不能被过去困住了，得走出去。

杜药师的话，更加让老马担忧。

华武星如果还是继续这样下去，估计急诊科这担子就交不出去了。即便勉强交给他，也不利于科室的发展，光有业务能力是不行的，还得会变通，这恰恰是华武星目前最缺少的。

华武星当然不知道老马背后做的事情，也没有老马想得深远。

他现在关心的是他这个心肺复苏术后的病人，孔有尚。孔有尚不是他主管的病人，但他参与了抢救，加上规培医生林平对这个病人有特殊的感情，而且华武星之前又差点跟家属起冲突，后来孔有尚的恢复也出乎他意料，所以他也时时刻刻关注孔有尚的情况。

孔有尚最终恢复了，徐大力给他办理了出院手续。

出院前孔有尚爸妈在走廊遇见华武星，他们对华武星的态度也改变了，笑呵呵的："不管怎么样，都要谢谢医生。"

华武星很尴尬，说："我不是管床医生，要谢就谢徐医生。"说完扭头就想走。

谁料他们拦住华武星，说："问过其他医生朋友了，大家都说是有尚运气好，一般抢救30分钟不行就真的宣告死亡了，但你们坚持了一个多小时，真是感激！你那天说的那些话，当时我是很生气，现在回想起来，你并没有做错，那是你们的原则，我们可以理解。所以，我们还是要当面感谢你。另外，那个女医生也跟我们说，这段时间你也帮了很多忙，参与了救治工作，我们有尚才恢复得这么好、这么快。"

家属一个劲儿地感激华武星，倒让华武星浑身不自在了。但家属口中的那个女医生指的是谁呢？急诊科有好几个女医生，规培医生当中也有几个女孩子，不知道家属说的是谁。

"就是那个扎着头发、个子高高的、长得挺漂亮的女医生，我听护士好像喊她杜医生，还是付医生的，没听清楚。"孔有尚妈妈说。

原来是杜思虹。

华武星没想到杜思虹会在家属面前帮自己说好话，心里泛起一阵暖意。当下也顾不上家属了，直接就往抢救室方向走去。留下家属待在原地、面面相觑，他们一定很奇怪，这华医生怎么这样，话还没讲完呢，他就走了。

华武星必须要走了，因为他刚刚接到江陵的电话，说他准岳父可能中风了，来到了医院，这会儿忙着处理其他病人，让华武星过来搭把手。

华武星赶到抢救室时，正好撞见规培医生林平推着一个 60 岁出头的男病人回来，华武星瞥了病人一眼，病人还是清醒的，但左侧鼻唇沟变浅、嘴角歪斜，看来是个脑血管出现意外的病人。

又见家属是两个女性，一个估计是老伴，走路一瘸一拐的，另一个一身职业装，身材苗条，忙前忙后，估计是女儿。两人都满脸关切之情。

华武星主动帮忙把门打开，让他们进入抢救室。一进入抢救室，江陵就迎了上来，问林平情况，林平说："病人 CT 提示基底节出血，但出血量不大，已经叫神经外科下来会诊了。"

江陵帮忙安置好病人，床前问长问短，不用猜，这病人肯定是江陵的准岳父了。

华武星把江陵拉到一旁，问怎么回事。

江陵忙得不可开交，见华武星来了，松了一口气："那头还有一个大量便血的病人，等下你帮我搞定，我这边要应付我女朋友的爸爸，还有几个严重的，喘不过气了，那个便血的我估计要进入 EICU，所以让你来接手。"

"你岳父怎么回事？"华武星问。

江陵示意他不要那么大声："现在还不是岳父，婚还没结呢，证还没领呢。老爷子脾气有点大，别得罪他了。"

华武星觉得有点好笑，没见过江陵这么胆小的时候。

华武星望了病人一眼，小声说："长年高血压，还乱吃药，脾气又臭，他不中风谁中风。"

江陵惊讶："你怎么知道他乱吃药？"

"我瞎猜的。"华武星说，"我刚刚瞄到你岳母手里的透明袋子，装了一堆药，估计都是他的，大瓶小瓶的颜色很绚丽，一般都是专骗老人钱的保健品才会这么花里胡哨。"

"希望他运气足够好，不需要神经外科动手术，否则你就有苦日子过咯。"华武星一脸同情地看着江陵，"这老婆还没过门，又摊上一个瘫痪的岳父，你这担子可不轻。"

"你嘴巴能不能说点好听的？"江陵压低了声音，生怕被他们听到。

"那个就是你女朋友，莫雪茹吗？"华武星指着床旁的年轻女子。

江陵点头，然后把事情简单跟华武星说了。

一个多小时前，莫雪茹还在银行上班，突然接到她妈妈电话，说她爸爸情况不好，一只手动不了了，而且血压很高，肯定是中风了。莫雪茹一听，也是慌了神，赶紧让他们打120，先送医院再说。同时联系了江陵，告知了情况。江陵听到准岳父可能中风了，也是头大，老人就怕中风。准岳父一直有高血压，江陵让他吃降压药，他也是固执得很，不愿意长期吃药，吃一阵停一阵，还喜欢买一些保健品乱吃，被江陵说过很多遍了，但都不听，这下血压终于扛不住了，崩了，中风了。

"但现在不是数落准岳父的时候，当务之急是想办法尽快救治。"江陵当即联系了120调度中心，让救护车把病人送来这里，自己照顾也方便一些。而且江陵和华武星所在的医院跟准岳父家离得不远，10分钟就能赶到。

等救护车到时，江陵一看，准岳父一侧鼻唇沟变浅了，口角也歪向一边，左手肌力基本为零，动不了了，难怪他们这么紧张。江陵见状，心里已经有了八九成把握，准岳父应该是中风了。幸亏人还是清醒的，说话也还利索，可能还不是很严重，得赶紧救治。

这时候莫雪茹也赶到了，莫雪茹就在医院附近的一家银行上班，赶到医院也就10分钟左右的时间。

江陵让林平带着他们先去做颅脑CT，看看到底是脑出血还是脑栓塞，如果是脑出血的话到底严重到什么程度了，看看要不要做手术。

莫雪茹想着让江陵亲自带他们去做CT，这样也能给爸妈一个好印象。但江陵实在忙不开，那头有几个危重，这边又来了一个便血的年轻女性，看样子情况也很严重，江陵必须亲自处理。而准岳父这边虽然可能是中风，但做CT风险相对小，安排规培医生林平陪着应该问题不大。

"如果不是实在忙不开，我也不找你。"江陵跟华武星说。

"你又欠我一个人情。"华武星笑着说，"你快点照顾你岳父去吧，我看他样子不是很开心，大概是不满意你吧，你没有好好伺候他。"

江陵推开华武星，让他赶紧去处理那个便血的女病人，怕冯小文一个人处理不过来，这边他应付就得了。

冯小文原本是跟着华武星在EICU的，但抢救室忙不过来时，她也会出来帮忙，这次她比华武星早到一步，这点华武星很满意。

二

冯小文见华武星来了，急忙迎上来汇报刚刚了解到的病史：

"病人曹颜青，女性，30岁，网络公司职员，几天前有便血，但不多，今天突然大量便血。据患者自己说，一拉血就跟下雨一样，整个人都虚脱了。丈夫急忙把她送来急诊。我看她脸色苍白，全身冒冷汗，赶紧让推进了抢救室，心电监护一接上，血压偏低、心率偏快，已经休克了，而且是失血性休克。"

华武星边听冯小文汇报病史边迅速查看病人，患者脸色苍白，但意识清晰，头顶上心电监护显示血压的确偏低，只有90/50mmHg，心率110次/分。

"进了多少补液了？血型查了吗？"华武星问，失血性休克的病人，第一时间是止血，同时要加大力度补液输血，迅速恢复有效循环血容量，稳住血压，才能保障器官组织供血供氧。

"前后进了差不多2000ml液体了，O型血，血制品还没回来。"

"血红蛋白结果出来了吗？"华武星问。

"结果还没出。"冯小文满头大汗，一方面是紧张，另一方面是她处理危重病人的经验还不足，现在华武星来了，才算是松了一口气。

"消化内科、肛肠外科都请了吗？"

"已经打过电话让他们过来会诊了，刚打的，人还没来。"

"看这个样子，保守估计，患者出血量至少得有1000ml了。成人人体血管内的血液也就5000ml左右，短期内失血400ml一般无碍（献血量），但如果超过800ml，就会有休克的可能，超过2000ml那是肯定休克了。如果不及时补充血容量，患者很快就会因为缺血缺氧而昏迷，继而死亡！"华武星跟冯小文说，"失血性休克的病人病情随时可能加重，不能大意。"

华武星靠近病床，跟病人说："不用害怕，一般来说出点血也没啥。关键是及时止住血。"

曹颜青听华武星说得轻松，内心也安定了不少。问华武星："这个便血怎么回事，怎么会出这么多血？"

华武星看了她一眼，见她嘴唇还在颤抖，显然受了惊吓。突然想到另一个问题，问冯小文："检查过肛门了没有，是便血还是阴道出血？"

冯小文被华武星这么一问，蒙了一下，但很快就反应过来了："糟糕，还真没有检查肛门，只是听患者自己描述，而且看衣服、裤子上的确都是血迹，就以为是便血了。"

"有些病人自己紧张害怕得不得了，阴道出血和肛门出血没分清楚，会搞混淆的。"

会有这么糊涂的人吗？有。

华武星拉起帘子，跟冯小文一起检查了病人阴道和肛门情况，确认了是肛门出血。这个检查让曹颜青有些难为情，但没办法，病情危重，医生说什么就是什么。

华武星叮嘱冯小文："继续给她加大速度补液，电话催检验科，看看能不能快点出结果，必须及时输上血才行，搞不好患者会再次大出血。准备好深静脉穿刺的物件，准备给她穿刺。小静脉补液太慢了，耽误事，必须搞一条大的静脉。"

"至于什么病因，还不好说，可能是痔疮大出血，也可能是结直肠癌大出血，也可能是其他原因导致的血管破裂，现在不好说，得做肠镜才知道。

"但不管什么原因，先把生命体征稳定了，用些止血药，都是很关键的。"

冯小文一一记录了下来。

就这时，有人推门而入，华武星一看，又是杜思虹。

杜思虹一进门就问华武星："曹颜青在哪儿？"

华武星跟她开玩笑："你一个呼吸内科的医生，怎么不在病房工作，还有空来急诊科指导啊。"

"怎么？不欢迎我啊。"杜思虹说。

"岂敢，"华武星也不多说，指着旁边的曹颜青，"这就是你要找的病人，她消化道大出血，有些严重，是你什么人？"

"是我同学的妹妹，让我过来看看情况。"

原来这个病人曹颜青是杜思虹高中同学的妹妹。杜思虹说："我同学远在外地，听说她妹妹便血住进了医院抢救室，刚好我是这个医院的医生，就拜托我过来看看情况。你知道的，进了医院却不认识医生，他们心里会慌的。有个熟人，心里踏实些。"杜思虹说的是实情。

杜思虹跟华武星了解了曹颜青的情况后，隐隐有些担心，安慰了曹颜青几句，然后跟着华武星出抢救室找家属聊。

曹颜青的老公一直在门口等着，见华武星和杜思虹出来，赶紧迎过来问他老婆的情况，并且反复问："会不会是流产了？出这么多血。"

华武星愣了一下："正常人不是应该问能不能救，危不危险吗？你怎么关心这个病因了？你也是搞临床的？"

"不不，我是搞软件的。"曹颜青老公说，他戴着一副眼镜，长相斯文。他告诉华武星，"刚刚查了下资料，备孕期间的女性如果发生阴道出血，要注意是不是流产。因为我们一直想要孩子，没怀上，如果这次是流产的话，那就真的太……太揪心了。"

华武星白了他一眼："流产是阴道出血，你老婆现在是肛门直肠出血，两码事。"

"不是流产就好。"他拍着胸口，像是劫后余生的感觉，"那病情严重吗？我看出了很多血，能输上血吗？"

"当然严重，裤子上全是血，床单也染红了。护士换了一次床单，又红了，都是血。"华武星给他比画。

杜思虹这时候开口了，问他："你是陶军吧，我是曹颜白的同学，我叫杜思虹。"

曹颜白就是曹颜青的姐姐，也是杜思虹的同学，还把曹颜青老公的姓名和手机号给了杜思虹，所以杜思虹知道眼前这个人叫陶军。

"对对对，我是陶军，白姐跟我说了，谢谢你啊杜医生，谢谢你们，给你们添麻烦了。也请你们尽全力帮帮我老婆。"

陶军说话很客气，说到最后，言语开始哽咽，看得出还是比较害怕的。

杜思虹安慰他："我们这里的医生很专业，一定会全力以赴的。当务之急是先搞清楚颜青为什么会出血，我们请了相关科室医生过来会诊看看，该做内镜做内镜，该动手术就动手术，争取帮她渡过难关。但医院的事情很难保证，这么大量的出血，说不定随时会发生更严重的情况，你得有这个心理准备。"

杜思虹几句话，既把病情如实告知，也让他意识到了风险，要有更坏的打算，也表明了医院不遗余力的抢救态度，陶军频频点头，说："保证积极配合治疗，钱的事情不用担心，我会想办法的，而且先前也买了大病保险。"

让陶军签了病危通知书后，华武星就赶回抢救室了，他现在要抓紧时间给曹颜青打上深静脉通道，才能加快补液的速度。

杜思虹又跟了进来。

华武星觉得有些奇怪，笑着跟杜思虹说："你不要老跟在我后面，要走在我前面才行，别人不知道的还以为你是我的规培医生呢。"

杜思虹扑哧一笑。"你想得倒挺美，"然后指着冯小文说，"你不是已经有一个规培医生了吗？还想要第二个，自己不用干活了？"

华武星笑笑不语，快速走到了曹颜青床头，做右颈内静脉穿刺置管术的准备，一边跟杜思虹说："你是博士，我可没资格做你的带教老师。你做我老师还差不多。"

杜思虹见冯小文一个人忙不过来，护士又去抢救其他病人了，便主动分担了一些活，主要是给华武星递消毒水、手套等。

"患者血压稳定一点点了，我们还有时间，不要太着急。"杜思虹轻声说。

华武星准备操作，安慰了曹颜青两句，说："在脖子上的静脉打个针，放个粗一点的管子进入，方便大量输液输血，不会太痛，有局部麻醉的。"

曹颜青这时候哪儿还管得了这些，使出很大劲儿喊了一句："能救命的都给我整上。"

大家听了她这句话，忍俊不禁。

华武星跟冯小文说："原本病人不是那么紧急的话，这个穿刺就给你来做了，但病人说不定还会有第二次、第三次大出血，必须得尽快开通大静脉，所以我就直接动手了，这次你先观摩。"

冯小文当然理解，病人这么严重，而且还是清醒的，她还是有些怯场的。

杜思虹见华武星开始进针，问他："不用做个 B 超看看定位吗？"

"不了，应该能直接穿到的，用 B 超有点麻烦。"华武星头也没抬，"等把 B 超机推过来，定好位，几分钟就又过去了，有这个时间我都做完了。"

华武星说完这句话后，随即对冯小文说："你可不要学我，常规用 B 超看看是好的，毕竟 B 超是我们的眼睛，看准了再下手。"

冯小文点头："老师你是艺高人胆大，我学不来，嘻嘻。"

"不是不怕死，而是我判断她的穿刺不困难，如果遇到一些脖子短又胖的病人，估计很难穿的，就不要直接上，把 B 超机推过来看清楚再动手会更好。这叫随机应变，懂吧。"华武星说。

杜思虹听华武星说得胸有成竹，也就不说话了，静静看他操作。

原本休克的病人静脉就会塌陷，尤其是失血性休克，这种情况下深静脉穿刺还是难度很高的。平时杜思虹自己操作都要用 B 超机定好位才能穿刺，像华武星这样直接上来就盲穿的情况，她好久没见到了。

一针见血。

三

华武星的针进入了患者深静脉，只见他手法异常娴熟，三两下就放好了管，前后不过几分钟。

杜思虹表示很惊讶，问华武星："你们科的彩超机是不是都快要生尘了？"意思是他手法这么娴熟，不怎么用彩超机，那岂不是很浪费。

华武星边收拾边说："咱们急诊科的，经常会遇到一些很复杂的情况，不一定总能拿到彩超机的，如果经常用彩超定位，我怕时间长了功力就会衰退，万一有一天没有彩超机定位了怎么办？"华武星得意扬扬地说。

话刚落音，冯小文喊了出来："老师，她又便血了！"

曹颜青也感觉到一股暖流从肛门涌出，开始慌张了，问怎么办。她原本心跳就快，现在越急心跳越快，都快飙到 130 次 / 分了。

华武星赶紧把补液接到刚刚穿上的深静脉这里，然后放到最快的速度，又拿了两瓶液体直接冲进去。

止血药也上了，但效果很差。

"血制品还没送来吗？"杜思虹拿起手机，直接打电话给输血科，问："急诊科曹颜青的血配好了没有？病人大出血，如果不能及时输上血会很麻烦的，麻烦快一些。"

"老师，她……昏迷了！"冯小文很惊讶，指着曹颜青跟华武星说。

华武星低沉着嗓子："我看到了，这么低的血压能不晕过去吗？大脑都没有灌注了，血压只有 70/40mmHg，肯定是又有大出血了。再这么下去太危险了。"

杜思虹还在跟输血科沟通，华武星一把抢过手机，吼了一句："再不把血送过来，患者就真的死在这里了，血压垮了！"

华武星也是急了。

液体正在快速涌入曹颜青的血管，但显然还没发挥很好的效果，她已经一只脚迈入了鬼门关。

杜思虹见华武星发脾气，呆立原地，久久没说话。华武星这才意识到刚刚的失态，他夺过的是杜思虹的手机。赶紧给杜思虹道歉，说："对不起，刚刚一时情急，我不是骂你，我是骂他们，他们老是压着不放血，不催一催他们是快不起来的。"

杜思虹没生气，反而柔声安慰华武星："输血科也急，但是再急也还是有流程的，必须要配好血才行，输血不能乱来。万一输了不合适的血液，患者发生了溶血反应，那就雪上加霜了。"

"是这个道理。"华武星点头称是。

等血制品时，只能继续输液、用止血药，必要时可能还得上升压药。

现在就差会诊医生了，等他们过来看了，尽早把病人弄上去做内镜看能不能止血。

说曹操曹操到。

先到的是消化内科医生，曹颜青已经失去意识了，但听诊腹部肠鸣音比较活跃，咕噜噜响，这也佐证了消化道出血。"不用怀疑，肯定是消化道出血。"

"但是人体消化道很长，拉直的话有好几米长，具体是哪个部位出血呢？现在还不好说。"

消化道分为上下两部分，上消化道是从口腔开始，一直到食管→胃→十二指肠→部分空肠（屈氏韧带为界），下消化道就是空肠→

回肠→结肠→直肠，一般情况也把空肠、回肠统称为中消化道，这样上、中、下就更好理解。

消化内科医生认为："患者是下消化道出血，尤其是结肠出血的可能性大，否则不会拉这么多鲜红色血便，建议马上做结肠镜。如果镜子进入看到有流血点，马上止血治疗就好了。"消化内科医生这个建议是很正确的。

陶军这时候已经六神无主了，反复表态："只要有帮助的治疗，都做，都签字。钱不是问题，大不了卖房卖车。"

一切准备就绪后，准备去内镜室做结肠镜。

这时血库的血终于送来了，华武星让护士赶紧把血输上。现在的情况就像一个等待援兵的落败守城将士，如果血制品不及时送过来，加上曹颜青又不断出血，那真的会兵败如山倒。

结肠镜虽然效果好，但也不是说做就能马上做，从说做到最后镜子进入患者体内，起码得几十分钟时间，可现在一分一秒都耽误不起。

这时候，华武星有些犹豫了："直接就拉过去内镜室做吗？患者现在血压都有点偏低了，万一在内镜室出事了怎么办？"

消化内科医生跟华武星想到一块儿去了，说："要不还是到你们EICU做吧。上一次有个出血的病人在内镜室，还没来得及麻醉，人就室颤了，最后抢救了几十分钟，虽然命保住了，但是因为大脑缺血缺氧时间过长，最终成了植物人。"

这件事闹得沸沸扬扬，华武星也是知道的。

不单是华武星害怕，消化内科医生自己也害怕。意外这东西，谁也说不好，必须要做好充分的准备，有足够的把握才行。"在EICU密切监护下，我们来给她做结肠镜，看看能不能止血。"消化内科医生说。

"是的，万一心跳停了或者有什么别的意外，可以立马组织高效抢救。有急诊科医生保驾护航，你们做得也放心些。"杜思虹已经见识过了急诊科医生的能力，尤其是华武星的专业能力让她尤为叹服。

华武星虽然对家属脾气冲了些，但是在抢救病人方面那是丝毫不含糊的。

说完，冯小文和几个护士就动手把曹颜青转入 EICU。

江陵那边处理完病人，也安置好了他准岳父，急忙赶过来了解曹颜青的情况，见病人已经昏迷，情况比刚才更严重，问华武星怎么回事。

华武星把事情简单跟他说了一遍，问他准岳父什么情况。

江陵一脸疲惫，说："头颅 CT 明确是基底节出血，所幸量不多，神经外科医生看过了，可以暂时保守治疗，先送神经内科，降血压、降低颅内压，用几天药物看看能不能控制下来。"

那真是祈求老天保佑了。

"周末你帮我顶个班，我得去照顾老爷子。"江陵说。

"莫雪茹是独生女，她爸妈身体状况都不好，爸爸有高血压，这次直接脑出血，妈妈有糖尿病，平时腿脚也不利索，好像是关节炎，反正就是不能依靠妈妈来照顾爸爸。莫雪茹必须请年假来照顾她爸爸了，但就她一个人照顾也太累了。"所以江陵就自告奋勇，周末两天他就跟莫雪茹轮流照顾老爷子。

华武星只好接受："你都这样说了，我要不帮你顶班，我还成了罪人了。依我看，你这次是因祸得福，准岳父住院，你鞍前马后地服侍他，一定能给你这个女婿加分，到时候更放心把女儿交给你，年轻人，党和国家考验我们的时候到了！"华武星故意把最后一句话大声说了出来。

杜思虹朝华武星说："江医生快操碎心了，你还调侃他。"

"开个玩笑而已，赶紧先处理病人。"华武星走之前，明确表态，"顶班没问题，周末我正好也没什么事做。"

进了 EICU，曹颜青的血压暂时稳住了，那是因为快速输血补液的缘故。华武星跟冯小文说："人体所有器官都需要血，因为血能带来营养物质，还能携带氧气，血液就好像一艘货轮，各个脏器都眼巴巴等着货轮的到来呢，如果血液少了，货轮少了，营养物质和氧气自然就少了，器官就得忍饥挨饿了。它们很娇贵的，不能饿太久，一天半天甚至几个小时就会出人命。"

冯小文掀开曹颜青的被子，检查了下体后，跟华武星说，"老师，出血还没完全停啊，时不时还会从肛门这边流出血来。"

华武星咬牙切齿，说："看着鲜红的血液从她肛门流出，都恨不得直接伸手进去掐住出血口。"

"真有这么容易就好了。"杜思虹眉头紧皱，刚说完就接到了电话，是从呼吸内科转过来的。

冯小文趁着杜思虹接电话的空隙，神秘兮兮地问华武星："怎么这次杜老师跟你这么熟，上一次你们还在抢救室对峙呢，谁也不让谁，这次感觉融洽了很多啊，才不到半个月时间，这不符合逻辑啊。"冯小文百思不得其解，"难道有八卦的事？"

华武星给了她一个白眼："你懂什么，这叫对事不对人，我没有做错，她干吗要针对我呢。何况上一次我们也不是对峙啊，这不是充分交换了各自的专业意见嘛。"

冯小文扑哧笑了："好好交流，好好充分交换各自的专业意见，当然没问题。"

正说着，杜思虹回来了。华武星问她要不要先回自己科室干活，这里交给他们就行了。杜思虹说："这会儿已经处理完病人了，科里还有几个医生盯着，不碍事。"

病人情况危急，华武星本想把老马找过来看看，但冯小文说马主任刚刚又去了医务科，好像是有什么要紧事。既然如此，华武星也不找他了，估计他也在忙，只是让冯小文用自己的手机给老马发了条短信。"就说科里来了一个大出血的病人，情况危重，现在请内镜在看。"

此时曹颜青仍然是失去意识的，所幸血压已经基本回升了。

没多久，消化内科医生推着内镜来了。因为病人失去意识了，加上还可能随时出血，病情危重，另外也不排除脑袋的问题，比如有脑出血或者脑梗死，可能下一步就会影响到呼吸中枢，出现呼吸衰竭，所以华武星决定先给病人做气管插管，接上呼吸机，再来做肠镜会更加安全。

华武星说完后，看了杜思虹一眼，寻求她的意见。

杜思虹赞同华武星的观点，说："昏迷也容易误吸，有气管插管保护就能减少误吸发生的概率，减少肺炎的发生。"

"那就好。"

杜思虹说："我去跟家属说吧，毕竟病人是我同学的妹妹，理应关心一些。"

华武星也同意，并且让冯小文跟着去。

陶军的确是很关心老婆的安危，而且杜思虹又是他大姨子的同学，所以非常信任她，杜思虹说要气管插管接呼吸机，要做结肠镜，等等，他都同意，什么也不看就签了字，特别爽快。杜思虹也安慰他："我们一定会尽力抢救，你先等着，别走开。"

陶军红着眼睛，点头，不说话。

一切都交给医生了。

四

等杜思虹和冯小文回到病房一看，华武星已经给曹颜青插上了气管插管，呼吸机也开始扑哧扑哧打气了，病人体位也已经摆好，准备做结肠镜。

杜思虹有点责怪华武星："不应该那么快插管的，起码得等签好字再动手。"

华武星说："他肯定会签字的，迟插早插都是要插的，插上了我们都放心一些。"

"万一家属不同意呢？"

"不会的，他肯定会同意。除非他不要老婆了。"华武星笑着说。

"我是说万一，万一人家不同意，你怎么办？"杜思虹很纠结这个问题。

"那就拔出来呗。"华武星边帮忙进结肠镜，边若无其事地回答杜思虹，"这根管子就不收费了，我也当白干了，不收她钱。"

过来给病人做结肠镜的消化内科医生叫黄可真，跟华武星同年入职。他听了华武星的话后，笑着说："人家都叫华医生为华大胆，今日一见，果真如此啊！"

"黄兄你这是取笑我还是挖苦我啊？"华武星接他的话茬说了一句。

"岂敢啊，就是单纯佩服你，换了我们，没有家属签字，那是绝对不能干活儿的。"说到这里，他缓了一下，"有签字当然更保险，但有时候是等不到签字的，为了等签字而耽误病人性命的事情，也不是没有发生过。"

他又接着说："但如果没签字就干活儿，万一家属不认账，那又会惹出一筐破事。"

两头为难。

黄可真说的是事实，杜思虹也理解。其实杜思虹不是纠结怎么收费的问题，她是担心华武星。虽然这是一个小细节，但足以看出华武星不是一个循规蹈矩的人，一般情况下没有家属授权签字是不应该先操作的，但华武星说的也有道理，及早插上更安全。

看着华武星忙碌的身影，杜思虹陷入了沉思，她知道华武星所做的一切都是为了病人的安危，但有时候他的行为的确会把自己推上风口浪尖。就像上次一样，病人胸痛那么厉害，而且才发生过心跳骤停，他竟然敢冒险强推出去做 CT，这些事情杜思虹以前是想都不敢想的。

"快看！"华武星喊杜思虹。

杜思虹这才把思绪拉了回来，但见结肠镜从患者肛门进入，一直看到了直肠、乙状结肠、降结肠、横结肠、升结肠……反复看了好多次，也冲洗了很多次，愣是没有看到出血点。

"没看到出血点？"华武星疑惑了。

"自行止血了吗？"杜思虹猜测。

反反复复看了几次，依旧没看到哪里有明确的出血点，黄可真都快哭了。

　　"为什么会这样呢？"黄可真分析，"可能根本就不是结肠出血，结肠镜只能看结肠，没办法看更上面的回肠和空肠，毕竟结肠镜这么粗并且就这么点长度，大把地方是它鞭长莫及的。"

　　"说不定出血点是在空肠和回肠，甚至胃出血也可能导致便血，但是一般情况下胃、十二指肠出血不大会引起鲜红色血便，一般会是黑色血便。因为胃和十二指肠这么高位的肠管出血，血液经过好几米长的小肠再排除肛门，早已经不新鲜了，早就在肠道内被消化掉，变成黑色了。"

　　"那就做个胃镜看看？"华武星建议。

　　"这也是无奈的选择了。肠镜没发现问题，做个胃镜或许会有发现，也或许没发现，但还能怎么样，现在只能走一步看一步。"杜思虹说。

　　黄可真把镜子退出来了，改做胃镜。

　　胃镜是从口腔进入。幸亏病人已经是昏迷状态，否则还得用麻醉药。

　　可惜的是，一阵捣鼓之后，胃镜也没发现问题。

　　大家面面相觑，黄可真额头都在冒汗了。太不可思议了！

　　华武星缓缓说道："这么看来，说不定是中消化道（空肠、回肠）那里有一个血管破裂了，正气势汹汹地出血，而我们的胃镜、肠镜都没办法达到中消化道，所以没办法止血。"

　　"应该是这样的，除此外没有原因能解释。"黄可真赞同华武星的意见。

　　"幸运的是，患者出血自行止住了。"杜思虹松了一口气。

　　华武星看了一眼心电监护，曹颜青的生命体征趋于稳定。而她的脸色也逐渐转红润。"看来的确是没有活动性出血了，再加上输血的缘故，休克初步得到逆转。"

　　杜思虹科里还有事，就先回去了，走之前拜托华武星好好照顾曹颜青，病人姐姐明天会过来看她，到时候杜思虹也会来，希望病人有好转。

"出血灶还不明，估计还悬啊。"华武星担忧。

"话虽如此，也只能尽力而为了。"说完杜思虹就走了。

冯小文把病人的化验结果递给华武星，看到血红蛋白只有60g/L："这属于重度贫血了，出血量肯定不少，难怪一下子晕过去了。"

华武星忙完后，出去告诉陶军："病人出血暂时停止了，内镜没发现出血病灶，还是存在再次出血的可能，目前只能观察，情况再稳定一些之后，还要进一步检查。"

陶军吞吞吐吐，问了华武星一个问题："这次大出血，会不会影响以后怀孕？因为我们俩备孕三年了，一直没怀上，是不是这次以后就更加难了？"陶军还说，刚刚当着那个女医生（杜思虹）的面不敢问，因为她是大姨子的同学，怕影响不好，现在面对华武星一个人，他就迫不及待想知道这个答案了。

华武星哭笑不得："你不是应该问你老婆能不能活下来吗？问什么还能不能生孩子。刚刚不是说过了吗？这是肠道出血，不是阴道出血，跟生孩子没关系。"

陶军似懂非懂，也被华武星说得一脸蒙，说："因为我们俩都很担心生不了孩子这个问题，如果还不行，可能就要准备做试管了。"

"先过了这关再说吧。"华武星丢下一句话就回病房了。

不久后老马回来了，了解完曹颜青的情况后，给了几点指示：

第一，要跟家属充分沟通好，这个病人随时可能再次大出血，再次出血可能性命不保，提前沟通好。病情变化前沟通一句，远比病情变化后沟通一百句要好。

第二，血压不能升太高，以免出血口再次破裂引起大出血。

第三，等病情再稳定一点，尽快拉出去做个胸腹部CT，看看有没有异常发现。

第四，提前跟介入科沟通好，这个病人再出血的话，就送到介入科，看看能不能找到出血灶，栓塞止血。

第五，也把外科医生叫过来，让他们给点意见，看要不要外科手术。白纸黑字写下来。

"这种病人不要自己大包大揽，必须把可能相关的科室都请过来看一看，这对病人好，对我们也好，我说过很多遍了。"老马再次强调。老马不愧是经验丰富、成熟老到的医生，作为科主任，他要统筹大局，既要看疗效，也要权衡风险。这一点是华武星还需要强化学习的。

看完病人后，老马把华武星叫到办公室。

老马往座位上一摊，告诉华武星："我们科被投诉了。"老马表情不大好看。

华武星一脸蒙："近期我好像没有做出格的事，怎么还被投诉，是孔有尚家属？"

"不是你，是江陵。"老马叹了一口气。

"那你找他啊，你找我干吗？"华武星笑着说，"他也有今天啊，哈哈，哪个病人家属投诉他的？说他态度不好？服务不到位？脾气暴躁？还是啥？我很好奇。"

老马扔了一沓纸在桌面上，让华武星自己看。

华武星拿过来，仔细一看，是医务科汇总的几种昂贵的口服中成药使用记录，总共有两百多个患者用了，而且署名都是同一个医生，江陵。

"这几种药都还没正式进入医院，江陵怎么就能开处方给患者呢？"

再仔细一看，这些药都是患者自备的。

老马知道华武星的疑惑，说："这些药都是江陵让患者在外面药店买的，买了回去自己吃。"

"为什么啊？"华武星没想明白。

"有几个病人联名投诉到医务科了，药物、处方、亲笔签名什么都有，图片、视频都有，说江医生以此谋取暴利，这几种中成药价格昂贵，效果也一般，就跟安慰剂一样，说他为什么要开给这么多病人使用。"

华武星没说话，继续看着记录，这些处方最早是半年前开的，最新的一个就是前天。

老马问华武星："有什么想法？说来听听。"

华武星能感受到老马胸口的怒气，还夹杂着失望。

"你跟我说这事，是为了什么？"华武星不解，"是让我跟江陵做工作，让他回头是岸？"

老马点头，说："这件事医务科潘主任暂时压下来了，先找我商量，看看当中是不是有什么误会，能不能大事化小，小事化了。这件事如果闹大了，不单是他受处分，就连我们科，甚至我们医院都会受到波及。你想啊，现在一人一个手机，每个人都能发新闻，什么乱七八糟的东西都往网上传……"

"我刚刚回来一肚子气，本来想先找江陵出口气的，后来护士告诉我说他去神经内科了，还说什么岳父中风了，那小子现在估计也是焦头烂额，我就先忍了下来，干脆先找你。他跟你关系最好，你了解完后跟我汇报，我再看怎么处理。"

"行了，我找他聊聊，再做打算吧。"华武星也感到疑惑，"这不像江陵的为人啊，他怎么会摊上这种事呢，不会有什么误会吧？"

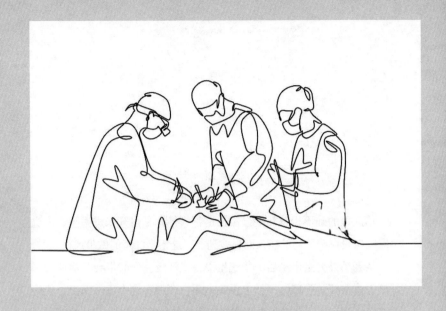

9
———

烤羊肉串

短短几分钟时间，小伙子死里逃生。

一

华武星的确不相信江陵会做出这种事情，私自开未进医院、未进医保的昂贵自费药物给病人而谋取利益，这不是江陵的做事风格。

从老马办公室出来后，华武星没去找江陵。一时半会儿他还没想好该怎么跟江陵开口，再加上手头上还有曹颜青这个危重病人，他得先安排好治疗，叮嘱好冯小文需要注意哪些病情变化。

"病人情况逐步稳定下来了，但这是假象，因为出血病灶还没找到，随时还可能再次大出血。"华武星跟冯小文说，"等血压稳定一点再推去完善 CT 检查。"

一直忙到下班时间，华武星才抽出空来，去抢救室找江陵，护士霍婷婷却说江陵刚走了，问去哪了，说不知道，大概是去神经内科照顾岳父了。

用江陵的话说，那还不是岳父呢，是准岳父。但大家都把他当成江陵的岳父，也把莫雪茹当成江陵的爱人。

霍婷婷跟江陵接触比较多，因为两人都在抢救室值班，如果江陵在给病人开的处方上动了什么手脚，霍婷婷有可能知道。于是华武星直截了当地问她："江陵那小子这段时间有没有什么异常？跟病人和家属之间，有没有什么不对劲的？有没有起过什么冲突？"

霍婷婷没想到华武星会这样问，不假思索地笑了："江医生能跟家属起什么矛盾？实在要有矛盾，都是病人和家属找上门来，江医生才不会去惹他们呢！"

"有没有家属抱怨过江陵开错药或者嫌医药费昂贵之类的？"华武星继续问。

华武星这么一问，太直接又太唐突了，搞得霍婷婷莫名其妙："华哥你这是什么意思？有人要来闹事吗？江医生犯错了？"

华武星示意霍婷婷别那么大声嚷嚷，免得其他人听到了："这个你别管，你就跟我说说，有没有这种情况？"华武星压低了声音。

霍婷婷放下手头的工作，一本正经地跟华武星说："华哥，江医生可是出了名的好人，如果有人要欺负他，你们可得帮着他啊。你知道他那个人，善良、脾气好，对同事、对病人都是好得不得了的。"

"你这都扯哪儿去了？谁说有人欺负江陵了，我是问你，有没有病人或者家属当面抱怨过江陵开的药昂贵或者开错了的？"

"哪个医生不会遇到几个这样的家属呢？有时候你开了几瓶维生素都有人嫌贵的啊，这能说明什么问题？"霍婷婷是铁了心要维护江陵。

华武星知道从霍婷婷这里是得不到什么消息了，也是自己一时糊涂，江陵如果真的私底下开一些未进入医院的口服药，又怎么会让护士知道呢？这种事情多一个人知道就多一分风险。

华武星刚想走，霍婷婷喊住了他。

"还有什么事？"华武星问她。

霍婷婷吞吞吐吐，似乎有什么事要告诉华武星，但又犹豫不决。华武星起了疑心："到底什么事？痛快说了，不说我可走了。"

霍婷婷这才把华武星拉到一旁，一五一十地把事情告诉了华武星。

霍婷婷说："之前有个病人，是附近工地的工人，急性肠胃炎，上吐下泻很严重，都脱水了，江医生要给他输注一些补液，但病人看到费用比较高，就拒绝了，说只需要开点药回去吃就好了。江医生看他血钾也很低，如果不及时把血钾补上来怕会出事，就让他口服补钾水，但病人喝了一口就全吐了，说太难喝了。你也知道，氯化钾溶液都是很苦涩的，难怪病人喝不下去，江医生后来想办法让病人兑着果汁喝，谁知道病人死活不同意。

"不同意那就输液吧，但病人看到总费用要几百块钱，又不乐意了，怕花钱。看病人装束，估计也是没什么钱，江医生心眼好，说几百块对他们来说可能够一个月伙食费了，就塞给我五百块钱，让我瞒着病人帮他交押金，然后跟病人说这药是医院送的，我一听就反对啊，医院什么时候出台政策可以送药了？病人肯定也不信啊，但江医生执意要这么做，我只好听他的，按他说的做。

"病人见药费一下子便宜了很多，就同意输液了。等他好得差不多时，又不知道从哪里得来的消息，知道这药竟然是江医生送给他的。然后一脸困惑地离开了诊室。

"我很纳闷，为什么江医生要做这件事，急诊科那么多病人，可怜的病人天天都有，像他这么好心肠，哪儿帮得过来啊！我头一回见这样的医生。在我的追问下，江医生才告诉我，这个病人有个女儿，在上大学，他省吃俭用供女儿上大学，自己生病了也不舍得花钱买药，实在太可怜。如果不及时用抗生素和补充氯化钾，病人的病情可能会进一步加重，那将会花更多钱。

"我又好奇，江医生是怎么知道人家有个上大学的女儿的呢？后来江医生才告诉我，病人跟他是老乡，说着一样的家乡话，病人在走廊打电话给老伴的时候提起了他们的女儿，病人以为周围没人听得懂他们说话，没想到江医生恰恰听懂了。江医生说，即便不是老乡，见他一家子不容易，能帮也会搭把手。

"江医生千叮万嘱，不让我把这件事告诉其他人。我就笑他，这是雷锋做好事不留名啊。但江医生的意思是，多一事不如少一事。华哥，我今天没遵守诺言，把这件事都告诉你了，实在是担心那个病人回来找江医生麻烦，那天他一直唠叨着医药费贵，还问江医生是不是开错药了。我自己琢磨着，江医生可不能因为这件事吃了亏！你得帮他说话！"霍婷婷望着华武星，眼神充满期待，看得出她很关心江陵是否会因为这事被冤枉。

华武星了解江陵，霍婷婷说的事很可能是真的。

"江医生这么好的人，如果到头来还要被病人倒打一耙，那可真让人心寒了！"霍婷婷又说。

"放心吧，不是为了这事，那病人也没有回来找江医生麻烦，有人帮他交钱，他高兴还来不及呢，怎么会回来找麻烦，他回来不怕你找他要钱啊？"华武星又好笑又好气。

"那是为了什么事？江医生有什么麻烦事了吗？"霍婷婷一脸担忧。

"没事了，我就随口问问而已，上头让我过来调查，暗中循例调查，每个医生都要问一遍。"华武星随口胡诌，应付着霍婷婷，以免她穷追不舍。

霍婷婷半信半疑，但华武星不再说什么，她也不好再问什么。

回到值班房，华武星拨通江陵的电话，江陵的确是去了神经内科。原本华武星想把老马说的事跟江陵讲，但后来忍住了，在电话里讲不清楚，必须当面讲。但现在江陵又在忙他岳父的事情，跑上跑下，也是够折腾的，所以华武星想着晚一点再讲。

但犹豫再三，还是决定讲，怕事情拖太久会更加糟糕。

华武星没有直接讲，而是旁敲侧击，问那些药是怎么回事，有家属找上来问。

江陵开始不认，顾左右而言他。华武星就把医务科那一沓纸的事抖了出来，还拍了照片发给江陵看。

江陵这才没话说。

"江陵，你现在是不是特缺钱，是的话你开口跟我讲啊，你搞这乱七八糟的干吗呢，你不累吗？"华武星质问他。华武星和江陵是老同学，上班后又在同一个单位，关系很铁，也只有华武星敢这样指着江陵骂。

江陵还是选择沉默。

"是不是买车那件事？钱不够？钱不够我借你啊，你这回真的掉泥坑了你小子。"华武星恨恨地说，"想不到你平时挺聪明的，在这件事上却糊涂至极。你以前可不是这样的，我记得以前有个心梗的病人，揭不开锅那种，你还帮人家支付了一笔医疗费用。你这变化让我措手不及啊，兄弟。"华武星没有提刚刚霍婷婷说的那件事。

以华武星对江陵的了解，江陵如果真的做了这件事，那肯定是有苦衷的。江陵不富有，但他是相当有操守的，为病人奔波，有时候为了替病人省几个钱，他愿意多干很多活。试问这样一个人，怎么会无缘无故做出这种事呢？

华武星也是百思不得其解。

"你说说怎么回事，还有什么是瞒着我的？那几个医药代表，是你找他们的还是他们找你的？"

江陵开口了，说："这件事说来话长，有时间再慢慢跟你讲，先处理雪茹爸爸吧，另外拜托你，这件事先别声张，绝对不能让雪茹爸妈知道……"

"那雪茹呢，她知道了吗？"华武星敏锐地发现了事情非比寻常。江陵只说不能让雪茹爸妈知道，没说不能让雪茹知道，要么是雪茹已经知道了，要么是不怕雪茹知道。华武星猜测莫雪茹是知情者。

江陵停顿了一下，才开口说："雪茹一早就知道了。"

"她也由着你这么干？"华武星觉得不可思议，"这种药可是鸡肋啊，都还没进入医院，你就开给病人到外面买，而且是中成药，这不得不让人想入非非啊，你这不是顶风作案吗？"华武星越说越气。

"雪茹是不同意的，但我还有什么办法呢？"听得出江陵也是很痛苦。

既然说开了，那就干脆把事情都跟华武星说了。

二

莫雪茹是偶然发现江陵暗地里开这些药收提成的。有一次莫雪茹下班后来医院等江陵，看到江陵在给一个病人开处方，而那个病人问："为什么这个药要去外面买？听说这个药不便宜啊，医院没有吗？"江陵说："这个药对你的病情有帮助，医院暂时没药了，只好去药店买。你可以网购，但是网购怕买到假药，你自己选择吧。"

事后莫雪茹问江陵这个药是干吗的，为什么要到药店买。江陵不习惯撒谎，支支吾吾的，莫雪茹已经有点怀疑了。后来无意间看到江陵的手机银行卡有一笔来源不明的收入，上万块钱，经不起莫雪茹的盘问，江陵只好和盘托出。

医生收取药物"回扣"，放在以前医改还没深入的时候，其实有一部分医生或明或暗做这种事，加上正常收入比较低，平时工作强度大，跟收入不成正比，这种灰色收入就在医生群里默认了。大部分医生用的药品对患者还是有效的、应该使用的，医药代表也能把好药销出去，这种以药养医的情况持续了很长时间。

自从医改后，医生的灰色收入断了，药品回扣这件事情也成了医生不能触碰的底线。当然，医生正常收入也有所提升，但总体收入还是受到很大的影响，这个情况莫雪茹也是知道的。她自己也清楚，江陵这样不分昼夜地上班、干活儿，每个月就那么一两万块钱，有时科室的医保限额超了，还要科室和医生自己往里垫付，确实是跟他的知识和付出严重不对等，身边干其他行业的同学到这个年龄段都已经买房买车了，而江陵还是租房子住，连买车的钱都得七拼八凑，实在是憋屈。

莫雪茹查过资料，江陵推给病人的这几个药价格很高，也还没进入医保，要患者自费购买。莫雪茹跟江陵说过几次，不能干违背良心的事，钱可以少赚些，慢慢来，只要大家健健康康的，那就很幸福了。

道理江陵都懂，但是每次要拿钱出来办事的时候，江陵就捉襟见肘。就比如这次买车，原本打算买辆30万出头的车就好了，但雪茹爸妈非得要买60万左右的豪车，这其实已经超出江陵和莫雪茹的承受能力了。但莫雪茹爸妈把这件事上升到尊严的高度，亲戚结婚的婚车是60多万的，大家经常有对比，这次肯定也有对比，总不能比人家矮半个头吧。

江陵虽然工作了差不多10年，有点小积蓄，但是父母都在老家，而且年老多病，没有工作，也没有退休金，都等着江陵寄生活费和医药费回去，这已经让江陵有点经济压力了。为什么江陵跟莫雪茹谈了好几年还没结婚，就是因为没积蓄，也没有房子，拿什么结婚？

"这回好不容易把这事提上日程，莫雪茹爸妈又强硬要求买豪车，我有什么法子。我总不能去抢银行吧，也不能卖血吧，咱们一个月能挣几个钱你我都心知肚明，不搞点外快，这日子哪儿有盼头。"

江陵在告诉华武星这些时，内心是酸涩的，他平时不会在别人面前流露这些感情，但在好兄弟华武星面前，他再也忍不住了，像洪水决堤一样，一肚子的苦水都跟华武星倾吐了。

华武星跟江陵不同，他没有女朋友，没有结婚的压力，而且他妈妈身体还好，又有退休金，日子也过得还行。他直到现在才体会到江陵的无奈。

"但即便如此，也不能开这种药来获取收入啊。"华武星压低了声音，"如果被查到，记几个处分，说不定你的职业生涯也毁了。"

"我哪有耽误患者，该开的治疗药物我一个不少，我只是额外加了几种药，这几种药安全性很好，而且我开的对象都是家庭条件好一点的，能够支付得起，他们只是多付点钱而已，病还是照样治好了。"江陵反驳。

"而且，这都是我应得的收入，我一天干活儿10个小时以上，天天中午饭来不及吃，晚餐时间都是别人的夜宵时间了，工作快10年了，作为医生那么辛苦拼搏，现在连结婚都还要被别人看低一头？"江陵反问华武星。

"干咱们这一行，本来就不要想发财啊。"

"我不想发财！我只想有尊严地活着！有尊严而已！这要求很高吗？"江陵在电话那头近乎歇斯底里，又极力压抑。

两人陷入了沉默。

许久，江陵才接着说："外行人以为咱们干医生的有多风光，但其实有多苦只有我们自己知道，好处都被资本捞了，我们在一线能捞多少，就是搬砖的，我那几个高中同学都在市区买电梯楼了，只有我还租着破旧的小区苟延残喘着！你能体会吗！你不也买房了吗？"

华武星一时哑口无言。江陵说的都是事实。

"另外，你知道这几个药都是哪个厂的吗？知道是谁跟我在碰头吗？"江陵问华武星。江陵所说的碰头，指的是医药代表。

"不知道。"

"好吧，到时候你就知道了，我今天暂且不说。"江陵没打算都告诉华武星。

"不说那么多了，明天我直接跟马主任汇报吧，该怎么处罚我都接受。我这儿还有点事，先挂了。"江陵说完后挂了电话。

华武星一时之间心潮起伏，大脑一片混乱。他印象中的江陵，跟自己都是嘻嘻哈哈的，他也经常调侃江陵，江陵有时候也会回怼他，两人平日里在言语上互相交锋，甚至有时候会破口大骂，但那都是很舒坦的，不像今天这样，华武星突然感觉自己不认识江陵了。原来江陵有这么多事情是自己不知道的。包括刚刚霍婷婷讲的事，自己也丝毫不知情。江陵的悲伤、苦楚、自卑、彷徨、无助，华武星都没有真正体会到。

他突然觉得自己一直都没有真正认识江陵。

华武星拿起手机，准备回拨给江陵，又不知道该说什么。思来想去，只好给他发了一句话："有什么困难跟我说，咱们是兄弟。"

江陵很快就回复了："有，周末还是要帮我顶班。"

看到这个回复，华武星差点笑出眼泪。

"记下了。"华武星回复，"到时候得请我吃几顿羊肉串。"

江陵没再回复，估计忙去了。

华武星找到老马，把江陵的事情简单反映了，霍婷婷说的事也一并讲了，毕竟这件事对江陵来说是个加分项，一个时刻为病人着想的好医生，为什么会去卖这些药来提高收入，这让人感到很悲哀。

老马听后叹了一口气："那小子，他也是真糊涂啊。"

"另外，"老马告诉华武星，"潘科长那边刚刚查过了，投诉江陵的不是患者也不是家属，而是其他的医药代表。"

"行业竞争？"华武星睁大了眼睛。

"估计是，还有几种药想进来我们医院，但没能进来，后来这几种药也跟附近的药店有合作，试图打通医生这边，帮他们开处方到外面买，以提高销售量。估计江陵没同意，所以人家怀恨在心，搞个玉石俱焚，同归于尽什么的。"

"那几种药分别是什么？"

"都是些通血管的药物，有个别副作用还挺大的。"老马说，"江陵那小子开的几种药的确是安全系数很高的，而且应该有疗效，我看也有不少研究数据，但是医院还没进这批药，药物也还没进入医保，理论上咱们应该少开，更不能这样大张旗鼓地开。"

"他很谨慎，只赚钱，不惹事。但没想到还是出事了。"老马说。

"至于潘科长是通过什么渠道查到的，我们就不知道了，我们管好我们自己的事，江陵这小子，我也挺喜欢他的，你们俩都是咱们科的骨干，现在科室病人多，值班忙得焦头烂额我也是知道的，大家的收入在医院来说不算高，我也已经跟医院反映了，要调整咱们的绩效计算方法，增加大家的收入，否则这样下去不是办法。"

"算了吧，年年都反映，若反映真有效，也不至于现在这样。"华武星愤愤不平。

"不努力一下，你怎么知道不行呢？"老马白了他一眼。

"那江陵怎么处理？"华武星关心这个。

老马说："明天跟潘科长商量一下，毕竟这事潘科长已经知道了，听听她的意思。"看华武星有些担心的样子，老马笑着说："放心吧，现在还没捅出大娄子，医院层面对江陵的处分不会很严厉，起码还不至于吊销执照，但警告处分是肯定的，前提是要他及时收手，别再碰这些乱七八糟的东西了。"

老马叹了口气："培养一个优秀的临床医生不容易，但要毁掉一个优秀的医生那就简单多咯。"

说完又眯着眼睛点起了烟。

"还有，让江陵有什么难处跟我们提，我们尽可能帮一帮。"

三

离开老马办公室后,华武星思绪有些混乱。江陵是他最好的朋友,江陵出了这种事,华武星自然心情好不到哪儿去。华武星心情不好时,都会去看看病房的病人,分析一下病人的化验结果,时间很快就会过去,烦心事也会暂时忘却。看了曹颜青的情况,也看了一圈其他病人,都还算平稳,华武星才去更衣室换衣服准备下班。

刚到医院门口,就接到了杜思虹的电话。

杜思虹兴致勃勃地问华武星还在不在医院,得到肯定回复后,马上问要不要一起去大排档吃烧烤、喝啤酒。华武星原本想说不去了,今天累了一天,再加上江陵的事情让他有些情绪低落,但转念一想,人家女孩子第一次叫自己去吃饭就拒绝,面子上也过不去,只好答应了。

杜思虹说还有一个同事:"心电图室的,你也认识,古蕴,我闺密。"

华武星听说还有第三人,略显失望,但随即答应了下来:"正好有酒喝,那就喝几瓶清凉一下也好。"

此时已经差不多晚上 7 点了,华武星打电话给沈大花,说今晚不回家吃饭了,跟同事到外面吃。然后按照杜思虹给的地址找了过去。

大排档就在医院不远处,走路也就十多分钟。

华武星偶尔会来大排档吃饭,有时候是老马带他去,有时候是跟江陵去,有时候是科室聚餐,都会选择大排档。大排档跟酒店的气氛不一样,尤其是科里的小护士,特别喜欢大排档,可以烧烤、可以吆喝、可以喝酒猜拳,往疯了玩。平时大家被生活、工作压迫得喘不过气来,但只要来到大排档,那种烟火气,一下子就让大家忘记烦恼。

华武星远远就看到了杜思虹,旁边还坐着一个女生,仔细一看,的确是医院心电图室的古蕴医生。菜差不多都上了,羊肉串、牛肉串、烤生蚝、烤韭菜苔啥的都有,啤酒也有好几瓶。看来她们很早就到了。

大家寒暄了几句，华武星虽然认识古蕴，但跟心电图室打交道不多，不算太熟。

"当然啦，急诊科的心电图都是自己做自己看、自己下诊断的，用不到我们心电图室，所以不经常碰头。"古蕴笑着说，"等到我们心电图室的人赶过去，可能黄花菜都凉了。你们是全能的嘛，样样精通。"古蕴当着华武星的面称赞急诊科。华武星谦虚了几句。

杜思虹告诉华武星："今天难得轻松一些，刚好古蕴说想吃烤羊肉串，大家就出来了。"古蕴已经结婚了，孩子都 3 岁大了，她告诉华武星："很久没有独自一人在外头吃饭，这段时间也幸亏是家婆来了，才能松一松，否则哪儿有机会出来浪。"说完咯咯咯笑个不停。

"今天这餐，算我的，我请客。"杜思虹笑着说。

"怎么突然请客啊，是不是谁生日啊？"华武星问。

这句话惹得古蕴一顿笑，说："你是真的不知道还是装作不知道啊？"

华武星一脸蒙："我是真不知道啊。"

杜思虹忙解释说："不是谁生日，上次不是说了嘛，我错怪你了，还把你数落了一顿，我觉得过意不去，也把这事跟古蕴说了，的确是我做得不对，所以我就想请你吃顿烧烤，当赔罪。"

华武星哑然失笑，说："上次在小区楼下不是已经吃过饭了嘛，怎么你还这么客气。"

"上次是你请的，这次是我请的，不一样。"

"好的，我也有做得不对的地方，这杯酒敬你。"华武星举起杯，敬杜思虹，"希望咱们喝了这杯酒，就真的一笑泯恩仇了，以后还得请你多多指教。"

"多多指教。"

华武星这时候也是肚子饿了，吃了几串羊肉串，喝点啤酒，杜思虹又问起曹颜青的情况，华武星把大致情况都跟她说了："就那样了，看看做了 CT 有没有别的发现。"

华武星为了江陵的事心情有点低落，杜思虹心思敏锐，察觉到了华武星的情绪，问："是不是有什么不开心的事情啊？我不介意当垃圾桶让你发发牢骚。"

如果不是古蕴在旁，华武星或许就把江陵的事跟杜思虹分享了。自从上次跟她深入交流后，华武星觉得跟杜思虹善解人意，不由自主就想跟她分享自己的苦恼，尤其是现在，同学、朋友们都已成家，晚上能拉出来喝喝小酒、聊聊天的就更少了。当然，华武星本身工作也忙，也没有时间去参与这些社交。

也正因如此，沈大花才着急给华武星找对象。

华武星说："工作上的确有些发愁的事情，EICU 病人多，每个都挺复杂的。"

古蕴很好奇，问华武星："整天在 EICU 这种环境工作，尤其是急诊科天天还要抢救什么的，会不会工作压力特别大，会不会失眠啊、神经衰弱啊之类的？我们虽然工作也忙，但都是一些重复性的工作，病人来了上床，拉起裤脚，挽起袖子，涂酒精，贴电极……时间长了有些枯燥，但急诊科工作不一样，分分钟都是出人命的事情。"古蕴特别好奇华武星的工作。

华武星告诉她："压力肯定是有的，刚开始的时候值班都睡不好觉，一个晚上都在处理病人，好不容易可以歇一歇，一听到护士的脚步声，就知道病人情况不好了，不用等护士叫，自己就骨碌一下爬起来了。后来熟悉了就好一些，倒下就睡，实在是太累。"

"会失眠吗？"

"那倒不会，我是怕不够睡，不会失眠。"华武星笑着说。

大家又聊到了杜思虹，华武星也好奇杜思虹的博士是在哪里读的，读博士是不是很有趣或者很辛苦，等等，杜思虹都一一回答了，两人通过一问一答的形式，大致把双方情况都了解了。

最后古蕴眨巴着眼睛问华武星："有没有女朋友？"

华武星很老实地说："没有。"

"你样子也过得去，还是急诊科干将，就没有哪个小护士看上你？"古蕴不相信，笑着追问华武星。

"真没有，我这种年纪对护士来说算是大叔了好吧，我妈现在倒是天天给我张罗对象。"华武星苦笑着说。

"那你从来没谈过恋爱？"古蕴直截了当问华武星。

"呃，谈过，已经很久了，10年前。"

"分手了？"

"嗯。"

"怎么回事？她嫌弃你？还是你嫌弃她？"古蕴眼珠子咕噜噜转动，准备打破砂锅问到底。

华武星没有打算分享这么多，毕竟那都是不愉快的经历。杜思虹见华武星面露难色，忙推了一下古蕴："好了好了，你怎么这么八卦啊。"

"同事一场嘛，增进了解很正常啊。再说了，我身边还是有很多单身的姐妹资源的，万一有合适的，说不定我还能当当月老呢。"

华武星起初不愿意多说，但看古蕴和杜思虹似乎饶有兴致，而且也那么多年了，该放下的早就放下了，几杯啤酒下肚，缓缓开口说："读大学那几年，交过一个女朋友，两人相处也很愉快。但快到毕业了，她提出让我去她家那边工作，因为她找到了一份比较好的工作，是一家著名的医药公司，算是国内很大的公司了，听说各种待遇福利都很好。我拒绝了，因为这边只有我妈一个人，我爸走得早，我妈辛苦把我拉扯大，我不能抛下我妈一个人在这个城市。为了这事，我们俩商量了很多次，后来就吵了起来，吵着吵着就分开了。

"各种难听的话都说了，后来想想有些后悔，但说出去的话就跟碎了的镜子一样，粘不回来，即便勉强粘回来了，也是有裂痕的，干脆我们就分手了。分开后她回她家那边的城市发展，我就留在这里工作，这样算起来，我们也有差不多10年没联系了。

"她把我的联系方式什么的都删了，电话也拉黑了。

"就这样。"

华武星说完后，淡淡一笑，似乎已经放下了，又似乎还有一丝心酸。

"10 年了，没联系过？"古蕴异常惊讶，"大学的恋爱不靠谱，多数都是毕业意味着分手。"

"没联系。"

"华医生是个念旧的人吗？"古蕴笑着问。

"我喜欢听经典老歌，不知道这算不算念旧。"华武星说完后望了杜思虹一眼，两人随即想起那天在小区餐厅吃饭的场景，当时餐厅播放的都是经典歌曲，不由得觉得好笑。

杜思虹也抿嘴一笑，说："这个我倒可以作证。"

华武星朝古蕴说："你如果不问我，我都忘得差不多了，不过都无所谓，我之前听江陵说，她好像已经升到什么大区经理了，混得风生水起，不过跟我没关系。"

"哎，不说过去了，咱们期待未来。"古蕴抓起酒杯，跟华武星、杜思虹说，"我以茶代酒，敬大家一杯。"

"干了。"

喝了几杯后，又吃了些肉和菜，古蕴说孩子找她了，得先回去，让华武星和杜思虹继续吃，继续聊。说完她就走了，杜思虹拦也拦不住。

古蕴走了后，气氛一下子异样起来。

华武星不知道该说什么好，杜思虹也有些不自在，远没有他们俩第一次在小区楼下餐厅吃饭时那么轻松。

两人各自安静地吃着烤串，喝着啤酒，跟这吵闹的大排档环境似乎格格不入。隔壁桌的年轻人现在还玩起了掰手腕的游戏，尤为激烈。

还是华武星打破了僵局，跟杜思虹讲急诊科的趣事。说前几年也是在大排档，几个年轻人玩猜骰子的游戏，赌注是谁输了谁就喝一罐啤酒，有一个年轻人一连输了几盘，后来怒了，说如果这盘还不赢，就把那几个骰子都吃到肚子里去，结果他还真的输了……

杜思虹觉得又好笑又害怕，说："他该不会真吃了吧？"

"愿赌服输！再说几杯酒下肚，几个年轻人一起哄，真吃了！那年轻人抓起一把骰子'咕噜'两声全吞肚子里去了！等吞下去了才发现自己做了傻事，开始害怕得不得了。当时我跟江陵就在旁边吃烤串，看他那着急的样子，又好气又好笑。"

"那怎么办？"杜思虹很关心后续情况。

"赶紧让他吐啊。他们几个喝了酒都有点糊涂了，但看到他骰子入肚大家的酒也醒得差不多了，七手八脚地给他催吐，让他吐出来，别搞中毒了。那傻小子吐了很久，把吃过的肉、菜和酒都吐出来了，就是不吐骰子，大家看得干着急。

"后来打了120，我们急诊科医生出诊接回去的，我和江陵也跟回去了，拍了片，骰子的确在胃里面，但是不好取，要取也行，动作太大，甚至要开刀。那小子一听到要开刀，登时人就清醒了，说不愿意。那就只能等拉大便拉出来了，如果拉不出来，或者搞到肠梗阻了，还得开刀。当时就把他吓到腿软了。"

"后来呢？"杜思虹饶有兴致。

"两天后他就把骰子都给拉出来了，还特意拿过来给我们看，跟晒宝似的。"

"那还好，虚惊一场。"杜思虹拍了拍胸口。

"哎，像他们那样玩，花样可多了，经常有出事的，要么是打架，要么是酒精中毒，前几年还有一个喝了大半箱啤酒把膀胱给涨破的。"

"还能把膀胱涨破？"杜思虹觉得不可思议。

"哈哈，他们拼酒，谁先上厕所谁就买单，那就硬顶着吧，到后来有个人肚子痛，痛得不得了，赶紧送到我们医院，我一看，我的天，膀胱都爆裂了，我都惊呆了。"

看着杜思虹一脸惊诧样，华武星继续说："那也是个别案例，一般人不至于，像咱们这样简单喝几杯还不至于。"说完笑了几声。

杜思虹也笑了，说："不是担心咱们，我是好奇年轻人的膀胱怎么就能喝得爆裂呢，就好像爆胎一样，想想都觉得可怕。"

"膀胱容量就那么几百毫升，他喝了那么多，膀胱总有个容量限度，不及时排掉，那压着压着还真可能爆裂。"华武星解释说，"当然也不排除他可能原本膀胱就有问题，不过我们后来还没来得及做全面检查，他就出院了。"

"看来去大排档吃夜宵也是惊心动魄的啊。"杜思虹说。

两人聊开了，杜思虹也分享了他们科的一些趣事，大家越聊越投契，时不时哈哈大笑。华武星也是放松了聊，像这么好的夜色，在这么热闹的大排档里面聊天、喝酒、吃肉，华武星是好久好久都没试过了。

愉快的交流让华武星暂时忘却了江陵的烦恼事，两人从医院的趣闻，聊到20世纪80年代的港台音乐，再到各地的风土人情、地理历史，杜思虹说一直想去西藏自驾游，放飞自我，可惜一直没有时间。华武星长时间待在急诊，也想出去看看，无奈也是时间不允许，最后他说："干咱们这行的，想去西藏自驾游的难度是相当大啊，少说也得半个月吧，除非请年假，否则不可能。我都好几年没有请过年假了，根本忙不过来。"

四

正说着，没想到隔壁桌吃饭的人突然惊叫起来了。

出事了！华武星和杜思虹齐齐往隔壁桌看去。

现场有些杂乱，刚刚那几个喝酒掰手腕的人围在一起，纷纷问怎么回事，有个人坐在凳子上呼吸困难、面色青紫，眼看一口气上不来就要晕死过去了！

"那不是刚刚在掰手腕的瘦高年轻小伙子吗？怎么突然间变成这副模样了。"华武星立马警惕起来了，多年急诊科从业的经历，让他嗅到了危险。

"看看去！"两人不约而同做出了决定，大家都想起了刚刚华武星说的急诊科趣事，难不成今晚又要出什么事情了？

说完两人起身快步走到对面桌，杜思虹被眼前的状况吓了一跳。

华武星钻入人群，大声喊："我是医生，大家让让。"

杜思虹听华武星大声喊出来"我是医生"这四个字时,不由得想起那天在早餐店的事,自己的确错怪了华武星,真遇到危险时,他的确会毫不犹豫站出来。

众人听说有医生过来,都自觉让开。

那年轻人还坐在凳子上,大口喘气,脸色青紫,颈静脉怒张,神色紧张,大汗淋漓,手捂住右侧胸口,跟华武星说:"痛。"

"右侧胸痛?"华武星问他。

他点点头。

华武星问旁人怎么回事,他几个朋友都说:"刚刚大家在掰手腕,他突然大喊一声就这样了,会不会是心肌梗死啊?"有人喊:"要赶紧打120了。"

"赶紧打120!"华武星跟旁人说。然后他一把扯开了那年轻人的上衣,露出胸膛,此时杜思虹也越过人群,钻了进来。

华武星跟杜思虹说:"患者颈静脉怒张,右侧胸膛明显比左侧饱满,呼吸幅度也减弱了。"说着用手叩击年轻人的右侧胸膛,嗡嗡作响,"这是鼓音了,我估计他是气胸了,而且是张力性气胸,如果不及时把气排出来,恐怕等不到救护车来。"

"不像心梗?"杜思虹也很紧张,低声问华武星。

"不像,这么年轻,没有高危因素,而且患者刚刚在掰手腕,处于一个憋气状态,你看他的身材,又高又瘦,说不定还有肺大疱,刚刚用力过度,肺大疱可能破裂了,空气进入胸膜腔,引起气胸。而且这空气是只进不出,胸膜腔气体越来越多,压力越来越大,我怀疑它右边肺已经完全萎缩了!"

"这可是你们专业的病啊。"华武星望了杜思虹一眼,"咱们俩第一次来大排档就遇到这事,也是够折腾的。"华武星苦笑。

气胸虽然是呼吸内科见得较多,但杜思虹还是头一次在医院外面处理气胸,经验比不上经常出车在外抢救病人的急诊科医生。

"必须尽快把气体抽出来,否则纵膈摆动,马上就要循环衰竭,然后就要做心肺复苏了。"华武星语速很快,但语气中透露出沉着冷静。杜思虹没有片刻迟疑："问题是哪里有注射器呢？咱们空手没办法帮他把气体抽出来啊！"

这才是当前最大的问题。

华武星突然朝人群大喊，说："我们俩是医生，现在判断病人是气胸了，必须要用注射器把他肺里面的气体抽出来，耽误了后果会很严重，现场哪位朋友有注射器啊？"

人群中一阵骚动，大家都在问谁有注射器。

"刀子也行，圆珠笔也要，有没有消毒水，避孕套也要，谁有避孕套，赶紧拿出来！"华武星朝人群大吼。短时间内他的大脑已经浮起了好几种急救方案。

"有！我有！我有注射器！"有人回答了，但见大排档老板拿着一个注射器冲过来，边跑边喊，"我这儿有！"

"避孕套也有！"一时间好几个避孕套出现在华武星眼前。

杜思虹一阵狐疑，指着避孕套，问华武星："要这个干吗？"

华武星也来不及解释，接过来老板的注射器："太好了，还是50ml 的注射器。"

老板说："平时就存着点大号注射器，用来清洗各种鸡肠子、鸭肠子的，特别好用。"

华武星接过注射器，还是全新的，没开封，里面也有针头。

华武星为了缓解小伙子的紧张，笑着跟他说："你运气好，在大排档这种地方都有注射器！也不知道你上辈子做了多少善事。"

"酒精或者消毒水有没有？"杜思虹喊。

"有有有！"老板娘端着几瓶消毒水也冲了过来。

华武星接过一瓶消毒酒精，直接倒在小伙子右侧胸口，说："忍一下，我给你这里穿个针，把气体抽出来就好了。"

小伙子当时口唇已经严重紫绀了，上气不接下气，胸廓剧烈起伏，没办法回复华武星，只能点头示意。

华武星准备好注射器，针头对准小伙子右侧胸口第二肋间隙跟锁骨中线的交点。

进针！

针头由皮肤刺入，依次经过皮下组织、肌肉、胸膜，进入胸膜腔。气胸，就是肺破了一个口子，气体进入胸腔，然后会压缩肺脏，导致肺脏无法膨胀，那就无法呼吸，患者会极度缺氧。治疗的关键就是及时排出胸腔的气体，让肺脏得以膨胀。

由于气体的密度小，会往上走，所以胸腔里面的气体都会积聚在比较高的位置，华武星的针头对准胸口第二肋间隙进针，就是这个目的。人体一共有12对肋骨，由上至下分别是第1肋至第12肋，第2肋间隙足够宽大，进针相对安全，而且位置很高，能抽出更多气体。

小伙子大概感觉到了疼痛，闭起了眼睛，嘴唇在发抖。

华武星笑着说："这个算不痛的了，如果没有它，我可能还得用刀子割开你的皮肤，那会更痛。"

杜思虹手里捏了一把冷汗，她是为眼前这个小伙子担心，更是为华武星担心。

"进了！"华武星低声说了一句，然后开始回抽注射器，果然抽出很多气体。一连抽了几管气体出来，小伙子顿时好转一些，呼吸顺畅了一些。

杜思虹脸露欣喜："成功了？"

"还不够，里面气体太多，总不能一管一管地抽，我得做个活瓣，你拿个避孕套，拆开，在末端剪开条缝，我再把避孕套绑在针头这里，形成一个呼气阀。"

话刚落音，小伙子的情况又加重了，正如华武星预测的一样，眼看一口气上不来就要晕过去了。

杜思虹原本就是一名呼吸科医生，对于张力性气胸的处理也是烂熟于心的，只不过她没有像华武星一样经常处理这些急症，所以一开始有些慌乱，但她现在已经理解了华武星的意思，拆开一个避孕套，用刚刚人群中递进来的小刀给避孕套末端开了小口，然后递给华武星。

华武星接过避孕套，不小心抓到了杜思虹的手，但情急之下也顾不了这么多，转头就把避孕套跟针头连在一起，这样就形成了一个活瓣。

小伙子呼气的时候，气体能从针头、避孕套破口排出，而吸气的时候这个破口会瘪下来，阻挡了空气的进入，从而达到排出气体的效果。

不一会儿，小伙子的脸色就逐渐转红润，呼吸也平顺下来。

众人见小伙子得救了，欢呼雀跃。小伙子的几个朋友更是对华武星和杜思虹感激万分。

华武星这才回过头来，问："救护车叫了吗？"

有人回答已经叫了，估计在来的路上。

此时华武星用手捏着注射器和避孕套的结合部，等同于起到一个临时的固定作用，他又问大家有没有橡皮圈，女生绑头发的那种就可以。

马上就有人递来橡皮圈。

华武星一手固定好针头，让杜思虹帮忙用橡皮圈固定住注射器和避孕套。这样一来，一个完整的临时排气装备就弄好了。

短短几分钟时间，小伙子死里逃生。

如果不是华武星和杜思虹恰好在这里，估计又是另外一个结果了。小伙子刚刚跟朋友掰手腕，由于憋气用力过猛，引起肺组织破裂，导致气胸。气体进入胸膜腔，就会压迫肺组织，导致肺组织不能膨胀，那这个右肺就没法工作了，本来单独靠一个左肺还能勉强支撑，但由于右胸膜腔压力不断增高，引起纵隔摆动，也会影响心脏和左肺的功能，所以会出现严重缺氧表现。如果不及时排气抢救，患者就会因为缺氧而心跳骤停。

众人听了华武星的讲解后，心有余悸。

"但不是所有人都会这样，像这个小伙子一样，高高瘦瘦的，可能本身就有肺大疱，这时候再用力憋气过度，就可能导致肺大疱破裂而发生气胸。"

过了几分钟，救护车来了，来的正是华武星所在医院的急诊科医生徐大力几人，华武星把情况简单给他们介绍了，说："回科室还要做个正儿八经的胸腔闭式引流才行，这个针头仅仅是临时的，而且针头太小，排气不是很顺畅，用来应急可以，但是缓解会很慢。"

"用避孕套当排气阀，也就你能想得到，华哥。"徐大力笑着说。

"应急手段而已，避孕套是个好东西。"华武星也笑了，终于轻松了。

徐大力几个人把小伙子抬上车，他几个朋友也跟了过去，走之前再次对华武星和杜思虹表示感激。徐大力问华武星要不要一起回去，华武星摆手，说："不了，饭还没吃完。"

经过刚刚这么一闹，现在在大排档的人都认识华武星和杜思虹了，一直往这边看，杜思虹被看得有点不自在，说："要不咱们也走吧。"

"也行，也吃得差不多了。"结了账两人就走了。这次真的是杜思虹结账，华武星本想由他来，但杜思虹拒绝了："说好我请客向你赔罪的嘛，怎么能让你来呢？"

两人并肩去搭车，路上杜思虹问华武星："刚刚情况那么危急，你就这么冲上去，你不怕人家讹你啊，万一那小伙子一个劲儿没喘上来，人没了，他们可能揪着你不放，这是你之前跟我讲的。"杜思虹面带笑意，却心有余悸。

"那你不也冲上去了吗？"华武星笑着说。

"我是看你冲上去我才跟过去的，我当时都还不知道怎么回事呢。"

"哈哈，我一落座就留意到了大排档里面有好几个摄像头，我一点不担心他们讹我。"

原来如此。

"其实讹人的还是极少数，多数人对于陌生人伸出的援手是心存感激都来不及，只不过被讹过一次就会终身害怕。"华武星悠悠说道。

"你被讹过？"杜思虹很心疼华武星。

"不是我，是江陵。江陵以前在路边给一个心跳骤停的老头做心肺复苏，后来家属一口咬定是江陵撞倒老头的，幸亏那里有摄像头，

224

江陵才躲过一劫。但江陵那小子，死不悔改，我问他以后还敢不敢多管闲事，你猜他怎么说？"

"怎么说？"杜思虹很好奇。

"他说如果不出手，会懊恼一辈子的。毕竟被自己撞见了，没办法假装没看见。他真的是傻。"华武星言语之外似乎有些嘲讽江陵，又似乎替江陵感到愤愤不平。尤其是想起今天江陵的事，更是五味杂陈。

说到这里，杜思虹突然语气柔和了下来，说："之前那样说你真的很抱歉，现在回想起来都挺懊恼，你是那么优秀的一个医生，为了病人奋不顾身，路见不平，拔刀相助，像个正义感满满的侠客。"

华武星笑了："如果没有摄像头的话，我可能不会出手的。"

"我相信你会的。"杜思虹也笑了。

"哈哈哈……"华武星笑了，没有接下文。他自己都不知道自己会不会出手，杜思虹却坚信他会出手。

"只不过，刚刚那样真的太凶险了，幸亏你急中生智，否则咱们也只能等救护车了。谁也想不到大排档老板竟然有注射器，还是 50ml 这种大号针头，就像你说的，那小子命不该绝。不过话说回来了，如果没有注射器，那怎么办？"

杜思虹很好奇华武星会怎么处理。

"真想知道？"华武星卖了个关子。

"想，当然想啊。"

"你看到那把刀子了没有？如果真的没有注射器，没有针头，那就只能用刀子割开他的皮肤，甚至皮下组织也割开一部分，然后用圆珠笔筒钻进去，刺破胸膜，进入胸膜腔，也能起到排气效果。由于圆珠笔筒直径更大，排气效果会更好，但是创伤也大，而且现场会血淋淋的，看起来吓人。万一我手抖划破了局部大血管，那就完蛋了。电视剧都是这样演的，但这是下策，不得已而为之。"

光听华武星的描述，杜思虹就觉得很难了。

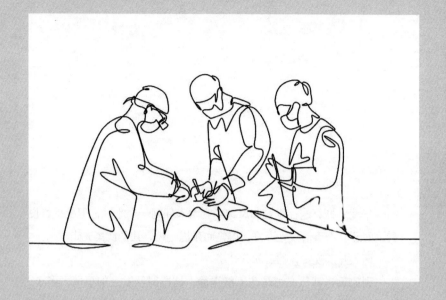

10

石头惹祸

哭归哭，签字归签字，手术还是要做的。

一

华武星打算送杜思虹回家，毕竟两人住同一个小区，但杜思虹说科里面还有点事情没处理好，得先回科里一趟，让华武星先走。

两人互道晚安，然后就分开了。

到家后华武星心情久久不能平静，这段时间发生的事情太多了，让他有些措手不及。而沈大花又在一旁唠叨相亲的事，华武星听烦了，直接说："上次你介绍的对象都没出现，连姓甚名谁都不知道，你这太不上心了吧。"

这句话把沈大花堵得哑口无言，只好罢口："对方说先见面再了解，还说保准不会失望，我哪还好意思刨根究底嘛。"

后来华武星见科室群里又炸开了，还有护士把自己刚刚用注射器针头和避孕套做的临时排气装置拍照发到群里了，说华医生今天让大家大开眼界了，这小小的避孕套，没想到还有这样的作用，叹为观止。

老马得知情况后，还担心华武星会不会惹祸上身，连夜打电话过来询问情况，华武星把刚才的情况简短说了，尤其提到现场很多人可以作证，还有摄像头，不会有事的，碰不了瓷，老马这才放心。"好小子，有两下子啊，"老马也忍不住表扬华武星，"若真的等我们的救护车过去，估计黄花菜都凉了，张力性气胸进展特别迅速，不及时排气那就必死无疑了。"

第二天一大早华武星就到了医院，他迫切想知道那个气胸年轻人的情况，以及曹颜青是否仍便血，刚到科室门口，就见到了一个熟悉的身影，还没等华武星开口，那个人已经迎上来了：

"你是华武星吧？"

这人不是别人，正是江陵的女朋友兼未婚妻，莫雪茹。华武星跟莫雪茹见过几次面，但都是只打个招呼，这次是两人第一次面对面交流。

华武星纳闷她找自己有什么事，估计是跟江陵有关。

莫雪茹简单自我介绍后，面露难色，说拜托华武星一件事。华武星也客气了两句，说："我跟江陵是好朋友，你又是他女朋友，大家也算是朋友了，有什么事情尽管说，能帮上忙的我肯定帮。"

莫雪茹才把事情一五一十地告诉华武星。

昨天江陵跟华武星的通话，莫雪茹不小心听了大半。后来又询问了江陵，总算对事情的前因后果有了了解。

莫雪茹说："关于江陵私下开处方让患者到外面药房购买药物的事，我一直是反对的，我怕他承担风险，他能有今天的成绩也不容易，决不能因小利而丢了前程，而且这样做对病人也不好。我知道华医生你跟科室的马主任关系最好，希望你能在马主任面前帮江陵说说话。别看江陵表面上谦和客气，其实他骨子里傲气得很，他是肯定不会求任何人出面说情的。既然他不肯，那就只好由我来。

"听说医务科的潘科长以前也是咱们急诊科的，跟马主任关系也好，她多少能给马主任一点面子，如果华医生能在马主任面前多帮江陵求情，那潘科长估计也能放他一马，不会做出太严厉的处分，毕竟他也是初犯。"

"另外，"莫雪茹顿了顿，接着说，"除了这点以外，江陵真的是个很好的医生，他常常急病人所急，为了抢救病人，经常废寝忘食的，我看了都心疼。"

莫雪茹的意思，华武星听懂了。看着她疲惫的双眼，华武星心里也难免触动，当下答应她，一定会跟马主任好好沟通这件事。但具体会怎么处理，他也做不了主。

江陵是华武星在医院为数不多的能说得上话的朋友，从私心来讲，华武星当然愿意帮助江陵。

得到华武星的答复后，莫雪茹如释重负，说："都是我害了江陵，如果不是为了要跟我结婚，如果不是手头紧，他断不会做出这样的事情，也怪我爸……"说到这里，她不再往下说了。华武星也大致能猜到她想说什么，如果不是她父母执意要买豪车，执意各种攀比，江陵也不会为了讨好他们而做出这样的事情。

"你爸好点了吗？"华武星问莫雪茹。

"好一些了，今天准备再复查个头颅 CT 看看，再治疗几天，如果稳定了就让他回家。"

"以后你得管好他的药，那些乱七八糟的保健品别吃了，盯紧他的血压、血糖、血脂，那就问题不大了。"华武星给莫雪茹建议。

莫雪茹再次感谢华武星之后就走了。

等华武星回到 EICU 时，曹颜青已经清醒了，而且值班医生已经给她拔掉了气管插管，另外，出血似乎已经停止了。

曹颜青认得华武星，一见面就问他自己什么时候可以出院。

华武星说："你身上的'炸弹'还没拆除，怎么出院？"

曹颜青还想继续问，但华武星得跟老马一起查房，只好让她先安心等待，晚点再说，出院暂时是不行的。

老马简单查了其他病人，重点查了曹颜青，听完华武星和值班医生的病情介绍，说："既然如此，咱们就拉她出去做个 CT，从头到腹部扫一遍，看看有没有异常发现，毕竟患者之前昏迷过，如果是低血压导致的昏迷那还好，就怕是有脑出血或者脑梗死等疾病。再说，消化道出血也可能是脏器病变，做个 CT 更放心。"

老马让华武星主管曹颜青。

华武星当然乐意，很快就做好了各种准备，并找陶军签了字。陶军一整夜没见过曹颜青，有些担心，问过了危险期没有。

华武星告诉他："人已经清醒了，但是出血灶还没找到，类似于炸弹还没拆除，还得检查看看。不检查清楚的话，'炸弹'随时还可能引发。"

这个比喻很贴切，陶军一听就懂，也就不再问什么，乖乖签字配合检查。

CT检查过程顺利，陶军见到曹颜青已经清醒了，非常激动，眼泪都下来了。曹颜青还取笑他："哭什么，我这不好端端的嘛。"

结果很快出来了，CT没有任何明显的发现。

曹颜青头颅是完好的，肚子也没异常。唯一的异常就是胰管有个小白影。"估计是个结石，但很小，也可能是伪影，不大可能是这里出血。"影像科医生跟华武星说。

华武星有点失望。将情况转告老马时，老马也是觉得疑惑。但没办法，只好先观察，这时候做介入也是没什么帮助的，因为出血暂时止住了。

"江陵那边怎么样？"老马话锋一转，问华武星。

华武星没回老马的话，反而问他准备怎么处理江陵。老马点上一根烟，说："我跟潘科长商量过了，潘科长也不想把这件事弄大，警告是必须的，并且撤销今年的评优资格，得马上收手，而且保证永不再犯，否则下次就不是撤销评优这么简单了。"

"那今年那个职称呢？他还有资格升吗？"华武星问。

老马想了一下，说："潘科长也没有明说撤销这个的资格，我估计还是有机会的，毕竟这是很大的事情，不能说没资格就没资格了，还得交医院讨论。哎呀，潘科长为了这件事也是伤透了脑筋，还跟那几个医药代表周旋了很久，那些个医药代表还是要给潘科长面子的，这事就这样算了。"

这当然是好消息。

"那你找江陵聊了吗？"华武星问老马。

"我自有安排，你忙你的去吧。"

华武星回到病房后，准备发个信息给江陵，告诉他老马可能要找他，不过事情已经解决了，医院不会给严重处分。但转念想到莫雪茹早上说的话，江陵骨子里是很傲气的，如果让他以为是自己帮他求情，岂不是弄巧成拙了？还是算了，于是把刚编辑好的短信删了。

这时候冯小文喊华武星，让他看看那个张力性气胸的病人。

就是昨晚从大排档接回来的小伙子。昨晚徐大力已经给他做了正式的胸腔闭式引流，就是插一根管子到右胸腔里面去，把空气持续引出来，腾出空间让右肺膨胀回来。

小伙子叫何德全，才20岁，此时状态已经很好了，呼吸平顺，面色红润。"缺氧问题已经完全逆转了，但胸片提示右肺还没完全膨胀，还得持续胸腔闭式引流，继续观察，如果没特殊情况，今天就可以转到普通病房观察了，没必要住EICU了。"华武星跟冯小文说。

何德全见到华武星，犹如见到了救命恩人，不断地感谢华武星，昨晚如果不是华武星及时出手相救，他可能已经见阎王了，他那时候真的很难受，胸痛得不得了，又喘不过气，真以为自己快不行了。

"你现在不是好好的嘛。"华武星调侃他，"以后不要掰手腕了，那玩意儿伤肺，伤好了后也不能潜水、长期憋气等，容易出问题。"

何德全现在仍心有余悸，说借他一百个胆也不敢掰手腕了。

正说着话，杜思虹进来了。

华武星见到杜思虹，有些欢喜："你怎么来了？"

杜思虹往这边走来，说："来看曹颜青，她姐姐在外面呢，等你出去跟她介绍病情。"转头见何德全恢复得不错，杜思虹给他竖起了大拇指，"大难不死必有后福啊。"

何德全憨笑了几声，说："谢谢你们，也谢谢那个避孕套。"

这句话惹出哄堂大笑。几个护士也是对华武星称赞有加，谁能想得到这么一个避孕套能充当救命神器呢。

冯小文咯咯直笑说："现在整个医院都知道咱们急诊科有个被避孕套救活的气胸病人。"

二

杜思虹简单评估了何德全的病情后，就转身去看曹颜青了。

华武星说："没发现活动性出血的迹象，血红蛋白也升上来了，病情似乎稳定了。"

杜思虹问华武星接下来怎么打算。

"如果再稳定一天，就转给消化内科好了，让他们来慢慢查原因。"

杜思虹同意这个做法。然后一起见了病人的姐姐曹颜白，也就是杜思虹的高中同学，病人老公陶军也在。华武星把目前的状况简单介绍后，说："出血部位还不明确，随时还有可能出血，为了进一步检查出血灶，可能得转到消化内科继续观察，必要时还要做胶囊内镜等检查。"

"还会出血吗？"曹颜白一脸担心，她是连夜从外地赶过来的，一宿没睡，整个人看起来比较憔悴。

"当然，没有谁能保证。"华武星淡淡地说。

杜思虹说："华医生是管床医生，他为了稳住病人的情况做了很多努力，目前病情也初步控制了。但是出血部位不好找，我们做了胃镜、肠镜、CT，都没有发现明显的问题。我跟华医生商量过了，可能是中间的消化道有血管破裂出血，那个位置不上不下的，胃镜、肠镜都够不着，CT又看不清，如果有必要，只能做胶囊内镜或者介入手术来观察。"

"现在不出血可能是我们的止血药起效了，但的确有可能再出血，再出血的话还是有风险的。但我们一定会密切观察她的情况变化，一有变化我们会及时处理。"

杜思虹在帮华武星讲话，华武星当然清楚。而且杜思虹讲得很清楚明了，家属也都频频点头，表示了解情况，愿意配合医生一起治疗。

且不说曹颜白是杜思虹的同学，即便是普通家属听到杜思虹这样的解释也会放心很多。

杜思虹很久没跟曹颜白见面了，大家简单聊了几句近期的工作、生活情况，能见到老同学自然是开心的。

但让大家意想不到的是，当天下午患者又开始便血了。

终于又来了。华武星知道迟早会再出血的。患者不出血仅仅是表象，毕竟没有找到真正的出血灶。

曹颜青看到自己排出的血性大便，人变得很紧张，说："不是已经好了吗，怎么还会出血？"

华武星告诉她："继续出血是意料之中的。"

只好接着输血补液，稳住生命体征。华武星找到老马："要不要把介入科医生找来看看？"

但家属不理解什么叫介入。有没有生命危险？这是他们关心的问题。

华武星平时跟家属沟通都是很冷淡的，但这次的家属是杜思虹的同学，所以他多少有些改变，尽量使自己在他们面前平和一点，告诉他们："病人已经病危了，这时候能救命的措施都可以考虑，你只要考虑有没有帮助，而不要考虑有没有危险，她现在已经处于很危险的状态了。"

华武星还告诉他们："初步怀疑患者便血的原因在小肠，可能是小肠里面的某一根血管破裂了，造成大出血。介入的原理很简单，就是通过对小肠的血管进行造影。我们首先在患者大腿根部做动脉穿刺，然后把一根导管放入动脉里面，顺着这个导管，我们打入造影剂，造影剂流经小肠的动脉，哪里有血管破裂出血，那么造影剂就会泄露出去，我们在 X 光下就能捕捉到这个出血点，然后再把一些止血的物质填充上去，堵住这个出血点，从而达到止血的目的。"

陶军和曹颜白听后，似懂非懂地点头。而曹颜白对陶军是有责怪的，认为是他照顾不周，如果能及早发现问题，妹妹就不至于要住入ICU了。

华武星见曹颜白责怪陶军，而且措辞有些严厉，陶军却像个做错事的孩子一样，低着头一个劲儿认错，没有反驳，看来这个妹夫平时也没少受大姨子的训斥。华武星突然间有些同情他，便说："这事不能怪他，生病谁也不想，并且这病进展很迅速，能发现已经算及时了，如果不及时的话现在人都没了。"

陶军没想到华武星会为他说话，对华武星投来感谢的目光。

但人家的家事华武星也不好管太多，继续跟他们解释介入止血的原理。

"这个介入会不会有副作用？"曹颜白继续问，"会不会影响到以后生孩子之类的。"

华武星哭笑不得："你们这一家人怎么都这样，之前是他问这个问题，现在是你问这个问题，这时候还说什么以后生小孩啊，这时候先救命啊。"

"当然，介入本身也不会影响到生小孩。"华武星加了一句。

后来华武星才知道，曹颜青老家那边特别重视生小孩，尤其是生儿子，要是谁家媳妇没生出儿子，那是会被人瞧不起的，别说外人，即便是自家人都可能会给白眼。可命运偏偏就捉弄了陶军夫妇，结婚几年了，曹颜青的肚子愣是一点动静都没有，所以陶军对生育方面极其重视。

"介入也不是万能的，也有可能发现不了出血灶，或者即便发现了也不一定能很好地止血，你们得有这个心理准备。"华武星又加了这一句。

陶军签了字，一切准备就绪，患者一边输血一边被送去介入科。所有人都等着介入科医生终结这次出血难题。因为胃镜、肠镜都没发现问题，说明出血的血管在中消化道，只有介入的方法才能找到"肇事"血管。

只要找到哪里血管破裂了，再针对性推入一些细小的弹簧栓之类的东西去堵住破口，就能止血。介入科经常是补锅匠一般的存在。

介入科医生也胸有成竹，但在家属面前，还是不能把话说死。毕竟凡事都有意外。你说一定能发现问题处理问题，万一不行，那就打脸了。

一语成谶。

介入科医生在台上流了很多汗，衣服湿了又干，干了又湿，反反复复造影，愣是没看到哪里有血管破裂出血。别说明显的口子，就是微小的口子都没见到。华武星在一旁观看，心里也干着急。

介入科主任都上台了。好在患者血压还撑得住，并且没有看到很明显的便血。"否则在台上出现血压掉下来的情况就被动了。这事也不是没发生过。而且经常是一茬接一茬地来，比如你这边出血点没找到，那边又在不断地出血，血压又降了，心率又快了，甚至病人心脏室颤了，那就悲剧了。"

"今天好运，没有发生这样的情况。"介入科主任缓缓说。

但没有看到出血点啊。

华武星赶紧跟老马汇报了，说："做了胃镜、肠镜、介入都没看到出血，不知道是不是又自行止血了，还是没找到出血灶。"

老马也没办法了，说："不管是哪个，都不是好消息，自行止血，也就是说患者还会再次出血，就像你说的，这个未找到的出血口就是个定时炸弹，你根本不知道它什么时候又爆炸。"

介入做了好久，由于没找到出血病灶，只能下台了。介入科医生说："可能是自己止血了，看不到破口，没办法止血，只能等着了。"

"什么叫只能等着了？"陶军和曹颜白不明白。

"就是等下一次出血，再出血的时候重新做介入，或许能发现出血部位。就好像警察抓小偷一样，小偷现在溜走了，你抓不到他，只能等他下次出来作案，我们再及时出警，就可能逮个正着。"华武星解释说。

大概就是这么回事。

这时候杜思虹也赶来了。曹颜白见介入手术做了很久也没消息，担心得不得了，只好求助杜思虹，让她帮忙看看是怎么回事，会不会有什么危险。杜思虹安慰她："要相信华医生和介入科医生，他们会有安排的。"但为了让曹颜白放心，同时她也的确关心曹颜青的状况，趁着手头上的活忙完了，就赶来介入科。刚到介入科，就看到手术已经做完了。

华武星讲的算比较通俗了，他们也理解了。本来说介入没发现问题，曹颜白已经有些不开心了："妹妹被折腾了，钱也花了，还冒了险，怎么能说没看到就没看到呢？"

"没办法，治病就这样，不总是一帆风顺。"华武星摊手说。但心里已经不满意这个病人的姐姐了，她不单对妹夫强势，对医生也不怎么客气，如果她不是杜思虹的同学，华武星可能已经忍不住要怼她了。现在碍于杜思虹在，他不好说太多。

回到病房后，杜思虹主动跟华武星说："不要介意病人姐姐说的话，她就是那样的，性情率真，想到什么说什么。而且她也的确着急，关心病人情况，说话冲一些，你别跟她一般见识就好。"

华武星耸耸肩，说早就习惯了。

"不过她说的话的确有些难听，换谁听了都不舒服，委屈你了。"杜思虹言语柔和下来，似乎在安慰华武星。

华武星见杜思虹帮自己说话，心里大为感激，当下开玩笑说："今天是给你面子，否则我就要对她开骂了，我骂家属可厉害了，那可是方圆十里都出名的。"

杜思虹咯咯直笑："知道你不好惹，但不论怎么样，咱们也不能跟家属硬碰硬，他们什么也不懂，咱们还是多想办法去开导他们，试着站在他们的立场看问题，心态就会平和一些。"

"病人和家属也不容易，你是做医生时间长了，没有经历过病人和家属的身份，难以体会。我就不同了，我以前经常住院，他们经历过的东西我几乎都经历过，而且不止一次，所以我特别能体会家属和病人的心情。他们有时候挺无助的，我们一句话，甚至一个叹气，都能牵动他们的神经。他们其实很简单的，就是想看好病，如果能少花点钱、少遭点罪那就更好了。"

杜思虹眼睛眨巴眨巴看着华武星，脸上带着笑意，淡淡地描述着她身上发生的一切，那似乎已经是很遥远的事情了，又好像刚发生不久。

华武星想到那天她跟自己分享的那个秘密，她患有系统性红斑狼疮，估计以前没少因这个病住院，她以前肯定遭受了不少苦头，一想到这里，他心里就有一丝说不出的感伤。

华武星甚至想给杜思虹一个拥抱，安慰她，一切都过去了，一切也都会好起来的。但他暂时没有勇气迈出这一步。

　　一来两人相处时间不算长，彼此不够了解，能否相处得来还是未知数，如果马上就草率表露心迹，万一杜思虹不接受，那就真的非常尴尬了。退一步讲，即便杜思虹不拒绝，两人正式交往，但由于两人接触尚浅，即便交往了日后也可能会有各种各样的摩擦，就好像10年前那段恋情一样，戛然而止，那将是对华武星的又一次伤害。

　　单身这么多年，加上工作太忙，身边的人一个一个成双结对，沈大花时时刻刻在耳边念叨，华武星也不是不想谈女朋友，但没有遇到谈得来的，与其将就不如再等等。华武星是个重感情的人，不管是友情还是爱情。他现在需要的是一份稳定的、可靠的感情，一份能携手到老的感情，而不是头脑一热就不管不顾地冲上去。

　　他其实是羡慕江陵的，能有一个体谅自己、疼爱自己的女朋友，那比什么东西都要宝贵。

　　杜思虹见华武星沉吟良久，以为他不开心了，想着继续安慰他几句，没想到华武星开口说："你是我的恩人啊。"

　　"这话怎么说呢？"杜思虹笑语盈盈。

　　"在我准备发脾气的时候及时拉了我一把，否则我一跟家属干起来，老马又得批评我了。说不定我又多了一个投诉。"华武星苦笑着说，"换作以前，我是不会在乎多一个投诉的，但现在不同了，我有你这个榜样，得向你学习。"

　　这是华武星的心里话。他很多时候道理都懂，但就是控制不住。那就得看谁给你分析道理了，若是老马黑着脸跟华武星说这些，他自然是不接受的。但现在眼前站着的是一个他有好感的姑娘，而且姑娘轻声细语的，每一句话都像流水一样划流他的心田，尤为受用。再者，杜思虹本身是医生，又是病人，这种独特的双重身份让她更能够站在双方的角度看问题，所说的话当然也更有分量。

　　得到华武星的认可，杜思虹也是开心的，这点肉眼可见。杜思虹告诉华武星："当下咱们得想办法把曹颜青的问题搞好，找出到底是哪

238

里出血，只要把病情捋顺了，一切都不成问题。"

话音刚落，护士就来找华武星了，说曹颜青吵着要下床，说是肚子有点痛，想要拉稀。在床上她解不出来。

华武星一口回绝："当然不能啊，危重病人怎么能够下床呢？"然后快步走到曹颜青跟前，让她好好躺着，"别折腾，因为随时还会有出血，下床很不安全。"

华武星刚说完，曹颜青表情痛苦地说："忍不住了，已经出来了！"

杜思虹也觉得不妥，掀开她的被子一看："糟糕了，这哪是拉稀啊，这又是一摊血啊。"

患者还在出血！

"这真的是折磨人，除了折磨她，折磨她家属，还折磨我们。"华武星一脸无奈，"到底是哪里出血呢？"

三

华武星赶紧让冯小文去报告老马，让他过来再看看。老马刚跟江陵聊完，听冯小文说患者再次出血，也是一脸疑惑，匆匆来到床前，简单检查后说："再不找到出血灶及时止住血，患者就有生命危险了。"

"没别的办法，只有开腹探查了。赶紧联系外科会诊。"老马说。

"要不要再尝试着做介入？"华武星说。

老马摇头，说："如果介入还是没发现问题，家属就要发飙了。患者可能是很小的血管出血，出血到一定程度就流出来，不一定是短期内大量出血，你看她的血压还是一直比较稳定的。这么小的血管出血，即便再做几次介入都不一定能看到。"

老马分析得有道理。

"那就找外科医生吧，这是最后一招了。"

杜思虹也比较忙，华武星让她先回去，有什么事会跟她同步的。

杜思虹原本就是抽空过来了解一下情况，这边抢救她帮不上忙，科室也有很多事要做，她叮嘱曹颜白和陶军几句后便回去了。杜思虹刚走，外科医生就来了，评估了一下，听说胃镜、肠镜、介入都没发现出血部位，说："那还等什么，赶紧手术呗，只要家属同意，咱们就开腹。"

"既然外科医生同意开腹，那就跟家属做工作。"老马跟华武星说，"尽快。"

华武星找到曹颜白和陶军，跟他们解释外科手术的必要性。一般来说，消化道出血首先会用内科保守方法处理，如果都不行，才会考虑剖腹探查，毕竟手术创伤太大，如非必要都不会轻易开展。

没想到曹颜白坚决反对，说："手术风险太大，家里有个叔叔就是做手术死掉的，尸体都被拉去火化了，连老家都回不了。"

换作平时，华武星遇到家属这样的态度早开始破口大骂了，但这回他淡定了很多，说："任何治疗都是有风险的，现在做外科手术当然有风险，但是不做的话危险性也是很大的，权衡利弊，做手术的好处大过坏处。"

外科医生也出来说了一通，大概是这个意思，但外科医生很淡定："一句话，做不做家属给个痛快话，别犹犹豫豫，如果我们外科医生都跟家属一样犹豫，不知道死了多少人了。"

陶军很紧张，同意手术，但很显然，这次他不是主事人，最后的决定权在曹颜白手里。

但其实他们无路可走了。

"如果不手术的话，只能再冒险做一次介入，但这一次介入可能还是无功而返。"华武星说。

华武星和外科医生轮番发话，起到了作用，曹颜白妥协了："罢了罢了，那就手术吧。"

陶军终于扛不住了，在接待室哭了出来。

哭归哭，签字归签字，手术还是要做的。

外科医生得知患者家属同意手术，把他们主任也叫上了，碰上这种复杂的病例，有主任坐镇会好一些。他还叮嘱华武星："家属一开始不是很同意手术，后来才勉强同意，这必须要签好字，多签几份，确保没问题。"

华武星自然知道该怎么做。

为了安全，华武星亲自把病人送到了手术室，并且留下来观摩手术，看看到底是哪里出了问题。

麻醉实施后，曹颜青就跟睡着了一样，一动不动，肛门还时不时会有少许血液流出来。

外科主任打开她的肚子后，本以为轻松就能发现问题，没想到里里外外查找了几遍，都没看到明显的出血点。华武星估计他们的心情就跟介入科医生的心情一样，也跟消化内科医生的心情一样，就三个字，想骂娘。

找不到出血部位，大家的心情都郁闷极了。

"真是见鬼了。"外科医生开始有点恼火了。

外科主任做了分析，说："我们看到的是肠子的外面没有出血，但不排除是肠子里面出血。我们总不能把所有肠子都切开来找，但我们可以在肠子中间切开小孔，把内镜伸进去，总有机会发现问题的。"

这的确是一个好主意。

说做就做，他们选择了肠道的中间部分，开了个小口，然后把内镜伸进去，先往上走，走至空肠、十二指肠，甚至到了胃部，都没有发现出血点。

往下也没看到出血点。

几个医生都冒汗了。

"天啊，到底是哪里在出血啊？"华武星瞄了一眼患者的心电监护，还好，血压还扛得住。

外科主任突然兴高采烈地喊了一句："好家伙，原来藏在这里啊。这个空肠有几个小出血点，米粒般大小，如果不仔细看，非常容易漏掉。"

外科主任兴奋了起来，大家重新仔细看了一遍："嗯，空肠这里的确有几个小的出血点，有些红，太小了，可能比米粒还小。"

华武星有点疑惑："这出血点很小，能解释患者这么大量的出血吗？"

外科主任说："小是小了些，但是个数多，的确有可能造成大出血。而且患者出血暂时中止了，所以出血点看起来比较模糊，可以理解。除了这块有问题，整个肠道都没问题了。应该就是它了。"

前后好几个出血点，一不做二不休，主任决定切掉这段肠管，总共长 15cm，然后把两端的肠管吻合起来。

切断肠子的事情，外科医生经常干："不好的肠子留着也是祸害，倒不如切了一了百了。"华武星还担心肠子少一截有没有大影响，主任说："影响不是特别大，跟出血相比那就可以忽略不计了，人体的肠子有好几米长，少 15cm 不算什么。"

手术结束了。

大家都松了一口气。几个手术医生的衣服都湿透了。

华武星和外科医生一起把被切出来的 15cm 肠子端给家属看，陶军还敢看一眼，曹颜白那是无论如何都不敢看，太血腥了。他们对这段肠子当然是又爱又恨。

手术做完后，曹颜青再次被推回 EICU。

华武星也给杜思虹发了信息，说出血点找到了，是一段小肠，外科医生已经切掉病灶，估计不会再出血了，但他有个疑惑，这个出血点太小，似乎不能完全解释出血。

杜思虹问他："是不是担心还有别的问题？"

华武星没有明说："只是担心而已，先观察看看。"

华武星也把担忧跟老马反馈了，老马同样有疑惑，但他认为外科主任经验丰富，按理来说应该没问题。另外，也没找到其他问题，那应该就是肠子的问题了。

幸运的是，后面的几天，曹颜青再无出血，血红蛋白稳步提升，人也清醒精神了，最后转到普通病房继续恢复。到了周末，华武星替江陵顶班，一直都在关注曹颜青的情况，所幸一切顺利。

顶班期间，华武星忙到焦头烂额，闲下来时见到了江陵，江陵当时在神经内科照顾他准岳父，说起他准岳父的情况，恢复得还不错，准备出院了。华武星又问起了江陵让患者去药店买药的事，后面怎么样了。其实华武星大致知道结果了，因为老马说不会给予严厉处分，但他还是想从江陵口中得知结果。

谈及这件事，江陵有点不大自然，毕竟这不是什么开心事，但他也告诉华武星："这次是警告，取消年底评优资格，下不为例。"

"会影响今年的职称评比吗？"华武星问他。

"可能会，可能不会。"江陵也拿不准，他没有明确问老马，老马也没有明说。

华武星看着江陵一脸憔悴，知道他近期为了这两件事伤透了脑筋，原本还想数落他几句，话到嘴边又咽了回去，事情已经发生了，说那些也没用。知道江陵没多大事他就放心了。

江陵也不想就这件事说太多，反正该说的老马都已经跟他说了，下不为例，如果还有下一次，估计处分会严重得多，任何人都不想那样的情况发生。

江陵不是糊涂人，经此一遭，他也想通了，还是踏踏实实工作最好。加上莫雪茹也是一个求稳的人，她不希望江陵因此惹出大麻烦。

但江陵还是忍不住告诉华武星："你知道那几种药的联系人都是谁吗？"

"谁？"华武星的确是不知道，从来没有医药代表联系过他。

"你真不知道？"

"我是真的一点不知道。"

江陵欲言又止，最后还是作罢："既然你还不知道，那就先不说吧，免得你麻烦，等你该知道的时候就会知道了。"

华武星见江陵不愿意说，也就不再追问。只不过他心底难免会犯嘀咕，到底是谁在跟江陵联系药物销售的事？到底是谁害得江陵受到处分？

既然江陵不说，那就顺其自然吧。

后来那几天，何德全的肺逐渐恢复了，转到了普通病房，不久便痊愈出院。出院前华武星还调侃他，以后千万记得别掰手腕了，否则可能再次气胸。何德全拿出一个小袋子，里面包着一个类似气球的东西，华武星定睛一看："这不是个避孕套吗？"

"就是那晚救了我小命的避孕套，我准备拿回家，供起来，它是我的护身符。"何德全笑着说。

这让华武星哭笑不得。但不管如何，恢复了就好。

再说曹颜青，自从手术后，她就一直没有出血了，看来真的是那段小肠血管惹的祸，整一节切掉以后就没问题了。华武星最初还担心她还会出血，看来是瞎担心了。杜思虹也时不时来探望她，跟华武星了解病情，看着曹颜青一天天恢复起来，大家的心情都不错。

华武星跟杜思虹见面次数增多，完全是因为曹颜青的存在。曹颜青是曹颜白的妹妹，而曹颜白又是杜思虹的老同学，一有什么事曹颜白就会询问杜思虹，杜思虹就会下来了解情况。以至于华武星都看不下去了，跟冯小文说："这个曹颜白，大事小事都要问杜医生，感觉咱们都是多余的了。杜医生也不嫌她烦啊。"

冯小文笑着说："杜医生人挺好啊，关心病人，也关心朋友，做点力所能及的事估计不会太烦吧。另外，你不是天天盼着她来急诊科吗？"冯小文笑着调侃华武星。

华武星板起脸："别瞎说。"

冯小文一直跟着华武星学习，俩人也亦师亦友，已经很熟了，冯小文也逐渐知道华武星有时候虽然脸臭，但其实人挺好，所以偶尔也会开华武星的玩笑。华武星也不在乎，跟几个规培医生打成了一片。

冯小文笑着说："老师你额头上都快写着'杜医生快来啊'几个字了，哈哈哈。"

华武星被冯小文捅破心事，有点心虚："有这么明显吗？"

"你自己不觉得是吧？我跟小林早就看出来了，一旦杜医生来了，你就变成另外一个人了，特别温柔，也不骂人，我们俩都巴不得杜医生天天窝在我们这里，这样我们俩也就不会挨骂了。"

"我哪有骂你们？我那不是教育你们，想让你们快速成长吗？"

华武星嘴上不承认，但还是知道自己有时候的确严厉了些，像上次冯小文给病人做气管插管没插上，华武星情急之下又把她说哭了，估计这小妮子现在还记得这事。

冯小文边笑边说："对对对，华老师对我们的教育，我们感激不尽。不过话又说回来了，杜老师看你的眼神似乎有点不一样，我也搞不清楚具体是哪儿不一样，一开始杜老师应该是不喜欢的，甚至还有点……"冯小文说到这里有点迟疑，华武星催促她："有话快说，痛快点。"

冯小文只好接着说："杜老师那时候有点瞧不起你。"说完咯咯直笑，笑了一会儿接着又说："但后来好像变了，她在你身旁，态度一百八十度大转弯，就像小迷妹一样。我和小林都看蒙了，心想咱们的华老师魅力真大啊，能让咱们的杜老师都改变了态度。"

"你不知道，很多人都在追杜老师，据可靠消息，我们医院就有几个男医生或明或暗地跟杜老师表白过，不过都被拒绝了。

"杜老师要求可高了，我还听说，咱们学校有个年轻的教授，好像姓赵，最近也在围着杜老师转，那个赵教授可是个厉害的竞争对手啊。华老师，他人长得帅不说，搞科研还是一流的，听说还拿了好几次国家自然科学基金呢。我还听说，赵教授的爸爸跟杜老师的爸爸杜主任是好朋友呢……"

冯小文啪啦啦啦说了一大堆，都是华武星从来没有听说过的事情，把他听得一愣一愣的："你怎么有这么多八卦消息啊，连人家爸爸的事情都挖得出来，跟狗仔队一样。"

冯小文抿嘴笑了，说："咱们规培的同学每个科室都有，而且各大科室轮转，我们就好像一个信息情报网一样，华老师有需要的话我们来帮你收集信息啊，哈哈。"

"太可怕了。"华武星盯着冯小文说，"你可不能把我的事传出去，如果我在外面听到有人评论我这个事，我就当是你传出去的，到时候考核别想合格，我直接给你零分。"

面对华武星赤裸裸的威胁，冯小文吐了吐舌头，说："这太不公平了吧，万一是小林传出去的呢？"

"那也给你零分！"

看着冯小文又气又怕的样子，华武星忍不住笑了，说："好了好了，开玩笑的，你这么好学，又是我的好帮手，我怎么可能给你零分。赶紧干活儿去。"

冯小文这才转悲为喜。

四

经过一段时间的休养后，曹颜青恢复得很好，可就在准备出院的前一天晚上，她的病情又发生了变化。

而且又是一次差点丢了性命的危险变化。

那天晚上，曹颜青再次发生便血，而且又是一次来势汹汹的大出血，真的是编剧都不敢这样写，太曲折、太困难了。

普通病区的值班医生让华武星火速去看病人时，她已经休克了，意识都模糊了。

陶军又哭得一塌糊涂，这次曹颜白不在，因为是在深更半夜。

华武星让他们一边补液输血一边送来 EICU，同时紧急请其他几个专科会诊，商讨对策，看看需不需要再次手术止血。

外科主任也很快赶了过来，脸色铁青，他不敢相信患者还会出血。

本来说不管如何先送手术室手术止血的，但陶军打了电话给曹颜白，曹颜白说无论如何也要等她赶到医院再做决定，不可轻易送入手术室，上次送进去已经让她后悔不已了，事实也证明，手术是无效的，否则不可能还会再次出血。

所有人都愣住了，不相信家属会拒绝送入手术室。外科医生说话开始难听了："不及早处理，死路一条。"陶军很害怕，但是他做不了主。

由于患者病情特殊，做过了一次手术，术后再次出血，外科医生很紧张。华武星汇报老马后，老马也赶了过来，头也大了，说这真的是个烫手山芋。两人重新翻开了患者既往的 CT 片子："为什么又会有出血呢？为什么三番五次地处理都没有彻底解决问题呢？到底是哪里出了问题？"

华武星突然醒悟过来，跟老马说："上次拍片说胰管上有个小石头，该不会是那里有问题吧？这么久以来，大家一直忽略了对胰腺的检查。"

老马沉吟良久，说："现在是宁可杀错不可放过了。胰管有石头，会不会是胰管出血呢？"

想到这里，不管可能性高不高，先搞清楚再说。

老马示意华武星推来彩超机，直接给病人做个腹部彩超，看看会不会有别的发现。

老马就是想看看胰管的石头有没有增大或者滑出来，有没有划破血管的可能性。但就是这一次不经意的彩超检查，竟然发现了大问题。

华武星定睛看了一会儿患者腹部情况后，说："胰管似乎比较大啊，胰头部的胰管扩张比较明显，而且里面的确还有石头。该不会真的是胰管出血吧！"

"上一回做了 CT，CT 也看到胰管有结石，但当时认为结石稳定，大家都不认为是胰管出血。这一回，看来要打脸了。"老马喃喃自语，说，"胰管出血的概率实在是太低了，一辈子也见不了几个。所以大家也没往这方面去想。"

"如果真的是胰管出血，得赶紧叫胃镜室过来看看，一探究竟。"华武星说。

老马同意。

华武星找到陶军，跟他解释了相关情况："胰管，就是胰腺里面的一个管道，是胰腺液体分泌后储存和分泌的管道，可以理解为胰腺里面的高速公路。胰管开口在十二指肠，也就是说，胰腺分泌的液体会通过胰管流入十二指肠。当然，如果胰管出血，那么血液也会流入十二指肠。而我们做胃镜，除了能看到胃，再往下一点就能看到十二指肠了。"

所以，此时此刻的胃镜检查是至关重要的。

胃镜室黄可真医生来了，急诊做了床边胃镜。镜子经过患者口腔，进入胃，再一拐弯，进入十二指肠……

大家看到这一幕，终于确定了真凶。

胃镜看到十二指肠乳头处，不停地有鲜血冒出，而这些鲜血，来自胰管的可能性最高。因为胰管的出口就是十二指肠乳头。"不用说太多了，就是胰管出血。"黄可真淡淡地说了句。

"那为什么上次胃镜没发现呢？"冯小文疑惑了。

华武星给她解释："出血不是时时刻刻的，可能是断断续续的，上次没看到不出奇。而且上一次可能重点都在看胃里面，而不是十二指肠。这次专门看了十二指肠，尤其是专门看了十二指肠大乳头，毕竟我们这次怀疑可能是胰管出血，有针对性地看自然更容易发现问题。"

"怎么办？既然是胰管出血的话，看来还是得手术。"黄可真说。

华武星再次把情况跟陶军说了，陶军同意手术，可是他说大姨子不同意。

"她姐姐就是个糊涂蛋！"华武星骂了一句。但同时想到之前搞错了，切了15cm本来可以不切的肠子，也难怪曹颜白会犹豫。

很快，曹颜白赶到现场了。

先是责骂了陶军一顿，然后又埋怨了华武星他们。

华武星想起了杜思虹的话，不跟她正面冲突，让老马出去跟她沟通，毕竟老马是科主任，压得住场子，华武星怕自己说不了两句就对她破口大骂，那解决不了问题。患者现在需要马上接受手术，否则随时会出意外。

刚好外科主任也在，便跟老马一起见了家属。外科主任跟他们说："上一回切掉那15cm肠子也是正确的，我们亲眼看到肠子有问题，但可能问题不止一个，今天这个胰管也是凶手。"

陶军胆战心惊地问："是不是确定了这个是出血病灶？"

曹颜白就不客气了，说："你们可别搞错了啊。上一回说是小肠出血，还切了15cm。这一回又要切胰腺组织，万一又是误杀，岂不是天大的冤枉？"

外科主任脸色也不好看："什么叫误杀，上次的肠子也是有出血的，切了绝对没问题，而这次的胰管出血是第二个问题。按理来说，这也属于上消化道出血，但胰管的位置太特殊了，太边缘了。我们通常说的上消化道指的是食管、胃、十二指肠等高速公路，很少会想到高速公路旁的乡道（胰管）也是上消化道，要知道，胰管最终也是汇入十二指肠的，肯定属于上消化道啊。"

"上次手术的确看到那段肠子有问题，"外科主任又强调了一遍，"即便主要'凶手'不是那段肠子，但切了它也未必是错误的。"

外科主任这话说得圆滑，这话也只有由他来讲才合适，因为手术是他做的。老马和华武星都不适合说这个话。

曹颜白最终同意了手术。

这是个大手术。

外科医生严阵以待，几个主任医师、主治医师，一大群规培医生、研究生都过来一探究竟。毕竟这个病例太特殊了，可能一辈子也不能见几回。

手术开始，大家的眼睛跟钩子似的，这回看得清清楚楚、明明白白了，的确是胰管出血。正在手术的时候，胰管那里还有少许出血，被逮个正着。

真相大白了。

按预定计划，做了胰头十二指肠切除。这是个很大的手术，甚至可说是外科的几个大手术之一，难度可想而知。

术后恢复不错。

曹颜青出院前，杜思虹又来了，得知是华武星找到了症结所在，一个劲儿感谢华武星，要不是华武星，她还真不知道怎么跟老同学交代。

华武星也是心有余悸，说："其实应该更早发现这个胰管结石的，但之前这个结石看起来没啥，也没往那方面去想，所以漏掉了，耽误了些时间，患者也被误诊了，说实话，那段小肠是否该切还是有争议的。但现在不能跟家属说这个话，否则可能会引起无休止的纠纷，何况也没人敢说那段小肠不该切。"

杜思虹也认可华武星的话："疾病都是有不确定性的，咱们也不是神仙，误诊在所难免。而且家属也看得出，我们大家都尽心尽力了，毕竟咱们是同一条战壕里的，只要沟通到位了，家属一般也能理解。"

听杜思虹这么说，华武星就放心了。

"你这个老同学啊，可一点都不省心。"华武星不大满意曹颜白，但正如杜思虹所说的，家属是关心病人，当治疗效果不好时，尤其是再三出现问题时，他们难免会着急。这样一想，华武星也淡然了许多。

两人聊了几句后，杜思虹有事准备离开，华武星鼓起勇气，问杜思虹今晚要不要去海洋公园，他有两张门票，听说海洋公园有白鲸、鲨鱼，还有美人鱼表演，等等。华武星说这句话的时候是有些紧张的，他已经很多年没约过女孩子了，不知道杜思虹会不会拒绝。

他以为杜思虹不会拒绝。毕竟这段时间大家相处也比较融洽，尤其是得益于曹颜青这个病人，两人接触增多，又想到冯小文的话，华武星虽然内心忐忑，但信心十足。

杜思虹听到华武星邀请自己去海洋馆，先是愕然，然后笑了，说："这次不行，已经约了人了，推不掉，咱们可以下次去。"

华武星有些尴尬："也只能这样了。"

望着杜思虹离开的背影，华武星感到心里不是滋味。正无精打采之际，华武星透过窗户，无意中看到了让他心情瞬间跌到谷底的一幕。

为什么杜思虹拒绝了他的邀请？原来医院门口早就有人等着杜思虹了，那个男人穿着打扮比较斯文，手捧一束玫瑰花，远远看见杜思虹出来就笑容满面地迎了上去……

华武星呆若木鸡。

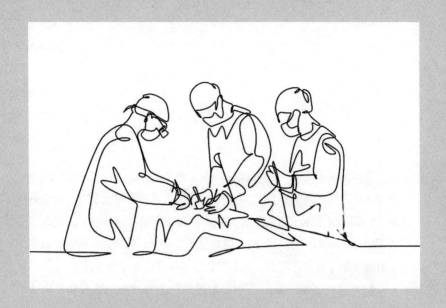

11

呼吸困难

主动挑战困难，那你就能掌握别人掌握不了的东西。

华成星呆望着窗外的时候，冯小文进来了，眉飞色舞地跟华武星分享了外面（抢救室）的热闹场面，说："来了一对男女朋友，女生是病人，因腹痛来的，又有停经病史，江医生考虑是宫外孕了，也做了腹部彩超，尿 hCG 也是阳性，请妇科医生在看，你猜怎么着？"冯小文好像见到了极度不可思议的事情，忍不住跟华武星分享。

华武星白了她一眼："有空好好熟悉一些宫外孕的诊断和鉴别诊断，别那么八卦！"

冯小文见华武星没兴趣，也不卖关子了，直接说："患者确诊是宫外孕，是输卵管妊娠，但没想到后头又来了一个男的，说他才是病人的男朋友。太狗血了吧！怎么会有这种事。"

要是平时见到这样的病例，华武星又得去好好训斥一番病人男朋友了，如果还没准备好要小孩，那就做好避孕措施啊，这搞出人命谁来收拾？受苦受罪的还是病人。搞不好宫外孕破裂大出血，就一命呜呼了。

但此时华武星心情不佳，不想理会这种事。冯小文说的他也毫不关心，从兜里掏出那两张被他攥得皱巴巴的海洋馆门票，递给冯小文："呶，这是两张门票，你找个伴儿一起去玩吧，我有点不舒服，送给你了。"

冯小文接过来一看，眼睛都亮了："这是海洋馆的门票啊！两张票得 500 多块钱呢！"她不敢相信华武星送给她了，反复确认是不是真的免费给她，在得到华武星确切的回复后，她手舞足蹈，说下夜班就去，找小林子一起去！然后感谢了华武星一百次。

华武星收拾好东西准备下班，路过护士站，被护士霍婷婷喊住了："江医生找你，华哥先等一等。"

华武星纳闷："找我干吗不打电话给我？"霍婷婷说江医生在里头忙，估计没空打电话，跟她说这句话也是见缝插针，话还没说完人就跑了。

华武星正想推门入抢救室，门就开了，江陵满头大汗出来，先是朝霍婷婷喊："赶紧打电话叫麻醉科医生，让他们准备手术室，我们这个官外孕病人要紧急手术了！"

江陵说完话，见华武星站在门口，问："明天能不能帮忙顶个班？"

"又顶班？上次不是刚给你顶了周末的班吗？"华武星一脸不解。

江陵摊开手，说："明天跟莫雪茹去领证，这个理由够不够？"

华武星原本心情欠佳，听江陵说了这了句话，顿时目瞪口呆："领什么证？"

"还能领什么证？结婚登记啊！"

"这么快？"华武星话说出口，才意识到不妥，"也不算快了，都快5年了，要是别人三胎早都有了。"

江陵此时应该很忙，没空跟华武星解释太多，就问能不能顶，给个明确回复。

华武星笑了，说："那你明天得请我们所有人吃比萨吧，榴梿味的，点五六个，才够我们这么多兄弟姐妹吃。"

"行。"得到华武星明确答复后，江陵头也不回地进了抢救室。透过门缝，华武星看到里头还有好几个医生在忙活，估计有妇科医生在。

看来这个官外孕情况不简单，估计破裂出血了，否则江陵不会这么急着要找麻醉科。

得知江陵要领结婚证了，华武星替他开心，心情一下子舒松了不少。这才留意到门口有两个年轻人在徘徊，看样子真的是热锅上的蚂蚁，坐立不安，估计这两人就是冯小文说的那两个男朋友了。

"你们俩谁是病人的家属？"华武星朝他们俩问。

他们俩一脸愕然，不知道华武星是谁。华武星此刻没穿白大褂，他们不知道华武星是急诊科的医生。

霍婷婷忙说："这是我们急诊科的华医生，问你们话呢。"

他们俩盯着华武星，都说自己是家属，是男朋友。

华武星说："你们情况很复杂，但先得商量好，等下你们谁来签字，好好想想，别到时候起争执打架了。另外，男女朋友是没有法律效力的，你们签字不算数，还得先把直系家属喊过来补签字。"

华武星说完这句话就走了。留下那两个所谓的男朋友呆立原地，手足无措。

回到家里洗完澡，华武星坐在电脑旁查资料，下午在医院门口杜思虹被陌生男人送花那一幕又涌上心头。想想自己也是傻，不由得笑出来声：华武星啊华武星，好好干活儿吧。想到这里，以往种种跟杜思虹见面的场景就跟放电影一样在大脑中浮现。沈大花还在一旁喋喋不休，说会尽快督促上次的相亲对象出来见面。但此时此刻华武星哪有心思听她讲这个，直接把她推出房间，让她早点睡觉。

等第二天华武星来上班时，林平说那个女病人已经做完手术了，明确是宫外孕出血，术中看到出血量差不多有 1000ml，再晚点送医院可能都要休克了。

两个男朋友仍然是各执一词，都说自己是病人的男朋友，妇科医生也是哭笑不得，幸亏后来病人的家属及时赶到，补签了字。

华武星也不想去打听这个八卦，很快就接到了江陵的电话，说已经准备去民政局了，确认一下华武星是不是已经在顶班了。

华武星很好奇："为什么你们这么突然就去领证了？"

江陵说："这是莫雪茹爸妈的意思，她爸爸上次不是住院了嘛，后来老两口回家算了命，说今年得有个喜事才行，冲冲喜，否则可能还会出现别的问题。老两口一听就急了，他们非常相信算命这东西，看我们相处了这么久，也有结婚的打算，干脆就选定了日子，尽早把这事结了。所以就打算今天领证，还安排了再过一个月就回老家摆酒。"

"那这算是因祸得福啊。"华武星调侃江陵,"否则都还不知道你们俩的婚事得拖到什么时候呢。"

江陵苦笑:"就是那60万的车有点压力。"

"你不是有信用卡嘛。"

"你的钱别乱花啊,到时候如果我这边搞不定还得问你借点。"江陵提前跟华武星打预防针。

"行,算好利息什么都好说。"

这时候冯小文过来喊华武星:"来了危重病人!"华武星急忙挂了电话,不忘叮嘱江陵答应的榴梿比萨。

是一个年轻的女病人,几个护士合力把她推进了抢救室。患者呼吸稍急促,口唇轻度发绀,虽然有鼻导管吸着氧气,但显然供氧还是不够。陪同病人前来的是她的丈夫,是个三十出头的年轻小伙子。

冯小文迅速跟华武星汇报了情况:30岁女性,姓名高水萍,在家咳嗽、咳痰2天了,今晚突然发生呼吸困难,便叫了120急救车。救护人员现场为她测量了血压,当时还是正常的,只是血氧饱和度仅有95%。考虑是肺炎,估计是重症阶段了。

刚顶了江陵的班,就遇到重病号,华武星暗自骂了一句:"真的是不能随便换班啊。"

华武星一边仔细地听着小文的汇报,一边认真端详着病人。这边,几个麻利的护士已经帮患者接上了心电监护,血压也测出来了,98/60mmHg,心率120次/分,呼吸26次/分,血氧饱和度95%。不用等华武星吩咐,供氧设备这会儿已经从鼻导管换成面罩了。

"面罩吸氧能提供更高的氧浓度,比鼻导管要好一些。对缺氧的病人来说,面罩是更合适的选择,但也不总是这样。比如,万一患者有二氧化碳潴留,戴上面罩会导致二氧化碳更加难以排出,会加重二氧化碳潴留。"华武星告诉小文。

"有没有发烧?"华武星问病人的丈夫,那个年轻的小伙子此时站在抢救室门口,没敢进来。

"有,在家量了,体温38.2℃。"他嘴唇还在轻微颤抖,看得出很紧张。妻子生病，丈夫紧张，这是人之常情。尤其是年轻的小夫妻，可能这辈子到现在都没经历过这么大的抢救阵仗。

华武星靠近高水萍，一边示意她不要紧张，一边用听诊器检查病人心肺，了解基本情况。

高水萍口唇仍旧轻微发绀，神志还很清楚，但精神不大好。说通俗点，就是有气无力。她半坐在床上，额头上有汗珠，轻轻喘着气，吸气的时候，锁骨、胸骨上窝凹陷明显，这是典型的缺氧努力吸气的表现。

华武星听到了她肺部有少许湿啰音，沉默了一会儿，跟冯小文说："这可能意味着患者肺部有炎症。肺部有炎症，就会有液体渗出，支气管、肺泡里面如果有液体，那么空气进出气道时会划破这些水泡，产生的声音很像金鱼缸里面的水泡音，这就叫作湿啰音。"

"先拍个胸片，抽个血，估计是肺炎，可能相对严重，要使用抗生素，并且要收入院住院治疗。"华武星跟高水萍的丈夫说，顺带看了下他的身份证，他叫庞隆。

"没问题，该怎么做就怎么做。"庞隆赶紧说，生怕华武星不让住院，毕竟有时候医院一床难求。

华武星问庞隆："病人之前有没有什么疾病？比如有没有先天性心脏病等。"庞隆否认妻子有基础病，说："以前也有过身体不舒服，但都不严重，也没查出什么毛病。"

"今晚才出现的呼吸困难吗？"华武星问。

庞隆说："下午就有点不舒服了，呼吸不是很顺畅，但不大严重，晚上就比较难受，本来想等到明天再来的，但实在是不舒服，而且我看她好像缺氧，赶紧叫了120过来。

"这两天自己买了些药。你看，我都带过来了。"说完，庞隆打开书包，从里面拿出一袋子药。华武星扫了一眼，有一盒阿莫西林，一盒氨溴索，一盒感冒药，还有几盒中成药。阿莫西林是抗生素，治疗肺炎是合适的。氨溴索是祛痰药，患者有痰，用这个也合适。庞隆说这些都是药店店员让买的，但吃了也没什么效果。

华武星没再说什么，开单让他去缴费。

开完单子后他回头看了一眼高水萍，她此时仍然是半坐姿势，精神萎靡。

我们都知道，即便在免疫力较强的年轻人群体中，肺炎也是很常见的一种病。所谓肺炎，多数情况是细菌、病毒等微生物入侵了肺部，引起炎症，导致咳嗽、咳痰、胸痛、发热、咯血等症状，情况一旦严重，也会出现呼吸急促的症状。大多数肺炎症状都是轻微的，少数会演变为重症。看眼下这个女病人的症状，就是比较严重的肺炎了。

急诊科开出的胸片需求，影像科是从来不耽误的，这不，影像科医生很快就过来给高水萍拍了胸片。结果也迅速出来了，左肺有少许炎症。

这让华武星感到疑惑："单纯看患者的症状，似乎肺炎很严重。但从胸片上看到的，又出乎意料——肺炎很轻微，不大可能引起这么明显的症状。"

这时候，抽血结果也出来了。"血常规是正常的，白细胞没有升高。"冯小文对此也感到意外。

"这就更加不像是肺炎引起的缺氧、呼吸困难啊！"华武星隐隐觉得不对。白细胞（主要是中性粒细胞）是对付细菌的人体卫士，如果真有肺炎，可能性最大的就是身体里有细菌感染，那么白细胞计数一般都会升高，但她的白细胞计数并没有显著升高，这有些奇怪。

"不管怎么样，先吸氧，补点液体，用些抗生素再说。稳住生命体征，就有时间慢慢观察。"华武星吩咐冯小文。

急诊科医生是有习惯性思维的，对于呼吸困难的病人，除了考虑肺炎，还要考虑肺癌、肺栓塞等肺部疾病。眼前这个年轻的女病人，没有卧床病史，没有妊娠，不存在长期口服避孕药等高危因素，血液不会很黏稠，不大可能是肺栓塞。华武星也没有往这方面考虑。

"会不会是心脏的问题？"冯小文也开动了脑筋，问华武星。

"那就再做一次心电图呗。"病人在送来的路上虽然已经做过心电图了，没有异常发现，但现在过去了将近一小时，复查心电图是必要的。

估计不会有很大问题，华武星暗自思忖。因为从心电监护上也能大致看到患者心电情况基本是稳定的。不过心电监护看得很粗略，肯定比不上心电图，所以若想排除心脏问题，心电图还是得做。

华武星赞赏冯小文，说："你的担心是有道理的，患者有呼吸困难、乏力表现，完全可以用心脏方面的疾病来解释，比如心律失常、心衰、心肌梗死等，但她这个年纪，不大可能。"

"老师，你见过最年轻的心梗患者是多少岁？"冯小文边做心电图，边问华武星。

"28岁。"华武星淡淡地回了一句。

冯小文听了后，吐了吐舌头，说："看来还是得小心点，小心驶得万年船。"本来再给病人做心电图这事儿她觉得有些多余，但华武星的话让她也不再怀疑了，老老实实照做。

结果出来了，没有明显异常，加上刚刚抽血化验了肌钙蛋白也是正常的，华武星彻底放心了。

"心电图正常，肌钙蛋白不高，再加上患者说没有明显的胸痛，只有呼吸困难，那就不支持急性心肌梗死诊断。"华武星下了定论。

"那会不会有心肌炎？"冯小文问，"重症心肌炎也会导致呼吸困难，甚至猝死。"

华武星在研读各个化验报告，听冯小文这么问，头也不抬，反问她一句："你觉得像吗？"

"我觉得还是有可能的，患者有上呼吸道感染病史，这时候出现呼吸困难、乏力等症状，胸片又提示肺炎不严重，还是要警惕心脏的问题。如果不是心肌梗死，那么心肌炎还是要考虑的。"冯小文说了自己的看法。

"患者如果有心肌炎，肌钙蛋白应该会升高的。"华武星给了她一个白眼，刚夸完她，这下又开始糊涂了。

"老师，我见过肌钙蛋白不高的心肌炎患者猝死。"冯小文瞪大了眼睛，望着华武星很认真地说。

华武星想多说两句，告诉她肌钙蛋白不高基本可以排除心肌炎，但想到世事无绝对，有些病人症状的出现先于检验结果的异常，也是有可能的，所以没再说什么。

患者呼吸困难原因未明确。从胸片看，肺炎虽然不严重，但目前能找到的病因也就只有肺炎，心肌炎证据不足，心肌梗死基本排除，既往没有心脏病病史，估计不会有心衰。总的来说，心脏的原因可能性小，肺部的原因可能性大。

"先请呼吸内科、心内科医生过来看看再说吧。"华武星告诉冯小文，让她去打电话。急诊科不是病房，而是病房的排头兵，急诊科的重要作用之一就是识别出病情严重的患者，做早期处理，然后把他们护送至相应的科室进行更细致的治疗。

通常情况下，急诊科发出的会诊请求，各科室均需配合，尤其是对呼吸困难的病人，所需科室医生一刻都不敢耽搁，都会尽快赶到。

护士霍婷婷进来跟华武星说："又来了一个腹痛的年轻女性，是个18岁的小姑娘，指名让你过去瞧瞧。"华武星见高水萍症状趋于缓解，各项生命体征还算稳定，嘱咐冯小文好好看着她，等会诊医生来了后就通知他，然后跟护士去了诊室。

华武星边走边跟霍婷婷说："今天是江陵大喜的日子，中午请咱们吃比萨，赶紧让姐妹们少订点饭，吃好吃的。"

霍婷婷原本忙得晕头转向，这会儿听说江陵要结婚，又有好吃的，眼睛都亮了，说今天得好好大吃一顿，还跟华武星抱怨，这么大的事怎么江陵没官宣。

霍婷婷还问华武星，上次华武星问的关于江陵的事情结果怎么样了，江陵到底有没有受到责罚？华武星不想把这件事告诉霍婷婷，以免传得沸沸扬扬，这对江陵影响不好，便说："小事，已经解决了。"

"那就好。"霍婷婷也松了一口气，看得出她也是很关心江陵的情况的。

正说着，到了诊室。华武星一眼看到这个18岁的小姑娘，觉得有点眼熟。

"华哥哥，是我。"那小姑娘见到华武星马上就打招呼了。

霍婷婷也愕然："你们认识？"

华武星猛然想起来她是谁了，这是老马的女儿马小柔，3年前华武星经常跟她见面，后来马小柔读了高中，学业紧张，两人见面就少了。"你这是怎么回事啊，是找我还是找你爸，或者找别的医生啊？哎哟哟，真的是女大十八变啊，我都快认不出你来了啊小柔。"华武星没想到在急诊室见到了马小柔。

霍婷婷听说是马主任的女儿，笑了，说："怪不得总觉得有点眼熟，想不起在哪里见过，原来是小时候经常跑急诊科捣蛋的那个小姑娘……"说到这里，她突然意识到不妥，毕竟马小柔现在已经是个亭亭玉立的少女了，再说儿时调皮捣蛋的事也不合适。

"你肚子痛，让华医生给你好好看看吧。他看肚子痛看得最准，什么病都躲不过他的火眼金睛，你就放心吧。"霍婷婷夸了华武星两句，说完就走。

华武星虽然有3年没跟马小柔见面了，但他们俩关系不错。马小柔也是个开朗的女孩了，见到华武星也跟见了救星一样。说："肚子痛两天了，今天特别疼，可能是吃错东西了，昨晚还吃了一只烤鸭，估计是肠胃炎，家里的药吃了也没效，还是痛。"

马小柔嘟起小嘴，好像在跟华武星诉苦。

"这么小的问题，你来医院干什么，找你爸不就得了吗？"华武星掏出电话，准备打电话给老马。

"别提了，我爸哪有空理我啊。我说我肚子痛，让他给我买点药，你猜他怎么说？他说家里的药吃了如果效果不好，那就来急诊科，让我找你！"马小柔皱着眉头，捂住肚子，看起来还真的挺疼。

"那你爸知道这事了吗？"华武星问。

"知道了，他现在跟那个什么潘科长开会去了，让我先找你。"

"好吧，既然如此，那我就来给你好好瞧瞧。挂号了吗？"

"挂了，我可不省这10块钱。"马小柔笑着说，"尊重你们的知识和劳动，不能因为是熟人就走后门。"

华武星给她竖起了大拇指，说："没办法啊，你不挂号我登录不了系统，没办法给你开药、开检查单。"

"你现在学业还紧张吗？"华武星边给马小柔检查肚子边问。

"我说华医生啊，我都高考完了！成绩都出来了啊！"马小柔瘪起了小嘴，"你一点都不关心我哦，这都不知道。"

华武星一脸尴尬，才想起来现在都快9月份了，高考结束两个多月了，自己却什么也不知道。难怪老马之前忙得焦头烂额，经常在科室提什么报考志愿的事，原来就是马小柔要报志愿了，自己没去关心这件事，所以一直没想起来。

马小柔憋不住话，没等华武星开口问，就啪啦啪啦说了一堆：考了多少分，被哪个学校录取了，什么时候开学，要准备什么，一股脑儿全说了。

"你不打算继承你爸的衣钵吗？怎么不读医科？"华武星纳闷。

"嘿，你看我爸那样，一天到晚都不着家，医院就是他家，半夜三更还被人叫回科室，我哪里还敢步他后尘啊。我读新闻专业去，将来看能不能做个新闻主播。"马小柔说这些的时候，仿佛忘记了腹痛。

"哎呀，痛痛痛！"马小柔突然叫起来。

华武星说："你这个可能是急性阑尾炎啊，我看你右下腹有压痛，这样吧，做个彩超，好不好？如果真的是阑尾炎的话，我请咱们医院最牛的外科医生帮你把阑尾切了，以绝后患。"

"不是肠胃炎？是阑尾炎？"马小柔不敢相信，"还要手术啊？"

华武星斩钉截铁："肯定不是肠胃炎，阑尾炎的可能性很大。如果不是阑尾炎，那就是其他的问题，妇科问题……咱们要考虑吗？"华武星询问马小柔意见。

"我这么年轻，哪会有妇科问题啊。"马小柔直接否定了华武星的怀疑，"我妈可能有妇科问题，但我妈都死了十几年了。"

华武星哑然失笑："这小妮子，说话还是这么没有忌讳，怎么拿自己已故的妈妈开玩笑了。"

"好好好，你没有妇科问题，"华武星妥协了，紧接着试探马小柔，"我听说高中毕业后很多人都开始拍拖了，你有男朋友了没有啊？你告诉我，我保证不跟你爸说。"

"没有，我哪有男朋友。"马小柔一口否认。

"哦，那月经正常吗，会不会因为高考压力过大而导致月经紊乱？"华武星问出这个问题的同时，帮马小柔找好了台阶。

"月经嘛，这次的确是迟到了一个多星期，按平时这时候应该来了，但今天还没来。"马小柔说。

"平时有痛经吗？"

"没有，身体一直都棒棒的，宿舍有个女生上次痛经差点休克了，我自己是一点事都没有的，月经期间一样可以打篮球比赛。"马小柔扬扬得意。

"你还打篮球啊，这么牛。"

"那话怎么说来着，文能提笔安天下，武能上马定乾坤。"马小柔更加得意了。

问完了问题，又检查了肚子，华武星开了单，让她去做彩超："同时留个尿，查个尿常规，看看肾脏有没有问题。有没有带钱？如果没带我就帮你给了，回头我再找你爸要。"华武星开玩笑说。

"必须得带钱啊，没钱谁敢来医院，我微信有，我爸给我的生活费我都是省着花的。"马小柔哈哈笑，大大咧咧的，如果不是她双手一直紧紧捂着肚子，还真看不出她肚子痛。

等马小柔留好了尿，华武星让一个护士带她去做彩超。等马小柔走远了，华武星跟霍婷婷说："把这份尿液分两份，一份做尿常规，另外一份送检验科做尿 hCG 检测。

霍婷婷一脸疑惑："你怀疑她妊娠？"

hCG 是人绒毛膜促性腺激素，当女性怀孕时，这个激素分泌会增多，可以在血液中和尿液中测得这个激素，反过来，当这个激素增多了，大概率就是怀孕了。华武星见马小柔腹痛，但前后左右看了不像是普通的肠胃炎，不排除阑尾炎，所以要做个彩超看看。但后来得知马小柔月经有推迟，而且从她的反应来看可能有男朋友。既然有男朋友，那就完全可能有性生活，如果他们发生了无保护性生活，那马小柔怀孕的可能性是有的，甚至宫外孕都有可能。昨天江陵才处理了一个宫外孕的女患者，华武星不敢大意，这些年来宫外孕越来越多见了。

华武星也仅仅是猜测而已，他不方便直接问马小柔是否有性生活，毕竟她是老马的女儿，而且还刚刚高中毕业。但他不能排除马小柔有这个可能性，所以只能偷偷地帮她做尿妊娠试验。

"别问那么多，做就对了。我医嘱开好了，钱我帮她交，如果结果是阴性的，就不要让她知道，以免她跳起来。如果结果是阳性的，我再找老马商议怎么办。"

霍婷婷非常信任华武星，他这么安排肯定有道理，也就不再问什么。

华武星叮嘱霍婷婷，结果出来后一定要第一时间跟他说。

说完后华武星又回到抢救室，看看高水萍的情况，恰好这时候会诊医生也来了，来的正是杜思虹。

杜思虹见到华武星，有点惊讶："不是江医生值班吗，怎么会是你？"

华武星看到杜思虹，又想起了昨天下午那一幕，不由得内心一阵莫名的失落，之后快速平和了下来。他没回答杜思虹的问题，而是让冯小文跟杜思虹好好汇报病史。

杜思虹没察觉到华武星的异常，认真地看着高水萍的病历。

看完病人后，杜思虹认为："即使胸片看起来不严重，但依据症状判断，肺炎诊断是成立的，病人完全可能是因为肺炎引起的呼吸困难、缺氧。另外，还是不能排除肺栓塞的可能。典型的肺栓塞症状是呼吸困难、胸痛、咯血三联征，病人目前只有呼吸困难，无胸痛、无咯血，加上心电图结果也看不出有肺栓塞迹象，不大支持肺栓塞，但还是要把它纳入考虑范围。如果可能，最好是做个胸部增强CT来排除。"

做增强 CT，华武星当然是同意的，后来跟高水萍及其丈夫庞隆说了，他们也都同意。

"不是所有病人都能做胸部增强 CT 的。而且要做增强，就要打造影剂，有一定的风险。"杜思虹跟病人说，高水萍听说可能有风险，又开始担忧。

华武星跟她说："现在先不要管风险的问题，该做还是得做，万一到时候命都没了，还谈什么风险。"

华武星这句话是跟高水萍说的，也是跟杜思虹说的。

杜思虹点头，说："华医生说的没错，该做还是得做，只不过风险要告知。"

心内科医生也来了，经过一番分析后表示："不大可能是心肌炎、心肌梗死，因为证据不足。患者心电图提示心率偏快，那是缺氧的表现，不一定是心脏的问题。有太多原因会导致心率过快了，比如发热、焦虑、紧张、疼痛、害怕、缺氧、缺水都会导致心率过快，加上心电图基本都是正常的，看不出有心脏缺氧的迹象，所以心肌梗死基本可以排除。但凡事无绝对，可以动态观察，必要时再复查心电图、心肌酶等指标。"

"要不要收入你们呼吸内科继续治疗？"华武星指着高水萍问杜思虹。

杜思虹说："先把胸部 CT 做了吧，看看什么情况。另外，科室现在又满了，今天不一定能腾出床位，最快也得明天了。"

杜思虹还告诉华武星，晚点她有个病人要做深静脉穿刺，估计有些难度，到时候如果搞不定就请华武星过去帮忙。

华武星"嗯"了一声，说："今天这边也挺忙，不一定有空。"

杜思虹说："我那个不紧急，等你这边有空了再去，大家还等着你指导呢。"杜思虹这句话半客套半开玩笑。

华武星又"嗯"了一声，没再说什么，随即让冯小文准备好相关文书，找高水萍家属签字。

等杜思虹走后，冯小文小心翼翼地问华武星："怎么今天好像心情不大好啊，杜老师问你话你也没理会呢。"

华武星假装漫不经心，说："这会儿正忙着呢，哪有空管其他的。"

就在这时，霍婷婷进来了，着急忙慌地跟华武星说："马小柔尿检查结果出来了。"

华武星见她神色异常，猜到不是什么好事情。接过报告一看，顿时觉得整个人都不好了。

马小柔的尿妊娠试验结果是阳性！

华武星压低了声音，让霍婷婷别声张，不要告诉病人本人，他来处理。

华武星直接给彩超室打电话，问轮到马小柔做腹部彩超了没有。对方说下一个就是了。华武星松了一口气，跟对方说："马小柔这个病人，情况有些特殊，她腹痛两天，月经推迟了一周，刚刚尿妊娠试验是阳性，怀疑是妊娠。等下不管腹部彩超看到什么情况，不管是宫腔内妊娠还是宫外孕，报告都不要给病人，先跟我说了之后让她回来找我。"

对方有些犹豫，说："这不合适吧？"

华武星说："这是我的病人，出了事我来负责，你照做就行了。"

对方还想辩驳，说："病人有知情权。"

华武星不耐烦了："都说了一切后果我承担，而且这个决定是有利于病人治疗的，万一病人看到结果后跳楼自杀了，你负得了责任吗？"

对方终于妥协，答应了华武星的要求。

挂了电话后，华武星又拨打了老马的电话。

老马当时在跟院领导开会，接到华武星的电话，悄声问什么事。华武星压低了声音："小柔来医院看急诊，腹痛，你知道吗？"

老马说："知道啊，是我让她找你的。我现在正开会，有什么事晚点再说。"老马正要挂电话。

华武星让他别挂电话，说出事了！

"出什么事了？"老马也隐隐察觉到了紧张的气氛。在他的意识里，华武星不是个容易紧张的人，天塌下来他都很少找老马。这回硬拉着不挂电话，难不成真的有什么大事发生？

"小柔的尿妊娠试验是阳性。"华武星一字一顿地讲了。

"你说什么？"老马一听，顿时整个人都不好了。他不敢相信。

但华武星再一次把结果告诉了他，同时把报告也拍照发给他看了。老马缓和了心情，借故溜出了会议室，许久才问华武星，有没有可能是假阳性。

华武星把马小柔月经推迟的事也一并说了。老马听完后，脑袋都快炸开了。

"小柔自己知道了吗？"老马声音很冷静，冷静得可怕。

华武星说结果暂时还没让她知道，就连腹部彩超结果他也让人先压一压。

老马会也顾不上开了，直接回到急诊科。

表面上大家察觉不出老马身上的异常，但华武星跟随老马多年，知道他已经愤怒到了极致。如果马小柔真的是怀孕了，那对老马和马小柔来说都是一个巨大的打击。要知道，马小柔刚刚高中毕业，大学还没开学呢，怎么就怀孕了呢？

就在这时彩超室来电话了，跟华武星说："病人马小柔的右侧输卵管看到有异常团块，高度怀疑异位妊娠，而且看样子随时有破裂的可能，要时刻警惕。谨慎起见，我们已经安排人用轮椅把病人送回来了，不能走路，怕出意外。"

华武星听到这个结果，瞬间人也不好了。老马得知结果后，更是气到发抖。

等老马冷静下来后，让华武星先去忙，他来处理马小柔的事情，并且让华武星把马小柔带进老马的办公室。

"这恐怕不合适吧？彩超显示可能是宫外孕，而且有随时破裂的可能，你如果给她压力，等下她一激动出问题了，那怎么办？"华武星表示担忧。

"别说了，我心中有数。"老马没抬头。

"这可由不得你，我是主诊医生。"华武星也嘴硬。他料想老马等会儿一定会大发雷霆，万一马小柔情绪崩溃之后诱发宫外孕破裂，那会马上大出血，保不准会出人命的。

老马瞪着华武星："这科里，我说了算。"老马顿了一下，"另外，那是我女儿，我怎么管是我的事！"

华武星从来没见过老马发这么大脾气，他也知道自己终究是拗不过老马的，只得不作声，寻思着如何做好抢救方案。

华武星也是一头乱麻，他也只是担心马小柔会有宫外孕而已，仅仅一个担心，没想到结果竟然是真的。他背后冷汗直流，一来是幸亏做了检查，万一不做检查就放马小柔回去，如果路上宫外孕破裂出血了，可能就死在路上了。二来是他真的不敢相信刚年满 18 岁的小妮子竟然宫外孕了，在华武星眼里，马小柔还是几年前那个天真无邪的小姑娘。想不到世事变化如此之快。

路过走廊，华武星见到护士推着马小柔回来了。马小柔还在一个劲儿地倔强，说："肚子虽然有点痛，但还不至于坐轮椅吧，你们真的是小题大做了。"

看来她真的是什么事都还不知道。

华武星迎上去，跟马小柔说："你爸回来了，在他办公室等你，你过去找他吧，他有话跟你说。"

马小柔很好奇："不是你给我开药嘛，怎么要我爸来啊？他行不行啊，华哥哥？他总说你是急诊科最厉害的，让你治疗我更放心啊。彩超室医生还说我不是阑尾炎呢。"她嚷起来了。

华武星借口说抢救室很忙，走不开，然后头也不回地走了，示意霍婷婷把马小柔带去老马办公室，并且叮嘱霍婷婷，先给马小柔打个针，开通一条静脉通道。马小柔听到要静脉输液，有些抗拒，问能不能只吃药，她最怕打针了。

华武星安慰她，必须得打针。

华武星的意思很明显，马小柔现在处于危险当中而她不自知，但华武星是知道宫外孕一旦破裂是有多危险的，所以提前把静脉留置针打上，万一需要马上输液抢救还能争取一些时间。

霍婷婷当然也了解华武星的想法。

等马小柔打上静脉留置针后，华武星就让霍婷婷推她去老马办公室。看着马小柔的背影，华武星心里真不是滋味。但无论如何，他心里也做好了抢救准备。只是希望这一切不要派上用场。

处理完马小柔的事，华武星赶紧回抢救室，看高水萍的情况。

冯小文见华武星回来，说："都准备好了，家属也签了字，可以去做CT了。"

华武星点头，没说什么。冯小文看出了华武星的异常，问："老师你今天状态不大好啊，是不是病了？刚刚我还疑惑呢，怎么杜老师跟你说话也不理不睬的。"

华武星没回答她的问题，说："少管闲事，先把病人CT做了再说，万一像呼吸内科医生说的那样是肺栓塞，那就有麻烦事了。"

高水萍还是很担心，问华武星："会不会可能是肺癌？我有个伯父就是得肺癌走的。"

华武星直截了当地告诉她："这种胸片不像肺癌，但不能完全排除，具体如何先要把CT做了。肺癌倒不会一下子置你于死地，但如果真的是肺栓塞，那就悬了，会让你迅速缺氧死掉的。"

这句话又吓到了高水萍。

华武星见高水萍虽然呼吸有点急促，但目前血氧饱和度还不错，生命体征总体算稳定，就让冯小文和护士推着高水萍去CT室，他就不去了，抢救室还有其他病人需要他处理。

冯小文有点慌张，担心自己一个人搞不定。

"这有啥，你带着抢救包，还有氧气瓶，如果她路上情况不好就随机应变，如果是缺氧加重就给她加大吸氧量，然后让人跑回来找我。如果是心跳停了那就给她静推肾上腺素，然后一边做心肺复苏一边推回来，即便我在现场也只能做这么多。"

"那气管插管呢？我还没成功过。"冯小文有点发怵。

"别乌鸦嘴，她还用不到这个。"华武星白了她一眼，"你是有执业医师证的，迟早得自己面对病人，去吧。"华武星让护士帮忙准备了氧气袋和抢救包，催她们出发。

冯小文总体还是个不错的年轻医生，起码基础知识比较扎实，抢救流程也基本熟悉。所以华武星相信她可以一个人陪着高水萍去做CT。既然华武星都这么说了，冯小文也只能鼓起勇气去了。

幸运的是一路比较顺利，冯小文也如释重负，准备好的抢救包没拆开，这当然是好事。

等到冯小文推着高水萍回来时，CT报告也出来了。"没有肺栓塞，的确只有少许肺炎。"华武星这下更加纳闷了。

这时候，高水萍招手示意想喝水，她口渴了。此时，她的呼吸困难似乎稍微好转了一点，但也没好多少。毕竟来回折腾了这么久，渴了是正常的，华武星怕她有心脏问题，也就没敢补太多液体，所以她此刻应该是缺水的。

"去，给她倒杯水。"华武星吩咐冯小文。

冯小文手脚麻利，很快就给端了一杯水回来。高水萍接过水杯，扯开面罩，顿了一顿，然后仰头喝水，刚喝了半口，突然"哇"的一声全吐了出来。

"嘭"的一声，杯子打翻在地。

这吓了冯小文一跳，也吓了华武星一跳。

他们俩第一时间回头看了看病人，只见高水萍神情极度惊恐，嘴唇震颤，口角仍有水渍，水洒落在地上，湿了一片。

"怎么回事，是水太烫了吗？没道理啊，明明是温水，不烫啊。"冯小文一头雾水。

高水萍没说话，喉头动了几下，似乎咽了一口水，神色慌张，眼神迷离，呼吸更加急促了。

眼瞅着血氧饱和度一路降至88%。

冯小文赶紧帮她重新戴上面罩，加大氧流量。

这一切，华武星都看在眼里。

这真的太糟糕了。

霍婷婷听到响声冲了进来，以为发生了什么事情，见地上湿了一片，赶紧拿拖把过来清理干净。冯小文问高水萍："要不要再去拿一杯水过来？不要紧的，水多的是。"

高水萍连忙说："不用了，不用了，不喝了，不渴。"她说这话的时候，嘴唇是干燥的，傻瓜都看得出，她真的需要水分。

她这么一动，心率就更快了，接近 140 次／分，心电监护发出了尖锐的报警声。

华武星神色严峻，稍微靠近了一下高水萍，问她："觉得光线刺激吗？要不要关一部分灯，让你好好休息休息？"

高水萍此时皱着眉头，喘着粗气，似乎提一口气都很困难的样子，费力极了。她说："能关灯就最好了。"说完后她顿了顿，又说："不关也不要紧。"

华武星告诉她不要说话了，好好吸氧，他一边示意冯小文看着她，一边走出了抢救室，找到她丈夫庞隆，问："病人最近有没有被狗咬过？"

庞隆对华武星这个问题感到很疑惑，想了好一会儿，说："没啊，没有听她说过这个事情。"

这个答案华武星显然不满意。

"你再仔细想想，最近几个月，或者最近几年，你们家有没有养狗？或者在居家、路边等处有没有跟狗接触过，有没有不小心被咬过？"

"你这么说，倒好像真有一次。"庞隆使劲回忆着，说，"去年在朋友家，她被小狗吓了一跳，还被咬了，但当时好像并不严重。而且我那天也喝了酒，记得不大清楚了。"

"去年几月份？"

"不大记得了。"庞隆说。

"这个非常重要！你必须要记得。"华武星瞪着他。

如今是 9 月份，如果是去年 9 月份之前被狗咬的，那就有一年多时间了，理论上不再可能发生狂犬病，因为狂犬病潜伏期绝少有超过一年的。但如果病人是去年 9 月份以后甚至是年底被咬的，那么就还在一年时间内，理论上那就是在潜伏期内。华武星怀疑高水萍可能是狂犬病。

这彻底吓坏了庞隆。

庞隆开始慌乱了，说那时拍了一些聚会的相片，他找找看，说不定会有时间记录。他哆哆嗦嗦找了好一会儿，然后告诉华武星，是去年 10 月份被小狗咬的。

其实狂犬病潜伏期最多见的是 3 个月内，一年内的也有，但还是比较少的。现在病人距离被狗咬有 11 个月时间，这个时间不算长，不能完全排除狂犬病。所以，华武星还是隐隐担忧。

"当时有没有打狂犬病疫苗？"华武星追问。

"那倒没有。"

这个答案让华武星失望至极，又让他恐惧至极。

眼前这个呼吸困难的女病人，很明显有恐水的表现。恐水意味着什么？别人可能不知道，华武星自己却是心惊胆战。他从事急诊工作近 10 年，遇到过的两个恐水患者，最终都确诊为狂犬病，而且都死掉了。

华武星转身回到抢救室，把这件事跟冯小文说了。

"狂犬病？"小文听到华武星说出这三个字，惊讶不已。

"狂犬病，一旦发病，必死无疑。"冯小文也趁机翻了书，书上说，恐水这个特征是非常重要的，基本上可以跟狂犬病画等号了。毕竟狂犬病还有个名字叫"恐水症"。

华武星丝毫不怀疑这点，所以恐惧。

到底是不是狂犬病，华武星还不能完全确定，但本着怀疑就要告知的原则，华武星还是跟庞隆说："患者有可能是狂犬病。"如果现在不说，而是等到病发身亡再说，那一切都来不及了。

庞隆听到这个消息后，脸色都青了。他虽不是医生，但也听说过狂犬病，知道狂犬病一旦发病，无一生还。想到这儿，他许久说不出话来。

华武星也怔了好一会儿，才缓缓开口打破沉寂："目前还没确定，

271

我只是怀疑而已，高度怀疑。现在患者有呼吸困难的情况，如果真的是狂犬病，呼吸困难会持续下去，并且会逐渐加重，她等下可能就需要用气管插管接呼吸机辅助通气了，你同意吗？如果不同意，她很快就会因为缺氧而死亡。"

华武星淡淡地说，好像在说不相干的人的故事一样。

庞隆终于失声痛哭，蹲在凳子前，伤心欲绝。此时此刻，他仿佛成了全天下最可怜的人。他说他老婆平时偶尔也会有不舒服的表现，但从来没有这次这么严重。

华武星见他几乎崩溃，安慰他："你也不用太担心，我只是怀疑而已。想确诊还需要做一些检查，比如查一些抗原等，需要点时间。她未必就是狂犬病，可能仅仅是重症肺炎。"事实上，华武星真的仅仅是在安慰他而已。在华武星心里，已经基本认定患者就是狂犬病了。

高水萍呼吸困难、乏力、恐水，好像还怕光，希望病房能够关灯，又有被狗咬的病史，诊断已经八九不离十了。更何况，患者排除了心脏原因引起的呼吸困难，胸片也没看到明显的肺炎，虽然杜思虹说胸片不严重但症状严重，华武星也相信这点，但他从个人经验判断，那些胸片不严重但症状严重的患者多数是老年人，很少有年轻人发生这样的情况，所以华武星心里并不认可肺炎导致患者呼吸困难的诊断，肺栓塞的依据又不足。

然而狂犬病可以解释一切。

肺炎怎么解释恐水呢？不能。

为了避免高水萍情绪失控，华武星没把狂犬病这个可能性告诉她。

华武星大脑快速转动：该怎么处理这个特殊的病人，要不要马上请感染科？

冯小文问要不要请马主任过来看看病人。诊断狂犬病可不是一件小事。

华武星原本也是想让老马过来看看这个病人的，但老马现在在气头上，马小柔的事情已经让他心力交瘁，华武星不想再折腾他了。

"那我们能做什么呢？面对这样的病人。"冯小文束手无策。

华武星缓缓说道："不管是什么原因导致的呼吸困难，只要足够严重，就有插管上呼吸机的指征，除非是气胸。气胸就不能上呼吸机，因为气胸往往意味着肺脏破裂，这时候还用呼吸机吹气，只会越吹越破，导致气胸越来越厉害，这会得不偿失。但患者明显不是气胸，胸片也证实了。

"但即便是上了呼吸机，患者也只有几天的时间而已。狂犬病一旦发病，基本活不过 6 天。

"所以，马上转入 EICU 上呼吸机吧。"华武星做了决定，也出去把这个决定跟庞隆说了。庞隆此时已经六神无主，华武星说什么就是什么，他知道妻子病情重，但没想到会是狂犬病，他短期内还无法接受这样的命运安排。

华武星说："如果要上呼吸机的话，必须要进 EICU。EICU 有专业的生命支持设备，能最大限度稳住患者的生命体征。当然，顶多就是维持几天而已。"

冯小文远远望着高水萍，想到她刚刚把水打翻的情况，低声问华武星："老师，为什么狂犬病患者会恐水呢？这太不可思议了吧。"

华武星对狂犬病略有研究，说："这个机理比较复杂，主要是跟病毒侵蚀了迷走、舌咽、舌下脑神经核有关，这些位置控制患者的咽喉、吞咽动作，患者会发生吞咽肌痉挛、呼吸肌痉挛。

"一旦患者看到水或者联想到水，就会联想到吞水的动作，而对一个咽喉痉挛的狂犬病患者来说，吞水无异于自杀，因为水可能会误入气管导致窒息。所以狂犬病患者会恐水。"

"老师，你懂的可真多啊。"冯小文看着华武星，一脸羡慕，"什么时候我能跟你一样懂这么多，那我值班就不那么害怕了。"

华武星此刻没心情跟冯小文讲解太多，丢下一句话："人有时候要主动'吃屎'，才能成长起来。"

"主动'吃屎'？"冯小文皱了眉头，"这么粗俗的话，整个医院也只有华老师你一个人说得出来，哈哈！"

"主动挑战困难，看到不懂的东西像饿狗见了骨头一样，或者说像见了屎一样，拼了命地围过去，观察、琢磨、分析、下手……那你就能掌握别人掌握不了的东西。"华武星又加了一句。

冯小文似懂非懂地点头。

"祝你早日'吃屎'成功。"华武星笑着跟冯小文说，手头上的活儿片刻也没停。华武星能有今日的知识和技能，跟这么多年来的勤奋、思考是密不可分的，其他医生下班了，他还在为病人的情况苦思冥想，或者查找各种专业资料，日积月累，懂得当然更多。

就在这时，有人推门而入。

是杜思虹。

华武星盼着杜思虹的到来，因为遇到疑难病例时，他以前多数是跟老马或者江陵商议，现在这两个人都有自己的事在忙，不方便打扰。现在来了个杜思虹，她现在每次都能和他仔细探讨病例病因。但当杜思虹真的出现在眼前时，他却微微尴尬了起来，因为他马上联想到那两张海洋馆门票和那束耀眼的玫瑰花，还有那个穿着斯文的男人。

"杜老师怎么来了？"冯小文见到杜思虹倒是很兴奋。

"我在电脑上看了病人的 CT 片子，肺炎不严重啊，而且也没有肺栓塞的证据，实在是跟她的病情不相符。不知道你们怎么处理的，刚好我有空，就过来瞧瞧。"杜思虹说完后望着华武星，似乎在等他的分析。

华武星还没开口，冯小文就凑过去低声说："华老师考虑病人是狂犬病。"

杜思虹听到狂犬病几个字，瞪大了眼睛，简直不敢相信。

"患者有典型的恐水表现。"冯小文继续压低声音说，华武星点头，默认这个说法，"而且，患者 11 个月之前有被狗咬的病史，并且没有注射疫苗。"

杜思虹仍然半信半疑："这太夸张了吧，买彩票都没那么'好'的运气。每年被狗咬的人多了去了，没几个发病的。再说现在家养的狗大都很安全，狂犬已经不多了。"

华武星理解杜思虹的质疑，于是跟她重新分析了一遍病情，时不时瞥一眼患者的心电监护，确认暂无生命危险才接着说。

杜思虹听罢，只能认同华武星的判断。毕竟，恐水真的是一个很重要的特征。

"那怎么办？收入 EICU 吗？"杜思虹问华武星。

"先收上去吧，我估计患者用不了多久就要插管了，现在呼吸有些急促了，血氧饱和度勉强可以，那是因为高流量吸氧了，搞不好过10 分钟就要插管上呼吸机。如果患者真的是狂犬病，那么现在应该是兴奋期，兴奋期患者会恐水、有幻觉等，会持续一两天时间。现在差不多过去一天了，接下来就会进入麻痹期，到那时候患者就会呼吸麻痹、循环麻痹了。如果不上呼吸机，必死无疑。"

"当然，上了呼吸机，也必死无疑。"华武星又补了一句。

杜思虹叹了一口气，说："只是可怜了患者，才 30 岁，不知道她生孩子了没。如果孩子刚出生，那就真的是人间悲剧了。"

"等下还得请感染科过来看看，他们见得更多一些。另外，先把患者送入 EICU，万一要插管上呼吸机也方便些。"华武星说，庞隆也签了字，病人还被蒙在鼓里，以为是普通的肺炎，住 EICU 几天就能好转出来，所以不抵触 EICU。

转入 EICU 后，华武星反复检查了高水萍的双下肢，都没有看到狗咬伤的伤口，问起高水萍这件事，她自己也说去年的确是被狗咬了。

众人一听到这话，心里更加沉重了。

华武星多问了一句："咬哪儿了？怎么现在看不到伤口了？"

高水萍现在呼吸困难似乎加重了，说话力气不够，她很纳闷为什么医生把关注点放在被狗咬这件事上，为什么不加大氧流量，先把自己的缺氧问题解决掉。

事实上氧流量已经开到最大了。华武星为了让她放心，还是做了一个加大氧流量的动作，那自然是骗高水萍的。

"咬哪儿了？"华武星再次问她。

她摘下面罩，说："好像是咬了左小腿。"

"有出血吗？"华武星追问。

患者虽然呼吸偏快，但说一两句话还是勉强可以的。她稍微回忆了一下，说："当时被咬得不厉害，没破皮，衣服挡住了。"她试图撩起裤腿，但似乎手上力气不够，抬不起来。

华武星一听，蒙了，几个人面面相觑。这个信息太重要了。被狗咬是事实，但如果连皮都没咬破，那是万万不可能感染狂犬病毒的。

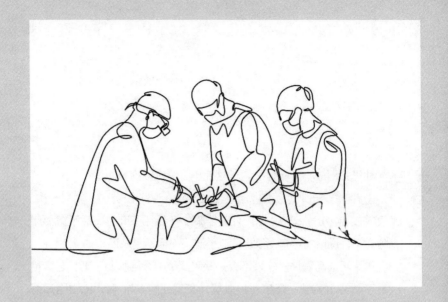

12

老马胸痛

你是急诊科主任又怎么样，那也是普通人，也是会生病的。

杜思虹不放心，问她："最近这几年有没有被狗咬伤过？"

患者喘了一口气，很肯定地轻微摇头，说："没有了，就那一次，也没被咬得多厉害。"说完，只见她眼皮开始往下耷拉，似乎就要闭眼睡觉了，说话的声音也很小，似乎连头都抬不起来了。

华武星立马警惕——该不会是缺氧严重、大脑抑制了吧！赶紧抬头看了看心电监护，怪事儿！血氧饱和度还有97%啊，比刚刚还好一些。

患者的这几句话太重要了，华武星开始怀疑先前狂犬病的诊断了。

"如果患者清楚地记得自己不曾被狗咬伤，甚至连皮都没咬破，那怎么会得狂犬病呢？她丈夫说当时被狗咬了，但那会儿他喝了酒，糊涂了，记不清楚是有可能的。病史这东西，还是患者自己亲口说的更为可靠。"杜思虹说。

华武星当然知道这点。

"可如果患者不是狂犬病，为什么会有恐水的表现呢？"冯小文糊涂了。不单冯小文疑惑，大家都疑惑，杜思虹也认为恐水基本等同于狂犬病。不是狂犬病的恐水症状估计临床上不多见。

"但是，患者肺炎真的不严重啊。"杜思虹若有所思，"患者的呼吸困难应该不是肺炎导致的。而且患者看起来很虚弱，浑身都没力气，说句话的工夫都快要睡着了，该不会有神经系统问题吧？"

"神经系统问题也不大可能导致呼吸困难。"华武星也在快速思索。

278

"有没有脑血管意外的可能？少数脑血管意外会引起肺水肿，这是一种神经反射，患者也会有呼吸困难、缺氧表现。"杜思虹又尝试分析。

　　华武星否认了这个说法，说："这个推断不成立，因为从患者的胸片和 CT 来看，并没有明显的肺水肿。"

　　两人陷入了沉默。冯小文也是干着急，此时此刻她除了安慰病人以外啥都做不了。

　　华武星站在患者床旁，一边盯着患者的心电监护，一边看着患者的呼吸："要不现在就气管插管上呼吸机，让患者舒服一些算了。"

　　杜思虹也有犹豫，说："毕竟还不知道病因，而且患者现在的指标还勉强可以，也不是非要上呼吸机不可。"

　　华武星眉头紧皱，突然想起来庞隆刚刚说高水萍平时偶尔也会有不舒服的表现，具体是什么不舒服，当时情急忘了问，而且他以为跟本次发病无关，但现在诊断陷入了死胡同，他只能尽量寻找信息，要短期内完善相关检查是不可能的了，但是尽可能了解患者既往情况还是行得通的。

　　"你老公说你平时也会有不舒服，主要是哪里不舒服？"华武星问高水萍。

　　高水萍的眼皮都要耷拉下来了，听华武星这样问，又轻微抬了一下头，似乎努力想抬起头睁开眼，但也只能微微抬头而已，眼神还是迷离状态。她低声说："就是全身没力气，整个人很累，想睡觉，过两天又会好一些。"

　　杜思虹听高水萍这么一说，顿时紧张起来了，眼神闪过一丝异样，赶紧问高水萍："是不是觉得早上好一些，下午差一些？"

　　高水萍轻轻点头，似乎都懒于说话了。

　　杜思虹兴奋不已，转头看华武星，见华武星也是抑制不住的激动，华武星继续追问："你这个情况有没有看过医生，有没有吃过什么药？"

　　高水萍摇头，呼吸似乎又急促一些了。

冯小文急得团团转，问华武星："老师，是不是要气管插管了？患者血氧饱和度又掉了，掉到 90% 了，再不插管会不会来不及了？"

但华武星却丝毫不着急，他和杜思虹都观察了病人很久，患者的肢体无力、呼吸困难显而易见，连抬头、睁眼、活动肢体都难以做到。一般人会以为患者是由于缺氧导致乏力，但此时此刻，华武星和杜思虹同时想到了一个冯小文没有想到的疾病。

"重症肌无力！"他们俩异口同声地说。

这个诊断已经呼之欲出了。

"患者非常有可能是重症肌无力，而且是肌无力危象。"华武星看着杜思虹，眼睛放光。

华武星激动异常，跟冯小文说："肌无力危象发作时，最严重的莫过于呼吸肌无力（呼吸困难）了。重症肌无力有很多类型，几乎全身的肌肉都可能累及，如呼吸肌、颈部肌肉、眼皮肌肉等，所以患者会抬不起头、睁不开眼……"

冯小文这才恍然大悟。

杜思虹笑着说："看来请我们呼吸内科会诊是错误的，应该请神经内科过来看看啊。"

冯小文问华武星："是不是要打电话给神经内科？"

华武星说："不着急，先把病人生命体征稳定下来再说，你说得对，她血氧转差了，再拖下去可能就不行了。而且重症肌无力最危险的就是呼吸肌无力，只要把呼吸机顶上去，能保住命。"

"插吧。"杜思虹同意华武星的决定，"先插管上呼吸机，否则患者一旦呼吸停了，治疗就被动了。"

华武星点头，让冯小文出去找家属签字。

华武星则在护士和杜思虹的协助下，准备给高水萍气管插管。高水萍见大家把她的床头放平，很紧张，问："要干什么？"但因为她全身都没力气，没办法反抗。

杜思虹安慰她："给你上呼吸机，不用害怕，上了呼吸机人就舒服了。"

高水萍异常紧张，努力想睁开眼睛，无奈实在力气不够，眼皮硬是撑不开，只能从嘴边吐出几个字，声音很小，已经听不清楚她说什么了，呼吸幅度也变小了很多。

华武星示意护士给她静推了 5mg 咪达唑仑，等高水萍失去知觉后，迅速给她插上了气管插管，并接上呼吸机。

气管插管是呼吸机和病人的沟通桥梁。呼吸机要想把氧气打入病人肺部，就必须有一个通道，这个通道就是气管插管。这根导管从嘴巴或者鼻子进入，一路直达气管。这样一来，就可以准确无误地把氧气打入肺部。

看着高水萍安静地躺在抢救床上，呼吸机"扑哧扑哧"打着气，华武星感到无比踏实。

"患者的血氧饱和度迅速升至了100%。"华武星松了口气，跟杜思虹说，"看来肺炎的确不严重，否则血氧饱和度不会上升得这么快。最大的可能还是呼吸肌肉的问题，重症肌无力没跑了。"

杜思虹点头："总好过是狂犬病，如果真的是狂犬病，估计没几天人就不行了。难怪我一来就觉得她眼皮子耷拉着，原来是肌无力。"

"急诊科就这样，什么疾病都会遇到，你以为是普通的肺炎呼吸衰竭，没想到是神经肌肉出了问题。"华武星感慨了一句，眼看着高水萍的生命体征趋于稳定，两人都放心了。华武星让护士帮病人吸痰，然后准备出去跟病人老公庞隆沟通情况。

这时冯小文突然冲进来，喊道："老师！那个年轻的女孩子休克了，马主任让你过去帮忙！"

华武星心里咯噔一下。

"把话说清楚，哪个女孩子？"华武星让冯小文冷静下来。

"就是那个……叫什么小柔的。"冯小文紧张得结结巴巴。

华武星一听："糟糕，真出事了。"马小柔确定是宫外孕，如果这时候真的休克了，可能已经有宫外孕破裂出血了，那是急症危症，抢救不及时可能会死人的。

华武星听冯小文说完后，拔腿就往外跑，恰好看到老马推着马

281

小柔往抢救室这边冲过来。马小柔脸色苍白，有气无力地瘫坐在轮椅上，双手紧紧捂住肚子，表情痛苦。几个护士在旁边手忙脚乱。

华武星顾不上询问，立即上前帮忙把马小柔推进抢救室。一个小时前马小柔还是活蹦乱跳的，虽然说有腹痛，但生命体征是稳定的，但现在明显不一样了。

老马低声跟华武星说："赶紧让妇科医生过来会诊，通知输血科，让他们备血，这丫头应该是宫外孕破裂出血，已经休克了。"

华武星最害怕的情况果然发生了，幸亏他刚刚已经让霍婷婷给小柔打了一个静脉留置针，现在可以立马开始补液。华武星的经验和直觉发挥了作用。抢救失血性休克病人，第一时间开通静脉通道补液扩容输血是最关键的。

霍婷婷等几个护士迅速围过来，给马小柔开通了第二个静脉通道，几瓶生理盐水已经挂上去了。

"血压已经测出来了，只有 80/40mmHg，马主任！"霍婷婷大喊。

老马"嗯"了一声，让她们准备一个加压袋，迅速把液体打入血管，稳定血容量。华武星则一个箭步冲上去，查看了小柔的肚子，此时她腹痛较前剧烈，眉头紧蹙，曲着腿，见到华武星后，从嘴角里挤出一个字："痛。"

华武星安慰她："别害怕，不会有事的。"

杜思虹没见过马小柔，不知道发生了什么事。但她见老马这么紧张，知道这个小姑娘跟老马关系不浅。

华武星看出了杜思虹的疑惑，低声告诉她："这是老马的女儿。"

杜思虹听后大惊失色："马主任的女儿宫外孕破裂了？"她刚刚听到了老马和华武星的对话。

华武星点头："当务之急是先把妇科医生请过来，判断清楚，如果真的是，那就得马上送手术室了。"

老马直接给妇科主任打了电话，说女儿出了事，想请她下来帮忙评估是不是宫外孕破裂，要不要手术，等等。妇科主任听说是老马的女儿，忙说马上来。

老马连续说了几个感谢，挂了电话后又给输血科主任打电话，也告知了情况，女儿需要备血，请一定帮忙。

完事了又给麻醉科打电话，说可能得送女儿上去做手术，一定得留一间手术室出来。

得到了对方的肯定答复后，老马才松了一口气。华武星见他神情疲惫、双眼通红，不难猜测到他刚刚动怒训斥了马小柔，只不过大家也没想到会发生这样的变化。

老马突然眉头一皱，表情变得痛苦起来，手捂住胸口，一个踉跄就要摔倒。华武星眼明手快，一个箭步冲过去扶住了老马，问他怎么回事。

大家这才反应过来，纷纷关心老马。

华武星扶老马坐在凳子上，老马憋着一口气，双眼紧闭，跟华武星示意不要紧："看着小柔就好，不用管我。"

"是心绞痛？"华武星问老马。

老马缓缓点头："估计是了。这是今年第二次发作了，看来真得去心内科住院好好看看了。"

老马原本就有高血压，去年体检时查出心脏冠脉情况不大好，但也不是很差，所以没有处理。但今天马小柔发生这件事，老马大怒，他把尿妊娠结果和彩超结果扔在女儿面前，问她怎么会那么糊涂，为什么这么不爱惜自己的身体！

马小柔得知自己是宫外孕后，先是一愣，然后是害怕，流着泪跟老马认错。她终于知道为什么彩超科医生一定要她坐轮椅回来了。宫外孕具体是什么她不懂，但终归是怀孕了的意思。

老马脸色铁青，心头有千万句想训斥女儿的话，却一句也说不出来。他盯着两张报告，双眼通红，头发似乎一下子全白了。

"怪我！"老马开始自责，"你妈走得早，我工作又忙，怪我没好好教育你。我一直以为你挺聪明的，像你妈一样，聪明伶俐，学习上我也没有逼你太紧，成绩能保持中等就不错了，如果中等偏上我就烧高香了。可是我真的没想到，刚刚才高考完你就出了这事。"

马小柔以泪洗面，怔住不动，短时间内发生了太多事情，她一下子接受不了。本以为是简单的腹痛，顶多是个急性阑尾炎，却不知道原来是宫外孕。自己身上出了这么大的事情，她彻底手足无措了。

"我的乖女儿，你的人生才刚刚开始啊，你怎么能这么糊涂呢！"老马声音都嘶哑了。

马小柔只是低头流泪，没吭一声。

自从妻子去世以后，老马就更加宠溺这个女儿了，基本上要什么都满足。但他万万想不到会发生今天这种事。

"他是你同学吗？告诉爸爸，不要害怕，爸爸只是想确保你安全而已，丫头。"

老马现在恨不得让那小子粉身碎骨。

经过老马再三询问，马小柔才边哭边点头："是同学。"

"是男朋友吗？"老马问。

马小柔点头。

老马闭上眼睛，深吸了一口气。

许久，老马才开口："不管以前你发生了什么事情，爸爸都可以不追究，你那个男朋友，从今往后也不要再来往了！"老马斩钉截铁地说，"爸爸也不去找他，就当他不曾存在。你得重新开始。等下爸爸问问妇科主任，看你这个情况是保守治疗好还是得手术。处理完后，到了大学，一切从头开始，明白了吗？"

老马短时间内调整好了情绪，做出了应对措施。虽然很痛苦，但是也要尽早了结这件事，争取把对马小柔的影响降至最低。但马小柔一下子接受不了这么大的变化，只是坐在轮椅上低头哭泣。

"丫头，"老马不忍心女儿继续这样哭泣，语气缓和下来，"这件事就当是你人生当中的一道坎吧，每个人都会遇到这样那样的困难，你也长大成人了，你可以选择做任何事，爸爸也不责备你。你现在也害怕，需要爸爸的支持和理解，爸爸是你唯一的亲人，你也是爸爸的心头肉，咱们父女俩一起努力，迈过这关，好不好？"老马蹲下身来，试图安慰马小柔。

马小柔只是流泪，这跟她开朗活泼的性格形成了鲜明对比。她越是这样，老马越是担心。老马自己也是五味杂陈，生气、愤怒、懊恼、担心，都有。

也就在这时，马小柔腹痛开始加重了，表情变得更加痛苦。

老马见她脸色逐渐变得苍白，心提到了嗓子眼。该死，难不成是宫外孕破裂？老马迅速把护士找来，一起推着马小柔到抢救室。边推边喊她，但马小柔的反应逐渐迟钝了。

老马把马小柔推出来时正好撞见冯小文，冯小文见状也愣了一下，老马大声喊她："赶紧通知华武星，就说小柔休克了，让他准备抢救！"

这才有了冯小文急急忙忙冲回抢救室通知华武星的事。

老马现在的心绞痛，很可能就是伤心过度、血压飙升引起的，华武星和几个护士把老马扶到床边休息了一会儿，护士赶紧给老马测量血压。血压很高，老马从口袋中掏出一个瓶子，倒出一片药，直接扔嘴里含着。

"硝酸甘油？"华武星问他。

"是的，准备很长时间了，一直没派上用场，都快过期了。"老马苦笑了一下。

"你们不用管我，看紧小柔，她血压怎么样了？"老马很关心自己女儿的情况。

杜思虹一直在看着马小柔的情况，听老马这么问，赶紧汇报："血压已经升至 90/50mmHg 了，还是偏低，但比之前要好。"

杜思虹话音刚落，霍婷婷就失声喊了出来："病人裤子染成红色了。"

"那肯定是阴道出血了！"马小柔很可能是宫外孕破裂出血，否则不可能会腹痛突然加重并且出现休克血压，如果真的是宫外孕破裂出血，那么阴道出血就解释得通了。

"抽血了吗？配血了吗？"老马问霍婷婷。

"抽了，配了，结果还没回报，马主任。"霍婷婷回答。

"血制品可能没那么快，小柔盆腔出血肯定更多，远比我们看到的血液要多，咱们先把生理盐水补进去，顶一顶，等血液送来快点输上。"老马舌下含服硝酸甘油后，胸痛迅速缓解了，又开始指挥大家处理马小柔的情况。老马此时异常冷静，似乎躺在病床上的不是他自己的女儿，而是其他病人。

很快妇科主任就到了。

老马一见到妇科主任，胸痛也缓解得差不多了，赶紧跟她介绍马小柔的情况。妇科主任跟老马是好友，她在电话里听老马说得焦急，就匆匆赶了过来。

"彩超复查了吗？"妇科主任检查完马小柔后问老马，"如果看到盆腔有血，那肯定是破裂了，尽早开进去吧。"

老马这才想起来复查腹部彩超，赶紧让华武星去推彩超机。华武星不用等老马吩咐，早就把机子推过来了。此时马小柔腹痛难忍，老马在她耳旁安慰她配合检查。

彩超探头一看，果然不出所料，马小柔盆腔多了很多积液。

"那必定是出血了，老马，开讲去吧！我现在就回去准备。"妇科主任经验丰富，她发话老马自然是放一百个心。"但你得有心理准备，右侧输卵管可能得切掉了。因为这个孕囊的位置在右侧输卵管，这侧输卵管怕是不能再留了。"

这是个坏消息。听到这话大家都替马小柔难过。

"但为今之计，肯定是救命第一，何况还有另外一侧输卵管，以后还是可以怀孕的。"妇科主任补充说。

老马双手抱拳，一个劲儿地说："拜托了，拜托了，怎么处理全凭你们决定。"

"别这样，老马，咱俩谁跟谁，今天这手术我亲自上台，你把心放回肚子里，我这就回去准备，你抓紧时间送她去手术室。"妇科主任说完就走了，来也快去也快，丝毫不拖泥带水。

妇科主任刚走，华武星就打电话给手术室，说明情况，对方说刚好有一个空台，可以送过去，人手也都准备好了。

华武星丝毫不耽搁，准备好一切后，就陪老马一起护送马小柔到手术室。正好这时候血制品送来了，华武星接了马上给输上，只要保证血液供应，就不怕马小柔出血过多而致死。

送马小柔进入手术室后，医务科科长潘芸也来了。本来她跟老马都在会议室开会，后来见老马接了个电话就慌慌张张走了，生怕出了什么事，会后第一时间打电话找了老马，老马也不隐瞒，把女儿的事照实跟她讲了。

她从电话里头就能感受到老马状态不佳，问他是不是身体不舒服，老马没把心绞痛这事跟她讲，只是说太累了。

潘芸不放心，所以也来到了手术室。她以前也是急诊科的医生，虽然在医务科有十多年了，但基本功还在，她一眼就看出了老马的异常，问他是不是哪里不舒服。

老马指着胸口，说："刚刚被那丫头气的，胸口有点痛，现在好了。"

潘芸板起脸，说："要不要去心内科找老高（心内科主任）看看？如果真的是冠心病，那得老老实实吃药啊，你是急诊科主任又怎么样，那也是普通人，也是会生病的。"

华武星见他们俩说话的语气，似乎超出了普通同事之间的关心，但转念一想，潘芸以前是急诊科的医生，跟老马共事多年，关系超出一般同事也是可以理解的。

由于急诊科还有很多事情要处理，病人也多，高水萍也刚刚上了呼吸机，怕情况不稳定，虽然有冯小文在看着，但华武星仍不放心。老马让华武星先回急诊科，自己在手术室外守着。

临走前华武星不放心，见潘芸还在，说："刚刚老马心绞痛了，现在虽然好了一些，但还得有个人照应着才行，就有劳潘科长了。"

潘芸也不推脱，说："有我在，你去忙吧，这里我们俩守着。"

华武星当然放心去了。潘芸毕竟是医务科科长，有她守在手术室门外好多了，起码到时候要备血还是什么的，由她统一协调，效率会高很多。

等华武星回到急诊科抢救室时，杜思虹已经离开了。冯小文说："杜老师叮嘱给高水萍做个动脉血气，看看上了呼吸机后病人的血氧变化情况，结果也已经出来了，还算正常。"

"她还说了什么吗？"华武星问冯小文，那个"她"自然指的是杜思虹。

冯小文仔细回想了一下，说："没说什么了，反正目前她也考虑是重症肌无力，让我们请神经内科会诊，进一步评估是不是这个病，然后接了个电话就走了。"

"对了，那个电话好像是学校赵老师打过来的。"冯小文瞪大了眼睛，"听杜老师说，他们好像要商量什么课题之类的，反正就是很忙，然后急匆匆走了。"

"赵老师？"华武星疑惑。

"对啊，就是我之前跟你说的，我们学校的赵三行老师。他算是高富帅，而且还是单身状态……华老师，你可有劲敌了！"冯小文咯咯笑。

"瞎说什么！"华武星板起脸，不准备跟冯小文继续谈这件事情。冯小文也没想到华武星会是这样的反应，捂住嘴巴，知道自己说错话了。

"赶紧联系家属，让他签字，然后把病人转入 EICU。再请神经内科医生过来看看。"华武星说完后，又仔细评估了一下高水萍的肌力情况，可能是之前推了镇静药的缘故，高水萍现在四肢都软绵绵的。在呼吸机的帮助下，她呼吸非常平顺，血氧饱和度也接近 100%，性命无忧。

但到底是不是重症肌无力，还得进一步证实。

庞隆听说老婆可能是重症肌无力，眼睛也瞪大了。华武星告诉他："重症肌无力是一种自身免疫性疾病，症状就是肌肉没力气，但只要积极治疗，一般恢复得都不差。再差也比狂犬病要好。"

庞隆也是谢天谢地："幸亏不是狂犬病，若真的是狂犬病，那就是天塌了。"

很快，神经内科医生就来了，了解病情后，表示患者的种种症状的确有可能指向重症肌无力。肌无力危象患者经常会有呼吸衰竭，这在神经内科不少见。

"什么是重症肌无力？日常生活中可能很多人没听说过这个疾病。其病理是这样的：我们的肌肉是靠神经支配的，而神经为什么能够支配肌肉呢？那是因为神经和肌肉接头的地方会有一些递质，这些递质由神经末梢分泌，作用在肌肉上，从而对肌肉发号施令。当某些原因（比如免疫异常）存在时，这个交接过程发生了障碍，肌肉就不听神经使唤了，就会发生肌无力。具体到症状表现上，有些病人是眼皮无力，表现为睁眼困难，发作时老是眯着眼睛；有些病人可能是咀嚼无力或肢体无力；还有一些病人是全身都没力气。

"为什么会发生重症肌无力？医学界尚无确切解释，目前认为可能跟免疫异常等有关。

"能不能预防？没法预防，只能早发现早治疗。

"如果患上重症肌无力，需要靠一些药物治疗。比如溴吡斯的明，这种药物能重新唤起神经肌肉接头的交接工作，恢复肌肉的力量。此外，还可使用激素、免疫球蛋白类药物配合治疗。很多重症肌无力患者的发病可能跟免疫异常有关，而激素是最强的免疫抑制剂，所以激素冲击治疗也是有效的，甚至是高效的。"

华武星跟庞隆解释后，他终于没那么害怕了，甚至开始责怪华武星不应该在没搞清楚的情况下就告诉他是狂犬病，差点吓死他了。

华武星白了他一眼，懒得跟他解释。但冯小文忍不住了，朝庞隆说了一句："哪个医生看病时能一眼就做出正确诊断？估计全天下都没有这样的医生。"

"算了，他老婆躺在那里，他也是担心而已。"华武星跟冯小文说，示意她别再说了，继续干活儿。

话一出口，不但冯小文惊讶，就连华武星自己也愣住了。自己怎么会说这样的话呢？按以前，如果家属这么说，华武星势必狠狠怼他一番。而今天庞隆的这句话，竟然没有激起华武星的怒气，反而是表示理解，这太反常了。

冯小文抬头望了华武星一眼，好像不认识他一样，她都不敢相信这话出自华武星之口。

这话更像是杜老师讲的啊。

华武星没再说什么，这段时间跟杜思虹共事，可能被她影响了。杜思虹是个非常会为病人着想的医生。正如她所说的，自己也是个病人，更容易体谅病人和家属，大家都不容易。久而久之华武星可能被她影响到了。

华武星结束了跟庞隆的谈话，让冯小文赶紧回去开医嘱，就按神经内科医生所说的，先完善相关检查，包括重复神经电刺激、AChR抗体滴度的检测，然后溴吡斯的明、甲泼尼龙、免疫球蛋白等药物都用上。

免疫球蛋白很贵，得六七百元一支，一次性得用 8 支，这叫冲击疗法，庞隆没有丝毫犹豫，答应用上。

必须得用，病人这么严重的重症肌无力，必须得用最好的药物，而糖皮质激素冲击、免疫球蛋白冲击是最可靠的药物治疗。

接下来就是等待了，到底药物能不能发挥作用，高水萍能不能恢复力气，能不能脱掉呼吸机，就看接下来的几天了。

"老师，我能不能先去吃个饭，护士姐姐都喊了我们好几遍了，听说有比萨。"冯小文一副可怜巴巴的样子。

华武星一看时间，才知道早已经过了中午，不知不觉大半天就过去了。他这才想起来江陵要请大家吃比萨："这个比萨估计就是江陵点的吧？"

冯小文狂点头，说："刚刚经过活动室的时候，我就闻到了香味，但看你一直在忙，我都不敢提出要吃饭。"

看着冯小文口水都要流出来了，华武星让她先去吃饭，医嘱他来搞定。

"那怎么行，医嘱我来开就好了，你先去吃。"冯小文眼睛放光。

华武星知道她这是客气话，白了她一眼："你吃不吃？不吃我就去了，等下连渣都不剩了。"

冯小文得到准许后飞也似的跑了，边跑边笑嘻嘻地喊："我一定给你留一块最大的比萨。"

可能是太忙了，同时应付马小柔和高水萍这两个复杂惊险的病例，还有其他一些小的抢救病例，华武星倒不觉得饿，路过护士站拿了瓶水咕噜噜喝了几口。就在这时，华武星收到了江陵的语音信息，说他已经领了证，正式踏入有家室一族。

江陵还把在民政局登记的相片发给了华武星。照片里江陵笑得很开心。

江陵平时不是一个很爱笑的人，甚至有点木讷，但今天这张照片上的江陵，的确是发自内心的笑容，他跟莫雪茹的爱情长跑正式结束了，踏入了人生的新篇章。照片中，莫雪茹也像一只幸福的小鸟一样，偎依在江陵身旁。

看到老同学江陵终于喜结连理，华武星内心多少有些羡慕。想到那天晚上古蕴和杜思虹问起自己前女友的事情，当年如果不是因为毕业后工作的事情起争执，说不定华武星会比江陵更早结婚，沈大花早就抱上孙子了。

但这一切都已经是过去式了。

江陵又发来了信息，说："谢谢你。"

"你真得感谢我。"华武星回复他说，"今天帮你顶这个班，差点累死，搞了几个重症的病人，连老马的女儿也出事了，宫外孕破裂大出血，现在还在手术室，生死未卜。"

江陵讶异，一连发了几个辛苦了。但他说谢谢华武星倒不是因为顶班这件事，而是因为上次帮他向老马求情的事。

华武星装不知道。

江陵说："刚刚雪茹已经把这件事告诉我了。不管药品这事是否会被医院责罚，但起码你帮我向老马求情了，冲这件事，我就得说谢谢。"

原本莫雪茹叮嘱过华武星，说江陵自尊心很强，跟老马求情的事尽量别让他知道，以免他不开心。怎么现在江陵还是知道了？华武星感到好奇。

原来在江陵和莫雪茹领证之前，江陵说原本今天是自己值班，但因为领证的日子定了不能更改，科室也不能请假，只能找华武星顶班了。

莫雪茹听说是华武星帮忙顶班，不无感慨地说："他算是你在医院最好的朋友兼同事了吧？"

江陵点头，说："以前我们俩还是大学同学，认识都十几年了，一起当住院医师，一起当主治医师，现在可能要一起晋升副主任医师了……嗯，可能会有先后，马主任说今年只有一个名额，科里不是他就是我了，我想着得加把劲，争取今年上去。"

"我听说这个晋升特别困难，是吗？对课题要求特别高，而且还要托人找关系，是不是？"莫雪茹问。

"课题这方面我有信心，论文我也写了很多，问题不大。至于要不要找关系，这个拿不准，如果真的要，到时候也只能削尖了脑袋往里钻了，你不知道，升了副高后，工资奖金都会高很多。"江陵越说越兴奋。

"只有一个名额？"莫雪茹讶异。

"是的。从目前来看，也只有我和华武星符合条件。"

"我之前听你说医院有人为了争这些晋升名额搞得头破血流的，真的会这么严重吗？"莫雪茹有些担心。

"那也不一定，这个还得看硬性指标，指标没达到，那也没什么好争的。"

"那如果好几个人都能达到呢？"

"那就都晋升呗，但一般不会有那么多人同时晋升的。"江陵说。

说到这里，莫雪茹悠悠地叹了口气，说："人生能有一个好朋友那也是不容易的，像华武星这种朋友得好好珍惜。"

江陵似乎察觉到莫雪茹话里有话，问她是不是有什么事情瞒着自己。

莫雪茹也不再隐瞒，直接跟江陵说了她曾经请华武星去跟马主任求情，华武星跟马主任关系很好，他如果出面求情，应该多少有些帮助。"他当时答应了我，我能感觉出他也是很替你着想的。我不想你们因为晋升的事情而闹矛盾。"莫雪茹说出了自己的担忧。

江陵笑了，说："不会有矛盾的，他努力他的，我努力我的，不交叉，行不行就是等上头审核而已，这个还真得靠实力说话。"

"那就好。"

江陵所说的感谢华武星，指的就是跟老马求情这事。

华武星说："没什么谢不谢的，做决定的是医院，老马也没决定权，我更加左右不了他们的意见。"

江陵说自己已经深刻反省了："当时也是着急上头了，现在想起来都害怕，被取消年底评优资格还是小事，即便被取消今年的晋升资格也能接受，但如果被吊销行医资格那就棘手了。"

"还不至于到吊销执照的地步，你又没犯下滔天大罪，不至于。老马还说了，会继续跟医院提增加咱们科室效益的问题。"

没想到江陵的态度跟华武星惊人的一致："提议有效果的话，也不会连续几年都这样了。"

华武星说："争取一下还是有帮助的，万一有用呢？"

这话是老马安慰华武星的，现在华武星用来安慰江陵。

这时一个护士喊华武星，说呼吸内科打电话过来找他，似乎有急事。

"先忙，再聊。"华武星给江陵去了信息后就去接电话了，是呼吸内科一个护士打过来的，说杜医生在给病人做深静脉穿刺，但过程不顺利，想请华医生去帮忙看看。

华武星原本想拒绝的，毕竟这会儿急诊科事情也多。但对方说病人情况危急，想找麻醉科医生，但人家也在台上做手术，分身乏术，只能求助于他了。

华武星想起来了，这应该是早上杜思虹跟他提过的那个病人，需要做深静脉穿刺。当时华武星还想着拒绝，没想到现在直接打电话过来催了。

刚好徐大力路过，华武星抓住了他，让他帮忙处理一下抢救室的病人，他去呼吸内科一趟。

徐大力一脸蒙，问："你要去多久？我可顶不了多久啊。何况我不熟悉抢救室的病人，万一出了事怎么办？"

华武星说："现在抢救室里面病人不多，而且总体情况是稳定的，你让小文给你汇报情况，我去去就回，30分钟以内。如果来了病人你就先帮我处理。何况小文已经很能干了，你从旁指导就行。"

徐大力只好答应："说好30分钟的哈，别超时了，我晚点还有事呢。"

见徐大力答应了，华武星立刻就出了急诊科，直奔住院大楼。

杜思虹有求于他，他还是开心的。

一般来说病房的医生不太可能请急诊科医生去会诊，基本上都是急诊科请病房的医生过来。但今天杜思虹知道华武星值班，她这算是私请了。

没几分钟时间，华武星就赶到了呼吸内科。

护士站的护士进进出出，行色匆匆。华武星拦住一个护士问："杜医生在哪儿？"

那护士指着靠近护士站的一个病房说："杜医生在里面抢救病人呢。"华武星顺着护士指向一看，门口站着几个家属，一脸愁容，看来里头的病人危在旦夕。

不是说做深静脉穿刺吗，怎么还抢救病人了，难道是病人情况变化了？华武星走到门口一看，里头黑压压一群医生、护士，看不清具体在干什么，但可以肯定的是，病人情况挺重。

华武星推门而入，穿过人群，见杜思虹在床头给病人做右颈内静脉穿刺。看样子不是很顺利。

病床上躺着的是个中年男性病人，看样子是昏迷了，脸色苍白，肢体水肿比较明显。床头的心电监护显示血压偏低、心率偏快，休克了。

"病人呕血了吗？失血性休克？"华武星朝杜思虹问。

杜思虹听到熟悉的声音，抬头一看是华武星，顿时像见了救星一样："你可来了！"

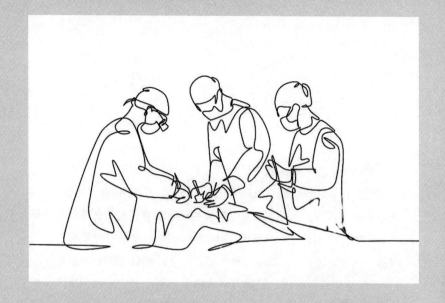

13

红玫瑰花

当对社会上的善恶是非有了自己的判断标准，
才有更多的可能遇见更好的人，遇见更好的自己。

病房里的这一堆人当中，华武星只认识杜思虹，其他的医生都比较年轻，估计是规培医生、研究生、实习生，杜思虹告诉华武星："病人原本是有肺癌的，住院后发现有肝硬化、食管胃底静脉曲张，今早吃虾的时候，呕血了，估计呕了 1000ml，可能是被虾壳划破了食道静脉，人也昏迷了，可能是失血性休克，也有可能是肝性昏迷。"

　　"想给他打针输液，但因为患者白蛋白很低，全身水肿厉害，护士根本打不了针，没办法补液。所以才想着给他打个深静脉，方便补液抢救，但现在已经穿刺了将近半小时，还是一无所获，找不到血管。"杜思虹有些气馁。

　　"找消化内科了吗？他们要不要做胃镜？"华武星问，"看看能不能胃镜下止血。"

　　杜思虹停了下来，让出空位给华武星，说："家属已经签字了，不做胃镜，只保守治疗。补液输血他们还是同意的，胃镜手术就不做了。"

　　"不做胃镜止血，如果还出血的话，可能人就没了，家属知道了吗？"华武星想不明白家属为什么不积极。

　　杜思虹让身旁的规培医生把手套递给华武星，说："一言难尽，反正家属签了字，那些都不做了。"

　　病人病重，家属可能觉得救治希望不大，或者经济困难，会考虑放弃治疗，华武星也不感到奇怪，只是觉得有些可惜，毕竟患者年纪不算大。

　　"病人全身水肿都明显，找血管的确困难，这种病人颈内静脉也不好找，难怪你穿不到血管。"华武星评估了患者情况后跟杜思虹说。

杜思虹说："原本想找麻醉科过来帮忙的，但他们都上手术了，忙不过来，只好把你请过来了，你是高手，一定能搞定的。"

华武星戴好手套说："试试吧。"

华武星就位后才发现穿刺口已经有血肿了，这样一来穿刺难度更大了，即便有彩超机引导也不是一件容易的事情。

但华武星的经验尤为丰富，这么多年来穿过的深静脉没有一万也有几千了，手感特别好。借着彩超机的引导，他找到了血管，然后一针见血。

众人欢呼。

"这也是运气好，这种病人很难穿的。"华武星跟杜思虹说，杜思虹穿了半个小时没穿上，他一针就搞定了，他怕在这么多人面前会让杜思虹难堪。

没想到杜思虹却说："这哪里是运气好啊，完全是你技艺精湛，我今天可算是开了眼了。我这半小时工夫算是白折腾了，还增加了病人的痛苦，以后还得再跟你好好学习。"杜思虹对华武星的赞美溢于言表。

华武星没想到杜思虹一点也不吝对他的赞美之词，有些不好意思，说："我在急诊科天天做这个，拿穿刺针就跟拿筷子一样熟悉了。就像欧阳修所说的，别无他技，唯手熟尔。"

华武星所说的"别无他技，唯手熟尔"出自宋代名家欧阳修的《卖油翁》，杜思虹及在场的年轻医生自然都读过，大家听华武星这么一说，都会心一笑，现场气氛更轻松了。

"赶紧把液体挂上去。"杜思虹跟身边人说，"看看能不能稳住血压，止血药也得上，如果还是出血，那就真的没戏了。家属只是签字不做胃镜和手术而已，该怎么抢救咱们还得依照程序来，不能放松了。"

华武星操作完后，看了一眼躺在病床上的患者，见他嘴角仍有血迹，真想不到一个虾壳就把食道静脉划破了，忍不住感叹命运弄人。

华武星见惯了生死，自然不会觉得害怕，他感叹的是明天和意外真的不知道哪个先来，就好像老马的女儿马小柔一样。

杜思虹叮嘱旁边医生几句，就出去跟家属沟通了。华武星看时间差不多了，洗完手准备走。但走到门口，看到一个家属情绪比较激动，似乎在责备杜思虹。

华武星怕杜思虹吃亏，顾不上回急诊科，赶紧上前了解情况。

那个情绪比较激动的中年男子，是肝硬化呕血的病人的弟弟，他的问题是："为什么来医院时没有呕血，反而住院几天后才呕血？是不是治疗上有什么失误？"

杜思虹跟他解释："病人一早就有肝硬化了，肝硬化不是一天形成的，而是很长时间才能形成的。抽血结果发现患者有乙肝，但是一直没治疗，还喝酒，乙肝和酒精作用下导致了肝硬化，肝硬化严重时是可能呕血的，这跟治疗没关系。

"而且住院期间我们也叮嘱过患者本人，不要吃坚硬的食物，就怕出事。"

华武星站到杜思虹旁边，问："怎么回事？是不是有什么误会？"患者老婆开口了，她情绪比较低落，说怪她不好，不应该喂阿强（病人名字）吃虾，她以为那一点点壳不要紧的，没想到一吃下去就出事了。

杜思虹怕华武星跟家属言语起冲突，便低声告诉华武星："从头到尾都是病人老婆在照顾病人，这几个家属是今天才来的，病人弟弟也是，所以他并不了解情况，有误会也正常，沟通完就好了。放心，我能处理。"杜思虹微微一笑，"我现在要再次确认他们是不是真的不做胃镜和手术了。"

既然杜思虹都这么说了，华武星自然不再担心。而且他也看到了，就只有患者弟弟比较激动，其他几个家属都很克制，而且明显是帮杜思虹说话的。

几个家属商量后，说还是维持原来的决定。患者本人之前说过，如果自己出事了，不希望做手术，保守治疗就好，胃镜也不做了。毕竟肺癌这事已经够折腾他了，做了很多次手术和化疗，效果都不好，家属也不想看他再受苦，如果真的不行那就顺其自然吧。

经过劝说，患者弟弟的情绪也逐渐平复，甚至还跟杜思虹道歉了。

见杜思虹顺利化解了危机，华武星也轻松了不少。

正准备离开，华武星的目光瞥到了护士站桌子上的一束花，是一束红色的玫瑰花。在这个护士站里面，这束玫瑰花格外惹眼。

杜思虹见华武星盯着那束花出神，不由得觉得好笑，问他："喜欢这花吗？看见花后心情舒畅了很多是不是？"

华武星认得这花，那天那个男子在医院门口就送了一束花给杜思虹，他敢肯定，就是这束花，化成灰他都认得。

"人家送你的花，怎么放这里呢？放家里更合适吧。"华武星不经意地说。

"你怎么知道这是别人送我的？"杜思虹眉毛一挑，很好奇地望着华武星。

华武星才知道说错了话，赶紧圆话："我自己瞎猜的，你一个姑娘家，有人送花很合理啊。"

杜思虹没察觉到华武星的异常，说："这是一个朋友送给我们科室的花，是送给我们所有护士姑娘的，我当然得摆在护士站了，总不能据为己有吧。"

"送给所有人的？"华武星瞪大了眼睛。

"嗯。"杜思虹点头。

"不是送给你的？"华武星再次跟杜思虹确认。

杜思虹笑了，说："原本是送给我的，但我不喜欢花，扔了也可惜，所以就拿回护士站摆着，提醒大家工作时要保持心情轻松。"

"但毕竟是别人送的，这样摆出来终归不太好吧？"华武星进一步试探，"人家要是知道送你的花被你这样对待，岂不是很难堪？"

"一束花而已，"杜思虹抿嘴一笑，"你要喜欢的话，我可以转送给你。"

"那倒不用，我也不喜欢花。"华武星连忙摆手，并且嘀咕道，"原来是这样，那可太好了。"

"什么？"杜思虹没听清楚他在说什么。

华武星连忙摆手，说："没事没事，我走了。急诊科还有很多事要处理呢。"

由于走得急，华武星一头撞门上了，"嘣"一声，撞得不轻。华武星捂住头，杜思虹赶忙上前询问要不要紧，华武星忍着疼痛，心情却大好，说："不碍事不碍事，撞得好撞得好！"话说完后，人就没影了。

杜思虹见华武星言行举止异于平常，觉得又好笑又奇怪。心想刚刚华武星撞的那一下肯定不轻，这扇门都差点凹个坑。

杜思虹当然不知道华武星心里想什么。

原本华武星以为那个男子送花给杜思虹，是杜思虹的追求者，但现在看来杜思虹根本不看重这束花，还把它摆在了护士站，这说明杜思虹对那个男子应该没有太多好感，否则这束花肯定会被杜思虹放入闺房了。

一想到这里，华武星就暗自窃喜。头上的痛也不记得了，但留下的包是显而易见的。

华武星到呼吸内科病房这一行收获颇丰，一来帮助杜思虹解决了难题，二来消除了心中对这束玫瑰花的疑虑，心情顿时大好。

徐大力见到华武星回来，哭丧着脸说："这是什么班啊，这么黑，你走那么一会儿，我一连处理了几个危重患者。"

华武星哈哈大笑："兄弟辛苦了，改天请你吃顿好的。"

徐大力好久没见到华武星心情这么好了，看来可能有好事发生。

冯小文见华武星回来了，赶紧让他去吃饭，这都快下午了，华武星中午饭还没吃。华武星迅速扒了几口饭，还吃了最后两块比萨，这是姑娘们特意给华武星留下的。

没多久老马出现了，华武星赶紧上前问马小柔的情况。老马说："手术做完了，总体比较顺利，打开腹腔才知道，出血将近 1500ml，

302

如果不是及时输血及手术，后果不堪设想。"

"小柔呢，回到 EICU 了吗？"华武星问。

"没，推去妇产科了，在那边继续治疗会比较好。"老马说。

看着老马神情憔悴，短短一天之内似乎苍老了 10 岁，华武星才知道马小柔的事对他打击有多大。华武星尚未成婚，更无儿女，他没办法体会老马的心情，也不知道该如何安慰他。

正如潘芸科长所说："发生这样的事谁也想不到，但既然已经发生了，就只能选择面对。小柔虽然已经成年，但本性还是个孩子，她也没想到会犯下这么大的错误。"

潘芸劝老马："等小柔身体恢复了，好好跟她谈谈，别动怒，孩子需要理解和支持，教育也要建立在理解和支持之上。发生这样的事情，虽然咱们做家长的很生气，但孩子也很害怕和无助，这时候我们要更加坚定地尝试理解她、开导她，否则孩子容易走入死胡同。"

潘芸在说老马的时候，也想到了自己的儿子，她儿子也差不多 18 岁了。但她儿子是跟爸爸一起生活的。潘芸十多年前就跟丈夫离异了，儿子跟了爸爸，这十多年来潘芸都是一个人过，在管教孩子方面也没有多少经验能跟老马分享。

她只是希望老马能跟马小柔好好沟通。

老马自然能感受到潘芸的关心，让她别担心，他会处理好的。就连杜药师也得到了消息，打电话给老马，劝他看开点，好好跟女儿沟通，别意气用事。女儿大了就是这样的，什么不顺心的事都可能遇到。

老马一一感谢了大家的好意。

科里面的护士也都在议论，马主任这么兢兢业业的一个人，这么好的一个医生，怎么家里会摊上这样的事情呢？老天太不公平了。大家对马小柔的遭遇感到同情，又感到气愤，还有人觉得马小柔太不爱惜自己，太大意了，跟男朋友发生关系怎么不做好安全措施呢。

第二天，华武星早早就来到了医院，江陵也回来了，得知了马小柔的事情后也感慨了一番。本来江陵跟莫雪茹登记领证是一件喜事，莫雪茹也准备好了很多小红包，说是送给科里面的同事的，但现在老马家发生了这样的事情，江陵也不好太过高调，发小红包这事就暂且押后了。

查房的时候，高水萍已经苏醒了，眼睛睁得大大的。

护士告诉华武星："病人凌晨 3 点的时候就清醒了，但因为力气还不是很好，一直没有脱掉呼吸机。"

看到高水萍这么明亮的大眼睛，华武星知道，她的重症肌无力确诊无疑了。连冯小文都说："病人这双大眼睛看上去漂亮多了，跟昨天眼皮无力的状态相比，简直是天壤之别。"

高水萍口里还插着气管插管，说不了话，她有诉求，只能拼命用手比画着。华武星问她："是不是口里的管子不舒服，想拔掉？"

高水萍狂点头。

华武星跟她说："第一回合是把命捡回来了，现在是第二回合，要把呼吸机摘掉，可能需要点时间，最快也要一两天，急不得。"

高水萍受不了了，使劲敲床，表示抗议，要拔掉管子。但她毕竟力气不够，多挣扎几下就气喘吁吁了。

老马来了，指着高水萍问华武星："有什么治疗计划？"

华武星简单说了，老马基本表示认可，同时让华武星再找神经内科医生过来会诊："看看药物有没有需要调整的，重症肌无力我们处理的不多，有他们的意见会更稳妥。"这句话老马是压低了声音说的，病人听不到。

"另外，如果能尽早脱机的话就转给神经内科继续治疗。

"用对药了，患者的呼吸无力迅速好转，呼吸困难也显著改善，这两天看好她，有机会就逐步下调呼吸机参数，看能不能尽早脱机，拔掉气管插管。"

高水萍听到老马的话，很激动，看得出她很想快点脱机拔管。

"但治疗也是一步一步来的，心急吃不了热豆腐。"老马又说。

华武星见老马双眼布满了血丝，知道他为了马小柔的事一晚没休息好，就让他去休息，科里的事有他和江陵盯着，不会有问题。

老马转了一圈病房，说："这段时间重病的多，死亡病人也多，大家还是要多留点心，别打马虎眼。很多治疗如果能走在疾病之前，那就可以挽救病人一命，否则就只能拉去太平间了。"

"干咱们这一行的，战战兢兢啊，我们无意间的一个医嘱，都可能把病人置于风口浪尖。"

说完这句话，老马就出去了。

华武星跟了出去，问："小柔住哪个病房？晚点我去看看她。"

老马叹了口气："小柔虽然人已经醒了，但是情绪不是太稳定，昨晚问她什么也不回答。你去看看她也好，她现在可能都不想跟我说话了。"

"人没事就好，情绪可以慢慢调整。"华武星说，"要不这样，我请杜医生去看看她。杜医生挺善解人意的，跟病人沟通很好，而且她也是女生，或许她说的话小柔听得进去。"

"杜思虹？"老马问。

"是。"

"也好。毕竟女孩子跟女孩子沟通会更容易一些，我这个老父亲说话总是直来直往，我们父女俩说话只要超过三句肯定就得顶起来了，她的性格跟我一样，跟牛似的，倔得很。"

杜药师跟老马是好友，杜思虹是杜药师的女儿，杜思虹是给马小柔做思想工作的理想人选。

"小华，杜药师有没有找过你？"老马突然问华武星。

"没有啊。"

"那就没事了，就先这样吧。"

华武星见老马欲言又止，知道他有事瞒着自己。老马想跟华武星说的事，华武星是猜不到的，上次老马跟杜药师聊了，从杜药师嘴里得知，他并不喜欢华武星。而据老马的观察，华武星似乎跟杜思虹关系不一般，老马本想提醒华武星，但转念一想，年轻人自己的事还是自己解决比较好，自己也不瞎掺和了。

"还有，上次跟你说的职称的事情，你得抓紧了，这次医疗组晋升副高只有一个名额，我看江陵已经提交资料了，你还没动作呢。"

华武星摆了摆手，没表态。

"怎么样？你小子没兴趣？"

"近段时间忙着呢，过后再说吧。"

"过了这村就没这店了，明年还不一定有咱们的指标。我看了你的课题、论文等，都符合基本要求了，只要申请就有希望，你又犯什么懒？"老马都替华武星急了。

"我妈最近催我相亲催得紧。"华武星说完这句话扭头就走。

"你可别后悔。"老马也撂了狠话。

"我下午去看看小柔，先把她的事处理好再说吧。"

对于晋升副高这件事，虽然好处多多，但华武星现在一点也不着急。原本华武星就不热衷于搞晋升这种事，升不升都无所谓，只要能在临床上管病人，他就知足了。何况现在江陵比他更迫切需要晋升，江陵结婚了，又要买车、又要买房等，大把地方花钱，华武星口里不说，但心里还是希望江陵能先晋升。老马自然不知道这点，他以为华武星是单纯不想折腾而已，毕竟晋升这种事要到处跑动，得消耗很多精力。

而华武星又是一个怕麻烦的人。

到了下午，华武星忙完了，给杜思虹打电话，跟她说了马小柔的事情。杜思虹昨天也见过马小柔，知道大致情况。听华武星要请她给马小柔做思想工作，杜思虹一口就答应下来了，说："做思想工作谈不上，跟小妹妹谈谈心还是可以的。估计小柔现在心里也难过得很，更加需要我们的理解。"

"不过现在小柔刚手术完不久，情绪不宜太激动，不然对伤口恢复也不好。过几天看看她伤口恢复情况再去吧。"

华武星听到杜思虹这么说，心想她心思还是很细的，看来是找对人了。

去妇产科前，华武星带杜思虹见了老马，老马表示女儿越大越难管了："真怀念读小学时候的小柔，那时候她爱搂着我脖子亲，爸爸长爸爸短的，亲热得不得了。后来小柔越来越大了，而我工作也越来越忙，忽略了小柔的成长。现在小柔出了这种事，我要负主要责任。"老马黯然神伤。

两人安慰了老马几句，然后就去了妇产科。管床医生说小柔恢复得不错，各项指标也基本正常，手术伤口也愈合得很好，就是情绪不大好。

杜思虹让华武星在门口等着，就别进去了，她一个人进去就好。

华武星一想也对，自己嘴巴笨，又是个大老爷们儿，杵在小柔面前只会加剧她的抗拒心理，倒不如就让杜思虹好好跟她谈，看能不能开导她，也算帮了老马的忙。

马小柔对杜思虹的到来感到有些意外，她虽然见过杜思虹，但是并不真正认识杜思虹。虽然说两人辈分一样，但由于杜药师结婚早，生育早，而老马晚婚晚育，所以杜思虹的年纪比马小柔大了一轮还多。

杜思虹表明了身份，然后跟马小柔唠了几句家常，马小柔兴致不高。而且她刚做完手术，整个人还相对虚弱，看起来精神不大好。

杜思虹坐在床边，跟马小柔说："这次的事情，大家都很担心你，尤其是你爸爸。但在我看来，这也不是非常不得了的事情，等你身体恢复了，该过去的终归还是会过去的。"

见马小柔没有抵触，杜思虹继续说："我比你大了好几岁，算是你的姐姐吧，你的感受，我能感同身受，不管你现在是痛苦、悲伤，还是失望、委屈，相信姐姐，这些都会过去的，只要你自己愿意。"

马小柔对杜思虹说的话依旧无动于衷。

"在我看来，你并没有做错。"

马小柔身体突然颤动了一下，没想到会听到这样的话。从进入她爸爸办公室开始，她就觉得自己大错特错，爸爸的眼泪也告诉自己，自己做错了。

杜思虹感觉小柔的心理防线开始放松了。

"你爸爸可能跟你说了很多气话，这可能让你更难过、更委屈了。

原本发生这样的事情，你更需要的是亲人的理解。因为这肯定是意外，是大家都不想发生的事情，也是你更加不想、更加害怕的事情。"

"你也 18 岁了，成年了。谈恋爱是正常的，我高中毕业后也谈了一场恋爱，当年我可把对方当宝贝一样呢，感觉全天下就他一个人对我好，我也只对他一个人好。"

杜思虹说到这里，停顿了一下，观察马小柔的反应。

马小柔经历过宫外孕、手术这两次重大打击，加上老马之前的情绪反应，让她整个人都很低落，谁的话都听不进去。但她在杜思虹身上感受到了一股天然的亲切感，这大大降低了她的戒备之心。此时杜思虹的一番话，似乎触动她了，她的眼睛开始泛红。

"当今社会，婚前性行为也不是什么说不得的事情，虽然对 18 岁的少年来说的确稍微早了一点，但是在法律上，18 岁那可是成年了的，要说真的有哪里做得不够好的地方，那就是保护措施没做好。"

马小柔抬头望了一眼杜思虹，眼泪顺着她的脸颊开始滑落。于马小柔而言，杜思虹是一个陌生人，这次是她们第一次如此近距离地交谈。但也或许因为杜思虹相对陌生，马小柔更容易感受到善意，杜思虹的眼睛、语言、肢体动作都在释放着善意，那是一种不可抗拒的善意。

马小柔感受到了。

"我知道这些事情对你来说，一下子冲击很大，你心里的委屈，都可以跟我说，好吗？"杜思虹柔声安慰她，"我保证，只有我一个人知道。"

"他没来看我。"马小柔哽咽着说，这是她开口说的第一句话。

她所说的"他"，自然指的是男朋友。

"他，指的是你的男朋友？你告诉他了吗？"

马小柔双眼噙着泪水点头。

"发生了这样的事情，不单你害怕，估计他也害怕……"

"原本他是想陪我来医院的，但怕我爸看见，我没让他来。后来我告诉他是宫外孕，要手术了，他就再也没有回过我信息了。"

"他怎么能这样!"马小柔双眼通红,泪水扑簌簌滑下。看得出她失望至极,难过至极。

"哭吧,哭出来就好了,我遇到困难时,都会趴被窝里大哭一场,哭完就舒服了,事情解决起来也容易一些。"杜思虹低声说。

马小柔终于忍不住了,号啕大哭。

哭完后,马小柔终于跟杜思虹敞开了心扉,说男朋友是高中同学,两人一直关系不错,但高考前都很克制,学习上一直互相鼓励,希望考取心目中理想的大学,并且约好考上大学后再确立关系。就在高考放榜后不久,同学们聚会,他们俩也碰在了一起。那天晚上大家都喝了点啤酒,恰逢大雨,回家无望,便在附近一家旅馆住了下来,两人原本就互有好感,一个把持不住,就发生了关系。由于事出突然,没有准备,加上马小柔月经刚过没几天,心想着还在安全期,不至于会怀孕,所以没有进一步处理。

这些事情小柔一直都埋在心底,连最好的闺密都没敢说,老马更是不知道。这两天对马小柔来说,是孤独而害怕的,她没有人能够诉说这一切,最亲密的人自然是爸爸,但是这事跟爸爸说肯定不合适,而且只会换来责备。

此刻出现的杜思虹,恰恰成了马小柔倾吐的最佳人选。

马小柔还说,这事以后,他们俩的感情更好了,几乎天天都腻在一起,但后面男朋友有几次越界的念想,都被马小柔挡了回去,在她心里,这始终不是什么好事情。可谁也没想到,偏偏第一次发生关系就惹出了这么大的事情。不单是怀孕,还是宫外孕,这差点要了小柔的性命。

"我现在也不恨他,是我自己不好……"小柔哭着说。

"小柔,你听我说,他没来看你,那是他的损失。同时他也失去了你这么好的一个女孩子。你还很年轻,未来的路还很长。

"不管你跟他以后还有没有联系,这件不愉快的事情终归会过去的,未来我们还会遇到更多的人,我们会变得更成熟、更理智,我们女孩子,很多时候都是经一事长一智的,姐姐我也是这样跌跌撞撞走过来的，我也曾经遇到过以为对的人却又分手了。"

马小柔痛哭："姐姐，我现在该怎么办？"

"法律规定18岁成年，我们长大了，同时也有权利决定我们以后的人生，我们需要慢慢学会为我们做的所有事负责。包括有权利决定是否选择婚前性行为，同时我们也要学会为这个决定承担后果，不管这个后果最终是好的还是坏的，我们得勇于承担也敢于承担。

"至少现在看来，这个后果也没有坏透。至少你活着，至少你也看清了你的那个他，至少你知道还有很多关心你、爱你的人，至少你知道你的父亲是那么爱着你。"

杜思虹舒了一口气，接着说："18岁，可是我们崭新人生的开始，也会有新的人生经验。我们的人生很长，按我们国家平均寿命77岁来算，18岁只是人生的四分之一，万一我们活到99岁，那往后的日子可还长着呢。"

"我们现在能做的就是在我们新的人生中学会保护自己，不轻易做决定，去看看外面更好的世界，当对社会上的善恶是非有了自己的评判标准，才有更多的可能遇见更好的人，遇见更好的自己。"

马小柔似懂非懂地点头，脸上还挂着晶莹剔透的泪珠。

"以后呢，不管你遇到多心仪的男生，如果还未决定结婚，尤其是还未决定要怀小孩时，务必做好保护措施。咱们女孩子容易吃亏，他们冲动起来也不会保护咱们，咱们还是得自己保护自己。"杜思虹说。

马小柔点了点头，不管如何，杜思虹的话的确给予了马小柔力量。

"马叔叔那边，他也是非常关心你的，看到你情绪不好，他也寝食难安。他是你最亲的亲人，这几天我看他也憔悴了不少，但也没有怪你，他跟我说，他后悔没多花时间陪你……"

说到老马，马小柔"哇"的一声又哭了，说她对不起爸爸。

到这时，马小柔对杜思虹已经没有了任何心理防备，她是真把杜思虹当姐姐了，所有话都愿意跟杜思虹说，泪水也愿意在杜思虹面前宣泄。

"马叔叔跟我的意思一样，以往发生的事情已经过去了，咱们还得往前看。我们没必要跟过去完全切割，做不到忘掉过去，但完全可以多看看以后，想想以后怎么做。"

听到杜思虹这话，马小柔直接扑到她怀里哭了起来。

"哭出来就好了，一切都会好起来的。"杜思虹也眼含泪水，轻拍着马小柔的肩膀说。

两人又聊了很多，杜思虹作为大姐姐，给予了马小柔很多安慰和劝解，马小柔心里也终于舒服一些了。

等到杜思虹出来时，华武星见她双眼通红，显然哭过，也不敢问发生了什么事，只是静静地跟着杜思虹，来到了住院楼的空中花园。

这是杜思虹经常来的地方，华武星却是第一次来。

许久，杜思虹才平复了心情。

华武星想不明白，明明说好是去开导马小柔的，怎么说着说着她自己却哭了。华武星不知道的是，几年前杜思虹曾经有一个男朋友，都已经到了谈婚论嫁的地步了，后来无意中发现男朋友跟另外一个女性好上了，杜思虹在伤心、委屈、愤怒下提出了分手。这件事对杜思虹造成了很大的影响。马小柔的遭遇，让她联想到了以前的自己，她也不知道自己是怎么走出那段黑暗时光的。

杜思虹回过头来，低声说："刚刚在病房里面，想起了自己的伤心往事，失态了。"华武星看见杜思虹脸上的泪痕，霎时手足无措，不知道发生了什么事，更不知道该如何安慰她。

杜思虹擦了眼泪，说："小柔没事了，已经说开了，让马主任继续跟她聊聊就好，小姑娘也是受了委屈，别说是她，任何一个人遇到这种事都会焦头烂额的。"

华武星点头表示理解，刚想说点什么，杜思虹就说时间不早了，得回病房继续工作，还感谢了华武星昨天帮忙给病人做了深静脉穿刺，说完就走了。

华武星看着她的背影，仍然一头雾水，但他看得出杜思虹心情有些低落，也不敢再问什么。

回到急诊科，恰逢江陵在抢救病人，冯小文和林平从旁协助，是一个醉酒后呕吐、呕吐物导致窒息的年轻人，在江陵的指导下，冯小文成功给病人做了气管插管。

完成气管插管那一刻，冯小文激动得双手都在颤抖。华武星给她竖起了大拇指，终于开张了。

冯小文却哭鼻子了。

"你这小妮子，插不进去也哭，现在插进去了还哭，给人笑话啊。"华武星说她，"赶紧擦了眼泪，给病人好好吸痰，做个纤支镜，把气道内的异物全吸出来，否则就功亏一篑了。"

华武星当然知道冯小文是激动哭了。为了掌握这个气管插管技能，冯小文不知道付出了多少心血，多少次下班后她都一个人在技能室默默练习，华武星也都看在眼里。

等病人转危为安后，华武星喃喃自语："怎么今天遇到的几个女孩子，都是哭哭啼啼的，一个马小柔，一个冯小文，还有个杜思虹。"马小柔的哭声很大，他当时在病房外头也是听到了的。马小柔为什么要哭，他猜得七七八八，那是伤心委屈的哭；冯小文的哭，则是激动的哭；至于杜思虹为什么要流泪，华武星心里头没有答案。

江陵知道华武星去找马小柔了，问他马小柔情况如何，有没有好一些。

华武星说手术恢复得不错，血红蛋白啥的都挺稳定。

江陵白了他一眼："你知道我不是问这个。"

华武星叹了口气，说："估计也没问题了，等下去跟老马汇报一下，让他们父女俩再聊聊，这事太复杂了，比心包穿刺还困难。"

"你操那心干吗？马主任自然可以处理好。"江陵说。

华武星没说话，在他心里，老马的事就是他的事，老马与他亦师亦友，老马的女儿出了这样的事情，华武星当然也不能置之不理，但这种事又不是他擅长的，他有种无力感。

华武星把跟杜思虹去妇产科的事跟老马说了，老马异常激动，当晚又到妇产科病房看了马小柔。当晚他们父女俩聊了什么没有人知道，但冯小文告诉华武星，在妇科轮科的同学看到马小柔扑在马主任怀里哭了整整半个小时，马主任也是老泪纵横的。

正如杜思虹所说的，哭出来就好了。

此后几天，依旧忙碌。马小柔的情况也一天天好起来了，老马的眉头也舒展了，脸上的笑容也多了一些。

那天一大早，冯小文眉飞色舞地告诉华武星："重症肌无力患者高水萍的肌肉力量进一步改善了，能不能拔管了？"

华武星反问冯小文："你觉得呢？"

冯小文稍加思索，说："可以了，起码可以尝试，如果不行那就重新插回去。"

"赌一把？"华武星笑着说。

"赌！"冯小文很有信心。

庞隆听说妻子可以脱机拔管了，也非常开心。华武星却给他泼了冷水："今天拔管也只是尝试而已，如果不行，还得插回去。"

高水萍更是等这天等了好久，一秒都不想再耽搁了，气管插管的滋味真不好受。

结果正如冯小文所料想的那样，高水萍顺利脱了呼吸机，拔除了气管插管。

最后科室做了总结，患者得的不是狂犬病，不是肺炎，不是心肌炎，而是重症肌无力危象。所谓的危象，就是说这个病突然进展到最危重的程度，可能是某些原因诱发的，比如感染、用药不当等。

至此，高水萍终于知道自己为什么隔三岔五就会全身不舒服了，就是因为重症肌无力发作了。只不过有些人刚开始时并不严重，可能休息几天就会好一些，但是疾病本身仍存在，仍然会反复发作。一般是早上比较轻微，下午加剧，晚上症状更加严重，必须好好休息，这就叫作"晨轻暮重"。

每一个症状的背后，都有无数种可能性，而元凶往往只有一个。

对病人的家属来说，由怀疑是狂犬病到确诊重症肌无力，则是一次惊心动魄的死里逃生经历。如果真的是狂犬病，那么就彻底无望了。重症肌无力虽然也无法治愈，但有药物可以控制，并且可以完全回归正常生活，较之得狂犬病可幸运多了。

就在华武星把高水萍转出 EICU 时，护士霍婷婷找到了他，说诊室来了一个头痛的病人，点名要找华武星医生。

华武星正纳闷哪个病人这么轴，指名道姓要指定某一个医生，但当看到那个病人时，华武星直接愣住了。

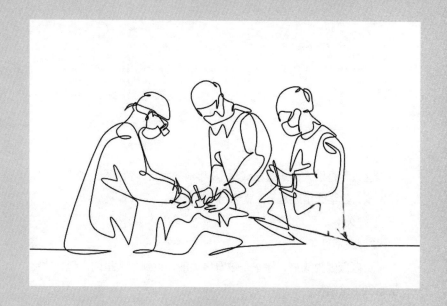

14

大区总监

没想到一天时间不到，就到了生死存亡的关头。

这人不是别人，正是华武星 10 年前的女友，贺薇薇。虽然 10 年过去了，但华武星还是一眼就认出了贺薇薇。

"好久不见。"

"好久不见。"

贺薇薇因为头痛，原本是皱着眉头的，见到华武星的出现，才终于露出一丝微笑。

自大学毕业后，两人已经有 10 年没见了，即便是联系方式也已经相互删掉，华武星都以为这辈子不会再相遇了，毕竟一个天南一个地北，但让他万万没想到的是，今日会在自己的医院急诊科诊室里面见到她，这有些不可思议，一切都恍然如梦。她是过来看他的，还是真的生病了？

贺薇薇的样貌较 10 年前没多大改变，要说改变，那就是变得更加成熟、干练了，她身上的浅紫色西装让她在整个急诊科格外抢眼。华武星一度以为自己很难放下这段感情，可没想到 10 年后重见贺薇薇，心里却异常平静。

"你是哪里不舒服吗？"华武星问她，语气比较冷淡，就好像处理普通病人一样。

霍婷婷见华武星跟眼前这个病人的对话有些古怪，好像是老早就认识了一样，但她从来没见过贺薇薇。为了不影响华武星给病人看病，她先出去忙自己的活儿了。但贺薇薇的出现激起了她的八卦心——华医生什么时候认识了这样一个靓丽的女高管呢？可从来没听说过。

贺薇薇指着额头，说："还是老毛病，今天见客户的时候，头痛得更厉害了，我就近找了家医院，没想到在门口医生栏里看到了你的信息，咱俩这缘分还真不浅。"

"你这头痛的毛病已经十多年了，还没好吗？"

"还没，偶尔还是会痛得厉害，最近可能是工作压力大了，疼痛发作得更加频繁。之前也在公司附近的医院做了头颅 CT 和 MRI，但都没有发现明显异常，医生说我是偏头痛，但吃了药效果也不是太好。"

"都吃了什么药，带过来了吗？"华武星问。

贺薇薇从包里掏出一个紫色的小药盒，拿出了两瓶药，放在华武星面前，都是普通的治疗头痛的药物，贺薇薇说这两种药吃了快三年了，效果时好时坏。

华武星一眼就认出了那个紫色的小药盒，那是读大学时他送给贺薇薇的礼物。当时还被贺薇薇取笑了一段时间，人家男朋友都是送花什么的，就他送药盒。贺薇薇虽然嘴上这么说，心里却喜爱得不得了。她大学时就有头痛的毛病了，身上经常要携带头痛药，有个小药盒会更方便。

这么多年过去了，紫色的小药盒已经有些褪色，但华武星仍然能一眼认出它。

贺薇薇瞥到了华武星的目光，说了句："这么多年来，这个小药盒我都还一直带着，它可是我的护身符。"说完嫣然一笑。

华武星没接话，问："要不要做个检查，还是直接换种头痛药回去吃？"

"做些检查吧，该做什么就做什么，你帮我安排我放心。"贺薇薇说，"你现在可是大医生了，实现了你读大学时候的梦想了吧？"

华武星"嗯"了一声，说："做个头颅 CT 吧，没事的话也能放心一些，有些脑出血，比如蛛网膜下腔出血会严重头痛的。"

"听你的。"

"我开了单，先去检查，如果没问题回头再开点药吃。"

"好。"

"门口护士站那边可以咨询，或者让她们带你去 CT 室，检查做完后再回来找我。"

华武星站起来就准备走，贺薇薇喊住了他，说："咱们那么多年没见，你就不好奇我为什么来到这个城市吗？不准备问一下这些年我都在做些什么吗？"

"跟病情无关的事，一般我们不会过问。"华武星头也没回，随口说了一句。

"找个时间咱们吃个饭吧，恰好我也要在这里停留一段时间。"贺薇薇言语柔和。

"先把病看好吧，其他的事以后再说。"

"好！那我等你。"贺薇薇说完后，从包里拿出一张卡片递给华武星，"这是我的名片，随时可以找我。"

华武星接过名片，说还有其他事要忙，匆匆走了。

霍婷婷见华武星出来，赶紧上前八卦，问华武星："那个病人跟你什么关系，看样子是旧相识啊。"说罢还咯咯直笑。

华武星白了她一眼："2 床的胰岛素上了吗？ 4 床的尿量登记了吗？ 8 床的血送来了吗？你怎么有这闲工夫？赶紧干活儿去！"

霍婷婷吐了吐舌头，华医生平时脾气不错的啊，今天怎么跟刺猬一样。见华武星反应这么大，也不好再问什么，抓紧时间去干活儿了。

华武星路过抢救室，见里面人头攒动，而抢救室外面还有一个熟悉的身影，莫雪茹。

莫雪茹怎么在抢救室门口，难不成她爸又出事了？

华武星快步上前，刚好江陵从抢救室出来了。他见到华武星后，低声说："出事了，老爷子又中风了，这次够呛，都不会说话了，一侧手脚动弹不得，比上次严重很多。"

"你岳父？"

"不然还有谁？"

"CT做了，基底节出血，出血量比上次多了两倍。神经外科的意思是要尽快手术，清除血肿。我这里正办理手续呢。"江陵满头大汗。

"怎么回事？"华武星问。

说起这事，江陵就恨得咬牙切齿，说："一直要求老爷子老老实实口服降压药，可就是劝不动。本来上次回家还好好的，乖乖吃了一个月的降压药，后来又被人忽悠了，又开始吃那些乱七八糟的保健品，降压药放一边去了。我发现后也是非常生气，但是讲又讲不通，老爷子道理可多着呢，说我们的药只能治标，没办法治好高血压，人家给的药是可以总体提升身体素质的，可以根治高血压，那个老顽固啊，怎么说都不听。

"今天一大早，我跟雪茹去4S店准备签合同，刚拿起笔，就接到了她妈妈的电话，说老爷子动弹不得了，吓得我们合同都不签了，赶紧让她打120送来医院，我们也直接从那边赶了过来。幸亏送来得还比较及时，起码现在生命体征还算稳定。"江陵心有余悸。

"那买车的事黄了？"华武星问。

"哪儿还有工夫管这事，先看能不能出院再说吧。"江陵放低了声音。

江陵带华武星看了莫雪茹爸爸的颅脑CT片子，华武星说："啧啧，这出血量，脑室都有血了，凶多吉少啊。"

莫雪茹听华武星说凶多吉少，"哇"的一声就哭了。

华武星才意识到这句话吓到了莫雪茹，赶紧加了一句："具体看神经外科的手段了，也有人手术后恢复得不错的。"

这时冯小文跑过来喊华武星，说："普通病房有病人呼吸急促，可能要收入EICU！"

"生命体征还稳定吗？"华武星问。

"血压还是好的，就是血氧饱和度低了些，心率也偏快。"冯小文喘了口气说。

华武星回过头跟江陵和莫雪茹说："希望老爷子顺利吧。这回出去真的必须看住他吃药的事情了，如果再有下次……"华武星原本说下次再脑出血必死无疑，转念一想算了，别说晦气话，此刻莫雪茹正害怕得不得了呢。

华武星刚想走，江陵一把扯住他了，压低声音说："你见到她了吗？刚刚我看见她了。"

"谁？"

"装什么糊涂？贺薇薇啊！"江陵瞪着华武星。

"哦，见着了，头痛，我让她做检查去了。"

江陵见华武星反应平淡，有些疑惑："就这样？"

"没别的事了吧？没事我就去处理病人了，等下去迟了病人就挂了，到时候算你头上。"华武星说完就想走。

"你不是一直想知道跟我对接的医药代表是谁吗？"江陵顿了顿，"就是她，咱们的老同学。"

华武星怔住不动了。

"她来这里很久了，我们之前都用微信联系，今天却是她第一次来咱们医院。"

江陵、华武星、贺薇薇都是大学同学，江陵当然知道华武星和贺薇薇当时是恋人关系，后来由于种种原因分手了。分手这事，当时对华武星来说是个巨大的打击，华武星为此消沉了一段时间，江陵也是知道的。另外，华武星和贺薇薇有近十年没见了，他也是知道的。令他惊讶的是，华武星已经见过贺薇薇了，并且他似乎很冷静。

"是她害了你被处分。"华武星喃喃自语。

"没什么谁害谁，当时是各取所需罢了。"江陵并没有责怪贺薇薇，"再说，他们的这几种药，据说很快就要进入医院了，估计她就是为了这事而来的。她现在是整个华南地区的销售总监。"

"这事以后再说吧，我先去处理病人。"华武星抛下一句话就走了。时间紧急，当然是救命要紧，他暂时不想花精力去思考这些事情。

华武星跟冯小文去了普通病房，急诊科的普通病房是用来安置一些病情相对轻微的病人，或者是从 EICU 转出来的过渡病人的。冯小文刚安顿好高水萍，就见到另外一个病人发生了呼吸急促。

冯小文跟华武星汇报病史："病人叫黄欣莲，女性，35 岁，今天一大早就来急诊了，当时是因为有些咳嗽、胸闷来的，拖了 2 个星期，做了一些检查，发现是普通的肺炎，呼吸内科没有床位了，所以就留在我们急诊科的普通病房先治疗。"

没想到现在呼吸变得急促了。

在这之前，冯小文大致给黄欣莲做了检查，也看了她的胸片，的确是肺炎，现在呼吸变得急促了，而且血氧饱和度降至 95%，大概率是肺炎加重了。

"不管如何，先把她迁入 EICU 吧。稳妥一点。"华武星跟冯小文说，"肺炎加重的话，随时可能呼吸衰竭，到时候就得上呼吸机了，普通病房没有呼吸机，EICU 才有。"

黄欣莲听华武星说要上呼吸机，吓得浑身发抖。

华武星见她没有家属陪伴，让她赶紧把家属叫过来，到时候很多东西要签字，没有家属很不方便。

黄欣莲也没想到自己病情会突然加重，赶紧联系了丈夫。

"这 CT 怕是要做一个了。"华武星跟小文说，"等下转 EICU 之前，先拉去做个胸部 CT。"

"你怕是肺栓塞吗？"冯小文问。

"哪里来那么多肺栓塞，"华武星说，"但是防范之心还是要有的。一个肺炎患者，病情加重了，不管如何，胸部 CT 都是要做的。心脏和肺部听诊了吗？"

"听了，肺部有湿啰音，符合肺炎变化。"冯小文说。

"心脏呢？"华武星边说边把听诊器探头放到黄欣莲的胸口，他要亲自听一听，"听诊器很简单，但有时候能有重大发现，不能小觑。"

"心电图做了吗？"华武星边听边问冯小文。

"做了，没发现多大问题。"

华武星眉头皱了一下，似乎有异常发现。

冯小文留意到了华武星的神态变化，有些紧张，她很担心华武星会发现一些她刚刚漏掉的情况，这意味着自己还不够细心和专业。

果然，华武星放下听诊器后，面无表情地让冯小文再好好听听病人的心脏。

冯小文照做。

在冯小文给黄欣莲听诊心脏的时候，华武星问一旁的护士："病人有没有发烧？"护士说："刚刚量了体温，38.2℃。"

"抽血了吗？"

"抽了。"

"抽了什么项目？"

"血常规、肝功能、肾功能、电解质、凝血四项、心肌酶、肌钙蛋白这几个。"

华武星不假思索，让护士再给病人抽一管血："加查个血培养，还有脑钠肽。"

"血培养？"黄欣莲自己嚷起来了，"能不能不抽血培养啊？之前见其他病人抽过，一抽就是四五管血，每管血都快要溢出来了，感觉很伤身体啊，丢了这么多血。"

华武星示意她先别说话，让冯小文听诊完再说。

冯小文放下听诊器，低声说："心脏似乎可以听到杂音。"

"那就对了。原本就有杂音，刚刚你没听到，一方面可能是患者呼吸急促影响了你判断，另外一方面是你看到病人呼吸急促可能比较着急，就没留心。"

黄欣莲听说自己心脏有问题，更加担心了，问华武星要不要紧。华武星告诉她："先把 CT 做了，做完就推去 EICU，在这里太危险。

"还有，血培养要做，我怀疑你血里面有细菌，不做不行。一管血大概也就 3-4ml，四管加起来也就 15ml 左右，这算什么，你平时献血都至少 200ml，没任何影响。"

黄欣莲还想推脱，华武星大喝了一声："不想抽血那你来医院做什么？"

见华武星发脾气，黄欣莲才软下来，说："好吧好吧，抽吧。"

华武星让黄欣莲自己签好字，准备好抢救药品，便带着冯小文一起推黄欣莲去做CT。

在去做CT的路上，华武星接到了个电话，是个陌生号码。

接通后才知道是贺薇薇，华武星纳闷她怎么有自己的电话号码，他不知道，刚刚贺薇薇在急诊科服务台要到了华武星的电话。

贺薇薇说："CT已经做完了，医生说没发现什么大问题，但是现在头还是痛，怎么办？"

华武星说："我现在在忙，晚点联系你。"

话刚说完，就在转角处遇到了贺薇薇。

贺薇薇见到华武星，快步迎了上来，说："武星，我这该死的头痛，似乎愈来愈严重了。等下你得开点好药给我。"

一旁的冯小文见到贺薇薇喊华武星的名字，惊讶得目瞪口呆，心里琢磨："这是什么病人，怎么好像跟华老师挺熟的？以前从来没见过。"

华武星让贺薇薇先回急诊科，等帮病人做完CT就回去给她开处方。

贺薇薇走之前跟华武星说，刚刚那个是她的手机号码，可以保存下来，日后好联系。

冯小文更是看傻了，看来他们俩也不是很熟啊，连手机号码都还没保存。

华武星点头，没说话，推着黄欣莲快速往前走。

黄欣莲呼吸稍微急促一些，但总体来说生命体征还算稳定，华武星不是太担心，而且华武星发现了她心脏有杂音，说不定是心脏的问题导致的，寻思着等下回到EICU就先做心脏彩超。

果然，CT做完了，看到有点轻微肺部炎症，似乎还有肺水肿。

华武星他们推着黄欣莲直接回EICU了。

老马也过来了，华武星把情况跟老马汇报了，老马也认真听了黄欣莲的心脏，说："主动脉瓣听诊区的确有杂音，像是主动脉瓣关闭不全引起的，加上患者有发热、呼吸急促等症状，要警惕感染性心内膜炎啊。"

"血培养抽了吗？"老马问。

还没等华武星回答，黄欣莲自己就脱口而出了："抽过了抽过了，抽了四管血，可把我心疼死了。"她现在每说一句话，都得歇一口气。

"现在我们给她做个心脏彩超吧。"老马转头跟华武星说，却不见了华武星的人影。"你老师呢？去哪儿了？"老马问站在一旁的冯小文。

冯小文说华老师去推彩超机了。

"这小子，我话还没说完呢，他自己就先动起来了。"老马念叨了一句。但他还是满意的，毕竟他自己想到的华武星也想到了。

很快，华武星就把彩超机推过来了，直接自己动手给黄欣莲做心脏彩超检查。

一般情况下，心脏彩超都是让心脏彩超室的医生做的，但华武星他们等不及了，直接用科室的彩超机自己看。

捣鼓了几下，华武星跟老马说："病人的主动脉瓣关闭不全了，二尖瓣也有问题，而且似乎看见了瓣膜上有赘生物，心脏射血分数有轻微下降。"

这个发现不简单。

老马让华武星再看仔细一些："别搞错了，这个发现非同小可。瓣膜上有赘生物，那意味着很可能是细菌赘生物，因为患者有发热。而且刚刚抽血结果出来了，感染指标也是升高的，看来患者真的很可能是感染性心内膜炎啊。"

华武星反复看后说："心脏瓣膜肯定是有问题的，但是肯定没有心脏彩超科的医生看得那么准确，晚点让他们过来再看看，给个结论。"

这么说来，患者发热、咳嗽、呼吸急促并不是肺炎引起的，更可能是感染性心内膜炎引起的。心脏的瓣膜就好像一扇门窗一样，能把心房、心室隔开，使血液不至于发生返流。一旦瓣膜有细菌感染，就可能导致瓣膜功能障碍，门窗关不紧了，血就会漏出去，漏得多了，都积聚在肺循环，引起肺水肿，这就是心衰了。

"另外，病人口唇稍微发白，估计有贫血。"老马说。

"对，血色素才 70g/L。"小文说，"检查发现患者有子宫肌瘤，平时月经量偏多，应该是经常出血引起的贫血。"

"那到时候还得找妇科看看，可能也得手术切掉肌瘤，以绝后患。"华武星说。

老马同意请妇科会诊，并且说可以适当输点血。

"这种病人还有一个很可怕的情况，是什么你知道吗？"老马问冯小文。

华武星见老马还有空来考冯小文，看起来心情不错，问："是不是小柔准备出院了？"

老马长舒了一口气："小柔已经好很多了，这几天杜思虹会过去看她，跟她聊天。"看得出老马放松了不少。

"杜医生？"

"是的，她们俩聊得可起劲了，现在她们俩关系不错，还约好了等出院后一起去吃烧烤呢。看到小柔这样，我总算是放心咯。"老马露出了久违的笑脸。

"别打岔，继续讨论病人的病情。"老马板起脸，问冯小文，"感染性心内膜炎的患者，要警惕什么情况？"

冯小文犹豫了一下，看着华武星，想让他给她提示，华武星白了她一眼："看我干吗？我脸上有答案吗？赶紧想，别给我丢人啊。"

冯小文绞尽脑汁，从嘴巴里蹦出几个字："动脉栓塞？"

"确定？"老马问她。

"应该是吧。"冯小文有点心虚了。

"自信点嘛，"老马说，"对，没错，就是动脉栓塞。这种病人，心脏瓣膜有赘生物，稍不小心这些赘生物就会掉下来，栓塞到各个器官，栓塞到大脑、肾脏、脾脏，栓塞到手脚的大动脉，还有栓塞到肠系膜动脉的，都会有相应的症状。如果她突然肚子痛了，你一定要想到可能是赘生物脱落循着血液循环进入肠系膜动脉了。"

冯小文拼命做笔记。

"做啥笔记啊，教科书上都有啊，多看书就行了。"华武星说她。

"马主任讲得可比教科书精彩。"冯小文笑嘻嘻地说。

"你看吧，人家小姑娘多会说话，哪像你，嘴里没一句好话。"老马数落华武星。

"那你再说说，心脏瓣膜的赘生物会不会引起肺栓塞呢？"老马再问冯小文。

"会啊。"冯小文不假思索。

"嗯？？"老马瞪了她一眼。

被老马这么一瞪，冯小文顿时不自信了："不……不会吗？"

"你说呢？"老马转头问华武星，"患者有呼吸急促，还是要鉴别有没有肺栓塞的，这种病人有可能肺栓塞吗？"

老马已经很长时间没有考华武星了，今天实在是心情好。一来马小柔恢复得七七八八了，情绪也得到了调整；二来眼前这个病人一般情况还行，虽然呼吸稍微急促一些，但总体还在控制之中。

"问你呢，回答啊。"老马催华武星。

"会啊，怎么不会啊。心脏瓣膜的赘生物当然可能会引起肺栓塞。"华武星认同冯小文的观点。

老马听华武星这么一说，气得脸部肌肉都抽搐了，说："你倒是解释解释，一个动脉循环的栓子怎么会进入肺循环呢？"

老马的分析是对的，心脏瓣膜上的赘生物会进入大动脉，然后进入各个分支动脉，最后会遇到毛细血管。但栓子不可能挤过毛细血管，因为毛细血管太细了，既然过不了毛细血管，那当然不可能去到肺循环。因为毛细血管汇聚入静脉，各大静脉再汇入右心室、进入肺动脉。这便是老马说的，动脉循环的栓子不可能进入肺循环。

"但老马，你可别忘了，这个赘生物不一定是在动脉循环啊，赘生物也有可能是在病人的三尖瓣、肺动脉瓣形成的，那是在病人的右心室里面，自然可以进入肺循环啊。"华武星解释说。

"哎呀，我真是老糊涂了。"老马敲了一下自己脑壳，"忘了跟你设定好条件了，没想到赘生物有可能在右心室那边形成。眼下这个病人，刚刚的心脏彩超我看了，只有左心室里面有赘生物，看起来是在二尖瓣、主动脉瓣上，所以就这个病人来说，是不可能出现肺栓塞的。"

"你说得对，单纯讨论心脏瓣膜赘生物，如果不分左右心室的话，的确可能发生肺栓塞。"老马承认自己的思维漏洞，有点尴尬。

华武星没打算就这么结束，继续说："即便是在左心室的赘生物，那也是有可能发生肺栓塞的啊。"

老马瞪大了眼睛，一脸疑惑地看着华武星："你这是闹哪样啊。左心室的栓子怎么可能栓塞到肺血管里面去呢？"

华武星得意地笑了，说："老马啊，不是我说你，你又出现思维漏洞了。"

这句话提醒了老马，老马一拍大腿，说："差点被你小子耍了，你说得对，还真的有这种可能。"

冯小文更加一头雾水："左心室的栓子那是无论如何都到达不了肺循环的啊？"

老马指着彩超机上的图形跟冯小文说："你认为栓子到不了肺循环，那是因为我们有思维惯性，默认患者的室间隔是好的，但如果室间隔是不完整的，比如有室间隔缺损呢？"

此言一出，冯小文才恍然大悟。

"如果有室间隔缺损，那么左心室、右心室直接连通了，左心室的压力高于右心室，左心室如果有赘生物形成，一旦脱落，那么这个赘生物也是有可能流入右心室的，然后进入肺循环，引起肺栓塞。

"但幸运的是，咱们这位病人，黄欣莲女士，她的室间隔是好的，而且右心室也没有赘生物形成，所以不会有赘生物脱落到肺循环的可能。"

黄欣莲见眼前三个医生一直在讨论自己的病情，但自己完全听不懂，他们讲的每一个字都明白，但连在一起就都不明白了，搞得自己一头雾水。但看他们几个的表情，自己应该是没什么生命危险了，从这个角度来看，也未尝不是一件好事。

老马最后总结说："病人还是随时有可能发生各种动脉栓塞的，要警惕大脑、肾脏、脾脏、肠系膜、四肢血管情况，如果有问题，要及时处理。另外，用强力的、足量的抗生素下去，争取用最短的时间控制好心脏瓣膜的感染，避免心脏功能进一步损伤，否则就棘手了。最后，赶紧找心内科医生过来会诊，听听他们的意见，同时也减轻我们的压力。"

老马看完黄欣莲后就走了，走之前又跟华武星说了晋升副高的事："要抓紧了，再过两个星期时间就截止了。"

华武星说："今年不升了，下次再说吧。"

老马白了他一眼："我总算知道你小子为什么不搞这个晋升了。你肯定是想把机会留给江陵吧？你真是缺根筋啊，这东西哪有什么让不让的，各人各凭本事，你即便报了名也未必是你，他报了名也未必是他，公平竞争嘛。"

就在这时，护士找华武星，说门口有病人找，好像是个头痛的病人。

华武星知道是贺薇薇。

一想到贺薇薇，他顿时整个人又不好了，没听进去老马在旁边说什么。

华武星嘱咐了冯小文几句，让她看好黄欣莲，然后就出去了。

贺薇薇在门口，见到华武星后说："这个头痛真要命，吃了那么多偏头痛的药物都不好，你有没有更好的办法？"

华武星说："这可能得请神经内科医生看看，治疗头痛他们更专业，我们急诊科是对付急症的，比不上他们。"

"你有没有熟悉的神经内科的同事介绍给我，或者如果你有时间的话，也可以带我去看看，毕竟你们医院这么大，我人生地不熟的……"贺薇薇面露难色。

华武星说："EICU里面的病人病情比较重，随时可能不行，我怕是没时间带你去，医院都有指示牌，或者你问导诊台，一般也能找到，但就是得排队。"

贺薇薇见华武星没有要带她去的意思，只能作罢，便让华武星临时开些治疗头痛的药物给她，末了还跟华武星说："今天下午我有个学术会议，会后要不要一起吃个饭？咱们那么多年没见了，请我吃个饭总可以吧？"

"有10年没来这个城市了，这里变化真大，很怀念以前那个时候。"她看华武星似乎有些犹豫，说，"吃个饭不至于耽误你太多时间吧？"

华武星推辞不掉，只好答应，同时开了些常规的解热镇痛药给她，希望有用。

跟贺薇薇分手后，他已经竭力忘掉这个人了，但怎么也没想到今天会再次见到她。

到了下午，江陵出现了。华武星问他岳父情况如何，江陵愁眉苦脸，说："手术虽然做完了，但神外医生说有些棘手，术后送入了综合ICU复苏，能不能醒过来还是未知数。"

"这可真够倒霉的。真应了那句话，中风有第一次，就可能有第二次，第二次可能是致命的。"华武星说，"看来你和莫雪茹领的证白领了，没起到应有的冲喜效果。"

"说什么啊，讲点好听的行不？"江陵心乱如麻，"雪茹眼睛都哭肿了，她妈妈身体也不好，我是真的害怕这俩老人挨个倒下。"

"现在除了祈祷，我们也做不了什么了。"华武星摊手说。

"我真想把卖保健品的人抓起来，是他们害了雪茹的爸爸。"江陵咬牙切齿。

"你找得到人吗？"华武星问他。

江陵一时语塞，他还真的不知道这保健品是从哪里买来的，问了莫雪茹和她妈妈，都说不知道，这些药都是她爸爸悄悄买的，真是被洗了脑。

"另外，这次住院保守估计得花20万。"华武星说，"手术要花一大笔钱，术后进入综合ICU，估计也得住上一两个星期。我记得雪茹爸爸是农村合作医疗，只能报销一小部分，大头还是得你们自己出，没有十几二十万是拿不下来的。"

"钱的问题不大，大不了我们不买车了，现在最关键的是人能不能醒过来。"江陵似乎早已经做好了安排。

华武星叹了口气："说句很残忍的话，雪茄他爸要是真的就这么直接走了，倒也还好，起码他不用承受更多的痛苦，对你们来说也更轻松一些。最怕的就是人醒不过来，长期躺在床上，成了植物人，那就真的棘手了，对他对你们都是折磨。这种事我见得太多了。到时候屁股烂了，肺炎了，反复感染，反复住院，还要喂饭、喂水、伺候拉屎拉尿，不是一般人能做到的。"

"先不管后果怎么样，努力吧，毕竟那是雪茄亲爸，能好起来那就最好，如果不行，也只能跟她一起承受了。"

"你有这样的认识挺不错的啊。"华武星笑了，拍拍江陵肩膀，"果然是个好女婿。"

江陵无奈摊手："还能怎么样，走一步看一步呗。"

"对了，贺薇薇……她跟你说了什么吗？"江陵问华武星。

"没说什么，没兴趣了解。"华武星很冷淡。

"我记得她大学时就有经常头痛的毛病，这次又是因头痛来的，来找你看病？"江陵觉得不可思议。

"搞不清楚，她还说今晚跟我一起吃饭。"华武星说。

"你答应了？"

"她说大老远来，人生地不熟的，我尽地主之谊也是应该的。"

"她现在是这个医药公司的地区销售总监，混得风生水起啊，跟我们这些苦哈哈干临床的简直是天壤之别。"

"你羡慕？"华武星白了他一眼。

"你不羡慕？人家干一个月的收入，可能等于你干一整年的，还不用熬夜班，你看我发际线都往后移了，再熬下去非'地中海'不可。"江陵指着自己头发说。

"行行出状元，行行也有混得不好的，别光看人家表面的光鲜亮丽，背地里流了多少血泪咱也不知道。"

"话虽如此，你看我买房子、车子都紧巴巴的捉襟见肘，人家大手一挥不当一回事。唉，有时候想想真的是人比人会比死人。"

"你要真这么想，就赶紧辞职跟她混去啊，让她领你入行，说不定也能飞黄腾达。"华武星调侃江陵。

"别，我也就说说而已，我不是那块料。我还是喜欢给病人抽血、开处方，我喜欢胸外按压的感觉，即便成功率只有 1/100，那也是我做过的最有意义的运动。"江陵笑嘻嘻地说。

华武星瞪了江陵一眼，没再说什么。

"我听说她这次来，是为了进一步打通咱们汉南市几家大医院的销售渠道，让他们的几种新药准入医院。我了解过了，这几种药还是不错的，就是价格高，还没进医保。"

"那也不是你我该管的事了，先把你岳父搞定吧。"华武星说。

就在这时，华武星接到了冯小文的电话，说黄欣莲情况更差了，让他赶快回去看看。

华武星拔腿就往 EICU 跑，远远抛下一句话："希望你岳父能顺利过关。"这句话是跟江陵说的。

当华武星赶到黄欣莲床前时，见她气喘吁吁，扶着床栏，口唇发绀，大汗淋漓。

这个 35 岁的女性患者，危在旦夕！

"什么情况？"华武星问冯小文。

冯小文说："病人一直都还行，但刚刚突然呼吸就急促起来了，加大了氧流量吸氧也不行，心脏听起来杂音更明显了，而且双肺湿啰音也更多，估计是心衰加重了。我已经联系了放射科的人，让他们过来帮忙给她复查个胸片。"

华武星点头，对冯小文表示称赞。

"患者很可能是急性心衰，会有明显的呼吸困难，心脏这时候功能很差，没办法很好地泵血，导致血液堆积在肺循环里面，多余的水分会进入肺泡，引起肺水肿。肺水肿的存在，会严重影响患者的摄氧能力，所以她会缺氧，会呼吸急促、喘息困难。"

黄欣莲此刻神志还是清醒的，她望着华武星，说："救救我！"

看得出她非常害怕。

"有我们在。"华武星说。

面对急性心衰的病人，药物能做的就是利尿、扩血管等，减少回到心脏的血容量，减少心脏做功，理论上讲对病情会有帮助。但此时此刻，黄欣莲病情非但没有好转，反而还在加重。

这不是好事情。

"输上血了没有？严重贫血也是会加重呼吸急促的。"

"没呢，输血科用血紧张，说血制品目前只够手术病人使用，或者严重的出血贫血才用得上。"

"那就再等等吧。家属来了没有？"华武星问冯小文。

"来了，刚到，正准备跟你说，是她老公，我已经让他签好所有知情同意书了。病情方面我没有说更多。"冯小文也是满头大汗。

"进展太迅速了。"华武星说，"心内科医生会诊了吗，他们怎么说？有没有其他建议？"

"也来了，看了病人，治疗方面他们就一句话：如果药物效果不好，就只能手术了。"

"他们说的是对的，估计是瓣膜有感染，而且烂了，导致瓣膜关闭不全，进而引起心功能衰竭。"华武星说，"把胸外科医生也叫过来吧，看看他们怎么说。"

华武星让冯小文打电话给胸外科医生，他自己则出去见家属。

一见到黄欣莲的老公，华武星就开口数落他："你也是心够大，你老婆都这样了，你还让她自己一个人来急诊。"

面对华武星的数落，黄欣莲的老公没有生气，反而是觉得非常愧疚："实在是工地太忙，请假不容易，只能让她一个人来急诊，事先也不知道会这么严重。"

华武星也懒得跟他多说："就一句话，病人目前情况很重，有心力衰竭，原因可能是心脏瓣膜有感染，有可能需要上呼吸机，而且需要手术，把坏掉的瓣膜切掉，换个新的进去，才有活命的机会。"

他很害怕，这是人之常情。

但是说到手术，他有些犹豫。

"你犹豫什么？"华武星问他，"是不是费用的问题？"

"实不相瞒，费用是一方面，我们俩都是打工的，一个月就赚那么多钱，刨去两个儿子的读书开销，每个月基本上就没多少剩余了，这个手术这么大，少说都要十万八万吧，我们是真的有压力。"黄欣莲老公丝毫不隐瞒经济困难的问题。

"你们有房子吗？"华武星问。

"有一套老破小。"他说。

"那把它卖了不就行了？"华武星说。

听到华武星让他卖房，他抬起头，更加为难了："卖了房子去哪儿住，两个孩子住哪儿？上面还有两个老人呢。"

"那你想办法去借啊，钱的问题我们帮不了你。但是治疗，我们肯定会全力以赴，只要你们同意。"华武星冷冷地说。

"费用方面……大概需要多少？"

"如果到时候需要手术，加上在我们 EICU 住院的费用，最少得准备 15 万，甚至要更多。"

听到这话，他顿时气馁了。

"如果不需要手术，那就好一些，但费用也不低，估计也得大几万甚至破十万。总之，你怎么也得准备十万八万，这条命才可能救得下来。当然，没有医生能保证一定治好病，也有可能钱花了，人还是没了。丑话得说在前头。"

华武星几句话，让这个中年男子嘴唇发抖。

"还有，我看她贫血比较厉害，血色素才 70g/L，如果要手术的话，估计还得备血，你这几天尽量找些亲朋好友，去血液中心互助献血，拿到回执后我们这边的输血科才有血给病人用。"

他更加为难了："这个城市里，我们没有亲戚，也没有什么朋友。"

"那老家呢？老家总有人吧，他们献血也可以。"

"都是一些年纪很大的人，人家哪里愿意献血啊，血那么宝贵。"他愁眉苦脸。

就在这时，护士冲出来喊："华哥，病人呼吸不好了！"

华武星心里咯噔一下，看来黄欣莲真的快撑不住了，扭头就往病房跑，留下黄欣莲老公一个人在接待室干着急。

华武星冲回病房，冯小文把喉镜递给他，说："病人呼吸不行了，并且昏迷了，得插管上呼吸机，我都准备好了。"

冯小文说得没错，黄欣莲的情况真的更差了，上气不接下气，血氧饱和度跌到了 92% 左右的水平，这还是在面罩吸氧的前提下，如果没有面罩吸氧，肯定是严重缺氧了。

"你来吧。"华武星准备放手给冯小文自己干。

"这个太危急了，我怕应付不来。"冯小文有点退缩。

"怕什么，你上次不是在江陵指导下成功插过一次了吗？赶紧的，别耽误时间。"华武星边说边做插管的准备。

冯小文还有些犹豫。

"怎么样，要我骂你吗？赶紧的，你可以的，即便不行也有我在，怕啥。"华武星声音加大了，如果冯小文再婆婆妈妈，他可就真的要骂人了。

冯小文把心一横，好！接过华武星递来的喉镜，三两步冲到病人床头，跪在地上，做好气管插管准备。

"这才像样嘛，枪在手里又不敢开，那是尿。"

"华哥，血氧饱和度掉到 90% 了。"护士冲华武星喊。

正常人的血氧饱和度应该有 98%~100%，90% 是个底线，低于90% 患者就会有生命危险了。这点华武星当然不可能不知道，但在护士朝他汇报这个数据时，他摆手示意护士别出声了。

华武星知道，数字越低，冯小文越紧张。

"大家先不要出声，给她一分钟时间，如果插不上，我会迅速想办法补救，不至于影响到病人。"

冯小文是一个非常努力的规培医生,自从上次气管插管没成功后,她就一直刻苦训练。气管插管是急诊科医生的基本功,如果连这个都掌握不好,那就更别说掌握更高深的技能了。

这次,冯小文没有让华武星失望,她成功把气管导管放入了病人气管。

华武星一刻也不耽误,立即接上了呼吸机。

血氧饱和度迅速升至98%。

病人转危为安!

冯小文则一屁股坐在了地上,全身大汗,透过口罩仍然能感受到她内心的欢喜和激动。

"感觉如何?是不是特别有成就感?"华武星笑着问她。

"好险!"冯小文拍着胸口说。

"汗水是不会白流的,你付出了努力,就会有回报,好好干,还有大把东西需要你投入汗水学习呢。"华武星说,"就比如这个病人,你插上气管插管,仅仅是第一步。

"她能不能活下来,还得看呼吸机能不能顺利接好,看药物能不能起效,手术能不能顺利,等等,每一步都是个巨大的挑战,稍有差错,她还是会命丧黄泉。"

华武星说得恐怖,但都是客观实际。

"你看,血压低了吧?"华武星指着黄欣莲头顶的心电监护说。

"上了呼吸机,胸腔内就有正压了,气体会影响血液回流,回心血量减少了,血压自然会降低,这时候咱们得适当补点液,用些提升血压的药物。但是液体不能补太多,否则会加重心脏负担,又会形成恶性循环。"

"而且患者本身心脏就不好,心力衰竭,可能导致心源性休克。"

稳定好黄欣莲的情况后,华武星又打电话给老马,汇报了情况。老马说:"得赶紧请心脏彩超的到床边来再看清楚一点,到底心脏瓣膜有没有烂,同时请胸外科医生会诊,看需不需要手术。"

老马的意见跟华武星是一样的。

当天华武星就把心脏彩超科医生请过来了，好说歹说人家才肯过来帮忙，毕竟人家科室也很忙，不轻易外出帮忙做床边彩超。

再次心脏彩超结果出来了，二尖瓣、三尖瓣、主动脉瓣都有中重度关闭不全，而且心脏彩超科医生特别指出："在二尖瓣处看到了赘生物，个头还不小！"

这跟华武星之前自己看的差不多，但是彩超科医生给出的意见更加专业靠谱。

同时，检验科也打电话过来报危急值了，说患者的血液培养是阳性，培养到了葡萄球菌！

幸亏华武星强硬要求做了血培养。

"才一天不到的时间，血培养就报告阳性了，这充分说明，患者血液里面真的有很多细菌，这是病情严重的表现。正常的血液不应该有任何微生物，一旦培养到细菌，基本可以断定患者有感染，而且感染入血了。"

诊断明确了！

"诊断虽然明确了，但是患者病情加重了，如果治疗还不能起效，大家就只能眼看着她死去了。赶紧通知医务科，安排其他科室过来会诊吧，全院会诊。"老马说。

"找哪几个科室？"

"医务科、胸外科、心内科、呼吸内科都一起叫吧，一起过来多学科会诊，看看其他人的意见如何，大家坐在一起聊，非得聊出个结果来不可，否则她极有可能死在我们这里。"

老马的担心不是多余的，华武星也感受到了压力。黄欣莲的病情进展超出了大家的预料，原本以为还可以等几天，让抗生素充分发挥疗效，或许能抑制住病情进展，没想到一天时间不到，就到了生死存亡的关头。

"跟家属沟通清楚，这个病随时会死人的，让他们充分了解危重性。"老马跟华武星说，"别到时候说好端端的人突然就没了，那我们就是跳进黄河也洗不清。"

华武星当然知道这点的关键性，于是他又找了黄欣莲的老公，说患者就是感染性心内膜炎，板上钉钉，证据确凿。

"而且血压开始掉了，不得已需要用升压药物维持。如果不把血压提上来，脏器组织会更加缺血缺氧，她就更加没希望了。

"但一切源头都是因为心脏瓣膜的感染，这个感染导致了瓣膜功能障碍，导致心脏没办法正常泵血，所以会有心衰。

"感染严重会导致休克，导致血压低。心衰严重也会导致休克，导致血压低。现在这两个因素叠加在一起了。"

"病人九死一生！"华武星说。

华武星几句话，吓瘫了黄欣莲的老公，他坐在接待室，双目放空。

"我们晚些时候会找其他专科过来大会诊，很可能会决定手术治疗，如果不手术换掉坏了的心脏瓣膜，心衰是好不了的，一切药物治疗都是白搭，你得尽快考虑清楚，要不要手术，然后想尽办法回去凑钱。"华武星直截了当地说。

"手术安全吗？"他嘴唇发抖。

"哪有安不安全的，手术风险也是很高的，病人也可能死在手术台上。但是不做手术，肯定活不久！"华武星说得很坚决。

听到手术风险很高，黄欣莲的老公更加害怕了。

充分告知了情况后，华武星就回去处理病人了。

过了没多久，老马回来了。

马小柔也在他身边。看样子她已经基本恢复了，就是人瘦了不少，估计手术后这段时间没怎么吃东西，加上前段时间情绪不佳给闹的。

老马说："原本明天才给小柔办理出院手续的，但今晚她都不想在医院过夜了，嚷着要回家，只好今天直接办出院了。小柔说要当面跟你说谢谢，所以我就把她带来了。"老马笑着说。

"谢我干吗啊？"华武星说，"我这不是本职工作嘛。"

马小柔开口说："当然得谢谢华哥哥了，如果不是你，我可能就挂掉了。"

看到马小柔状态挺好，华武星也放心了，原本他还担心马小柔过不去这个坎，没想到她比所有人想象中还要坚强，这也多亏了杜思虹。在马小柔最脆弱的时候，有一个贴心大姐姐聊聊天、开导开导还是很有帮助的。

"杜医生知道你出院了吗？"华武星问。

"说曹操曹操就到，你看杜姐姐这不就来了嘛。"马小柔笑着说。

华武星回过头，见一人快步走来，是杜思虹。

马小柔奔向杜思虹，亲切地挽起了她的手臂，撒娇说："我以为你太忙不来送我了呢。"

杜思虹也是以为马小柔明天才出院，没想到今天她就等不及了，杜思虹收到马小柔出院的消息后就赶过来了。这些日子以来，杜思虹一有时间就去妇产科陪马小柔聊天，她们之间建立了姐妹情，原本杜药师和老马关系就比较好，有了这层关系，她们俩就更加亲热了。

马小柔有很多不懂的事情都会问杜思虹，杜思虹也是知无不言、言无不尽，连病房里的护士都羡慕她们这对姐妹花。马小柔能走出这次心理阴影，杜思虹的确有很大的功劳。

人有时候就是这样，在你自己感到迷茫的时候，需要有过来人给你点拨，一旦开窍了，未来还是可期的。

"这段时间，也是辛苦思虹了。"老马跟杜思虹说，他心里是真诚地感谢杜思虹的。他一个老男人，管理急诊科百十号人没问题，但是在教育女儿、跟女儿沟通这方面还是有所欠缺的，这次如果不是杜思虹开导小柔，后果不堪设想。

杜思虹腼腆地笑了，谦虚了几句："事情顺利度过就好了，我也很喜欢小柔，跟她聊天也很开心，互相倾吐吧。"

"对了，你们那个病人是怎么回事，上呼吸机了吗？"杜思虹问华武星。

"哪个病人？"

"就是感染性心内膜炎那个啊，我刚刚看到了你们发出的全院会诊通知单，说是明早 9 点到你们科会诊。"杜思虹说。

"哦，对，那个病人，凶多吉少啊，心脏瓣膜估计烂得厉害，心功能衰竭，够呛。"华武星说。

"现在怎么样了？"老马也问华武星，"血压升上来了吗？"

"用了升压药，补了点液体，血压现在还能维持，不知道明天会怎么样。"华武星说。

"考虑手术吗？"杜思虹问。

"家属还在犹豫，一是怕手术不安全，二是没什么钱。但不管怎么说，明天大家商量完后，该怎么做就怎么做吧。"

"也只能这样了，之前见过一个类似的病人，家属也是不同意手术，后面拖着拖着人就没了。"杜思虹说。

就这时，旁边有个人喊了华武星的名字。

众人纷纷侧头一看，见护士站旁站着一个气质优雅的年轻女子，她穿着淡紫色西装，望着华武星这边，浅浅笑着。

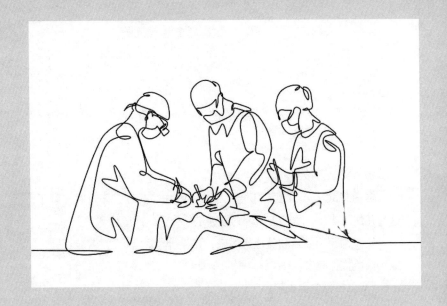

_15_

体外循环

只有变，才能活下来。

那人正是贺薇薇。

之前华武星开了止痛药给贺薇薇，她吃了药后头痛暂时缓解了，这会儿快下班了，贺薇薇出现的原因是什么，华武星猜到了。

贺薇薇笑语盈盈朝这边走过来，还没等华武星回过神，老马已经跟贺薇薇打招呼了。

"贺总，你怎么来了？"

老马跟贺薇薇认识，这让华武星感到惊愕，杜思虹和马小柔更是云里雾里的。但杜思虹听到贺薇薇喊华武星的名字，知道他们肯定认识，而且关系不浅。

老马等贺薇薇走近了后，跟华武星等人介绍说："这是汉中制药公司华南地区的销售总监贺薇薇，跟我们医院也有业务往来，我也是前段时间才认识贺总的。"

然后又分别介绍了杜思虹、马小柔给贺薇薇认识，轮到介绍华武星时，老马笑了一下："估计不用介绍了，看起来你们是旧相识。"

贺薇薇笑了："我跟武星是大学同学呢。"

"哎呀呀，我就说贺总年轻有为啊。你看你，现在还是个老主治医师，你同学都是大区总监了，你还不好好努力。"老马调侃华武星。

华武星一脸尴尬，不知道该说什么好。老马不知道贺薇薇是华武星的前女友，但他不自然的表情都被杜思虹看在眼里，甚至连马小柔都瞧出了端倪。

在这点上，女人的敏锐甩男人几条街。

"武星能在马主任麾下作战，肯定也能从马主任身上学到很多本领，你们这是真刀实枪地跟死神抢病人，我是一百个佩服啊。你们才是妥妥的时代楷模，我就一商人，不足挂齿。"贺薇薇简单两句话既化解了华武星的尴尬，又不动声色地赞扬了老马。

贺薇薇跟老马客套了几句之后，开门见山地问华武星："是不是已经忙完下班了？如果是的话，是不是可以出发了？"

华武星愣在那里，一时之间手足无措。从内心上来讲，华武星是不愿意跟贺薇薇出去吃饭的，一切发生得太突然，一个10年前有过感情纠葛的女性突然出现在眼前，哪能当成什么事也没发生过那样轻松的交流呢？更何况，此时此刻杜思虹也在身旁。

华武星跟杜思虹相处了一段时间，他知道自己对杜思虹是有好感的。如果就这样跟贺薇薇出去吃饭了，那杜思虹会怎么看待自己？这也是华武星担忧的。

贺薇薇见华武星没有回应，又笑着说："华医生刚刚还答应得好好的要请我吃饭，该不会现在又变卦了吧？还是事情还没忙完？如果是还没忙完，没关系，我可以等。工作要做，饭也总是要吃的嘛。对不对？马主任。"

"那是当然，"老马说，"时间差不多了，我批准你下班了，小华，你换衣服走吧。既然答应了请贺总吃饭，那也不能言而无信，贺总刚到我们这边不久，也需要熟悉下环境，你可以带她走走啊，老同学之间也好联络下感情嘛……"老马话说到一半，马小柔就给他使眼色，让他少说两句，但老马没体会到马小柔的意思，还是把这句话说完了。

马小柔虽然年纪不大，但她明显感觉得到华武星的尴尬，更重要的是，住院期间她跟杜思虹聊了很多，她也能感受到杜思虹对华武星有好感，但现在突然插进了一个什么销售总监，还是华武星的大学同学，这事情就有些复杂了。她瞥到了杜思虹的表情有些不自然，就知道老马说错话了，所以拼命给老马使眼色，奈何老马体会不了这些细节。

华武星没办法，只好跟着贺薇薇出去了。

华武星临走前，跟老马说："要值班医生看好黄欣莲，夜间可别出什么幺蛾子了。"老马说他："别以为就你小子关心病人，其他医生都成饭桶了？你就安心下班吧，说不定明早过来情况就好转了呢。"

杜思虹见状，也借故说科里有事要先走了。

华武星心里焦急，却不知道该说点什么。看着杜思虹的背影，他有些失落。这边贺薇薇又催着走。

贺薇薇说："原本想找一家以前去过的餐厅的，发现都搬得差不多了，10年变化真大。"医院旁边有一家高档餐厅，以前他们在这里实习时一直想去但没钱去，贺薇薇开玩笑说今天得去好好吃一顿。

路上贺薇薇问华武星："你就不好奇我这10年来干了什么吗？"

"每个人都有自己的生活，快乐辛酸也只有自己知道，我从不窥探别人的生活情况。"华武星面无表情地说了一句。

贺薇薇没有生气，反而笑了，说："你还是跟以前一个样子，不喜欢说好听的话。"

华武星对此没表态，贺薇薇舒了一口气，说："我毕业后回了老家，使出浑身解数挤进了这家医药公司，一干就是10年，一步一步走到今天这个位置。曾经期待的东西，现在也基本拥有了。名和利，似乎也没有先前想的那么重要。"

"人生又有几个10年？"贺薇薇说这句话的时候侧头看了看华武星，华武星对这句话也是有触动的，这10年来，他一直潜心医学，在临床上玩命似的工作。临床技能是日进千里，但生活也落下了，其他同学基本都成家立业，娃都好几个了，江陵也领了结婚证，就华武星仍然独自一人。有时候工作到半夜，难得松懈下来时，他也会望着窗外的路灯发呆，思索着这一切的意义。

"这次我来，一个原因是因为公司业务发展需要，我们新出了几种心血管方面的药，目前在开拓市场，公司对这几种药寄予厚望，所以我就来了。"

"另一个原因，"贺薇薇说到这里停顿了一下，然后才接着讲，"到学校和医院这边走走，现在回过头来看，那段时间是我人生中最开心的、最值得回忆的时光。"

"我自己也逛了下周边，想起以前我们逛过的小吃店，5 元一份的臭豆腐，摆在地摊上卖的 10 元一本的书，还有医院转角处你最爱吃的榴梿冰激凌……"

贺薇薇说这些的时候，脸露微笑，甜美的记忆拂过，仿佛一切都发生在昨天一样。

"但这些都消失了，被其他东西取而代之了，变化真大。"贺薇薇脸上难掩失落。但很快她又重新露出笑脸，说，"没关系，事物总是在不断变化的，我们谁也拦不住这个客观规律，只有变，才能活下来。

"但你还是一如既往的你，一点没变，要说真变了，那就是变得更加成熟有魅力了，是不是，咱们的华医生？"贺薇薇望着华武星，笑意盈盈。

"事物都在变，人怎么可能不随之而变呢。"华武星开口了，"小吃店、臭豆腐没了就是没了，这条街再也不可能跟以前一样，虽然依然热闹，但色彩都不一样了。"

贺薇薇浅浅一笑，没再说话，两人默默走着，许久贺薇薇才开口，说："其实我挺羡慕你在医院的日子的，虽然忙碌，但一心扑在治病救人上，其他事情不用想，没有钩心斗角，没有尔虞我诈，日子简单，便是快活。"

"有人的地方就有江湖，有江湖就有恩怨，哪里都差不多。"华武星说，"我算是运气比较好吧，总体还过得去。"

"如果时光可以倒流，你会不会再劝我留院工作？"贺薇薇突然问华武星这个问题，她一脸期待地等着华武星的答案。

华武星迟疑了一下，才说："每个人都有自己的选择，自己觉得好才是真的好，别人的意见都只是参考。"

两人又聊了其他的，贺薇薇兴致勃勃，华武星则礼貌性地有一句没一句地搭着话。贺薇薇却也不介意。

后来他们两在餐厅吃了饭，饭后贺薇薇说要送华武星回家，华武星拒绝了，说打车很方便。贺薇薇说自己在医院附近租了个房子，有可能要住几个月，甚至更长时间都说不定，有机会请华武星去家里吃饭。

回到家后，沈大花又开始唠叨，说："上次那个相亲对象，就是多年好友介绍的那个博士，近期没动静了，该不会是又黄了吧？也没关系，妈给你重新找。"

华武星心烦意乱，没搭理沈大花。第二天一大早，华武星就赶到了科室，一进门就被眼前的场景吓了一跳：江陵站在抢救室门口跟家属沟通，他的白大褂上都是血迹，东一块西一块的，看着怪瘆人。

华武星见状，以为出了什么事，赶紧冲到抢救室，指着江陵浑身上下的血迹，问怎么回事。

江陵则指着抢救室里一个患者："呶，都是他的血。"

华武星顺着江陵手指的方向望去，此时林平正在给一个浑身是血的患者做清创缝合，林平的身上也到处都是血迹，还有地板上、床单上，都染红了。

得知是病人的血，不是江陵自己的，华武星松了一口气。他一进门就看到江陵这副模样，还以为是被患者或者家属捅伤了，心都提到了嗓子眼。

家属是个 60 多岁的老人，江陵让他去找输血科，要互助献血的一些宣传资料，然后找人去互助献血，否则没有血制品给病人使用。现在全市都缺血，只有这个办法。

"你帮我盯一下抢救室，我去换件衣服。"江陵跟华武星说，"里头那个病人，虽然浑身是血，看起来可怕，但是检查过了，都是皮外伤，暂时无生命危险。"

江陵换好了衣服后，才跟华武星说："昨晚这个夜班惊心动魄，一直忙到下半夜，快要天亮的时候来了这个 30 多岁的男子，一来就浑身是血，问什么也支支吾吾不肯说，只是说让我们帮忙止血。原本想让外科医生帮他清创缝合的，但恰好那个医生处理病人去了，又不能让病人等，只好我和小林上手。"

江陵和林平给他清创缝合过程中，发现他头面部、胸部、背部、手臂、大腿等多处皮肤割伤、裂伤，出血很多，后来男子的父亲来了，问起缘由也是不愿多说，后来江陵吓他："原因不清楚的话，可能处理不彻底会有后遗症的。"

他才告诉江陵，是他儿子闯祸了，在外面拈花惹草，被儿媳妇抓了个现行，大怒之下，儿媳妇拿了扫帚、拖把、晾衣竿等一切能拿到的东西，往他儿子身上招呼，各种戳、插、刺、砸等，所以才有了全身上下的伤口。

男子自知理亏，也不还手，被打伤了赶紧自己开车来医院止血。老父亲也跟了过来。

华武星听完后哑然失笑："活该，罪有应得。"当然，声音很小，家属听不到，"你应该晚一点再给他清创，让他多流点血，长点教训。"

"别胡说。"江陵赶紧制止了华武星，"让家属听到这话那还不把急诊科的屋顶给掀了。再说，咱们现在血库空虚，没什么血了，想输点血都很困难。"

"那你给他清创缝合时就不应该用局麻药，让他痛，尝尝这滋味。"

"你来！"江陵把手套递给华武星。

"我就一个路过的，凭啥我来啊？你好好招呼他吧。"华武星笑着说，说完就准备走，突然想起来江陵的岳父还躺在综合 ICU，问他现在什么情况。江陵说："人还没醒，愁死了。昨晚复查的头颅 CT 没有再发出血，估计还得等。"

华武星拍了拍江陵肩膀，说："祸兮福之所倚。"

"什么意思啊？"

"没别的意思，就是感慨一下，福祸相依，坚持吧，需要花钱跟我说，我那本来想借给你买车的钱可以借给你岳父治病。不多，就几万块钱。好过没有。"华武星说。

"那还不至于，即便住 ICU，我们也能支撑个把月。"

"那个把月后呢？"

江陵只能说："走一步看一步吧。"

华武星走了，抛下一句话："记得别加麻药。"

江陵真的害怕被家属和患者听到这句话，那非鸡犬不宁不可，但想制止华武星已然来不及，幸亏旁边没人听到。

等华武星换好衣服进入 EICU 后，值班医生说昨晚黄欣莲情况没有明显变化，没转好，也没加重，估计是呼吸机缓解了缺氧问题，升压药稳住了血压，暂时达到了一个平衡状态。目前抗生素用了亚胺培南／西司他汀，这已经是最强的广谱抗生素了，理论上绝对对付得了心脏瓣膜的细菌，但实际上病人还在发烧，而且血感染指标还在升高。

这种危重病人的抢救，真的是不进则退。

黄欣莲已经被镇静了，目前是睡着的状态，再加上之前有过低血压，大脑灌注不足，也有可能是因为病情太重而昏迷。

华武星再次给黄欣莲做了心脏彩超，看到心功能比之前似乎更差了一些。

"看来药物治疗效果不好，必须要手术了。患者心脏瓣膜出问题了，不换掉它心脏功能就不会好转，病人就随时可能不行。"

老马也来了，跟华武星一起看了病房的病人，最后才看黄欣莲，华武星说可能真的要手术了。

"等专家们讨论完，看看大家意见如何再说。"老马的态度很明确，"这么危重的病人，必须得让其他科室看过，即便病人死亡，那也不是咱们一个科室的事情，起码咱们大家都尽力了。"

华武星忍不住了，挨个通知了会诊科室的医生，请他们尽快来急诊科参与会诊。

一切源头都是心脏瓣膜坏了，要想控制好患者的心衰，必须把这个坏掉的瓣膜更换掉（心脏瓣膜置换术），才有可能恢复正常的心脏功能。这个道理是很浅显的。

一个小时左右，几个会诊医生都来了。

早上大家都很忙，但是华武星把病情说得很重，加上昨天已经通知过一轮了，所以大家也不敢懈怠，准时出现在急诊科 EICU 办公室。

杜思虹也来了，她是代表呼吸内科来的。

华武星跟杜思虹打了个招呼，杜思虹也礼貌性地回了句，然后就没有其他交流了。

几个专科的医生围着黄欣莲转了几圈，仔细地听诊着她的心肺，华武星则负责介绍病人情况，起病的过程、治疗的反应、各项检查指标的异常等，尤其提到用了亚胺培南／西司他汀后感染指标还在一路狂飙，并且血流动力学不稳定，需要去甲肾上腺素维持血压，呼吸氧合也不好，目前靠呼吸机支撑。

"患者还有贫血，目前还没约上血，这是个难题。希望医务科老师能帮我协调一下，看看能不能尽早搞到一部分血给输上，否则严重的贫血对心脏、肺脏都是不利的。"

医务科来的是科长潘芸，她听到华武星的诉苦后，表态说："我会努力协调血库那边，至于能不能搞到血，也不敢保证，只能说尽力协调。"

"有潘科长这句话，我就放心多了。"华武星笑着说。

"那就请各专科的专家发表各自的意见吧，黄欣莲这个病人，接下来应该怎么治才是最好的？她还很年轻，希望我们大家的努力能让她站起来走出 EICU。"老马首先发言。

心内科的专家首先亮明观点："病人这种情况，我们心内科没办法，任何药物可能都是隔靴搔痒，因为细菌在心脏瓣膜形成赘生物，赘生物里面除了有细菌还会有机体的组织，细菌有可能躲在里面，药物不一定够得着。

"即便够得着，等药物差不多杀掉细菌的时候，心脏瓣膜也烂得差不多了，所以患者会心衰严重，甚至心源性休克，血压稳不住，最后是死路一条。没有心脏瓣膜的心脏就好像一个失去手臂的刀客，刀还在，没有手那有什么用，总不能用脚使刀吧？"

这几句话惹得大家哄堂大笑。

"如果不做手术更换新的心脏瓣膜，患者必死无疑！"心内科专家说得斩钉截铁，不留余地。这句话又让轻松的气氛顿时紧张起来，他接着说："但如果手术吧，风险又极大，这样的血压，这样的肺功能，这样的心脏，说不定刚抬上手术台，人就没了。

"至于应该怎么做，我想还是得看胸外科医生的，内科医生没办法。"

心内科专家的意思很明白。不做，必死无疑，做了，也很可能会死，但有一线生机。这个观点跟华武星、老马的观点是一致的。

老马让华武星把患者的CT片子调出来，给大伙再看看，同时说："患者的肺也不好，我们看看呼吸内科的专家什么意思吧，杜医生你的观点呢？"

杜思虹是呼吸内科新来的博士，专业技能也是很强，所以他们科主任才会委派她过来参加这个讨论，可以说，杜思虹的意见就是呼吸内科主任的意见。

杜思虹看了片子后说："患者的肺部问题不大，肺炎是次要的，关键还是心脏，心脏不好了，导致肺淤血，只有把心脏治好，肺脏才能好。我们科之前也有过类似的病人，也说要手术的，但因为当时风险比较大，家属又不同意冒险手术，采取了保守治疗，结果都是失败的。病人全部死亡了。"

杜思虹说的几个病例，心内科专家也还有印象，说当时还一起讨论过，那几个病例也是比较令人惋惜。

"看来大家意见很统一嘛，不做手术是不行的，但做手术的风险又是奇高。怎么样，能不能手术，敢不敢手术？"老马笑着问胸外科医生。

本次病例讨论，胸外科医生是主角，因为大家认为，只有胸外科做手术更换心脏瓣膜才有一线生机。但从进门到现在，胸外科医生都还没发过言，一直在看病人，看病历，看报告，而且始终眉头紧皱，看来的确是为难。

听老马这么发问，胸外科医生有点迟疑，说："患者现在这样的心功能，这样的血压，抬到手术台上，真怕下不来……"

讨论现场一下子鸦雀无声。

"难度很大，现在患者心源性休克、感染性休克，不做肯定死，做了也可能是个死。"老马皱着眉头，呼了一口气说。

"做了，起码有一线生机。"心内科专家强调。

老马又朝着胸外科医生笑了："怎么样？民意啊。"

胸外科医生说："我们主任很快就来了，让他来做决定吧，我拿不了这个主意。"

话音刚落，胸外科主任就进来了，大家都等着他表态呢。

胸外科主任跟老马客套了几句，直奔主题："这个病人啊，恐怕真的不好动。"

没人接话，都等他继续讲。

他顿了一下，说："之前也做过这样的手术，术中患者就不行了，心跳停了，抢救了一个多小时，家属也疯了，不允许我们停止抢救，搞得鸡飞狗跳。今天麻醉科的人没来，我估计麻醉科的同事也记得那个病人，心有余悸，心惊胆战啊。"

"如果不做手术，该怎么用药就怎么用药，如果侥幸活下来那是最好。如果活不了，那也是病人命不好，家属怨不得咱们。这个咱们，不仅仅指的是我们胸外科，也包括你们急诊科、心内科、呼吸内科甚至是咱们医院。

"一旦做了手术，那就比较被动了，病人如果死了，难以保证家属不会说是我们治死了病人。术前沟通得好好的，一旦出了事，他们还是会不认账的，这种事不少见。

"所以，我们科昨天晚上也讨论了一番，意见是，暂时不手术，继续药物保守治疗，静观其变吧。"

"丁主任，你还能等，病人可没几天时间等了。"

说这话的正是华武星，黄欣莲的管床医生。

"病人现在去甲肾上腺素的量用得很大了，肢体末端也是冷得不行，说明器官组织灌注不好，如果没有呼吸机，估计早已经心衰死掉了。所谓的静观其变，就是看她能扛几天才死掉，是一天死掉，还是三天死掉，或者运气好些，熬一个星期才死掉，对吧？"

胸外科丁主任的脸一阵青一阵白，老马赶紧给华武星使眼色："怎么能说这样的话！"

但华武星全然不理，继续说："病人如果不手术直接死掉，那就是咱们EICU救治不力；一旦病人上了手术台死了，那就是胸外科刀法不行。何必干这吃力不讨好的事情呢？横竖都是死，干吗还要搭上自己呢，是这个意思吧？丁主任。"

"小华，怎么能这样跟丁主任说话呢！"老马喝止了华武星。

"依我看，华医生说的也是事实啊。"心内科医生站在了华武星这边说了一句，"不上台是必死无疑的，能熬几天就看你们的本事了。"

"话虽如此，但冒险手术，风险最大的的确是胸外科，这点我们大家也是知道的。何况胸外科之前也有类似的医疗纠纷，有犹豫也是人之常情。"老马尝试帮胸外科说话。

"家属什么态度？"丁主任问老马。

"家属我们之前接触过了，经济状况不是太好，而且对手术的风险也比较担忧。"老马说。

"这时候还担忧什么风险，有医生肯抬她上台已经谢天谢地了，还想要包治愈吗？"心内科医生冷笑了一声。

"华医生，这样吧，你现在出去再跟家属沟通，让他给个明确答复，要不要手术。"医务科科长潘芸跟华武星说。

"这不扯淡吗？我们自己都还没沟通好要不要手术，敢不敢手术，万一家属说同意手术，那怎么办，我们要不要手术？"华武星望着丁主任，等他回复。

丁主任脸色铁青，说："如果家属同意手术，并且签好所有同意书，医务科在场做证，该手术咱们就手术。"

"既然如此，那请大家等我几分钟，家属现在就在外面，我找他再聊聊。"华武星说完就出去了。

杜思虹也起身跟了出来。

"我想看看家属什么态度。"杜思虹跟华武星说,"还有,刚刚你那样跟丁主任说话,恐怕丁主任不大高兴了。"

"他们就是尿,既然尿,怎么就不让人说了?"华武星有些愤愤不平。

"他们也是害怕,毕竟病人真的很严重,而且他们吃过亏,有些犹豫也是可以理解的。你找个机会,当面跟丁主任说几句软话,大家都是同事,千万别弄僵了,何况他还是我们的前辈呢。"

华武星没正面回应杜思虹,而是先找到了黄欣莲的老公。他一大早也来了,就在走廊,刚刚华武星路过时还看到了他。

华武星直截了当问他,要不要手术,并且把手术可能带来的风险、益处、费用都跟他说了。

黄欣莲的老公犹豫了一下,说:"昨晚想了一宿,这手术还是不大敢做,而且……的确困难。"

"不做手术很可能会死亡。"华武星说。

"保守治疗没有一点机会吗?"他问。

华武星不敢把话说绝了,只能说:"大概率是不行的,保守治疗希望比较渺茫。"

"手术呢?"

"手术风险也极高,也可能死在手术台上。"

"那你是医生,你建议我怎么做呢?你帮我决定可以吗?"黄欣莲的老公双眼布满血丝,眼眶发黑,看来昨晚真的没休息好。

"我只能给你建议,告诉你两种治疗的风险,怎么选择你自己决定,我不可能帮你决定。"华武星说。

"医生,我是真的困难,实不相瞒,家里就我在工作了,全家老小就靠我一个人的收入,十几万元的费用我真拿不出来。昨天我尝试联系了几个亲戚朋友,没人愿意借钱啊,总不能真的卖房吧?卖了房子,儿子住哪儿,我父母住哪儿?万一卖了房子,人又没了,人财两空,那又如何是好?"

他说完这些话,哭了。

"懂了，你是宁愿老婆就这样死掉，也不能卖房子，对吧？"华武星问他。

"我不是这个意思……"

"但你是这么做的。签字吧，就说不愿意手术得了。"华武星把纸和笔递给他。

"你得想清楚了，不做手术很可能不行，做手术仍有一线生机，你签字不同意手术的话，你老婆很可能会死。"杜思虹忍不住说了一句，"如果仅仅是钱的问题，你还可以去网络平台筹款，或者想其他办法的。"

他没搭话，拿笔的手一直在抖，最终还是签了字。

拿到签字后，华武星和杜思虹就回病房了。路上杜思虹低声说了句："那样太残忍了。"

华武星却说："在急诊科这样的事情经常见，没钱的、不想治的，什么样的都有。"

"就没有更好的办法吗？比如我们帮他们发起捐款，联系各种网络平台，我们出医疗证明，只要能拿到钱，我相信他会同意手术的，他并不想他老婆死掉。"杜思虹声音有点沙哑。

华武星一时语塞，杜思虹不想病人就此死掉，他又何尝不是呢。

华武星把家属的意见跟会诊医生们汇报了："家属还是不太积极面对手术。"

大家理解。

丁主任又说："如果家属都不是太积极，咱们就更加不能赶鸭子上架了，手术不是一个小决定，万一真的死在台上了，这种经济困难的家属会闹得更凶，可能手术费、住院费都会想赖掉。"

"这样吧老丁，我们先用最好的抗生素，按照药敏结果给病人治疗几天，看看能不能把患者的情况稍微稳定一下，起码呼吸、循环稳定一点，到时家属如果改变了主意，同意手术了，咱们再开刀，好不好？"老马望着丁主任如是说。

大家都赞同这个决定。

丁主任点头:"也只能这样了。"

事后,潘芸和老马把华武星单独叫到一处,批评了华武星,说:"你刚刚那样跟丁主任说话是有些过分了,大家都是同事,目的是一致的,在保护好自己的同时去医治病人,这本身也是没错的。"

华武星还是不服气:"他是保护好了自己,病人能不能得救还不一定呢。"

"他作为胸外科的头儿,自然会从科室的利益出发,一旦病人死在台上,再惹出一个纠纷,他们科就永无宁日了。"潘芸说。

"哼,谁没遇到过一两个纠纷,怕纠纷那就申请调去病案室啊,跟文字打交道那肯定不会有纠纷。"华武星丝毫不客气,依旧愤愤不平。

老马把华武星骂了一顿:"就你臭小子为病人着想啊?你不知道,20年前丁主任为了救一个穷苦的病人,自己掏钱垫付了手术费,就为这事他被老婆数落了很久,他也没怨言。但今时不同往日了,他现在是科主任,一旦出事整个科室都要遭殃,他不为自己考虑也要为底下几十张嘴考虑啊。"

这事潘芸也还记得,说:"老丁这人还是很靠谱的,咱们再治疗几天看看,如果实在不行,再想办法吧。再说家属也没钱,没钱就更加不能轻易上手术台了。"潘芸叹了一口气,"钱不是万能的,但有时候没钱真是寸步难行,咱们也不能免费给病人治疗,我们也不是善堂,医院的收益是自负盈亏的,不当家不知当家难啊。"潘芸这句话是说给华武星听的。

华武星当然听出了潘芸的话外之音。"那血液的事怎么办?潘科长,患者贫血厉害,再要不到血,器官组织灌注维持不住也不行啊。"华武星说。

"这事我去想办法协调。"

没过多久,潘芸就给老马打电话,说:"现在实在是缺血,几个手术病人都还在等着血用,输血科暂时安排不了多余的血给黄欣莲这个病人了,得动员家属去互助献血才行。"

老马把这事跟华武星说了，华武星找到了黄欣莲的老公，让他再想办法找亲戚朋友去献血，拿到献血回执单，血库才能出血给病人用。

黄欣莲老公抱头痛哭："找不着人啊。"

又没钱，又没血，看来真是死路一条了。

华武星知道他也没办法，也就不再催他。"再想其他办法吧。贫血短期内也没生命危险，最关键的还是心脏瓣膜的问题。"

下午杜思虹又来了，说可以帮黄欣莲的老公在网上发出筹款的申请，看看能不能筹集到 20 万元。"总不能见死不救吧，我觉得她做手术还是有机会活下来的。"

看到杜思虹如此坚持，华武星也不好拒绝，只好开出一系列医学证明，还拍了黄欣莲的病床照片，提供给平台审核。

黄欣莲的老公听说华武星他们愿意主动帮忙发出筹款申请，非常感激，他也说了："我文化水平不高，不大会处理网络上的东西，但的确听人说可以这样申请筹款，只是苦于不会弄，这下好了。"说着说着又哭得稀里哗啦。

他又跟华武星说："我刚刚又四处找人去献血了，但还是没人愿意，大家的血都宝贵着呢。"

"如果筹到钱了，你同不同意手术？"杜思虹问他。

"那必须的啊，有钱我肯定会手术啊，大不了就是死嘛，起码我对得住我老婆了。"他边擦眼泪边说，"但要卖房子，实在是下不了决心。"

黄欣莲的老公叫胡可汉，一个看起来有 50 岁，实际上只有 38 岁的中年男子。

下午华武星安排胡可汉视频探视，看到病床上躺着一动不动的老婆，胡可汉再次泪流满面，一个劲儿地说："对不住老婆，对不住老婆啊，让你受苦了。"

到了晚上，黄欣莲的筹款链接弄好了，在杜思虹和华武星的努力下，很多同事、朋友都帮忙转发了，两天左右的时间就筹到了 10 万元，大部分还是医院同事捐的款。

这天查房时，冯小文告诉华武星："黄欣莲的尿量开始减少了。"

这不是好事情。

华武星说："患者的肾脏可能扛不住了，由于存在心力衰竭，全身各个脏器都是缺血缺氧的，肾脏首当其冲，很快就不行了。"

果然，抽血结果出来后，血肌酐升到了 $300\mu mol/L$，这比之前翻了一倍还多。

而且感染指标还没有下降的趋势，升压药的剂量也逐步上调了。这说明患者的休克状态非但没有好转，反而还在加重。

"再这样下去，真的没有机会了。"江陵听说了黄欣莲的病例，也进来看了病人，他叮嘱华武星："不管胸外科做什么决定，千万不要得罪人。咱们跟胸外科联系蛮多的，得罪了丁主任终归不是好事情。"

"谁得罪他了？我只是就事论事，他爱瞎想我也没办法。"华武星说。

"我说你真是一根筋，你前天在讨论会上说的话我都知道了，你真的是华大胆啊，什么话都敢说，什么人都敢怼啊！要不是马主任和潘主任拦着，说不定你要把天捅个窟窿。"江陵知道华武星脾气倔强，担心华武星跟胸外科闹僵了。

"不手术，必死无疑了。"华武星喃喃自语。

华武星也顾不上跟江陵聊天了，他迅速找到了老马，再次提出要逼胸外科医生上手术台才行。

"眼看着患者一天比一天转差，说明药物保守治疗效果不好，再好再贵的抗生素都没有发挥应有的作用，与其活活在我们手里熬死，倒不如痛痛快快上手术台。说不定换个心脏瓣膜问题就解决了，否则下一个倒下的器官会是肝脏、消化道等，乃至多器官功能衰竭，万劫不复。"

老马略微沉吟，当即拍板："今天再组织一次多学科讨论吧，就把上次的人聚集在一起，再次讨论。另外，这次叫上麻醉科，让他们充分评估能不能耐受手术。"

讨论一开始，老马首先发言："兄弟们，保守治疗效果不好，再继续这样下去，患者必死无疑。病人才30多岁，太年轻了，太可惜了。"

心内科专家还是那句话，"不手术肯定是不行的，老马你们还让她多熬了几天，可见你们也是下了功夫的，要是没有强力的手段，病人早就见阎王了。"

胸外科丁主任说："我还是觉得情况太差，风险不是一般的高，是极高啊。"

杜思虹说："我和华医生跟家属聊过了，其实家属是有意愿做手术的，之前犹豫是因为实在是经济困难，拿不出钱，现在大家也看到了，家属搞了个网络筹款申请，到目前已经筹到了10万元，他自己也还有一点钱，他很期待手术，是这么个情况。"

医务科科长潘云说："要不我们几个老的，亲自下场跟家属聊一聊，怎么样？这样我们心里也有数一些，让家属给个痛快话。如果家属同意做，咱们就签字，白纸黑字写清楚，任何后果都自负，我们只管努力，不管结果。"

"至于医药费嘛，肯定得家属承担，医院也不可能给每个病人都打折，但是能减少不用的药物咱们尽量不用，手术器械如果便宜的能达到效果咱就用便宜一些的，即便有点副作用，只要不影响大局就可以了，对吧。"

"潘科长这话说得中听。"心内科医生说，"只要家属同意手术，咱就可以义无反顾，先手术换了瓣膜再说，那么烂的瓣膜，根本发挥不了心脏泵血功能，不休克才怪。"

"黄主任怎么看？您认为手术麻醉风险有多大？病人承受得住吗？"老马问麻醉科黄主任。

麻醉科黄主任发话了："我跟老马的意思一样，患者目前这样的状况，不做肯定死，做了可能也会死，但起码有一线希望。

"至于手术麻醉嘛，那就尽人事听天命了，只要决定要做手术，那么麻醉风险再大也要做，咱也不能尿，对吧。只要签好字了，就没什么好怕的。天天麻那些身体素质比运动员还好的太没意思了，就应该多麻点这种病人，才能显示出我们的水平。用了麻醉药血压会垮掉，那我就拼命用多点升压药呗，大不了上几管肾上腺素，拼了老命也得把手术做完，送回 EICU。兄弟们，咱们可是大学附属医院啊，得对得起这个称号，哈哈哈。"

黄主任一席话惹得众人哈哈大笑，纷纷说他果然是技术控，但这事也没那么简单，平稳落地最好，坎坷挑战就算了，这是大多数人的想法。黄主任却不同，他喜欢挑战极限。

丁主任也笑了："老黄，那你说，你敢不敢麻？"

黄主任不甘示弱："老丁，只要你敢开，我就敢麻！"

丁主任也较上劲了："好，只要老黄敢麻，我就敢开！拼一把！"

看着这俩主任较劲，大家也觉得好笑，老马笑完后说："走吧，我跟老丁、老黄，还有潘科长，一起找家属聊聊，当面说清楚风险、费用、预后情况，这样兄弟们做得也舒坦一些。胸外科丁主任是手术的主角，咱们得把他保护好咯，如果这次家属还闹事，下一次估计打死他老丁也不肯上台了。"

一句话又把大家惹笑了。

最后，由医务科科长潘芸、老马、胸外科丁主任、麻醉科黄主任四个科的老大组成术前谈话小组，跟胡可汉充分进行了沟通，大概意思是："不做是死，做了可能也会死，但有一线生机。如果术中出现意外，家属不得怪罪医生、医院。"

胡可汉签署了知情同意书。

看着胡可汉签同意书，华武星和杜思虹手里也捏了一把汗。这个决定到底是否正确，没有人能提前知道。手术有两种后果，第一，可能加速死亡，原本还能扛几天的，可能这回直接死在手术台上了。第二，手术彻底解决了烂掉的心脏瓣膜，让患者重焕生机。大家都知道，第一个可能性很大，第二个可能性很小。

但此时此刻，除了冒险手术，真的别无他法了，退路已经被堵死，只有背水一战。

当天中午，华武星他们就把黄欣莲推进了手术室。

华武星跟胡可汉解释这个手术是怎么做的："这是个难度很高的手术，因为要在心脏上动刀子。如果把心脏比喻成一个房子，房子有墙壁，有门窗，心脏肌肉就好像墙壁，心脏瓣膜就好像门窗，现在是瓣膜感染烂了，类似门窗破了、关不紧了，自然会漏风，这对心脏功能的影响是巨大的，看看患者发生了心源性休克就知道了。

"但心脏一直在跳动着，医生很难把瓣膜拆出来，也很难把人工瓣膜置换进去。所以医生要想办法让心脏停止跳动，才能拆换瓣膜。"

"可是心脏都不跳了，人不就死了吗？"胡可汉问。

这就需要用到体外循环了。麻醉科医生会准备一台体外循环机子，把病人的血液都引到这台机子上来，这台机子就充当了心脏和肺脏的功能，把血引进来，进行气体交换，然后再回输到病人体内。这样一来，病人自己的心脏不用动，也能得到氧气支持，外科医生就可以安心给心脏做手术了。

一般医院还真做不了这个手术。

黄欣莲能不能顺利扛过这关，华武星他们的努力是否会白费，一切都是未知数。

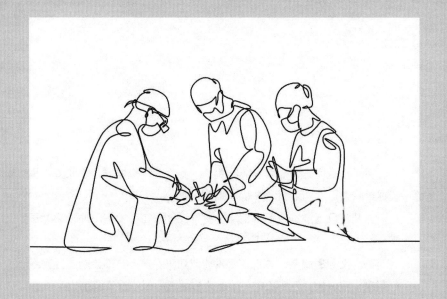

16

救人一命

华武星不相信命运，但这件事于他来说，
无时无刻不在提醒他这就是双方各自的归宿。

至于用血问题，潘芸再次发话了："我们会尽量协调，争取多调几袋血给病人黄欣莲用，确保最基础的用血。"

自从黄欣莲被推入手术室后，胡可汉就守在手术室门外，没离开半步。

冯小文问华武星："你说这手术能成功吗？病人会不会刚上台就不行了啊。我看她血压那么差，进手术室之前，肾上腺素都用上了，感觉真的是凶多吉少啊。会不会两针麻醉药、肌松药下去，'哐当'一声人就没了？"

华武星也有些担忧："但看时间已经过去一个多小时了，没见手术室有动静，说明应该已经在平稳开台了，如果真有什么事，肯定会通知我们的。另外，如果真的不行了，以他们的风格，肯定会把病人推回来再宣告死亡的。"

"病人死在 EICU，总好过死在手术台上。"华武星缓缓说出这句话。

冯小文似懂非懂地点头。

又过了几个小时，华武星处理完其他病人后，见手术室还没有动静，老马也没收到任何消息。"病人是死是活啊？如果是活的话，那活到什么程度了啊？"华武星也坐不住了，直接去了手术室。老马原本想阻止他，但老马也想知道更多详情，便让他去了。

一打开手术室门，华武星就知道一切还在控制中。

因为胸外科丁主任跟助手说话的语气还是比较平稳的，这就说明一切都还行。

麻醉科黄主任亲自镇场子，用各种药物调控着黄欣莲的血压。

黄欣莲一动不动，真的跟死了一样。华武星凑近一看，心脏的确是停了，体外循环机在有条不紊地引血、回血，看着鲜红色的血液流进流出，华武星内心汹涌澎湃，更加坚定地认为这手术是做对了。

黄主任跟华武星说："虽然困难，但情况暂时还可以。"

华武星客气了几句，说："各位老师辛苦了。"

黄主任笑了："谢啥，咱们都是一条绳上的蚂蚱，一旦出事，一锅熟。现在这病人不单是你们 EICU 的了，她是整个医院的，院领导也盯着呢，刚刚潘科长还打电话过来问情况了。"

看到黄欣莲生命体征还能勉强维持，华武星放了一点，赶紧回去跟老马汇报情况。

老马点了一根烟，狠狠吸了一口，说："应该两天前就让他们上手术的，那时候上的话风险还更小一些，现在上风险大多了。"

华武星也是这么想的。

"但是事情总是千变万化的，要不要上手术可不是一句话这么简单，得万事俱备。这么一想，也就释怀了，能不能活下来，就看她的造化了。"老马眯着眼睛说。

等到晚上，病人终于被推出来了。

胸外科医生把烂掉的瓣膜拿了出来给胡可汉看，说这个就是"肇事者"，严重影响了心脏功能，现在已经换了新的人工瓣膜进去了。

病人目前还活着。

几个医生小心翼翼地把病人推回了 EICU，病人胸口上有厚厚的纱布敷料，还有心包、纵膈引流瓶，瓶子里面有鲜红的血液，这一切都提示，病人真的是活着出来了！

老马感谢了丁主任，丁主任后背也被汗水浸湿透了，说："看看能不能活下来吧，真的是尽力了。"

老马笑了："你老丁亲自操刀，能有搞不定的啊？"

华武星则拿了一张纸，递给胡可汉，让他拿去输血科，说已经有朋友互助献血了。

胡可汉一头雾水："可是我没有找到朋友去献血啊，找了一遍愣是没人同意。"

华武星有点不耐烦了："让你拿去你就拿去，废话那么多干吗？输血科看到你这个回执，自然就会想办法给病人派血了，手术的时候已经输过一部分血了，但还是不够，还得继续输，否则就前功尽弃了。"

胡可汉将信将疑，但还是拿了那张纸去输血科了。

果然很快就又有两单位红细胞悬液送了过来。

华武星看到新送来的血制品，眼睛都亮了，让护士尽快给黄欣莲用上："现在她血红蛋白只有 65g/L 了，得把它输到 70g/L 以上，才能减轻心脏负担，增强组织氧气供应。"

红细胞就是一艘艘小船，负责把氧气输送到组织。如果红细胞数量不够，那运输氧气的效率肯定也不高，而且为了运输足够多的氧气过去，心脏得加大马力干活，让这些红细胞不断地来回跑，时间长了也是会疲乏的。

血液一滴一滴进入黄欣莲的静脉。

另外，血压也逐步趋于稳定了。

本来送入手术室前，病人的血压必须用三种升压药——去甲肾上腺素、多巴胺、肾上腺素维持，等把病人推回来时，肾上腺素已经停掉了，去甲肾上腺素、多巴胺的剂量也有所降低。

"看来，真的是老天保佑了。"老马看着黄欣莲的血压，调侃着跟华武星说。

等到第二天，黄欣莲还没醒，依然用着呼吸机，但是去甲肾上腺素也停了，血压几乎完全正常了。

这恢复的速度已经远远超过华武星他们的预料了。

华武星跟冯小文说："看来应该可以过关了。"

杜思虹也来了，听华武星说手术相对顺利，而且升压药也逐步撤掉了，非常惊讶，说："果然这种病人还是得手术才行啊，之前那两个病人都不愿意手术，所以都死了。"

"但她还没醒过来，可能是之前血压太低，大脑缺血了，估计还是会有一定程度的脑损伤。下午拉过去做个头颅 CT，看看有没有异常。"华武星说，"如果命保住了，但变成了植物人，那也不是什么好事。"

华武星的担忧，也是所有人的担忧。

说到这里，大家又开始抱怨，说应该更早几天让胸外科上台，早两天上台效果肯定会更好。

"也不能这样说，毕竟他们愿意冒险上台已经不容易了。"杜思虹说。

就在这时，华武星一个踉跄差点跌倒。幸亏杜思虹就在身旁，赶紧伸手扶了他一把。

"怎么回事？没吃早餐？低血糖了？"杜思虹一脸关心。

华武星摇摇手，说："不碍事，大概是昨晚没睡好，加上刚刚早餐的确没吃够，等下吃个包子就好了。"

"不对啊，老师，你平时也没怎么吃早餐，也没见你有什么不舒服的，今天怎么状态不佳啊。"冯小文嚷起来了。

"大概是这段时间操心她的情况太多了，没怎么睡好。"华武星指着黄欣莲说，说完后转移了话题，跟杜思虹聊起了马小柔的情况。

杜思虹说："马小柔现在挺好的，身体和精神状态都挺好。她还说想请我去她家吃饭呢，说她新学了几道菜，要做给我尝尝。"

华武星不大敢相信马小柔会恢复得这么快："毕竟出了这么大的事情，又是宫外孕，又是切了一侧输卵管，换了谁都是一次重大的打击，她怎么这么快就走出来了呢？"

"想开了就好了呗。"杜思虹很平淡地说了一句，"所有的痛苦都是暂时的。"

经此一事，华武星更加佩服杜思虹了。即便杜思虹不说，他也知道杜思虹做了很多努力，否则马小柔不会这么轻易摆脱创伤。

就在这时，护士霍婷婷过来喊华武星，说："黄欣莲的老公买了几个大水果篮在门口候着，说要感谢医生、护士们。"

"你让他把水果放下，人可以回去了。"华武星朝冯小文说。

"真的？"

"真的！我现在都烦他了，每次见面他都是哭哭啼啼的。"华武星皱着眉头说。

"那我可真去了？就说是你说的！"冯小文说完就要出去。

华武星赶紧喊住她，绷不住笑了出来："好了别闹了，我忙完这点工作就出去，看看他怎么感谢我们，这人都还没醒呢，水果就来了，万一人醒不过来，我们这水果是不是要吐出来还给他？"

杜思虹这才知道华武星是开玩笑的，差点被他吓死。让家属走，把水果留下，这是很不礼貌的。

时间也差不多了，杜思虹也要回自己科室，便跟着华武星一同出去了，同时给冯小文留话："病人有什么变化也可以跟我说一句，我很关注这个病人。"

冯小文特别乐意跟杜思虹汇报病情，说："杜老师放心，有什么风吹草动我都跟您说。"

华武星看了杜思虹一眼，笑着说："看来你在我们急诊科还安插了眼线啊。"

杜思虹被逗笑了，说："哪有的事，这不是向你学习嘛。"

他们两一起来到了病房外面的走廊，杜思虹刚准备离开，恰好碰到胡可汉。胡可汉喊住了杜思虹，说："杜医生请留步，请留步。"他提着两大袋东西跑了过来。

"你不是找华医生吗，叫我干吗啊？"杜思虹疑惑。

"你帮我搞了那个筹款的东西，今天已经有15万元了，我们全家都很感激你们。真的，如果不是这15万元，真不知道该怎么办才好，刚刚护士让我们去交钱，已经用了13万元，我自己兜里还有几万元，还能撑一段时间，真的太感激你了。"胡可汉眼睛一热，眼泪就要下来了。

"哦，原来是这事。没事，我们也只是做了力所能及的事而已，你要感谢的是那些给你们捐款的人，现在网络筹款不易，都是他们的善心帮了你。

"还有，你要感谢的是华医生，他没日没夜为你老婆治病，还要感谢胸外科、麻醉科，他们冒险做了手术。总之你老婆如果能恢复就皆大欢喜，即便恢复不了，咱们也都已经尽了全力，无怨无悔了，是吧？"杜思虹说。

"对对对，您说得对，我这不是买了点水果过来嘛。"胡可汉赶紧从袋子里掏出几个苹果，要塞给杜思虹。

杜思虹笑了，说："拿不了那么多，我只拿一个，其他的你给急诊科的医生、护士吧，他们最辛苦。"

"不不不，您得拿着，您帮我筹款这事，就好像咱们古时候行军打仗一样，您管的是粮草辎重，华医生他们是管冲锋，粮草一样重要啊，没有粮草，别说冲锋，两天就得全饿死，对吧？您赶紧拿着，多拿几个，给，给！"

华武星、杜思虹都被胡可汉这比喻给弄得哭笑不得。"拿着吧，要不他不知道要唠叨到什么时候了。"华武星笑着跟杜思虹说。

胡可汉也贴心地多拿出了一个小袋子，匀了些苹果给杜思虹，这才停手。

"华医生是最大的功臣，这两袋水果都是给你们科室的。华医生你不单是我老婆的管床医生，还帮我们献了血，我真的是不知道该如何感激你，真的，你真的是太好了……"胡可汉说着说着又要哭了。

"你说什么？华医生帮你们献了血？"杜思虹听到这句话后非常惊讶，"你说清楚点。"

"华医生让我们去互助献血，但我找不到人，昨天华医生给了我一个回执，我后来一看才知道是华医生自己去献的血，华医生真的是我们全家的救命恩人啊。我老妈说了，红苹果补血，让我多买点苹果送给华医生……"

杜思虹转头看着华武星，华武星不敢直接看杜思虹的眼睛，支支吾吾地说："没办法，这家伙一个人也找不着，没有互助献血，血库也派不出更多的血来，反正我也差不多到时候献血了，就当便宜他老婆了。"

"难怪刚刚你差点摔倒，原来是献了血啊。"杜思虹心疼地说，"你献血后就得多休息啊，还逞什么能，这两天都没休息好吧？"

"我平时献血也没什么感觉的，这次可能是比较累，没什么，休息两天就好了。"华武星说。

华武星也不想站在外头跟胡可汉聊太多，拎起他的水果就往回走："谢了哈。"

杜思虹又跟了回来，胡可汉在后头一个劲儿地喊，要华医生多多休息，别累着了。

"你不是得回科室干活了吗，怎么又回头了？"华武星跟杜思虹说。

"我得跟马主任说，让他批你一天假。"杜思虹说。

"你别胡闹，我没事啊。"华武星说，"刚刚真的是没休息好加没吃早餐给闹的，等下我吃两个包子就好了，我这体格，放心吧。"

"真没事？"

"真没事！"

"他们说你是工作狂，看来你真的是工作狂啊。如果还有第二个患者要输血，你怎么办？又跑去献血？"

"怎么可能，我这是恰好，恰好我想去献血，否则我哪会干这事啊，要救人，得先把自己保住，道理我懂。我这只是工作而已，不用拼命的。"

"好吧，你自己注意点。"杜思虹看着自己手里的苹果，笑了一下，"给，都给你好好补补血吧。"

"别啊，那是胡可汉给你的，咱们的粮草官。"华武星笑着说。

说完后，两人仍觉得胡可汉这个比喻真的非常好笑，忍不住又笑了出来。

就在这时，华武星的电话响了，一接通，才知道是贺薇薇。

电话一通，贺薇薇就跟华武星说："今天头痛又来了，吃了之前你给的药，效果不大好，怎么办？以前都是个把月才痛一次，这段时间几乎一个星期就会痛一次，太难受了。"

听声音，贺薇薇头痛是挺严重的，有气无力的样子。

"那你要不还是去医院看看吧，别出事了。"华武星说。

"你在医院吗？在的话我直接找你看吧，你再帮我开点药，或者介绍个神经内科的医生给我，好吗？"贺薇薇说。

华武星犹豫了一下："那你过来吧。"说完便挂了电话。

还没等华武星开口，杜思虹先说了："这是前几天那个贺总吧？"

"嗯，对。"

"如果我没猜错的话，她是你女朋友？"杜思虹问。

"准确地说是前女友。之前我不是跟你说过吗？10年前有过一个女朋友，后来分手了，就是她。"

"你们俩真有缘分，这么久了还能再次遇到。"杜思虹笑着说。

"不是你想的那样，"华武星赶紧否认，"她这次来是有业务的，她不是那个医药公司的大区总监嘛，负责这块的药物销售，另外，刚好她头痛的毛病犯了，找我开些药。"

"恐怕她不同意你这个说法吧？"杜思虹缓缓说了一句，面带笑意。

"哦，对了，忘了问你，那天晚上你们去哪儿吃饭了，叙旧挺开心的吧？"杜思虹问。

"没，随便找个地方吃个饭，聊了几句。"

"好吧，这苹果你都拿着吧，好好补点血，说不定什么时候又能派上用场了。"杜思虹把苹果直接塞给华武星，然后走了。

华武星一愣一愣的，刚想跟杜思虹解释清楚，贺薇薇的电话又来了，电话一接通，贺薇薇很紧张，跟华武星说："我视力不好了，好像看不到右边的东西了，会不会是中风了？"

华武星一听，顿时也紧张了，让贺薇薇说清楚一些，到底什么情况。

贺薇薇说："刚刚是头痛，原本我想拿片药吃，但发现看不到右边，药盒子明明就在右边，但就是看不到，只能转头去看。而且右手好像不是自己的了，感觉不到右手的存在。"

贺薇薇越说越怕。华武星也担心可能是脑血管意外，让她别乱动："现在马上打120，接回医院再说。"

幸亏贺薇薇租的房子距离医院较近，120很快就到了她家楼下。

华武星通知了江陵，说贺薇薇可能脑血管意外了，等下会来急诊。

江陵在抢救室忙活，听到华武星说贺薇薇中风了，觉得不可思议："不会吧，她还这么年轻。"

华武星也解释不清楚，但从贺薇薇的描述来看，视力变差、感觉不到一侧肢体存在，这就是脑血管意外的症状，而且她头痛还加剧了，可能性真的很大。

"如果是中风那就惨了，你看雪茹她爸，现在还躺在综合ICU，人还没清醒呢，呼吸机倒是脱掉了，但人还没醒过来，真是棘手。"

没多久救护车就把贺薇薇拉了过来，直接送入了抢救室。

华武星迅速评估了她的语言、肢体活动情况，感觉还好，四肢活动利索，贺薇薇也说，刚刚来的路上，肢体情况就好转了，但是视力似乎还是不大好。

江陵说："这是视野缺损了。"

贺薇薇脸懊恼："近段时间工作太忙，这两晚都没睡好，会跟这个有关系吗？"

"说不好，先把头颅CT做了吧，复查一下。"华武星建议。

贺薇薇也不推辞，该做什么都听华武星安排。

华武星让冯小文帮忙去挂号办理急诊手续，然后推着贺薇薇就去CT室了，路上贺薇薇问华武星："如果真的是中风，要家属签字陪护怎么办？我在这里没有家属。"

华武星安慰她："不一定就是中风，先看清楚CT再说吧。"

"我是说万一，万一的话，怎么办，你愿意帮我签字吗？"贺薇薇抬头问华武星。

"这点你放心，在找到直系家属前，我会汇报医务科，可以由主管医生先处理，等找到直系亲属后再补签字。"

贺薇薇说："我父母身体不好，隔得又远，我不想吓到他们。能在你手里治疗，我也没什么好担心的。"贺薇薇话里话外都显示出对华武星十分信任。

华武星没再说什么，迅速做了头颅 CT 检查。做 CT 时，贺薇薇闭上了眼睛，好像在等待命运的主宰一样，异常平静。

结果很快出来了，没看到脑出血迹象。华武星这才松了一口气。

贺薇薇这个年龄，如果真的发生了脑出血，那真的是后果不堪设想。

"没有脑出血。"华武星跟贺薇薇说。

贺薇薇睁开了眼睛，长舒一口气，半开玩笑地跟华武星说："这回算是欠了老天爷一条命。"

华武星则没有心情开玩笑。贺薇薇明显有神经系统的表现，但是脑 CT 没发现异常，接下来可能还得做个头颅 MRI，进一步排除脑梗死的可能。

"脑梗死跟脑出血不一样，所以发病 24 小时内 CT 是看不到脑梗死的，必须得做 MRI 才行。今天就不要回家了，在急诊科留观一天吧，明天给你安排头颅 MRI 检查，看清楚一些有没有问题。"华武星跟贺薇薇说。

贺薇薇愿意听华武星安排，但这样会影响她的工作进程，贺薇薇说："我下午还有两个重要的会议要参加，一定不能离开急诊室吗？现在似乎没什么事了，视力也好了。"

华武星板起脸，说："这是为你的安全着想，要工作还是要命，你自己选一个吧。"

"好，我听你的。"贺薇薇笑着说，"我就不出去了，在你们急诊科待一天吧。"贺薇薇顿了顿，问华武星，"有没有空置的房间可以借给我用两个小时？"

"做什么用？"

"我用来跟他们开会，今天下午这两个会议很重要，关乎我们公司的工作安排，我可以不离开急诊科，但会议还是得开。我想着把他们都叫到急诊科来，借你们的空置房间用两个小时，可以吗？"

华武星哭笑不得，说："这时候你不适合操心太多事情，得安静一些，情绪不能太波动，开会太消耗脑力体力了，我怕你吃不消。"

贺薇薇求华武星："无论如何，会议还是得开的，总不能因为我，影响了公司的工作安排。"

好说歹说，华武星才同意，说："急诊科的技能培训室今天没有其他任务，你们可以到那里开两小时会议。但我得请示马主任，他同意了才行。"

听到华武星答应开会的要求，并且给她找了空置房间，贺薇薇异常开心。

华武星把这事跟老马说了，老马笑了，说："贺总是出了名的工作狂，我们就送她一个顺水人情吧。另外，得吩咐人密切监护她的情况，及时把头颅 MRI 做了，千万别出事。"

贺薇薇得知老马同意借用培训室，很是感激，并且答应华武星："我会注意观察自己的情况的，如果有不好，这不就在急诊吗？有你在，我很放心。"

华武星也没再多说什么，简单吩咐了几句注意事项就走了。

回到 EICU 后，冯小文告诉华武星，胡可仪送来的水果已经差不多被吃完了，还留了两个苹果和一根香蕉给华武星。

华武星这才想起来杜思虹。刚刚杜思虹临走前似乎不大开心，想必这当中有什么误会，找个时间得跟她解释清楚才行，以免误会加深。在华武星心里，他跟杜思虹非常谈得来，他对杜思虹是有好感的，而贺薇薇毕竟是前女友，现在接触多完全是因为贺薇薇身上有病，需要自己的帮助。

第二天一大早，华武星惊喜地发现黄欣莲清醒了。

这件事鼓舞了整个科室的士气，这么严重的一个病人，真的活过来了。老马也很开心，直接给胸外科丁主任、麻醉科黄主任打了电话，让他们过来瞧瞧。

大家在黄欣莲床尾谈天说地，一会儿看看尿量，一会儿看看心电监护，一会儿捏捏足部有无水肿，乐呵呵的，升压药也完全撤掉了，真的是难以置信，手术效果立竿见影。

丁主任狠狠松了一口气。

老马示意华武星跟丁主任道个歉，那天讨论时他说话的语气不好，请丁主任原谅。华武星原本也是不想得罪丁主任，后来听老马说丁主任是个负责任的主任，于公于私，华武星都觉得的确是自己理亏，便依照老马的吩咐当面给丁主任道了歉。

丁主任见华武星跟自己道歉，有点愕然，随之哈哈大笑，说："华医生是个性情中人啊，你说的没错，有时候激进一点是对的，我是过于保守了。哎呀，年纪大了，步子是越迈越小，比不了你们年轻人。"

黄主任也和丁主任互相调侃了几句，末了大家一致认同，目的无非就两个：保护病人，保护自己，至于怎么拿捏这个尺寸，真得花一辈子时间学习。

等他们走后，华武星把黄欣莲清醒了的消息带给了她老公胡可汉，胡可汉一把鼻涕一把泪，各种感激，听得华武星骨头都麻了。冯小文也觉得好笑，说之前都没发现这个胡可汉这么搞笑，只觉得他好可怜。自从做了手术后，他就像换了个人，一脸的喜感。

"换了是你，老婆躺在病床上生死未卜，你又没有钱给她治病，房子又不舍得卖，你能笑得出来吗？"华武星说，"从这点上来讲，是杜医生救了她，不是我们。没钱那是寸步难行，医院又不是搞慈善的，总不能免费给病人手术吧？"

"这种情况买个商业保险不就得了？"冯小文问，"医保加上商业保险，双重保险，应该可以渡过难关了吧？"

"多数情况下，医保够用了。但是面对大病重病，还得靠商业保险。要是每个人都买商业保险就好咯，问题是，在疾病来临之前，谁会舍得花那个钱来买保险呢？"

"说到底还是钱的问题，很现实，但很客观。所以啊，要好好努力赚钱。"华武星笑着跟冯小文说，"当医生是不可能发达的了，但是你起码可以了解自己的身体，关键时刻能做出合适的选择，那也比普通人好很多了。"

冯小文点头，认可老师的话。

黄欣莲醒来了，生命体征基本稳定，很快就拔掉了气管插管，改为鼻导管吸氧。

她问华武星："我睡几天了？"

华武星告诉她："没多久，前后也就一个星期左右。"

"护士跟我说，我做了手术，换了个什么瓣膜在心脏上面，这个……是不是挺花钱的？"黄欣莲问华武星，小心翼翼地。

华武星说："钱的事不用你费心，你丈夫已经解决了。"

"他哪儿来的钱啊，除非把房子卖咯。"说到这里，她停了下来，问华武星，"他不会真的是把房子卖了吧？"

"你就不用多操心了，房子没卖。"华武星说，"等你病好了，出去后你自己问他哪里来的钱。"

黄欣莲喃喃自语："哪里来的钱呢，家里就几万块钱，这手术少说也得十万八万吧？我在这里躺了这么久，花费得十几万了吧。"说着说着，她哭了。

华武星哭笑不得："你这命能捡回来已经不错了，还在算什么账啊。不过你确实不错，普通患者躺了这么多天后再醒过来能记住自己名字就不错了，你倒好，家里的账一清二楚，脑瓜子一点不糊涂。这也侧面说明之前的低血压没有让你的大脑受到明显损伤，那我们就可以放心了，吃了你老公送来的水果也不用担心得吐出去了。"

冯小文和几个护士听了华武星这话，都笑得前俯后仰。

"看样子可以把她转到普通病房去了。"华武星跟冯小文说，另外，留观室的病人贺薇薇情况如何？"

"还好，昨天下午到今天早上没再说什么，我给她量了好几次血压、心率，都是正常的。"

"他们真的在咱们的培训室开会了？"

"是啊，昨天下午黑压压一群人，看起来个个都是业务精英啊。"

了解完情况后，华武星出去找到了贺薇薇，说带她去做头颅MRI，已经提前约好了。贺薇薇见到华武星有些欣喜，说今天感觉好多了。

"好多了也还是要把头颅 MRI 做完。"华武星说。

MRI 很快做完了，结果也基本是正常的，没有脑梗死，没有肿瘤。这下是放心了。

但华武星又疑惑了，如何解释贺薇薇昨天出现的神经系统表现呢？

就在这时，贺薇薇的偏头痛又发作了，还好程度不重，能忍受。

华武星想了下，跟贺薇薇说："要不做个经颅多普勒彩超检查。"

贺薇薇心里不明白，连头颅 MRI 都正常了，经颅多普勒彩超还能看到啥。

华武星说："我们要做一个发泡试验！"

"发泡试验？"贺薇薇查了很多自己病情的治疗，偏头痛、颅脑肿瘤的很多知识她都涉猎了，不敢说有华武星专业，但起码她都能听得懂相关名词，但这次华武星提出的发泡试验她根本没听说过。

华武星说："我怀疑你不是脑袋出了问题，而是心脏出了问题。"

这句话让贺薇薇更蒙了。

"心脏出问题怎么会有大脑的表现呢？何况以前从来没有医生怀疑过我心脏有问题。"

"听我解释，"华武星说，"大概 1/4 的成年人会有卵圆孔未闭，但绝大多数都是很轻微的，不影响生活，少部分人会有症状。卵圆孔是心脏房间隔的一个生理通道，咱们上大学的时候老师也讲过，不过估计你都还给老师了。"

贺薇薇听华武星这么说，轻轻笑了，说："大学学的内容的确很多都忘了。"

华武星接着说："卵圆孔是胚胎时期形成的，人出生后这个卵圆孔很快就会闭合，但有些人不闭合，如果严重的，右心房的血液就会流入左心房，然后就会出现你这样的偏头痛、神经系统症状了。

"你知道的，咱们心脏有四个腔，其中左心房、右心房是紧挨着但是不相通的，因为有房间隔这堵墙分开了它们，卵圆孔则是两个房间之间的一个暗道，人在胚胎时期，这个暗道是开放的，但是出生后不久就会闭合，从此两个房间就不相通了。

"但如果出生后卵圆孔没有及时闭合，两个房间岂不是相通了？原本右心房的血液只流入右心室→肺动脉→肺毛细血管，而因为卵圆孔未闭，所以部分血液会直接跨过这个孔而进入右心房，这部分血液不经过肺，而直接进入体循环，进入大脑。如果这部分血液里有小栓子，那就能直接进入大脑造成堵塞，引起类似脑卒中的表现，事实上就是一次小的脑卒中。"

"你怀疑我卵圆孔未闭？"贺薇薇有些惊讶。

"只是怀疑而已。"

"那我接下来是不是得做个心脏彩超？"贺薇薇问，她以前从没做过心脏彩超。

"部分人做心脏彩超能看得到，但如果卵圆孔未闭比较小的话，心脏彩超也未必能看到，因为彩超探头放在胸口上，距离心脏还是太远了，不好分辨。我们可以进一步做经食道的心脏彩超，就是把探头从口腔进入，一路深入食管，在食管那里做彩超，因为食管紧紧挨着心脏，会看得更清晰。"

"要经过食管来做，岂不是很辛苦？"贺薇薇担忧。

"那是的，就跟做普通胃镜一样，一个东西深入你的食管，肯定难受。除了心脏彩超，咱们做经颅多普勒彩超发泡试验也是能发现问题的。"华武星解释说。

所谓的发泡试验，就是用一管生理盐水、空气、血液混合的液体，充分震荡（两个注射器来回注射）产生气泡，然后快速从人体手臂静脉打进去，理论上，这些充满气泡的液体进入静脉后，会马上进入上腔静脉→右心房→右心室→肺动脉→肺毛细血管→肺静脉→左心房→左心室→体循环（各种动脉，比如大脑中动脉）。

"如果你没有卵圆孔未闭，那么充满气泡的液体就会按照正常路径进入肺毛细血管，气泡会被毛细血管吸收，不会进入体循环，这时候做经颅多普勒彩超监测大脑中动脉，是不会看到气泡的痕迹的。

"但如果你存在卵圆孔未闭，且在操作时吸气屏气憋住（Valsalva动作），就能加大右心房压力，那么充满气泡的液体就会直接从上腔静脉接连进入右心房、卵圆孔、左心房、左心室、体循环（包括大脑中动脉），部分气泡直接穿过卵圆孔，来到左心，从而马上进入大脑动脉，这时候我们做经颅多普勒彩超，就能检测到气泡信号，从而推断存在卵圆孔未闭。"

华武星的解释，让贺薇薇恍然大悟。

"静脉血里面经常会有小的血栓或者气泡产生，这些小的血栓或者气泡经过卵圆孔，就会直接进入大脑，从而导致脑卒中。你之前发生的偏盲和肢体感觉障碍，可能就是一次小的卒中，如果不及时修补这个卵圆孔，下一次可能会有大的脑卒中，不好说。"

这句话让贺薇薇很是害怕。

事不宜迟，华武星马上联系神经内科，当天就过去做经颅多普勒发泡试验。

发泡试验做完了，不出华武星所料，贺薇薇经颅多普勒超声果然发现了大脑的气泡信号，这意味着，贺薇薇的心脏真的可能存在卵圆孔未闭。

听到结果后，贺薇薇又惊又喜。惊的是自己的心脏竟然出了问题，而且听华武星讲的，似乎还是先天性心脏病。喜的是，终于找到了导致自己偏头痛、神经系统症状的原因。

"是不是马上可以治疗了？"贺薇薇迫不及待地问华武星。

华武星说："经颅多普勒彩超发泡试验只能说明你的心脏存在卵圆孔未闭的可能性而已，不一定就是，还可能是房间隔缺损，或者其他的先天性异常，只要能导致气泡通过左心房的疾病都可能造成你现在的情况。

"所以接下来还是要去心内科，进一步做心脏彩超，看看能不能直接发现卵圆孔未闭，如果能发现，那就能确诊了。"

很快，华武星带着贺薇薇到了心脏彩超室。

好巧不巧，在心脏彩超室时，遇到了杜思虹。杜思虹带着自己的病人过来做检查。

杜思虹见华武星带着贺薇薇出现在彩超室，笑着说："华医生最近可真够忙的哈，自己病人那么多，EICU有个感染性心内膜炎的患者刚死里逃生，现在又亲自带病人来做检查。"

华武星不想杜思虹误会，便把她叫到了一旁，说："我怀疑贺薇薇有卵圆孔未闭，现在做个心脏彩超看看。"

杜思虹讶异："卵圆孔未闭？"

华武星便把贺薇薇的发病情况跟杜思虹说了，杜思虹听完后，许久才说："如果真的是卵圆孔未闭的话，下次发作还真可能会脑栓塞，还是有危险的。"

贺薇薇上一次见过杜思虹，这回算第二次见面，两人也客套了两句。

轮到贺薇薇检查了。

杜思虹对贺薇薇的情况也感兴趣，待自己的病人做完检查后，她让规培医生领他回病房，自己则留下来观摩心脏彩超。

彩超室医生先是给贺薇薇做了经胸心脏彩超，但似乎没发现卵圆孔未闭，可能太小了，不好看。但发泡试验的确证明了是有问题的，所以他动员了贺薇薇，进一步做经食管心脏彩超。

虽然难受一些，但是这个检查看起来更准确。

贺薇薇问华武星的意见，华武星说："如果你能忍受的话，肯定是做了好。"

"好，那就听你的，做吧。"贺薇薇微笑着说。

贺薇薇忍住了痛苦，做完了经食管心脏彩超，也得到了想要的结果，没错，贺薇薇就是卵圆孔未闭，这下是直接看到了。

心脏彩超室的医生也说："这么长时间的偏头痛，很有可能就是卵圆孔未闭造成的。很多人长年偏头痛，后来发现卵圆孔未闭，做了封堵手术后，偏头痛就没了，从而证实了卵圆孔未闭跟偏头痛之间的关系。"

这跟华武星的意见是一致的。杜思虹也认可这个说法。

"原来我这十多年的头痛是这个导致的，难怪吃了那么多药效果都不好。"贺薇薇说，但是她疑惑的是，"为什么卵圆孔未闭会导致偏头痛呢？我想不明白。"

　　心脏彩超医生说："原因比较复杂，可能跟微小栓子、气泡等进入了大脑有关，也可能跟一些炎症介质有关，目前机理研究还不透彻，但是两者的因果关系很明确，得做卵圆孔封堵术。"

　　彩超室医生把心内科医生叫了过来，大家商议了一下，心内科医生说："封堵术要做，而且这是个介入手术，手术不复杂。我们自己就可以做，不需要开刀开胸。"

　　"做手术没问题，"贺薇薇说，"是不是一定要现在做？过段时间可以吗？我最近工作很忙，可能没有时间住院做手术呢。"

　　"那就看你了。"心内科医生说，"这不是急症，但就怕再有下一次脑栓塞，那就可能有大问题了。这是个概率的问题。"

　　"武星，你怎么看？我得现在就做吗？"贺薇薇转头问华武星。

　　华武星也拿不定主意，说："这得听心内科医生的，他们更专业，肯定是越快做越好。"

　　"如果你实在是忙不开来，那就过段时间再来做手术，但还是要尽快。"心内科医生发话了，"但你得知道这可能带来的后果，自己权衡利弊。这个手术时间很短的，几十分钟就能搞定，术后第二天就可以下床了。"

　　杜思虹原本一直在旁边看着，没说话，这时候她也开口了，跟贺薇薇说："依我看，还是尽快做手术比较好，概率这个东西，一旦发生了就是100%，没必要冒这个风险。你还这么年轻，万一脑栓塞了，躺床上动不了，那就糟糕了。"

　　"既然如此，那就做吧。"贺薇薇下了决心，同时也提出了一个要求，要住单人间。

　　心内科医生笑了，说："最近病人很多，住单人间可能有点困难。"

　　贺薇薇说了："我并不是不喜欢双人间，真的是工作需要，每天都有很多会议，单人间会比较方便，可以直接让他们来病房开会，就不会影响到其他病人了。"

"你这样子还开什么会？"心内科医生哭笑不得，"得申请休假啊。"

心内科医生上下打量了贺薇薇一眼，说："你是公司老总啊？即便是老总，那手底下也有一批干活儿的人啊，不用事必躬亲吧？"

贺薇薇没正面回答他，只是笑着说："劳烦您帮我调个单人间吧，有单人间的时候我就立刻来住院做手术。"

心内科医生回头看着华武星说："你这个朋友啊，死字都不知道怎么写。算了，我想办法吧，你今天就住下来吧，我想办法给你调单人间，你这个病真是耽误不得的。"

见他答应调单人间，贺薇薇对他一顿感激。

华武星也是一脸无奈，贺薇薇还是跟 10 年前一样固执，而且是个工作狂。

接下来的几天，心内科医生给贺薇薇安排了卵圆孔封堵术。

术前贺薇薇自己签了字，并且跟华武星说："怎么也没想到会是心脏的问题引起的偏头痛，如果不是这次回来找你的话，可能很长时间都发现不了这个问题，你说这是不是缘分？"

华武星让她别想太多，先把手术做了。贺薇薇实在是很忙，手术前一天晚上，还在病房开了一次员工会议。医生让她多休息，她也只是口头应着。

手术很顺利。

由于贺薇薇没有家属在身旁，华武星帮她分担了许多杂七杂八的事情，这让贺薇薇感到很温暖。出院当天，贺薇薇幽幽地说："很怀念大学时候，我们俩什么话都跟对方说，没有秘密，那是我这辈子最快乐的时光。"

华武星不想就这个话题谈下去，假装没听到。贺薇薇他是了解的，两人自从大学毕业分开以后，再也没有联系。起初华武星还难以接受，但后来也释怀了。他们俩有太多分歧，华武星想成为一名临床医生，同时不想离开本地。而贺薇薇想回老家，并且志不在医，这在当时来说是不可调和的矛盾。

时间一晃就是 10 年，华武星早已没有了当初的怨恨和不甘，剩下的是平和与淡然。他深切知道，他们俩都没办法改变对方，也没必要去强迫让对方做出改变，除非另一方心甘情愿，但很显然，当初他们俩都不能心甘情愿地做出改变。

往日时光虽然快乐，但那都已经过去了，再也不可能回到从前。尤其是这 10 年来双方各自有了不同的经历，更不可能假装什么都没发生过一样重拾起来。即便勉强回到从前，那注定还是会有不好的结局。

这是他们俩的命运。华武星不相信命运，但这件事于他来说，无时无刻不在提醒他这就是双方各自的归宿。

"你后悔当初跟我分开吗？"贺薇薇整个人变得柔和起来，目不转睛地盯着华武星，静待他的回答。她脸上化着淡妆，在病房灯光的照耀下更显娇媚，这是贺薇薇少见的柔情的一面。

华武星万万没想到她会这么直接地问，一时手足无措，不敢直视她的双眼，顾左右而言他。

贺薇薇却没打算继续糊涂下去，她继续说："这 10 年来，我经常还会想到你，每每做梦都还会梦到咱们以往在一起的时光，学校那条小河、那片树林、学校饭堂门口的木棉花，还有你在球场挥汗如雨……那种简单、快乐、美好，真让人怀念。"

华武星打断了她："别这样，过去的已经过去了，该说的过去咱们也都掰扯开来说清楚了，咱们各有各的坚守，没必要勉强。"

贺薇薇眉毛一扬，轻轻地说："如果我偏要勉强呢？"

"别开玩笑了。"华武星尴尬地笑了笑，"你有你的路，我有我的路，这次咱们是碰巧了遇到一块儿，但也仅仅是普通朋友之间的照顾而已……如果让你有什么误会，我道歉。"

"普通朋友？"贺薇薇笑了，她不相信华武星所说的，"这次住院前前后后，你会这么照顾普通朋友吗？刚刚那个护工阿姨还跟我说，我男朋友真体贴。我听了是真开心啊，我要是有这么好的男朋友，你说该多好！"

"薇薇，过去的已经过去了，再也回不去了。"华武星低声说，"咱们不是一类人，你要强、有事业心，你想要的东西是我触及不到，我坚守的东西你也不屑，10年前是这样，以后还会是这样。"

贺薇薇没想到华武星会这么决绝地拒绝她，心里不是滋味，但很快她就平静了下来。

"是不是那个杜医生？"贺薇薇问华武星。

"我不知道你在说什么。"

"别不承认，我见她看你的眼神都不一样，你对她也是有感觉的，对不对？"贺薇薇进一步说。

"跟这个没关系。"华武星不打算在贺薇薇面前透露更多。

贺薇薇叹了一口气："好吧，我明白了。你决定了的事情，我知道任谁说都没有用，你以前是这样，现在依然是这样。或许这就是咱俩的命运吧。"

贺薇薇出院了。

出院后的几天她没有再联系华武星，华武星也不知道她是否仍有偏头痛发作，想发信息问问，又怕她有误会，索性不问了。

江陵后来才知道贺薇薇住院又出院的事，问是怎么回事。华武星把过程大致讲了，当然没有讲出院前的那番对话。

"她这次找你，是不是想跟你再续前缘？"江陵问。

"你能不能别那么八卦？"华武星给了他一个白眼。

"你真是不识抬举啊，人家现在是大区总监啊，干一个月好过你辛辛苦苦干一年，能力也比你强，有这层关系不好吗？"江陵调侃华武星。

华武星没打算继续说这个问题，反倒是让江陵抽空问问贺薇薇头痛的问题是否缓解了。

"你自己怎么不问？"

"我不方便问。"

江陵轻叹了一口气："过去的终究是过去了。"当下便表态说找机会问问她，"怎么说也是咱们医院的病人，更是医院的合作伙伴。上次我违规销售药物的事情，其实她也受到了牵连，但后来他们公司紧急公关，妥善处理了这件事。"

"她也不容易，看起来弱不禁风的一个女孩子，没想到能量这么大。这么多年来，能走到今天这个位置，估计也吃了不少苦。"江陵不无感慨地说。

"咱们不谈她了，谈谈你岳父吧，怎么样，过关了吗？"华武星转移了话题。

江陵松了口气："昨天晚上人已经清醒过来了，一个劲儿地说要喝水。"

"那算是很走运了，他走运，你也走运。"华武星说，"看你的黑眼圈就知道这段时间没怎么睡。"

"哪儿能睡啊，雪茄妈妈身体不好，雪茄又担惊受怕的，我都得陪着她们，各种安慰，真心累啊。不过好在都熬过来了，今天医生给他检查了肌力，双下肢起码还有 4 级，双上肢基本正常，估计以后不用躺床上了。"

"这是最大的好消息啊。"华武星笑着说，"如果雪茄他爸真的就这样瘫痪了，你们俩也别想好过。这叫一荣俱荣，一损俱损。"

"这还不是最大的好消息。"江陵神秘兮兮笑着说，"你猜这次住院我们花了多少钱？"

"少说都得 20 万元吧？"

"我今天查了一下费用，差不多是这个数，报销后我们只出一半。"江陵说。

"这也不算什么好消息啊，真金白银 10 万元呢，差不多要顶你干半年活儿了。"

江陵笑了，说："重点不是这个，重点是雪茄她妈，跟变了个人似的。"

"说来听听。"这激起了华武星的好奇心。

"原本雪茄她妈是知道我们把买车的钱拿来交医药费了，雪茄也说了，车可以不买，但是爸爸是一定要救的，花多少钱都在所不惜。

"经过这次以后，雪茄妈妈声泪俱下地跟我们说，要不车就不买了吧，即便要买，买个普通代步车就好了，没必要买什么好车，面子是重要，但是跟好好活着比起来，面子什么也不是。如果她爸这关过不了，要车也没用。"

华武星听江陵说完后，顿觉好笑："那不挺好的嘛，现在人也醒了，算是因祸得福了吧？结个婚还要比来比去的，不累啊，买了辆好车人家就能高看你一眼了？那以后买房岂不是非豪宅不可了？"

"道理谁都懂。"江陵无奈，"我也理解雪茄爸妈，辛苦了一辈子，嫁女儿的时候就想风光一些，也无可厚非。"

"啧啧啧，这么快就帮着岳父大人讲话了，未免太俗套了吧？钱在你口袋，爱咋地咋地。"

"但一想到不用使劲买60万的车了，我们俩都开心。"江陵说。

"老头子鬼门关里走一遭，能有这样的感慨，实属不易，好好珍惜啊！"华武星调侃江陵。

华武星说完就回去干活儿了，后来被老马喊去办公室，劈头盖脸就数落了一顿，华武星被说得一阵蒙，不知道什么状况。

"献血是好事，但也得看着来啊，献血后该休息就休息，你倒好，献完血还熬夜，也不吃早餐，要是出事了也是该你倒霉。"老马说，"你要是上班期间倒下了，我是算你工伤好呢，还是算你耽误工作好？"

原来老马都知道华武星给黄欣莲互助献血的事了。华武星一脸不屑地说："哪那么容易出事啊。再说，现在到处缺血，他们又找不到人献血，我总不能看着她死在我手上，要真因为输不上血而出问题，岂不是前功尽弃了？"

"还嘴硬？"

华武星不作声，许久才问："杜医生跟你说的？"

"你管谁说的。"

"如果没什么事我就出去干活儿了。"华武星转身就走了。

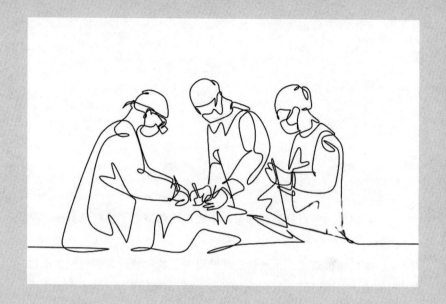

17

夺命锁喉

抢救室里突然陷入了安静，
一种只有抢救室才会有的死一样的安静。

一

献血的事只有杜思虹知道，华武星当然猜到了是杜思虹跟老马说的。

而杜思虹这边，当她知道华武星为了救黄欣莲而自己跑去献血时的确被震撼到了，这不是一般医生做得出来的事情，大多数医生都仅仅是做自己的本职工作，自己尽力了，病人能不能好就听天由命了。但华武星不是，他真的是想尽一切法子让自己的病人活下来，为此不惜以身犯险，你可以说这很冲动，但又何尝不是高度负责任的表现呢？

杜思虹是怕华武星太过劳累，又是献血又是熬夜的，而且EICU里的工作本身就很累，所以才跟老马说了华武星献血的事情，目的是看老马能不能给他半天或者一天的休息时间。因为自从认识华武星以后，杜思虹就没见他休息过，天天都在医院，几乎没有假期。

老马听到杜思虹的建议后，笑了，说："你倒挺关心他啊。小华是硬骨头，这点血对他来说问题不大，缓两天就好了，他是闲不下来的。"

"闲不下来？"

"他除了上班，就没有其他业余爱好了，科里其他医生偶尔还会出去烧烤、KTV、泡温泉什么的，他从来不参加这些活动，真有什么集体活动时，他都是主动报名留下来值班，你说他能闲下来吗？"

"听你这么说他还挺怪。"杜思虹说。

"要不怎么这么大年纪了还没有女朋友呢，不解风情，自以为是。但那小子有一个优点，就是外冷内热，你要是跟他熟了，他可以为你两肋插刀，甚至命都给你。"

"我要他的命做什么啊，这年头还插什么刀啊。"杜思虹嘀咕了两句。

"哈哈，反正就那意思吧，那小子人还是挺不错的，就是轴，没那么多花花肠子，说话不大好听，但人特别靠谱，咱们科的护士姑娘们都特别喜欢他……别误会啊，不是那种喜欢，是同事之间的喜欢，喜欢跟他搭班、合作。"老马使劲夸了一把华武星。

老马的话里有话，杜思虹当然听出来了。

华武星目前是单身状态，老马一直都想帮他物色个对象，了结这桩心事。而杜思虹也是单身，而且条件很好，又是老友杜药师的女儿，老马当然是想撮合他们俩的。可让老马感到意外的是，之前杜药师明确跟老马说了，不喜欢华武星，所以老马没有进一步推进这件事。

但老马作为过来人，现在当然能感受到杜思虹对华武星是有不一样的感觉的，尤其是当杜思虹为了这件事找上老马时，他就更加确认了，杜思虹对华武星绝对不只是同事之间的关心这么简单。

但女孩子脸皮薄，他也是知道的，所以也不好直接说穿，慢慢来，水到渠成最好。至于杜药师嘛，他的意见不是最重要的，鞋子合不合适只有脚才知道，大腿就别掺和了。

结束跟老马的谈话后，杜思虹又找了好友古蕴，讲起近期发生的事情。

杜思虹的心意如何，古蕴也是知道的。

"咱也不掩藏了，真是喜欢，那就大大方方提出来呗，这年头女追男也不是什么新鲜事，再说，这也压根不用追啊，只要你眨眨眼，稍微暗示那么'一丢丢'，华医生不就手到擒来了嘛。"古蕴笑着说。

"这哪儿说得出口嘛。"杜思虹有些纠结，"而且最近他那个前女友还出现了，前段时间还住院了，是卵圆孔未闭，从头到尾都是他领着做检查、做手术的，谁知道他是怎么想的。"

"那就更加要问清楚了啊，总不能不明不白的吧。"古蕴建议杜思虹，"你平时都是风风火火的啊，怎么遇到这事就缩手缩脚了呢，这可不是我认识的杜大美人啊，哈哈哈。"

"这……这事没法问啊，怎么问？我直接跑到他跟前，问他是不是喜欢我这样的？你说他要是拒绝我了，那我在医院还不得天天戴口罩走路啊。"杜思虹憋红了脸。

"思虹，你乱了，心乱了。"古蕴笑哈哈。

杜思虹满脸愁容，说："也不知道人家会不会嫌弃我有这个病。"

"人家是个正儿八经的医生，疾病不疾病的没那么重要，再说，红斑狼疮又不是绝症，病情也有轻有重的嘛，好好治疗不就完了，你现在不好好的吗？真以为还是 20 年前动不动就死人啊。"古蕴鼓励杜思虹，"更何况，两人如果真有感情，一点疾病是构不成阻碍的。"

"在大排档吃烧烤那天，我就看出来了，华医生对你是有意思的，他看你的眼神就不一样，只不过他比较木，需要你敲敲他，只要你轻轻敲一敲，保准他跳起来。"古蕴说完又哈哈大笑。

"那个人民教师，赵三行，他是不懂、害怕，所以才退缩的。再说，这也是你的本意啊，你不喜欢人家，不喜欢他天天纠缠着你，就用自己的红斑狼疮当借口，他听了害怕也是正常的啊，他跑了，不是正合你意吗？"古蕴数落了赵三行。

赵三行是学校的老师，他父亲赵刚也是杜药师的好朋友，杜药师本想撮合自己女儿和赵三行，觉得他们俩挺般配。赵三行见了杜思虹后也是大有好感，便借着搞科研的目的多次约杜思虹吃饭，但杜思虹对他没有感觉，仅仅是配合着搞科研项目而已。

有一天，赵三行跟杜思虹表露心迹，杜思虹直接跟他说："我有系统性红斑狼疮，怕耽误你。"

赵三行听杜思虹这么说有些愕然，后来自己也悄悄查了这个病有多严重，便没再联系杜思虹了。这件事对杜思虹多少是有些伤自尊的。

杜思虹形象气质俱佳，学历高，人缘好，心地善良，唯一让她觉得遗憾的就是患有红斑狼疮，虽然这病目前是控制住了，但终究不知道什么时候又会复发。

甘瓜苦蒂，天下事无全美。道理都懂，但摊上这个疾病仍然难免让杜思虹感到些许难过。上一次在小区餐厅，为了让华武星说出他8年前的故事，杜思虹鼓起了莫大的勇气主动跟华武星说出自己有红斑狼疮的事情。华武星当时口中说这病不碍事，但究竟人家心里怎么想的，杜思虹是拿不准的。

所以杜思虹有所犹豫。

古蕴跟杜思虹说："要不要制造一个机会，逼迫华医生就范？"

杜思虹却不想这样，男女之间，还是水到渠成比较好，而且都这个年纪了，谈恋爱自然是奔着结婚去的，得小心谨慎，不能像二十几岁的时候那么冲动和不管不顾了。

"你可以等，但华医生等不及啊，人家那前女友在眼前晃来晃去的，你静得下心啊？"古蕴都替杜思虹着急了。

"如果真的是那样，只能说我们缘分不够。"杜思虹说。

"你真是榆木脑袋啊，哪有什么缘分不缘分，那都是唯心主义，咱们可都是彻底的唯物主义者啊，毛主席教导我们，事在人为，人定胜天！"

"毛主席还说过这话？"

"那可不，要不怎么带领咱们奔向美好的生活啊。"古蕴一脸正经地说，至于毛主席是不是真的说过这句话，她也不记得了。

"赶紧吧，抓紧时间，不留遗憾！"古蕴不断催促、鼓励杜思虹，见杜思虹还在犹豫，便说："要不我去帮你把这事捅破了？当个传声筒？"

"别……"杜思虹见古蕴就要起身，赶紧阻止她，面露难色，"好吧，我好好想想……"

"还想啥啊，你要是不好意思，今晚就再组个饭局，我帮你问他！"

"这……行吗？会不会很尴尬？"

"放心，我有分寸，保证不会让你难做。"古蕴拍胸口说。

见杜思虹开始有些松动，古蕴继续说："这事我干了好几回了，帮了不少姐妹，成功经验一箩筐，你尽管放心吧。这事要是成了，你以后也不用再失魂落魄了，要是不成，咱们调整好心态继续上路，多舒服啊，总好过现在这样患得患失的。拿出对付科研、对付工作的那股子冲劲来，你会发现这事简单多了！"

"就今晚？会不会太急了点？"

"急啥啊，再不急点，煮熟的鸭子都飞走了！"古蕴没好气地说，"就今晚！"

"但我这两天有点不舒服啊，总感觉哪里不对劲，能不能缓两天？"杜思虹说。

"不是还死不了吗？小感冒怕啥啊。"古蕴继续怂恿她。

"那我给他发个信息，看看他有没有时间。"杜思虹被说服了。

"发什么信息啊，当面问不挺好的嘛。"古蕴一步一步推着杜思虹往前走。

有了古蕴的鼓励，杜思虹也终于下定了决心。

二

再说回华武星这边。

华武星在 EICU 处理了几个病人，后来冯小文回来说："江医生在留观室跟病人起口角了。"

"江陵那小子，平时斯斯文文，真的跟病人吵起来，也不含糊。"华武星笑着说，"别打起来就好，他手无缚鸡之力，打起来准吃亏。"

华武星以为是一个简单的口角冲突，没想到很快就有护士来告诉华武星，说留观室的那个病人情绪很激动，可能真的要打起来了，现在外头就江陵一个医生，怕他吃亏，让华武星赶紧去劝劝。

华武星听后，暗自骂了一句："早就说让老马多招几个保安，有保安谁还敢闹事啊。"

吐槽归吐槽，华武星脚步不停，很快就冲到了留观室。

华武星个头大，平时为人仗义，见不得护士被一些胡搅蛮缠的病人及家属欺负，所以一旦急诊科有什么事，大家都喜欢找华武星救场，一般病人及家属看到个头不小的华武星后都会有所退缩，用霍婷婷的话讲，华哥就是镇场子用的。

等华武星到了现场，才知道是怎么回事。

跟江陵起冲突的病人叫肖勇，40岁，因为发热、咽痛来看急诊，江陵简单问诊和查体后，诊断是急性会厌炎，让他留观，静脉用些抗生素和激素，别回家了，不安全。

肖勇说单位还组织了篮球赛，他不能缺席，让江陵赶紧开点药他带回去吃就好了，别输液，耽误时间。

江陵平静地说："急性会厌炎是一种急症，严重的可能会出现呼吸困难，甚至死亡，不是闹着玩的，要积极治疗。"

"一个咽痛怎么就扯到死人了呢？"肖勇开始有些抵触，"你们这些医生啊，老是喜欢恐吓病人，把病人吓到腿软有那么好玩吗？我从小到大不知道咽痛过多少次了，不也没死，怎么这次就要死人了呢？"

江陵耐心解释："急性会厌炎跟普通的感冒咽痛不一样，会厌就在声门口这里，由于有细菌病毒感染，导致会厌水肿，如果水肿厉害，真的可能堵住声门而引起窒息，这样的教训不少见。"

好说歹说，肖勇终于同意静脉用药，但还是跟江陵讨价还价：速度要快，不能让他排队太久，得马上用药，他还要赶回去参加比赛。

江陵答应他，会优先给他处理，毕竟急性会厌炎真的是急症，不能耽误太久。

这么一说，肖勇就放心了。

可等江陵开好处方，让肖勇去交钱拿药时，肖勇就发飙了："这地塞米松是什么？这不是激素吗？别欺负老实人啊，我也是懂行的，我一个咽痛就要开激素？一个普通炎症就开激素吗？"

肖勇质疑江陵的处方。

这让江陵感到无奈，说："激素是最好的抗炎药啊，这种急性会厌炎用激素和抗生素效果最好，可以用。"

"我说医生，你这里可是堂堂三甲医院啊，怎么跟那些黑心诊所一个样呢？激素能随便开的吗？你担心我这发热退不下去下次就不找你了，所以给我开了药效这么强的激素，对不对？还是说你开这个药有什么提成？"肖勇直接指着江陵的鼻子骂开了。

江陵脾气再好，也受不了病人这样指着鼻子骂："恐怕你对激素有天大的误会，你这病得用激素。你要是不想用，那就签个字，换家医院看。"

"我偏不签字，偏要你看，你得好好给老子看！"肖勇发飙了。

"那我就用激素！"江陵也寸步不让。

"我看你这医生就是一个冒牌货，除了会开激素和抗生素，就没别的本事了是吧？"肖勇拍桌子吼了起来。

江陵被他的气势压得有些发怵，但仍强装镇定，说："你要是不肯用激素，可以，签个字出去就好了，生死与医院无关，与我无关，我不阻拦你。"

肖勇摸了摸自己的嗓子，皱着眉头："要不是咽痛得厉害，我一定诅咒你全家！"其他病人听到这边的动静，都过来看，有几个胆大的劝肖勇别那么冲动，肖勇才不理，越骂越起劲，把江陵从头到尾数落了一遍。

"你怎么还骂人呢？"江陵也跟着较起劲来。

"就骂你怎么啦？你一个草包医生，随随便便给病人开激素，这不是庸医行为吗？你别以为我不懂这些常识，激素效果是好，但是会损伤病人的免疫力，你就只管现在有没有效，不管我以后会不会死，是不是？我用了药出了这个门口就跟你无关了是不是？"肖勇越说越激动。

江陵最终还是忍了下来，不跟他正面冲突。但肖勇不依不饶，说要拿掉地塞米松这个药，换个别的。

江陵说："不用地塞米松也行，那就用甲泼尼龙。"

"甲泼尼龙是什么？"

"也是激素。你这个急性会厌炎，不用激素是不行的，你要实在不想用，就尽快出院，换一家医院看。"江陵心平气和地说。

这句话彻底惹毛了肖勇，眼看着就要动手了。

这时候华武星进来了，问："怎么回事？"

肖勇见突然来了一个高个子医生，看起来体格并不比自己小，若真的动手，自己恐怕要吃亏，嚣张的气焰一下子收敛了，说："你们医院怎么这样，随便就给病人上激素！"

"什么叫随便？"华武星瞪着他说。

江陵便把看病的过程都跟华武星简单讲了："这是个硬茬，就是来找事的。"

"急性会厌炎，不用激素，死了怪谁？"华武星问肖勇。

"你诅咒我死吗？"肖勇更加生气了，而且似乎微微喘着粗气。

"既然你来了医院，就得听医生的，不听医生的你来医院干吗？逛菜市场啊？还是住酒店？想吃啥不吃啥都得听大爷你指挥，是不是？"华武星对他反唇相讥。

"不听医生的就滚蛋，没人拦着你。"华武星又加了一句。江陵赶紧阻止他："不要说太过分的话，以免矛盾加剧，还是以和为贵。"

肖勇这回算是踢到钢板了，他急起来，瞪着华武星："信不信我跟你们院长告状，投诉你！"

"投！赶紧去！我姓华，有本事你现在就去投诉！谁不去谁是孙子！"华武星也不依不饶。

江陵把他拉到一旁，说："消消气，你跟他急什么啊，他就一糊涂蛋，你骂得再凶，他不肯用激素，那还是白搭！"

"我说江医生，他都快骑你头上拉屎了，你不扇他两巴掌说得过去吗？"华武星气呼呼的，"还记不记得之前那个吴水，出车祸那个，这种病人你要让着他，肯定出事！"

吴水、陈凯这两个名字，江陵一辈子忘不掉。当时吴水要强行插队先给女朋友做CT，陈凯耽误了些时间，后来硬膜下出血死了。虽然不一定是耽误造成的死亡，但这件事给江陵留下了阴影。

"好了好了，你出去吧，这里我自己处理得了，他要不肯用激素，那就先用抗生素吧。"江陵把华武星推出了留观室。

刚一转身，现场马上有人喊起来："医生，他快不行了！"

华武星和江陵听背后有人喊，赶紧回头，但见肖勇脸部涨得通红、双手紧紧抓住自己的脖子，说话含糊不清，同时呼吸困难加重，眼看一口气喘不上来人就要晕过去了。

"这怎么回事？"江陵大吃一惊！

"窒息了！"华武星说完后立即抢身上前，扶住肖勇，但肖勇双腿发软，再也站不住，华武星一个人扶不住，赶紧喊江陵帮忙。

现场一下子混乱起来。

肖勇说不了话，脸色由通红转为紫绀，指着自己的咽喉，示意呼吸不了了。

"赶紧让他们过来上地塞米松！"华武星喊，江陵也反应过来："患者肯定是急性会厌炎突然加重了，会厌迅速水肿，堵住了声门，引起了窒息，如果不及时开通气道，必死无疑。"

激素是最有效的抗炎消肿的药物！

江陵大声把护士喊了过来，同时喊规培医生林平把气管切开包拿过来！

肖勇失去意识了！

病情进展异常迅速，华武星和江陵都惊呆了。

"要不要去抢救室？"江陵朝华武星喊。

"来不及了，就地吧！"

护士拿了已经配好的地塞米松注射液冲过来，手忙脚乱地给肖勇打针。可能由于太过紧张，连续打了两针都没中。华武星急了："你们怎么搞的，这种病人都没有先开通静脉通道，现在才来打针得浪费多少时间！"

华武星干着急，江陵也急，护士更急！

还好，第三针打上了，迅速连接好补液，把地塞米松迅速滴进去!

"家属呢？家属来了吗？"华武星问江陵。江陵说家属不在，得马上联系。正好冯小文这时候也来了，江陵让她赶紧去联系这个病人的家属，想尽一切办法。

"心跳停了！"华武星摸了摸肖勇的颈动脉，没见到搏动。

现场其他病人都很害怕，主动站得远远的。

"病人肯定是会厌堵住了呼吸道，缺氧了。大脑超过 6 秒的缺氧就会晕厥，继续缺氧心脏就会停跳！"

"小林怎么还没来！"华武星急得跟热锅上的蚂蚁一样，赶紧先给病人做心肺复苏。同时喊护士："先给他静推 1mg 肾上腺素！"

江陵也扑了过来，给他做人工呼吸。

"没用的，他的呼吸道肯定已经堵住了，人工呼吸是吹不进去的。"华武星边胸外按压边跟江陵说。

"能进去一点是一点，好过什么都不做啊。"江陵说的也有道理。

林平提着个箱子冲了进来。

华武星示意江陵接着给病人做胸外按压，他一把夺过林平带过来的箱子，正准备打开箱子，就朝林平大吼："你怎么把气管插管箱拿过来了，我说的是气管切开包啊！气管切开！不是气管插管！病人没办法插管！"

林平大概是没见过这么危急的情况，而且也没有做过气管切开，不熟悉气管切开包的位置，被华武星这么一吼，更加害怕了，说不晓得气管切开包在哪里。华武星一把拨开人群，冲了出去，很快就把气管切开包带了回来。

冲回病房时，江陵正在尝试给病人做气管插管，林平在给病人做胸外按压。

"能不能插？"华武星问江陵。

"只有一条缝，我试一下。"江陵喘着粗气，"的确是会厌水肿明显了，基本上完全堵住了呼吸道。"想要在这种情况下把气管导管插入气管，那是非常难的，而且多次摩擦容易导致会厌出血，进一步加重水肿。

但如果能插上的话，就能立即开放气道了，所以江陵还是决定先试一下。

华武星则同时准备切开气管。

没错，直接在地上铺开气管切开包，迅速给病人脖子消毒。华武星说的是对的，病人目前是严重的会厌水肿，堵住了声门，没办法进行呼吸，普通的气管插管估计也插不进去。因为气管插管是经口腔进入的，肯定会被肿大的会厌挡住视线和去路。这时候唯一的办法就是在声门下方做气管切开，绕过会厌，直接开放气道。

但气管切开的难度比气管插管要高很多，而且是有创伤的。

尤其在这种紧急的场合，要想迅速找到准确的位置来切开气管并不是一件容易的事情。但如果不及时切开，患者必死无疑。

严格来说，患者心跳已经停了，算是死亡了，目前在抢救，能不能抢回来就要看华武星和江陵的本事了。

如果不是病人自己一直不肯用激素，根本不会发展到现在这个阶段。但现在说这些都已经迟了。

世事偏偏这么巧，那么多人得急性会厌炎都不会发生窒息，只有少数人会有这个情况，是命运选择了肖勇。

江陵几乎和华武星同时动手。

江陵尝试了两下，放弃了，说："没办法进去，赶紧切开吧。会厌肿得太厉害，完全堵死了声门。"

华武星手下的动作一直没停，江陵让赶紧切开气管，华武星的刀子正准备划开肖勇的颈部皮肤。

就在这时候，一个人也冲了进来。

是杜思虹，她来找华武星，就跟古蕴说的一样，准备约华武星今晚吃饭。但她在 EICU 没找到华武星，护士说他在留观室这里抢救病人，她感觉到情况不妙，就过来看看怎么回事，一进门就看到华武星正准备给病人做气管切开。

"怎么回事？"杜思虹问了一句。

江陵把事情经过简单跟杜思虹说了，同时嘱咐护士继续用药。

华武星察觉到了杜思虹的到来，手稍微停顿了一下，紧接着又义无反顾地切开了肖勇的颈部皮肤。

鲜血顿时滋滋冒出。

一般来说切开皮肤都会冒点血，问题不大，华武星赶紧用纱布擦了血，继续切开皮下组织。可万万没想到，这血一点止住的意思都没用，持续涌出来！

情况危急，华武星也顾不得那么多了，继续切开伤口。

"小林，别按了！"江陵示意林平停止胸外按压。理论上，抢救心跳骤停的病人是不能断掉胸外按压的，但这时候华武星正在给病人做气管切开，胸外按压会让病人不断晃动，华武星没办法对准位置下刀，只能暂停按压。但暂停的时间越短越好。

"怎么出这么多血？"杜思虹有点慌了。出血就跟洪水决堤一样，瞬间染红了周围的纱布，并且还在不断涌出。

"管不了了，先把导管置进去再说。"华武星心无旁骛，一心想着尽快置入气管切开导管，否则一切努力都将付诸东流。

注射器穿破了气管，回抽有气体，证明了针头在气管内，然后顺着针头置入导丝，拔出针头，顺着导丝又置入扩皮管，这扩皮管一顶下去、拔出来，立马又有大量血液涌出。

"这不对劲啊，武星，是不是切到大血管了？"江陵试图用纱布止血，但都无济于事。

病人脖子周围已经被血液流满了，华武星的手套上也全部是血液。

杜思虹也觉得情况不妙，但一时之间不知该如何下手。

江陵经常跟华武星一起合作给病人做气管切开，从来没有过出这么多血的，这是头一次出血这么夸张。这出血的速度和量让江陵提心吊胆，而且血液的颜色已经偏黑了，这说明患者体内极度缺氧。

华武星没有回答江陵，他一直死盯着切口，咬紧牙关，用尽最后一点力气把撑开器挤入患者气道，然后拔出，这个撑开器的目的是扩大气管的切口，方便等下把气管切开导管插入。

这是气管切开的最后一步，也是最关键的一步。

就在华武星把撑开器拔出来时，一大股血液又喷涌而出，华武星见状，赶紧把气管切开导管顺着导丝插了进去。华武星相信自己的手感，一定是已经进入了气管。

"小林，接着按！"华武星喊道。

杜思虹见林平大口喘气，双手发抖，知道他肯定按压了很久，已经很疲乏了，便自告奋勇，立即上手继续给病人做胸外按压。

江陵赶紧让护士推呼吸机和吸痰器过来，吸痰器穿过气管导管置入患者气管，能吸出较多血液，这肯定是刚刚大出血时误入气道的血液。

"糟糕，看起来真的有不少血液直接进入了气道。"

"赶紧先接上呼吸机！"华武星大声喊。

接了呼吸机，江陵问华武星："要不要先抬回抢救室，放在这里太不合适了，抢救起来也不方便。"华武星认同江陵的看法，找来了推床，几个人联手把肖勇抬了上去，迅速推去抢救室。杜思虹则跪在床上，继续胸外按压，一刻不停。

到了抢救室，几个护士围过来，迅速给病人接好了心电监护。心率、血压都量不出来，还得接着胸外按压。

杜思虹满头大汗，江陵赶紧接手，让杜思虹休息。

一个标准的胸外按压动作，不出 2 分钟就会有明显的疲乏感，再加上抢救这么紧张，每个人按压几分钟都会气喘吁吁。

护士进来说："家属到了，是患者老婆。"

家属得知病人心跳停了，直接在抢救室门口晕过去了。

华武星和江陵这边始终在积极抢救，不断地按压，不断地静推肾上腺素等各种抢救药物，呼吸机也在不停地给病人打入氧气。

但自主心率没有回来的迹象。

颈部伤口仍然在渗血，床单又染红了。

如果是普通的气道梗阻导致的心跳骤停，一般来说只要及时开放气道就能够抢救回来。从患者心跳停止到成功放入气管导管，也不过几分钟时间，为什么患者的心跳还没回来呢？华武星想不明白。

难道是因为刚刚伤口出血，导致大量血液进入了气道吗？如果真的是这样，那恐怕是凶多吉少了。

"赶紧准备纤支镜！"华武星突然吩咐护士，要马上给患者做纤维支气管镜，看能不能把气道深部的血液吸出来，否则全堵在气管里面，患者仍然是窒息状态。

华武星的分析可能是正确的，因为呼吸机提示气道压比较高，这就可能是因为气道里面仍然有梗阻，最大的可能就是有血液留在里面。

"不要停，继续按。"华武星跟江陵说。

很快护士就把支气管纤维镜推了过来，递给华武星。

"给我吧，我帮你做！"杜思虹伸手看着华武星，眼神里尽是期待，额头上都是汗水。

华武星稍微一犹豫，便把纤支镜递给了杜思虹。杜思虹是呼吸内科的，平时拿纤支镜就跟拿筷子一样频繁，娴熟程度肯定比华武星要好，这个时候让杜思虹上去做恐怕是最合适的了，她应该能以最快的速度发现哪个气道有血凝块，然后把它们吸出来。

杜思虹接过纤支镜，立即上前给病人检查。

镜子进去一看，杜思虹发现果然仍有不少血液堵在气道，而且一吸出来就有新的血液流入，根本吸不干净。一定是伤口里面还在渗血，血液源源不断进入气管，虽然有了呼吸机，但仍然严重影响了通气换气。

折腾了一通后，患者的心率仍然未能恢复，只好退出了纤支镜。

华武星、江陵、林平三个人轮流给病人做胸外按压，不知道按了多少个回合，也不知道静推了多少支肾上腺素，依旧没有任何起色，当停止胸外按压时，心电监护仍然是一条直线，血氧饱和度测不出来。肖勇的皮肤跟死了一样惨白，皮温很低，瞳孔已经散大。

几个人累得气喘吁吁。

江陵抬头看了一下时间，整整抢救一个小时了。他跟华武星说："要不算了吧，跟家属下死亡通知算了。"

"不可能的，怎么可能抢救不回来！"华武星喃喃自语，"接着按，只要开通了气道，就一定有机会！"

华武星不同意停止按压。上一次那个年轻的重症心肌炎患者，华武星说要停止按压，因为已经按压了一个小时，没机会了，没想到一个小时后患者偏偏重新恢复了心跳，那件事确实出乎华武星的意料。华武星之所以不肯放弃眼前的肖勇，并不是说他认同要按压一个小时的观点，而是他觉得，既然已经开放了气道，就应该有机会。何况抢救一直在持续，并没有中断，怎么会按压不回来呢？

华武星不甘心。

"一定是出血导致的窒息，患者凝血一定有问题！"华武星情绪有些激动，问江陵，"来的时候抽血了没有，凝血指标怎么样？"

江陵无奈地摊手："针都还没来得及打，哪里抽得了血。"

华武星紧紧瞪着他，想说什么，又咽了回来。

杜思虹开口，说："患者颈部伤口现在都还在渗血，这个人的凝血肯定有问题。否则气管切开导管压迫到伤口的话，不应该有这么多渗血的。平时我们的病人都不会出血这么多，即便切到了大一点的血管，也早应该止血了。"

杜思虹说的正是华武星担忧的。

要了解患者有没有凝血功能障碍，就应该在抢救前抽到血送去化验。现在再来抽血化验已经没有意义了，因为病人心脏停了这么久，抢救了这么久，各种指标都会极度异常，不具有参考意义。

老马这时候出现了。

他刚刚参加其他科室的疑难病例讨论去了，一回到科室，就听到华武星和江陵在抢救室抢救病人的事情，而且据说情况不大好，他放心不下，就快步过来看看情况如何。

没想到一进门就是这种状况。

江陵把病人就诊的大致过程跟老马汇报了，老马沉吟了一会儿，问："几分钟插上气管切开管的？"

"也就两三分钟吧。"江陵说。

"那算挺快了。"

"但就是……出血很厉害，一个劲儿地出血，止不住。"江陵心有余悸。

"好好问问家属，看患者既往有没有什么疾病，比如血液疾病、肝脏疾病等，说不定患者原本凝血功能就不好。"

"小华，停止胸外按压，宣告死亡吧。"老马转头跟华武星说。

华武星却似乎没听到老马的话，仍然发了疯一样地按压。

"小华，华武星，你听到没，再按下去骨头全断了，有意思吗？"老马很严肃地说。

华武星这才停止了按压，大口喘气，眼看一个跟跄就要瘫倒在地。

杜思虹连忙上前扶住华武星。

抢救室里突然陷入了安静，一种只有抢救室才会有的死一样的安静。只有呼吸机还在扑哧扑哧地给肖勇打气，以及心电监护尖锐的报警声。

没有人说话。

华武星之所以这么失魂落魄，实在是因为这个病人跟 8 年前那个太像了，也是不遵医嘱，然后在自己面前死了。一个活生生的病人突然就没了，这种冲击永远不会忘记。

大家情绪都很低落，一个多小时前，肖勇还是活蹦乱跳的，能指着江陵鼻子臭骂，谁也没想到，一个多小时后，他的尸体就这么躺在抢救室里面了，动也不动。

这一切发生得太突然。

所有人都似乎还没能接受肖勇死亡的事实。

许久，老马才缓缓说道："家属现在还在外面，我们现在先不要刺激她，不要跟她说是因为患者不肯用激素才导致死亡这样的话，先安慰她。如果她找麻烦，我们再把监控录像调出来，告诉她是她老公自己不肯用激素才导致死亡的。

"但不管怎么说，这个病例肯定会有医疗纠纷，家属肯定会找麻烦的，你们谁去跟家属说？"老马看看华武星，又看看江陵。

江陵犹豫了一下，说："我去吧，我是主诊医生。"

华武星一把拦住他："病人死在我手上，我去。"

"什么叫死在你手上？我们是一起抢救的，何况我还是主诊医生呢。"江陵抢先一步说。

"但气管切开的刀是我拿的。"华武星也丝毫不退让。

"你好好歇着吧，又不是上领奖台，这有什么好争的。"平日里斯斯文文的江陵，此时此刻竟然十分坚决，硬是不让华武星出去。

江陵抬头看了一眼时间，跟护士说："病人死于窒息、急性会厌炎，死亡时间为下午17：20。"说完便出了抢救室。

老马尾随而出。

华武星一屁股瘫坐在地板上，双目放空。

肖勇的老婆已经清醒了，护士把她扶到了凳子上。江陵把肖勇死亡的消息带给了她，她悲痛欲绝，边哭边问江陵："好端端的一个人，就一个嗓子痛，怎么来到医院就没了呢？"

江陵把死亡诊断和死亡时间都跟她说了。

她哭天抢地，很快家里又来了一批人，围着江陵，质问怎么回事，是不是有抢救不当的地方，导致了病人死亡。

江陵把事情的原委如实说了，但大家不信，对一群情绪激动的家属来说，任何解释都是徒劳的。

老马也出面解释了，先是言语安慰，表示理解，然后一五一十地告知事情的经过。

其中一个家属喊起来："肯定是手术出了问题，这种手术如果不出问题的话，是可以把病人救回来的，别把家属当成什么也不懂的傻子，我们家也有医生，也有内行人。"

老马如实说："手术当中的确遇到了问题，那就是病人凝血很不好，一刀下去就止不住地出血，这可能是加剧死亡的一个原因，我们怀疑病人生前肯定是有凝血功能障碍方面的问题。"

老马问肖勇老婆有没有肖勇之前的看病报告，她说："肖勇身体一直都不错，很少生病，近十年都没有看过医生，没做过检查。"

原本老马想通过既往的检查和病史来了解肖勇可能存在什么疾病，但听他老婆这么说，这条线索就断了。

家属质问："既然怀疑病人有问题，为什么来到医院这么久都不抽血做检查？等到出事了才回想起来有问题？"

江陵原本就觉得委屈，千怪万怪都怪肖勇自作主张，死活不同意用激素，如果他同意用激素，就不会耽误这么久，也就有时间抽血化验了，这下好了，人死了，血都还没抽，这回真的跳到黄河也洗不清了。现在听家属语气蛮横，他就更加生气了，说："原本就想抽血化验的，是患者自己耽误了时间。"

两人争执起来。

老马赶紧拉开江陵，示意大家安静："咱们有任何疑问都可以回看监控录像，也可以问周围的病人及家属，患者拒绝用激素耽误治疗这件事很多人都看到了，他们都是人证。"

"病人不是犯人，咱们不能强制执行任何治疗，得经过本人同意才行。如果本人不同意，医生再怎么劝说也无济于事。"

华武星和杜思虹也出来了，他们俩也从头到尾听了家属的质疑，华武星跟肖勇老婆说："我就是给肖勇做气管切开手术的医生，如果你们对死因有存疑，建议你们做尸体病理解剖。"

这句话激怒了肖勇老婆，她声嘶力竭："我老公都死了，你们还要糟蹋他的尸体吗？你们就这么残忍吗？你是不是主管医生？"

几个家属也迅速围了过来，指责华武星。

江陵赶紧冲了过来，说："我是主诊医生，有什么疑问都可以冲我来！"

"你们都是一伙的！"肖勇老婆指着华武星和江陵说。

现场顿时一片混乱。

急诊科抢救室门口堆满了人。

老马见状，赶紧让其他病人的家属散开，别耽误了大家工作，然后对肖勇老婆说："有任何疑问，咱们都可以好好沟通，实在沟通不了的，咱们还可以走法律途径，但请先少安勿躁，以免影响咱们救治其他病人。

"一般如果家属不满意不信任当前的死亡诊断，是可以提出尸体解剖的，是你们提出申请，我们没有权利强制做尸体解剖，这个不用担心。"老马继续解释。

"病人很明显是死于窒息，起初是因为急性会厌炎耽误了治疗，耽误的原因我们医生也反复跟你讲了，是病人拒绝使用我们的治疗方案，所以耽误了几分钟，这几分钟的时间，病情就变化了，很遗憾。

"如果不相信，咱们可以回看监控录像。"老马指着四周的监控摄像头说。

事情越闹越大，家属情绪激动，直接把医务科科长潘芸找来了。

潘芸了解了事情的始末后，安抚了家属："大家要进一步沟通，减少不必要的误会。至于病人死亡的原因，如果家属有疑问，医院还可以进行死亡病例讨论，也可以协助走司法程序，给死者一个合理的交代。

"医院肯定不会偏袒医生，如果真的存在处置上的漏洞，那医生一定会受到惩罚，付出应有的赔偿。但家属大闹急诊科，严重影响了急诊科的秩序，影响其他危重病人的救治，可能会带来其他人的伤亡，也是不可取的。"

听了潘芸的话，家属这才有所收敛。

"既然家属不同意做尸体解剖，咱们还可以给死者做个 CT，胸腹部 CT 平扫。"华武星站出来跟老马说。

老马瞪了他一眼："你疯了，给死人做 CT。即便家属同意，CT 室也不同意啊！"

"老马，如果能劝服家属同意做 CT，这对我们来说是有利的。我现在回想起来，患者巩膜是有黄染的，虽然他体格大，但是人偏瘦，刚刚护士给他整理衣服的时候，我看到他乳房偏大。这么瘦的一个男性病人，乳房却偏大，什么原因？肯定是雌激素高了。为什么雌激素会升高？估计是肝硬化严重了，损伤了肝功能，没办法代谢雌激素，所以才会有乳房异常发育。

"另外，患者肚子偏大，很可能有腹水，说不定他是有肝硬化的，肝硬化失代偿期，会有凝血酶的缺乏，导致凝血功能障碍，所以气管切开口会一直冒血。还有，我刚刚看了他的胸口，剑突附近的皮肤已经是瘀斑了，那也是出血的表现，应该是咱们按压按出来的。

"这个人可能已经有肝硬化失代偿，所以会有黄疸、消瘦、腹水，但一直没有发现，好巧不巧给咱们撞上了，一个来不及抽血化验、来不及用激素，人就没了。也怪我当初太急，跟他发生了口角，没留意这些细节。"

听了华武星一席话，老马开始松动了。

杜思虹也说："如果能做 CT，看一下胸腹部，如果发现肝脏明显有硬化迹象，甚至能看到有腹水、脾大等情况，那就能提示他凝血功能障碍的病因，这对我们来说是有帮助的，可能家属也更能接受吧。"

老马略微沉吟，然后跑回抢救室仔细观察了肖勇的尸体，的确是偏瘦，巩膜有黄染，乳房增大，腹部稍微膨隆，的确是有异常。

"怎么样，做一个吧？"老马问潘芸。

潘芸起初听华武星说要给死者做 CT，非常惊讶，因为她在医院工作了几十年，从来没有医生会给死亡的患者做 CT，这没有先例，恐怕家属不同意，CT 室也不会同意。但她刚刚也听了华武星的分析，认为这样做对医院、对急诊科的医生还是有帮助的，起码对于还原病例真相是有帮助的，所以她想也不想就说：

"我来跟家属沟通吧！"

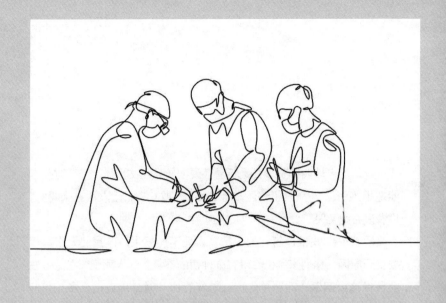

18

心肌梗死

一切都过去了，不是吗？明天又是一个全新的开始。

肖勇的老婆叫孙贺珍，她听潘芸说要给自己丈夫做个 CT 时，本能地拒绝了："人都死了，还做什么CT，做 CT 能让人活过来吗？"说着说着她又哭了。

　　潘芸说："我很理解你的心情，人死不能复生，但我们大家都想要找到原因，你们家属也希望有个确切的答复。病人死于窒息、急性会厌炎这没问题，问题是为什么做气管切开时会出血这么多，我们怀疑他本身有肝脏疾病，或者其他问题，如果能做个 CT，应该会有发现。"

　　"当然，肯定是不收费用的。"潘芸有意无意强调了这点。

　　另外一个家属过来，在孙贺珍耳边悄声说了几句话，完了后，孙贺珍说："我们要求封存病历，必须得有个说法。我们还会请律师，我丈夫不能不明不白地死了。"

　　"你有权利走司法程序，我们并不会阻拦，你们有什么诉求也都可以提，但我们得按照程序来，给病人做个 CT，对还原事情的真相只有好处没有坏处。但我们不能强制推他过去，只有你们同意了，我们再一起过去。"

　　经过潘芸与家属的沟通，孙贺珍终于同意把肖勇的尸体推去CT 室。

　　潘芸便联系了影像科主任，说急诊科有个已经死亡了的病人，要推去做个 CT。影像科主任登时就嚷起来了："怎么还要推具尸体进CT 室呢，你让旁边的患者看到了会怎么想？而且这也不符合消杀规范啊。第一回听说有这种事啊，潘科长。"

潘芸便把事情始末跟影像科主任说了，好说歹说，他最后终于同意了做CT。"幸亏现在下班了，CT室病人少，来的都是急诊的病人。要碰上还是工作时间，那么这个CT肯定做不了。那么多门诊病人、住院病人等着做CT呢，哪里有空位置给一具尸体做CT呢，这要是被旁边的病人及家属看到了，还不得闹起来啊？即便不闹，我们常规消毒也要个把小时。CT室休息个把小时，那也会引起骚动的。"

得到影像科同意后，华武星、江陵、杜思虹和几个规培医生一起推着肖勇的尸体去了CT室，家属也跟着去了。老马和潘芸则回办公室从长计议，潘芸后来给副院长打了电话，汇报了这件事，副院长也同意去做CT，还原真相。

到了CT室，四下已经无人，影像科的医生们接到通知后，早早就清理了现场，CT机子要给死人做检查，这件事可不能让外人知道，否则怕患者会有情绪。事实上没什么影响，因为尸体也没有传染病，但人就是会害怕，干脆不让他们知道。试想一下，哪里没有死人呢，即便是CT室的检查床上，也偶尔会有病人死亡，就是那种检查到一半突然心跳停止的。

肖勇的尸体不算很重，华武星和江陵两个人就把他搬上检查床了。

看着肖勇发绀到吓人的脸孔，又听到旁边孙贺珍一直哭哭啼啼，华武星心里五味杂陈。华武星迫切想知道这个人到底是不是有肝硬化，如果他真的有肝硬化，那么一切都可以解释得通了。

CT做完了。

华武星、江陵、杜思虹三人紧紧瞪着屏幕，看着肖勇的肝脏影像一帧一帧地出来，大气不敢喘。

影像科医生指着屏幕上说："大家看，这个肝脏都萎缩变形了，而且肝脏轮廓不好，凹凸不平，肝门肝裂增宽，肯定是肝硬化了，而且是很明显的肝硬化。还有，脾脏明显增大了，还有腹水，100%是肝硬化导致的。"

影像科医生能看到的，华武星他们也看到了。

"这就是肝硬化了，而且是个肝硬化晚期的患者，肝脏硬化到血液都很难流进来了，都堵在外头，把脾脏撑大了，所以会有脾大、腹水。"

华武星的猜测是正确的。

这样的肝脏，就可以解释凝血功能为什么这么差了。很多凝血物质都是肝脏合成的，一旦肝硬化晚期、肝功能很差，凝血物质合成减少，自然就会凝血功能障碍。

华武星这一刀子下去，彻底暴露了肖勇原本存在的问题。

如果肖勇没有肝硬化这个问题，说不定华武星那一刀下去，切开了气管，就可以把他抢救过来了。华武星对自己的操作是很有信心的，两三分钟就成功放入气管切开导管，这绝对不算慢，甚至可以说是很快的速度了，尤其是在那种千钧一发的抢救场合。

但肖勇还是死了。

原因就在于他的凝血功能障碍，血就像决堤的洪水一样，涌入了他的气管，加剧了窒息。

这真的是悲剧。

江陵把肝硬化的事情告诉了孙贺珍，孙贺珍及其他家属都不愿意相信这是事实。他们一直强调，肖勇身体很好，一直都没什么事情，也没看过医生，怎么会有这么严重的肝硬化呢？

影像科医生把片子调出来，把正常肝脏和肖勇的肝脏做了个对比，告诉他们："片子不会骗人，死者生前就有严重的肝硬化了。"

"死者生前肯定有症状，比如可能会有乏力、胃口不好、肚子胀等，只不过你们以为不严重，没留意罢了。"影像科医生轻描淡写地说了两句。

但就是这几句看似无关痛痒的话，仿佛雷电一样击中了孙贺珍。

孙贺珍回想起来了，之前肖勇跟他抱怨过胃口不好、人很累等情况，但因为大家工作都忙，也一直没有去理会。直到这次他说嗓子痛，严重影响了生活才来的医院。万万想不到，这背后竟然有这么严重的问题。

孙贺珍情绪一下子崩溃了，掩面痛哭。几个家属上前安慰，都无济于事。孙贺珍哭声越来越大，华武星他们从哭声中听到了凄凉、悲痛、无奈和悔恨。杜思虹上前安慰："人死不能复生，大姐您一定要保重自己的身体。"杜思虹说着说着，自己也流泪了。

哭声回荡在空旷的 CT 室，江陵鸡皮疙瘩都起来了，悄声问华武星："接下来咱们是把尸体搬回急诊科呢，还是直接让人来拉去太平间？"

华武星想了一下，说："可能还得跟家属和老马商量一下。"孙贺珍目前情绪失控，肯定无法交谈了，他便给老马先打了电话，正好老马跟潘芸也在商量这件事。潘芸的意思是，直接拉去太平间就好了，如果家属真的有什么异议，即便要走司法程序，也要把尸体先拉去太平间，放急诊科肯定不合适，再晚一点可能尸体就会臭了。

"CT 什么结果？"老马问华武星。

华武星便把 CT 所见的一切都告诉了老马，老马低声说："果然是这样，今天你这刀子下去真的有点冤。家属如果真的要追究，咱们也得提前想好对策。从现在开始，你们说话都要小心一些，不要随便说话，另外，警惕家属可能会录音，说话要经过大脑，别冲动犯糊涂。尤其是你！"老马跟华武星说。

"没什么好担心的。"华武星满不在乎，"我做的一切都符合程序，怕什么。"

"符合程序？气管切开术前不应该常规查凝血指标吗？你查了吗？"老马有些生气。

"那不是太急了来不及吗？而且他一来就自己耽误了时间，激素都不肯上，针都还没打上，他就在那里咋咋呼呼了，我们能有什么办法？"华武星愤愤不平。

"道理是这个道理，但是走司法程序的话，人家鉴定会不会跟你一样的考虑呢？没做就是没做！"

"好，那我懂了，下次有病人上呼吸道梗阻，喘不过气了，我先让护士抽血，等凝血指标出来了我再切。不过我估计，那时候病人的尸体已经凉了。"

"你……"老马被华武星气得说不出话，"你小子就不能放聪明一点吗？"老马缓和了情绪，好声好气地跟华武星说，"我现在不是怕人家抓你把柄嘛，让你小心一些，说话谨慎一点，这总没错吧？你让江陵接电话，我吩咐他几句。"老马没好气地说。相对华武星而言，江陵规矩多了。

华武星把手机递给了江陵。

老马在电话里头把需要注意的事情一五一十地告诉了江陵，同时让江陵跟家属沟通，看看能不能把尸体先运到太平间。

江陵都点头说好。

就在这时，杜思虹喊了出来："大姐！大姐！你睁开眼睛看看，大姐！"

华武星一回头，见孙贺珍双眼紧闭，脸色苍白，摔倒在杜思虹怀里，软绵绵的，动也不动。

"不好！没呼吸了！"杜思虹朝华武星这边喊！

华武星连忙扑了过去，摇晃并大声喊孙贺珍，但都没有反应。其他家属看到这场景也是跟热锅上的蚂蚁一样焦急，但他们帮不上忙。

华武星立即把孙贺珍放在地上，一摸颈动脉，已经没搏动了，而且胸口没有起伏，鼻子没有气流进出："真的是心跳呼吸骤停了！"

老公刚死不久，没想到孙贺珍自己也出事了！

"赶紧复苏！"华武星跟杜思虹说，然后上来就直接给孙贺珍做胸外按压了。

华武星是个成熟的急诊科医生，几秒钟就判定了孙贺珍是心跳呼吸骤停，然后毫不犹豫地做心肺复苏，这能最大程度上缩短患者大脑没有血供的时间，为抢救争分夺秒。

杜思虹也迅速反应过来了，跑过来给孙贺珍做口对口人工呼吸，两人密切配合。

这如果是在抢救室，华武星会毫不犹豫地给孙贺珍气管插管上呼吸机保障通气了，但现在不在急诊科抢救室，而是在 CT 室，这里没有气管插管装备，只好第一时间口对口人工呼吸。

就三两下的功夫，华武星负责胸外按压，杜思虹负责人工呼吸，把在场的其他家属都吓得腿软了。

江陵见状，也挂了电话，赶紧问CT室医生要呼吸球囊和抢救设备。

杜思虹趁着抢救空隙，跟华武星说："刚刚孙贺珍哭着哭着就皱起了眉头，手捂住胸口，估计是胸痛了，然后很快心脏就停了，不排除有心肌梗死或者其他疾病，得马上运回急诊科，这里不宜久留。"

华武星拼命按压着，他万万没想到，孙贺珍会在这时候倒下。

很快其他医生就把推车推过来了，几个人合力把孙贺珍抬上了推车，华武星则立即爬上推车，骑跨在孙贺珍身上，一刻也不停，持续做胸外按压。

心跳骤停的抢救关键，就是第一时间做胸外按压，而且一定要尽量减少中断按压的时间。

"赶紧回抢救室！"华武星边喘气边说。

江陵回头看了一眼肖勇的尸体："那他怎么办？"

"让太平间的人过来吧，你负责处理这边，我跟杜医生回急诊科！"

"好！"

有华武星处理孙贺珍，江陵是放心的。而且刚刚老马也叮嘱他了，一定要把肖勇的尸体先送去太平间，这当中还有很多手续，必须得有个人负责，所以江陵决定留在CT室。

杜思虹带着规培医生，推着华武星的车直奔急诊抢救室。

几个家属乱成一团，只能跟着一起走。华武星持续按压，无暇跟家属多说，只能让杜思虹先跟家属沟通。杜思虹跟一个自称是孙贺珍弟弟的人说："病人可能是伤心过度引起的心脏问题，也可能是突发心肌梗死，很难说，现在心脏停跳了，病情危重，得先抢救。"

孙贺珍的弟弟叫孙家栋，他也吓蒙了，说："姐夫已经出事了，我姐可不能再出事了。"

杜思虹认得他，刚刚在急诊科喊得最凶的就是他。但现在这些都不重要了，重要的是先想办法把孙贺珍抢救回来，否则一天丧两命，那就太惨了。

一行人风驰电掣般飞奔，推车很快就回到了抢救室。

几个护士见状，立即围了过来帮忙抢救，接上心电监护，测量血压，开通静脉通道，推肾上腺素。

"赶紧准备气管插管！"华武星喊。然后让规培医生林平过来继续给病人做胸外按压，杜思虹则继续给病人做人工呼吸。

急诊科的抢救团队都是很成熟的，该准备的抢救物品一下子都到位了。

华武星接过护士递来的喉镜，迅速给孙贺珍做了气管插管，然后连接了呼吸机。

呼吸机刚连接上，杜思虹就喊了出来："是室颤！"

病人室颤，意味着心脏在颤动，这种颤动是没办法形成有效泵血，必须及时终止，让心脏恢复正常的跳动，最有效的抢救办法不是胸外按压，应该是电除颤，刚刚在 CT 室没有这个条件，现在在抢救室，除颤仪就在身边。

华武星也看了心电监护，的确是室颤，护士反应也异常迅速，除颤仪已经给到了华武星身边。

连续除颤两次。

第二次刚除完，窦性心律就回来了！护士欣喜地喊了出来。

华武星一抬头，果然，心电监护上已经有窦性心律了。血压也量出来了，有160/100mmHg，这估计是刚刚推了一针肾上腺素的缘故。虽然心跳回来了，但病人还是昏迷状态，还好瞳孔没有散大，而且对光反射还是灵敏的，这说明大家的抢救足够及时有效。

华武星这才松了口气，一看时间，从发现孙贺珍心跳停止到抢救回来，一共是 4 分钟。

"4 分钟。"华武星喘着粗气跟杜思虹说。

杜思虹此刻也是满头大汗，微微一笑，说："赶紧做个心电图吧，看看是不是心肌梗死，这个心电监护看得不够清晰，如果真的是心梗的话，还得尽早送介入科处理。"

规培医生林平主动帮忙把心电图做了。

一看，还没有典型的心肌梗死图形表现。但心肌梗死不会马上就表现在心电图上，需要时间，可能需要几个小时，而孙贺珍发病才几分钟，没看到明显异常并不奇怪。

"赶紧让心内科医生过来会诊。"华武星跟林平说。

华武星又跟孙贺珍的弟弟孙家栋说："你姐姐这个情况，还要进一步处理，目前心跳回来了，但是总体还是很严重的，不排除心肌梗死或者其他情况。"然后问他知不知道病人既往有什么疾病。

孙家栋年纪跟华武星差不多，急得快哭了，他告诉华武星："姐姐有高血压，好几年了，一直在吃降压药，血糖听说也不怎样好，但是没吃药，不知道算不算糖尿病。其他的就没了。"

"血糖刚刚也检测过了，还算正常。"杜思虹把结果拿给华武星看。

"一个有高血压的病人，在情绪激动之下出现昏迷、心跳停跳，一个要考虑心肌梗死，另外一个要考虑会不会是脑出血，尤其是脑干出血。脑干负责人体生命中枢，包括呼吸和心跳，如果真的是脑干出血，那后果不堪设想。"华武星解释说。

孙家栋听到华武星的话，结结巴巴，问："怎么样才能知道是不是脑干出血？"

"还是得做头颅 CT。"

"刚刚我姐夫那个检查？"

"是的。"

"可是……可是我姐夫他……他还在那里，我们怎么办？"孙家栋眼睛一红，就要哭出来了。孙家栋虽然年纪和华武星差不多，但他是第一次面临这种情况，不紧张不害怕是不可能的。

"医生，求你们一定要尽力救救我姐！"孙家栋哽咽着说。

原本肖勇的离世让他非常愤慨，一直想要讨回公道，因为在他眼里，肯定是医生的处理出了问题。但后来 CT 所见，加上华武星他们的解释，他也开始动摇了，或许医生尽力了，只不过是姐夫命不好。后来自己的姐姐也倒下来了，而他也亲眼看到了华武星和杜思虹是如何拼了全身力气去抢救他姐姐的，尤其是杜思虹，直接上来就做人工呼吸，丝毫不考虑脏不脏或者有无传染病等问题，这让他大为触动。

试问这样的医生，又怎么可能会是害死自己姐夫的凶手呢？

孙家栋的心理变化，华武星并没有感觉到。他还是一如既往地冷冰冰，说："没有人能保证一定能救活你姐姐，她可能是脑干出血，也可能是心肌梗死，两样都可能置人于死地，我只能说全力以赴，能不能活下来，得看她自己的运气了。"

孙家栋泪流满面，不停地说："求求你，我知道你是个好医生，求求你，求求你……"

杜思虹见状，赶忙上前安慰孙家栋："我们一定会尽力的，你也暂时不要太伤心，起码你姐姐现在心跳回来了，血压也稳定了，等我们做完 CT 再评估，好不好？"

华武星转身给江陵打了电话，问肖勇的尸体拉走了没有。

江陵说："刚拉走，我现在准备回来了。得通知家属跟过去，还有很多手续要处理。"

"拉走就行，死者老婆估计马上也要推过去做个头颅 CT，怕是脑出血。"

"那可能还不行，我看 CT 室在做消杀工作，给 CT 检查床消毒呢。"

"都这时候了，还消什么？肖勇又没有发现传染病，消不消问题不大，我看他老婆可等不了一个小时这么久，得尽快安排头颅 CT 检查才行。万一真的是脑干出血，干等着岂不是耽误了病情，等下脑疝了就完了，夫妻俩就真的双双离世了。"

江陵赶紧让华武星别说了："你这个乌鸦嘴。好了好了，我现在过去跟他们做沟通工作，让他们先把孙贺珍的 CT 做了再消毒也不迟。"

华武星挂了电话后，又跟老马汇报了情况，说死者家属孙贺珍也出问题了，怀疑心梗或者脑出血，老马听了后也是倒吸一口凉气："这太倒霉了吧。该怎么做就怎么做吧，先把人救过来，稳住，别司法程序还没走，她人就不行了，那对我们的影响很大。

"还有，刚刚我和潘科长给副院长汇报了肖勇的病例，副院长指示，家属要做什么咱们就配合他，一切都有监控录像，我们不被动。"老马顿了顿又说，"当然啦，如果能跟家属好好沟通，同意不走司法程序，那对我们双方都好，司法程序太让人头疼了。"

"我只管救人，走不走司法程序，那是家属决定的，我不过问。"华武星说。

"你小子真是一根筋啊，你跟家属好好沟通，语气软一些，让他们感受到我们的真诚，说不定人家就愿意把尸体拉去火化了，那就没有后面的麻烦事了啊，耳根清净不好吗？"老马又开始教训华武星，"这方面你还得跟江陵学习学习。"

这时候心内科会诊医生来了，华武星挂了老马的电话，听心内科医生怎么说。

心内科医生回顾了孙贺珍发病的过程，说："的确要警惕心肌梗死，尤其是杜医生说患者昏迷前有捂住胸口的动作，那可能是有压榨性胸痛了，只不过病人悲伤过度没有及时反馈出来。另外，也要警惕心碎综合征。"

华武星缓缓点头，认同心内科医生的话："人在情绪过于激动或者过度悲伤时，会出现心跳加快、血压升高、血管过度痉挛等应激反应，轻微的会有心脏早搏、血压升高，严重时的确会引起室速、室颤，甚至猝死，心脏痛感就像心碎了一样，所以称之为心碎综合征。"

"对，就是这个意思。"心内科医生说，"先把头颅CT做了，然后做个心脏彩超，抽血查心肌酶那一套指标，必要的时候再做冠脉造影，彻底排除心肌梗死可能。"

"既然现在患者生命体征稳定了，那就尽早检查吧。"杜思虹跟华武星说，她非常同情孙贺珍一家人的遭遇，如果孙贺珍也出了问题，那就真的太惨了。

江陵跑回来了，说："CT室已经安排好了，先把孙贺珍的CT做了再消毒。"

于是几个人又帮忙推孙贺珍去CT室，走之前华武星看了看时间，已经很晚了，便跟杜思虹说："要不你先回去吧，你已经下班了，而且也不是我们急诊科的，你在这里帮忙跑来跑去，怪不好意思的。"

杜思虹说："这时候哪分什么科室啊，咱俩还计较这么多吗？"

话一出口，杜思虹就觉得有些难为情，赶紧接着说："咱们都是同事，恰好我撞上了，搭把手也是应该的。"

杜思虹这次来其实是想当面约华武星一起吃饭的，这不是答应了古蕴组个饭局嘛，没想到一来就撞上在抢救肖勇，后来又抢救孙贺珍，一刻也没闲着。现在已经错过了饭点，饭局是组不成了，所以杜思虹早早就发信息跟古蕴说："今晚饭局组不了了，改天吧。"

古蕴问为什么，杜思虹把在急诊科抢救病人的事简单跟她说了，古蕴才肯作罢："那就改天吧，但不能拖太久，免得夜长梦多。"

杜思虹看到"夜长梦多"几个字，忍俊不禁，又觉得有些难为情。

华武星自然不知道杜思虹是来约他吃饭的，杜思虹见这样的情况也没打算再说这件事，时机不对，只能另找时间了。

"但我看你挺疲惫的，好像没休息好，脸色……不大好。"华武星说。

"可能是刚刚抢救太紧张了，我没什么事，挺好的，不用担心。"杜思虹笑了笑，"我也想看看孙贺珍的情况如何，到底有没有脑出血。"

华武星见杜思虹这么坚持，也不好再拒绝她，便让她在急诊科等结果。杜思虹也同意。

孙贺珍的CT很快就做完了。

幸运的是，头颅没有看到任何出血的迹象。

华武星松了一口气，孙家栋得知结果后也是破涕为笑。华武星不得不泼他冷水："没有脑出血，不代表没有心肌梗死或者心碎综合征，这两种病都不是善茬，还得进一步评估。"

心内科医生的意见是，先把心脏彩超做了，再看情况要不要做冠脉造影。

于是华武星把孙贺珍推回了抢救室，自己拿彩超机子给孙贺珍看了一下心脏，还真的看到了异常。

"这么看还真的不一定是心肌梗死，心碎综合征的可能性更高。"

"可能还得做冠脉造影。"华武星说。

就在这个时候，孙贺珍缓缓醒过来了。

护士们大为欣喜，华武星和江陵也很意外，赶紧把杜思虹也叫过来。孙家栋见姐姐清醒了，号啕大哭，说："你可把我吓死了。"

华武星见孙贺珍情况不错，人也醒了，便停掉了呼吸机，把气管插管也拔掉了。

拔掉气管插管后，孙贺珍可以开口讲话了，但声音比较小，可能是刚刚插管的时候损伤了咽喉。但这点损伤不算什么。

老马也闻讯赶过来，跟孙家栋商量肖勇尸体的事情："你们还有没有其他诉求？如果还有，那就尽快沟通，如果没有的话，尸体可能今晚就要送殡仪馆了，太平间放不久，怕尸体坏掉。"

孙家栋听老马这么说，一时没有了主意，他听他姐姐的，其余的人更加拿不定主意，大家都是临时过来帮忙的，真正拿主意的还得是孙贺珍。

孙贺珍刚醒过来，人还很虚弱，但意识已经完全清醒了。刚刚孙家栋已经把她晕倒、抢救的事情都给她简单讲了一遍。

孙贺珍躺在床上，眼泪扑簌簌又落了下来，说："一切都怪我自己，是我太大意了，勇哥有了肝硬化都没发现……"

"医生都是好医生，医生救了我的命，也尝试过努力去救我勇哥的命，但或许这就是命运吧，我们全家感谢医生都来不及，又何来什么诉求呢？我只是希望勇哥能够早日入土为安。"

孙贺珍声泪俱下，说了这一通话。

　　孙家栋握住姐姐孙贺珍的手，边流泪边点头，他认可姐姐的话。刚刚华武星、杜思虹他们是如何尽心尽力地抢救他姐姐的，其他家属可能没看到，他可是从头到尾都紧跟着的，如果没有医生们的努力，或许他永远也见不到这个姐姐了。

　　华武星万万没想到会是这样的结局。

　　他原本做好了跟家属打官司的心理准备，这个病例跟8年前的病例很像。8年前那个病人，赵杰，最初是因为腹痛来医院急诊，华武星让他检查他不肯，执意出院回家，后来再次返院时已经很严重了，在做CT时病人就不行了，后来死亡了，考虑是主动脉夹层破裂出血。病人在医院死了，家属不依不饶，大闹急诊科，警察也来了，家属还要求赔偿200万元，最终协商赔偿了50万元，这件事情一直是华武星的心理阴影。

　　也正因为8年前那个病例，让华武星失去了对病人家属的信任，在华武星的潜意识里，家属和病人随时都可能把自己告上法院。所以华武星没必要对家属好，对家属好，等同于对自己残忍，过去8年里华武星一直是这么做的。

　　肖勇这个病例之所以对华武星冲击这么大，一个是因为死亡来得突然，第二个就是因为他很像8年前的赵杰，也是各种不理解，不信任，最后断送了自己性命。华武星原本以为肖勇的家属会跟赵杰的家属一样，把医生告上法院，要一笔赔偿。事实上，如果不是后来他执意要给肖勇的尸体做CT，找到了肝硬化的证据，并且孙家栋亲眼见到华武星和杜思虹是如何拼尽全力抢救孙贺珍的，说不定他们现在还真的可能要走司法程序。

　　其实在肖勇刚死不久，大家都以为这家人一定要告医院、告医生了，他们才不管为什么病人会死掉。这也不怪家属，因为他们不懂，肖勇来急诊时的确是站着的，但他们不知道为什么肖勇的病情会进展得如此迅速，乃至几分钟就撒手人寰，再加上华武星给肖勇做气切时的确出了很多血，现场也有很多其他病人及家属看到，难免会让孙贺珍他们有所误会。

听到孙贺珍的话，老马、江陵等人都松了一口气。尤其是江陵，他这次坚决地挡在了华武星前面，如果家属真的要走司法程序，那江陵就首当其冲了，因为他是主诊医生。江陵和华武星是同学，是同事，也是朋友，虽然他们俩口中不承认自己为对方做了多大的牺牲，但当危难来临时，他们俩都愿意为对方站出来，抵挡一切。

正如华武星为了让江陵先晋升副高，甘心退出选评，把机会让给江陵一样。因为在华武星眼里，江陵家境更困难一些，并且新婚不久，还要买房买车，到处都要花钱，虽然不能说医生晋升副高就是为了拿更多的钱，但不能否认的是，职称评上了，收入的确也会跟着提高。

何况江陵本身也很优秀，华武星认为江陵比自己更迫切需要这个，所以他退出了。这看起来不可思议，但他就是这么做了。

而这一切，老马都瞧在眼里，清清楚楚。所以老马跟潘芸说："这俩小子，都想着法子让对方更好一些，委屈自己也没啥，真的挺傻的。"

潘芸也笑了："傻归傻，但这两个小子能有彼此这样的朋友，这辈子也值了。"

老马哈哈大笑，颇为得意自己手下有两个这样的"傻子"。

这会儿听到孙贺珍决定不再追究，老马也舒坦了，安排人把孙贺珍送上心内科继续治疗，毕竟心碎综合征也是需要住院的，尤其是患者有过心脏停跳，难免会再次发生意外。安全起见，住院最好。

肖勇的尸体则暂时由孙家栋及其他家属跟着。孙贺珍原本不想住院，但在众人的规劝下，只得流泪接受安排。

"已经很晚了，不值班的都回去休息吧。"老马跟华武星和江陵等人说，"今晚大家都辛苦了，都加了班，但咱们解决了问题，避免了一场医疗官司，总算是舒坦点了。"

见华武星仍愣着不动，老马拍了拍他的肩膀："你心里想什么，我都知道。你肯定想到了8年前那个病例，那个病人叫什么……我一下想不起来了，但没关系，我还是那句话，一切都在于沟通，不是所有家属都蛮不讲理。你看这个孙贺珍，在鬼门关里走一遭，回来后不就开窍了嘛，还有她弟弟，亲眼看到你们抢救后，不是也都理解了嘛。所以，咱们跟他们还是合作关系，是战友，不应该搞对立，疾病才是咱们的敌人。

"病人家属的医学水平几乎为零，要想避免跟他们有冲突，我们的解释很重要。当然，也不排除会遇到一些脑子固执、转不过弯、一定要跟你对着干的，那种人哪里都有，家属中有，咱们医生群体中就没有吗？不见得。但这种人还是很少的，起码我从医几十年就没见过多少，大多数人还是可以沟通的。所以，别老绷着那张臭脸，笑一下，你还挺帅的嘛。"

大家被老马这句话给逗乐了。

华武星长舒了一口气，看到自己白大褂上沾着的血迹，刚刚给肖勇做气管切开的场景又浮现在脑海，不由得感慨良多。

"我可是要走了，小柔催我回家吃饭了，你们不走的慢慢聊。"老马抛下一句话就不见人影了。

江陵也走了。

华武星刚想问杜思虹要不要一起走，突然发现杜思虹面色不好，似乎呼吸还有些急促，心里不由得紧张起来。

"你怎么了？"华武星问她。

杜思虹摇摇头："不要紧，就是感觉胸口有点闷，而且人很累。"

"是不是低血糖了？要不要喝点糖水？"

"可能吧。"

华武星把杜思虹扶到护士站坐了下来，让她在这里休息一会儿，然后去注射室开了一瓶葡萄糖，让杜思虹喝了几口，又回更衣室拿出了一块巧克力——这是他前几天买的，一直忘了吃——塞给杜思虹："把这个吃了，可能会好点。"

"我看你脸有点红，可能是发烧了。"华武星盯着杜思虹说。

"是吗？"杜思虹自己摸了摸脸颊，似乎还真的有点发烫。

"我给你量个体温看看。"华武星跑回抢救室，拿了根体温计出来，给杜思虹夹住。

"可能是今天太累了，跟着跑上跑下地抢救这两个病人，真不好意思，都不是你的病人，还要你帮这么多忙。"华武星心生愧疚。

杜思虹微微笑了，说："能跟你们一起抢救病人，我觉得挺好的，多跟优秀的人学习嘛。"

说到这里，华武星有些神伤，因为他又想到了肖勇的死亡。

杜思虹察觉到了华武星的神态变化，安慰他说："肖勇的死亡跟你们无关，实在是他原本的病情太重了，再加上他自己耽误了时间，还真怨不得你们。"

"话虽如此，但他毕竟是死在我手上了。说一点儿不在乎、不难过，那是不可能的。"

"这个病人是不是跟你之前给我说的，8年前那个赵杰很像？就是马主任刚刚讲的那个，对吗？"杜思虹问。

"对。8年前的赵杰死了，今天的肖勇还是死了。"华武星黯然神伤。

"那是他们的固执害死了他们，跟你没关系，不要太自责。"杜思虹安慰华武星，"你已经很努力了，而且肖勇的老婆孙贺珍也没有责怪你，说明他们认可你做出的努力，只能说命运弄人。"

华武星叹了口气，跟杜思虹说："起初我以为孙贺珍肯定要找麻烦的，没想到她竟然接受了肖勇的死亡，这让我很意外。虽然她找麻烦没什么道理，但她毕竟是死了老公，有些情绪也是正常的。

"如果8年前赵杰的家属能跟孙贺珍一样，或许我这8年来也不用过得这么累了。"

杜思虹见华武星说这句话时神色黯然，完全没有了刚刚抢救时那般的义无反顾，知道他心里难受，只好安慰他说："一切都过去了，不是吗？明天又是一个全新的开始。明天开始，开开心心的，过好每一分每一秒，快乐会伴你左右。"杜思虹浅浅一笑。

"还有，原本今晚来找你，是想一起吃顿饭的，没想到遇到这么多事。"杜思虹左思右想，还是把这次来的本意跟华武星说了，也仅仅是说吃顿饭而已，并没有提及古蕴说的那些"夜长梦多"之类的话，杜思虹到现在还是觉得那些话太难说出口了。

华武星听杜思虹说约自己吃饭，心里泛起一阵暖意："那就明天呗，明天我请客。"

"还有一个人也要蹭饭。"杜思虹脸有笑意。

"谁？"

"你猜！"

"古蕴？"华武星只能想到古蕴了，因为上一次他们仨一起吃过大排档。

杜思虹点头："就是她。"一想到古蕴怂恿自己请华武星吃饭，杜思虹不觉有些脸红，幸亏杜思虹原本脸颊就有些发烫，华武星看不出来。

"时间到了，拿出来看看到底有没有发热。"华武星跟杜思虹说。

杜思虹把体温计从腋窝拿出来，一看，糟糕了。

38.8℃。

华武星满脸关心："怎么体温这么高？"

杜思虹也隐隐担心，自己害怕的事情可能又找上门来了。

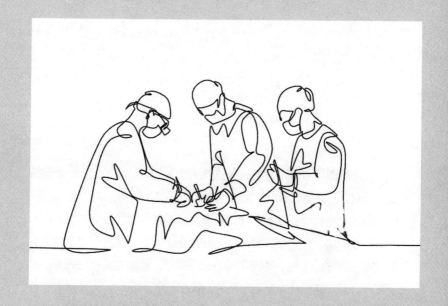

19

轻舞飞扬

那种只有家属才能体会到的深深的无力感，
让华武星感到恐惧，甚至窒息。

杜思虹跟华武星说:"可能是这几天太累了,又着了凉,估计是感冒了,回家休息休息就好,家里也有退烧药。"

华武星见杜思虹状态欠佳,执意要开车送杜思虹回家,反正两人住同一个小区,也顺路,杜思虹不好拒绝,只好答应。一路上两人又聊了近段时间的工作,还聊了马小柔的事情。杜思虹说自己跟马小柔一直有联系,她已经完全走出来了,状态不错。

后来又聊到晋升职称的事,杜思虹问华武星这次有没有信心能够晋升。华武星说:"明年吧,不急。"杜思虹又说:"听马主任说,你没有提交资料?"

"老马连这事都跟你说了啊?他真八卦。"华武星吐槽老马。杜思虹笑了,说:"是跟马小柔聊天的时候,马主任无意间说起的。当时我就觉得奇怪,为什么你不递交资料,后来我想明白了,只有一个名额,你肯定是想成人之美。"

"我没那么高尚。"华武星不承认,"只是那东西真的太复杂了,可能还得跑很多关系,我不擅长那套东西。"

杜思虹微笑,没跟华武星继续讨论这件事,而是接着说:"江医生对你也是够仗义的,今天马主任问谁要去跟肖勇家属汇报噩耗时,他丝毫没有犹豫,明知道摊上这个病例肯定会有医疗纠纷,但他还是去了。当然,像他说的,他是主诊医生,他应该去,但他也有不去的理由,因为气管切开术不是他做的。"

说到这里,杜思虹转头看着华武星:"我不是说这个手术做错了,你应该做,你的决策是正确的,只不过谁也想不到肖勇会有这么严重的肝硬化。"

华武星说:"意外总是无处不在。"

杜思虹缓缓说道:"我记得你跟我说过,8年前那个病例,让你一直耿耿于怀。而刚刚马主任也提起了,估计那个病例带给你的触动很大,对你的伤害也很大,这么多年来,你一直放不下这个病例,幸亏今晚肖勇的问题及时解决了,如果他的家属也闹起来,估计后果也是不堪设想,那对你来说将是非常不公平的。

"你是那么拼尽全力地想要挽救他的性命,你做到了一个医生所有需要做的,很多医生做不到的你也做到了,包括刚刚那种紧张的抢救场面,没几个医生能在几分钟内就给病人做了气管切开,你很勇敢。

"真的,你很勇敢。"杜思虹看着华武星的脸,重复了这句话。

"我哪有你说的那么好,我就是按照程序做事。"华武星笑笑说。

"你知道吗,当孙贺珍说不追究咱的时候,我很开心。虽然我也认为咱们没有做错什么,但是家属他们是不懂的,他们失去了亲人,肯定伤心,人在伤心悲痛之下会丧失理智,会以为是咱们出了问题。你已经遭遇过一次这样的事情了,如果再遭遇一次,那将会是很残忍的。我相信江医生跟我想的是一样的,8年前那件事,你们大家谁也没忘,所以他选择站出来。你们俩,除了是好同事,还是好兄弟,这是很让人感动的。"

说到这里,杜思虹打了个寒战。

华武星知道杜思虹可能发冷了,在车上拿了一件自己的外套给她:"穿上这个,别冷到了。"杜思虹稍微犹豫了一下,便接了过来穿上,才感到舒服一些。

华武星说:"你要不要明天请个假?带病上班虽然敬业,但是不敬身体。"

杜思虹被华武星这句话逗乐了:"说不定睡一觉明天就满血复活了呢。"

很快回到了小区,停好车后,华武星送杜思虹到她家楼下,正要离开时，杜思虹突然问："你女朋友，贺薇薇，现在情况怎么样了？"

华武星说："她手术比较顺利，术后她出院了，我也没有问她，应该没问题了吧，否则就回来复诊了。"

"你这么不关心人家啊？这么大的一件事，也不多问问？"杜思虹笑着问。

"这段时间太忙了，一忙我就忘了。另外，我跟她早就没有关系了，现在只是普通朋友而已。"华武星怕杜思虹误会，赶紧解释。

杜思虹没再说什么，两人互道晚安，杜思虹便转身上楼了。

望着杜思虹的背影，回想起跟杜思虹认识以来的所有种种，华武星似乎有一肚子的话要跟她说，却都没说出来，不由得怅然若失。

拿出手机，千言万语，汇聚成一句"好好休息，晚安"，发给了杜思虹，却一直没等到杜思虹的回复。

回到家后，沈大花又开始唠叨："怎么这么晚才回来？"华武星说太忙了。沈大花热了饭，让华武星赶紧吃，还说吃饭不准点容易出问题。

华武星扒了几口饭，洗完澡就上床休息了，直到关灯前，仍然没有等到杜思虹的回复，华武星有些失落，也有些担心，但他实在是太累了，迷糊中睡着了。

也不知道睡了多久，电话突然响了。打开一看，是杜思虹来电。华武星一下子清醒了，赶紧接通电话。

电话一接通，就听到了熟悉的声音："华医生，我胸闷、呼吸困难，感觉不大好。"

声音很虚弱，华武星被吓到了，立马从床上蹦起来，忙问杜思虹怎么回事。杜思虹说："很难受，感觉有些缺氧，已经打了120，但还是放心不下，我爸妈出差了不在家，便给你打了电话……"

"你在几楼，房号多少？发给我，我现在过去！"华武星穿好衣服鞋子立刻往外走。动静太大，把沈大花都吵醒了，出来问怎么回事。华武星说有个朋友生病了，要去看看她。

"男的女的？"沈大花问。

华武星犹豫了一下："女的。"说完就开门出去了，留下沈大花一个人在那里喊："女的好，女的好，注意安全。"言语间难掩喜悦之情。

华武星收到了杜思虹的信息，便循地址一路小跑了过去。他一直放心不下，总觉得杜思虹的身体可能出了问题，现在看来果然如此。没几分钟，华武星便到了杜思虹家门口。

杜思虹出来开了门，脸色不大好看，呼吸稍微有些急促。

"是不是还在发热？体温多少？吃药了吗？"华武星一连问了几个问题。

杜思虹一脸歉意："真抱歉这么晚把你找来，我……我实在是害怕……"

华武星责怪她："你的样子看起来有些严重，不像是普通感冒这么简单，应该更早叫我过来的，咱们俩还客气什么。"

"我怀疑自己可能是红斑狼疮发作了。"杜思虹说，"现在除了发热，还感到肌肉关节都痛了，还有胸闷、喘不过气……"

华武星想起来了，上次杜思虹曾经跟他说起过，她有系统性红斑狼疮，经过治疗后缓解了，几年都没有吃药了。

如果真的是红斑狼疮发病了，那情况就比感冒严重多了。华武星当然知道这点。

"你嘴唇有些发绀，应该是缺氧，不能等天亮，得现在就上医院。我开车送你去。"华武星说。

杜思虹说："已经叫了 120，估计用不了多久就会到。咱们再等一等。"

果然，没两分钟 120 就来了。来的也正是华武星急诊科的徐大力，还有护士霍婷婷。霍婷婷见到华武星也在，大感意外："华哥，你怎么也来了？"

华武星不想解释太多："先把杜医生送到医院再说，她不大舒服。"

徐大力和霍婷婷动作麻利，很快就给杜思虹测量了生命体征，血氧饱和度只有 95%，难怪她口唇有些紫绀，真的是缺氧了。

杜思虹稍微动一下身子都会气促加重，华武星让她不要勉强走路了，让担架工抬她下去。

救护车一路飞驰，迅速回到了急诊科，直接进入抢救室。

恰好遇见太平间的人过来，拉走一个刚死亡的病人，徐大力跟华武星说："那是个肝癌肝衰竭的，家属放弃抢救了，没多久就不行了。"

为了不加重杜思虹的心理负担，华武星跟杜思虹聊起了其他事，试图转移她的视线。但杜思虹的注意力还是被那个装尸体的铁盒子吸引过去了，低声说："人有时候真的很脆弱，说没就没了。"

"你先吸上氧气吧，拍个胸片，看看会不会有肺炎。"华武星建议，"不一定就是红斑狼疮发作，可能只是普通的肺炎而已，肺炎也会有发热、寒战、缺氧的症状。"

杜思虹回过头，嘴唇苍白，轻轻笑了："你忘了我是呼吸内科医生啦？你猜咱们谁处理肺炎更多呢？"

华武星认识杜思虹这么久，从来没见过她脸色这么差，此刻也无心情开玩笑，但听杜思虹问他们俩谁处理的肺炎更多，不禁哑然失笑："自然是你处理的更多，跟你一比，我就是个门外汉。"

杜思虹躺在床上，没再说话，呼吸有些急促，胸廓起伏较为明显。华武星便让杜思虹好好休息："这个情况真的要住院了，依我看直接住你们科？我去给你办理相关手续，明天一大早就送你科，好不好？"

"也只能这样了。"杜思虹点头。

吸上氧气后，杜思虹的情况逐渐稳定，血氧饱和度升到了97%，呼吸也变得平顺一些，口唇也红润了。同时也拍了床边胸片，结果看到肺部有些炎症，而且有双侧少许胸腔积液。这就可以解释为什么杜思虹会有缺氧了。

华武星办理好手续后，回来看到杜思虹有所好转，这才松了一口气。

霍婷婷特别八卦，私底下问华武星："刚刚出车接杜医生的时候，

430

怎么你也在她家？难道你跟杜医生……同居了？"

华武星白了她一眼："赶紧干活儿去，别想那些乱七八糟的，我们刚好住同一个小区而已，她半夜身体不舒服，知道我是急诊科医生，所以才叫我去帮忙。"

"半夜三更的去她家帮忙？这恐怕不大好吧？"霍婷婷边干活儿边打听，想从华武星身上挖出更多八卦。华武星却根本不上当，说："这件事情你可别说出去，否则我天天给你安排重症病人，累死你。"

华武星这句话很有分量，吓得霍婷婷赶紧求饶："华哥我错了，不应该八卦，我掌嘴，我掌嘴。"霍婷婷说完，假装打了一下自己的嘴巴，然后咯咯直笑。

杜思虹见华武星为了自己的事跑上跑下，心里过意不去，说自己现在舒服一些了，让华武星赶紧回家，好好休息，明天还要上班呢。

华武星则说："天都快亮了，我不回去了，就待在这里吧。看着你我比较放心。"

此话一出，登时觉得有些不妥，他赶紧接着说："你没待过抢救室，这里的监护仪器经常报警，此起彼伏，普通人都会有心理压力。你以前是医生，现在可是病人，需要有个熟人照顾。"

杜思虹见华武星这么关心自己，大为感动，说："今晚真的非常谢谢你，你忙了一天，我大半夜还把你喊过来，真的抱歉。"

"这算什么，有时候我们忙起来经常两天不睡觉的。"华武星说。

杜思虹知道华武星挺累了，又说："既然你不肯回家休息，那就去值班房眯一下也好，如果有不舒服，徐医生会处理的，你放心睡觉吧。"

华武星起初不答应，杜思虹好说歹说他才一步三回头地去了值班房。

其实华武星是真的很累了，昨天处理的几个病例让他心力交瘁，看到杜思虹这会儿脱离了危险，他整个人也放松了，倦意更加明显。他找到了徐大力交代了几句："杜医生如果有什么病情变化，一定要及时通知我。"徐大力表示知道了，也让华武星去休息。

华武星去到值班房，倒头就睡着了。

睡了没多久，华武星就被人吵醒了。

"你有家不回，跑来值班房睡觉是几个意思啊？"江陵站在华武星面前。

华武星睁开眼，太阳都照进值班房，已经是第二天早晨了，江陵都来上班了。华武星正想责怪他把自己弄醒了，还没睡够呢，突然想起杜思虹还在抢救室，赶紧蹦起来简单洗把脸，就准备去抢救室。

江陵拉住他："怎么回事啊？这么急急忙忙的。"

"杜思虹在抢救室呢，我去看看她。"

"她这么早来抢救室干吗，会诊啊？"

"她生病了，住抢救室呢。"华武星说。

江陵一听杜思虹住进了抢救室，惊讶不已："什么情况？你快说说。"华武星说："目前也不清楚，可能是普通的肺炎，也可能是红斑狼疮发作了，她原本就有系统性红斑狼疮，好几年没病了。昨天突然发烧、胸闷、气促，还有关节、肌肉疼痛。"

"红斑狼疮可不是个善茬啊。"江陵听到杜思虹有红斑狼疮后不由得替她感到担忧，"这种病治不好，容易反复，有些棘手。"

华武星没理会他，直接奔抢救室去了。

到了抢救室，一进门，他就见到了杜思虹的爸爸杜药师，旁边还有一个中年妇女，气质优雅，看样子应该就是杜思虹的妈妈了。

杜思虹昨晚情况不好，把自己的情况跟爸妈说了。原本杜药师夫妇一起到外地出差去了，听到女儿说生病了，并且住了急诊科抢救室，就连夜开车回来了。

杜药师见华武星匆匆忙忙赶了进来，上下打量了一眼华武星，问："你就是华医生吧？"

华武星虽然从来没跟杜药师打过交道，但毕竟在同一个医院，偶尔还是会见到杜药师的，所以华武星是认识杜药师的。但杜药师是第一次见到华武星本人，以前都是听其他人提起，尤其是老听老马说到他。

华武星点头，跟杜药师夫妇打了招呼，见杜思虹气色较昨晚又好了一些，就更不担心了，说："既然你爸妈来看你了，那你们聊，我干活儿去了。"

华武星扭头就想走，杜药师却喊住了他，说："昨晚是你把思虹送过来的，我们全家都很感谢你。"

"不客气，杜主任，我跟杜医生也很熟，互相帮忙而已。"华武星也客套了两句。

"杜医生？"杜药师眼神狐疑，看了一眼杜思虹，又看了一眼华武星，没再说什么。反而是杜思虹的妈妈热情得不得了，跑到华武星面前自我介绍说："我叫骆凡，是思虹的妈妈，你就叫我骆阿姨好了。我们思虹啊，多亏了你，昨晚我们俩都不在家，真是吓死我了。"

华武星赶紧谦虚了两句，说："幸好没什么事，我们俩是同事，互相帮忙是应该的，真没什么，况且我们住得近，理应互相照应。"

"好啊，好啊，应该互相照应的，真好。"骆凡一连说了几个"好啊"，看得出她心情不错，拉着华武星问长问短，又是问华武星家里还有几个人，父母是做什么的，有没有兄弟姐妹，等等。华武星都老老实实回答了。

杜思虹见状，又羞又急，赶紧让骆凡别再问了，说："妈，你这是查户口吗？"

骆凡没理会杜思虹，继续拉着华武星唠嗑，问急诊科是不是很累啊，休息时间多不多啊，平时做饭多不多啊，别吃那么多外卖，对身体不好，等等。华武星也被问得云里雾里，但出于礼貌，还是老老实实全部回答了。

后来老马也来了，华武星跟他简单汇报了杜思虹的情况，老马也是很关心，说："要不先安排呼吸内科吧，住抢救室太不方便了。而且现在思虹情况好转了，也达不到住抢救室的条件了。"

当天上午杜思虹就转入了呼吸内科普通病房，住到了自己的科室。

"至于是不是红斑狼疮复发了，还得好好查一查。"呼吸内科主任查房的时候说，"我们当然不希望是红斑狼疮复发，但即便是，也没什么好害怕的，该怎么治就怎么治。"

安顿好杜思虹后，华武星就回到了急诊科。

又撞见了江陵，江陵一脸喜悦，跟华武星说："今天我岳父大人出院了。而且老爷子恢复得还不错，遗留一侧肢体活动有些障碍，但是生活可以自理，言语、理解等能力都没有明显受损，算是大难不死吧。这真的是第二次捡回一条命了。

"而且老爷子像是变了个人似的，我提出要买车，他却说，车子买不买都可以，何况这次住院估计也花了不少钱，到处都要用钱，能省就省一些，如果真的要买车，买个普通的就可以了，将来有了孩子，没有车也不方便。"

为什么老爷子会有这么大的思想转变呢？江陵怀疑，第一可能是人在经历重大疾病后思想豁然开朗，会看开很多东西，只有当你真的直面生死之后，才会觉得生活中哪些东西是真的重要的，哪些东西是虚有其表的。

"那第二呢？"华武星问他。

"我问过神经外科医生了，有可能是脑出血影响到了某些神经功能，确确实实地影响到了人的思想、性格等方面，这是器质性的改变，说不上是坏事，但也不能说是好事，只能被动接受了。"江陵说，"总之，现在两个老人都决定不用买豪车了，这对我跟雪茹来说真的是一件值得开心的事，我们俩对这方面都没追求。"

华武星听完江陵的话后，说："看来还真的是因祸得福啊。"

"希望吧，希望这回老爷子认真吸取教训，老老实实吃降压药。为了落实好这个举措，我们买了一个闹钟，专门用来规范他按时吃药的。我也说了，如果还有第三次脑出血，估计真的够呛。"

"你就准备好红包，准备喝我的喜酒吧。"江陵笑着说。

"干脆你动作快一点，把满月酒和结婚酒一起摆了，省得我给两个红包。"华武星说。

一说到这里，江陵就似乎有些抱怨："我倒是想啊，我爸妈天天想抱孙子呢，但是现实不允许啊，房子还没着落，雪茄也不答应啊。"

"好，我答应你，你买房我借你 10 万元。"

"说话可得算话。你要这么说，我这几天就去看房。"江陵说。

两人说着说着又说到贺薇薇身上去了，江陵问过贺薇薇了，她情况不错，没有再发生头痛的状况。至于贺薇薇去哪里了，他俩都不知道。

"可惜了。"江陵叹了口气。

"可惜什么？你要觉得可惜，你把她追回来？"华武星没好气地说。

"瞎说什么啊，我是替你可惜。人家条件多好啊，何况你们还好过一段时间呢。"

"我们俩是不可能的，追求不一样，勉强在一起是不会幸福的。"华武星深有感触。

"那杜医生呢？我可是听说了很多你和杜医生的传闻。"江陵笑着说。

"又有谁到处乱传话了？八字还没一撇呢。"华武星不想谈这个，直接转身走了。

华武星越来越清楚自己对杜思虹的感觉了，尤其是经过昨晚两人一起联手抢救一事。那病人原本与杜思虹无关，但她还是愿意留下来帮忙，这让华武星大为感动，加上半夜送杜思虹来医院急诊。华武星心里，已经对杜思虹念念不忘了。这么多年来华武星都是单身状态，在医院做什么事情都是无牵无挂的，但现在，他挂念着杜思虹的安危。

即便杜思虹情况有所好转，但他内心也隐隐觉得不安，生怕事情有变，说不上会有什么变化，就是一种直觉。

果然，华武星担心的事还是发生了。

第二天一大早，老马把华武星叫到办公室，说："杜思虹进了综合 ICU，你知道了吗？"

华武星心里一紧："不知道，她没跟我说。现在情况怎样了？"

"她当然没跟你说，因为病情进展很快，一下子就昏迷过去了，我也是刚刚听杜药师讲的，说昨晚还抢救了一番，现在情况还不是很明朗，我还以为你知道这件事。"

华武星脑袋像被炸开了一样，嗡嗡响，完全听不到老马在说什么，他迫切想要知道杜思虹发生了什么事，会不会有生命危险。

"杜主任说思虹可能是狼疮脑病，这个挺厉害的，估计够呛。"老马说，"等下综合ICU要召开院内会诊，请了几个科室的医生过去，商讨最佳治疗方案。"

"昨天早上还好好的，怎么一下子这样了？"华武星想不明白，不等老马把话说完，慌了神似的拔腿就往外跑。

"你去哪儿？"老马喊他。

华武星没回答老马，一路奔向住院病房的综合ICU。

到了综合ICU病房门口，见杜思虹爸妈也在，骆凡显然刚哭过，见到华武星来了，她也有些诧异，话还没说，眼泪又扑簌簌下来了，杜药师安慰她："别担心，这么多专家在，不会有事的。"

华武星跟他们简单打了招呼，便问起杜思虹的情况。

杜药师似乎不愿意多说，骆凡则红着眼睛，把杜思虹昨晚的情况告诉了华武星。

昨天杜思虹是住入了呼吸内科，当时情况总体稳定了，可是没想到，下午杜思虹就说头痛，本以为是没休息好导致的，因为她以前偶尔也会头痛，便吃了点药。可是过了一个多小时后仍然头痛，而且越来越厉害了，管床医生也担心会有新的问题。

话刚落音，杜思虹就开始全身剧烈抽搐，人也丧失了意识。医生赶紧抢救，用了药后抽搐终止了，但杜思虹也昏迷了，叫不醒，血压也偏低。医生很担心，赶紧把风湿免疫科、综合ICU的主任叫过来会诊，大家一商量，怀疑可能是狼疮脑病。

"杜思虹这次原本就是系统性红斑狼疮加重住院，万万没想到会抽搐、昏迷，很可能是发生了狼疮脑病。系统性红斑狼疮是个自身免疫性疾病，免疫系统会攻击自己的器官和组织，有时候会攻击大脑，引发头痛、抽搐、昏迷，甚至死亡。"风湿免疫科主任说。

这句话彻底吓坏了杜思虹的父母，忙问几个主任要怎么处理才是最好的。

"得用大剂量糖皮质激素、免疫抑制剂等治疗，而且病情危重，建议住入综合 ICU，万一病情再生变化，抢救也会更及时一些。"

骆凡是一百个不愿意女儿住 ICU，听说住 ICU 会很痛苦，但是为了能让女儿活命，再痛苦都要尝试。

ICU 主任也说："只要能稳住生命体征，等病情好转，咱们就转到普通病房，不会在 ICU 住太久。"

昨晚转入 ICU 之前，杜思虹已经做了头颅 CT，没看到脑出血等情况，估计头痛、抽搐、昏迷还是狼疮脑病引起的。

华武星了解完情况后，说想进去看看杜思虹。

骆凡哭着说："我苦命的女儿。"

华武星进了综合 ICU 办公室，找到了杜思虹的管床医生方医生。华武星以前跟方医生打过很多次交道，大家也比较熟，方医生得知华武星是来看杜思虹的，有些诧异。华武星不想去解释这个问题，只讨论病情，问他现在杜思虹什么情况。

方医生说："综合评估还是考虑狼疮脑病，这个并发症算是挺严重的了。"

"有多严重？"华武星鼓起勇气问，他虽然知道系统性红斑狼疮，也知道狼疮脑病，但是毕竟不是这个专业的，他想听到更确切的数据。

"死亡率有 50%，甚至更高。"方医生叹了口气说，"这句话不是我说的，是风湿免疫科的石教授说的，昨晚他来会诊了，说这种病很棘手，但也不用太悲观，积极治疗还是有机会控制下来的。"

"她……现在清醒了吗？"华武星问。

"还没，狼疮性脑病的其中一个表现就是可能会昏迷，可能得等病情控制住以后才有机会清醒过来。另外，我们也不能保证一定能醒过来。"方医生缓缓说道。

华武星听到这句话，人顿时蔫了。

他做急诊科医生这么多年，从来都是他跟家属汇报病情，多坏的消息他都能轻松讲出来，毕竟那是病人的，不是自己的。即便有时候会同情病人，他也不会觉得很难过。尤其是 8 年前那个让他吃了官司的病例，让他对家属更无好感。但最近华武星有了些变化。

杜思虹的出现，让他明白医生和家属还是需要更多的沟通的，而且大多数家属都是可以沟通的。家属心里更多的是紧张和害怕，只有极少数极端的人才会对医生采取过激行为。就好像上次的病例肖勇一样，家属如果彻底了解了实情，还是会谅解医生的。

今天，华武星是真正体会到了家属的心境。严格来说，华武星还不算是杜思虹的家属，但他是关心杜思虹的，他迫切希望杜思虹能恢复健康，他迫切希望看到杜思虹的笑容，他迫切希望杜思虹能从床上坐起来，对着他笑……

"我能到她床边看看吗？"华武星声音低弱，似乎大病了一场。

方医生把华武星领到了杜思虹床前。

杜思虹安静地躺在病床上，双眼紧闭，就好像睡着了一样。这种场景，华武星天天都会见到，唯一不同的是，今天躺在病床上的不是其他病人，而是让他魂牵梦萦的杜思虹。

杜思虹生命体征还算稳定，血氧饱和度也还行，口唇没有明显发绀。

方医生说："有肺炎，不算太严重，起码还不用上呼吸机，其他的脏器功能基本都还行，肝肾功能没事。现在该用的药物我们都上了，等下几个科室的专家过来会诊，看看还有没有其他要完善的。我们再继续努力，希望她可以扛过来吧，毕竟这么年轻。"

"辛苦你们了。"华武星低声跟方医生说。

"客气什么，都自己人。话说你这么上心，你们俩是？"方医生多问了一句。

华武星不知道该如何回答，怔怔地望着杜思虹，恨不得躺着的人是自己。良久，华武星才缓缓开口："如果她醒过来了，请你一定要及时通知我，我想来看看她。另外，有什么我能做的，也请你通知我，我一定尽力配合。"

即便华武星不说，但华武星浑身上下都透露出了低落的情绪，方医生也猜到了华武星和杜思虹关系不浅，他点头，表示如果病人醒来，一定会第一时间通知华武星。现阶段没什么好做的，就是等待。

华武星离开综合 ICU 时，见杜思虹父母还在候着，他们在等待专家会诊结果，华武星鼓励他们说杜思虹一定会好起来的，让他们不要太担心。

此时此刻，说什么安慰的话都显得苍白。华武星不想再看到骆凡通红的双眼，还有杜药师越发斑白的鬓角，他怕自己忍不住也会落泪，所以匆匆走了。

华武星人虽然离开了综合 ICU，但心一直还记挂着。

下班后，大家都走得差不多了，华武星又去了综合 ICU 病房，陪了杜思虹 10 分钟。杜思虹还没清醒，值班医生说，今天的专家会诊认为治疗已经没有需要改变的了，一切都只能交给时间了。

华武星回到家，洗完澡躺在床上思绪万千。想到杜思虹的病，顿时睡意全无。在华武星以往的认知里，系统性红斑狼疮并不是罕见病，特别是经过治疗控制之后，死亡病例也是比较少的，但是今天发生在杜思虹身上的狼疮脑病，50% 的死亡率让他内心不由得一紧。虽然内心不愿去接受，但还是得面对现实。他疯狂地在文献搜索库搜索了"狼疮脑病""死亡"等关键词，试图在文献中找到更好的治疗方式……

其实系统性红斑狼疮这病说可怕也可怕，说不可怕也并不可怕。这种病是因为自身免疫功能紊乱了，机体产生了很多乱七八糟的抗体、免疫复合物，这些东西会攻击自己的器官组织，引起各种病变，如果攻击了大脑，那就是狼疮性脑病。

方医生说过，系统性红斑狼疮如果没有很严重的并发症，10 年生存率有 90% 以上，15 年生存率也有 80% 以上，这算是非常不错的预后了。但如果发生了狼疮性脑病，死亡率有 50%，这句话一直在华武星耳边回响。

连续两天，华武星一得空就去综合 ICU 病房看望杜思虹，跟她的主管医生了解治疗情况和下一步治疗方案。

到了第三天，华武星突然接到方医生的电话，说杜思虹睁开眼睛了。

华武星激动之下，语无伦次，一个劲儿地跟方医生说谢谢。

华武星急急忙忙赶到综合 ICU 时，杜思虹父母也在，方医生跟华武星说："结果比预想中要好一些，各个指标都稳定下来了，人也清醒了，但身体还比较虚弱，需要一段时间恢复。另外，激素的剂量在调整了，可能还得吃很长一段时间的激素。"

杜药师和骆凡紧紧握住方医生的手，千言万语尽在不言中。骆凡更是喜极而泣，这个结果来得太不容易了。

"要不要进去看看病人？"方医生问华武星。华武星见杜思虹父母已经在换衣服准备进去了，想到自己也跟着进去会有些尴尬，便借口说急诊科还有病人要处理，就先不进去了，晚点再过来。

虽然华武星很想进去看看杜思虹，但还是掉头走了。

回到急诊科后，他又碰见了江陵。江陵也知道杜思虹住进综合 ICU 的事了，问华武星现在情况怎么样了，华武星说杜思虹已经清醒了，应该是渡过难关了。

"那应该是大喜事啊，你怎么看起来一点都不开心的样子？"江陵很疑惑。

"我当然开心。"华武星说，"只不过近段时间发生了太多事情，我脑袋转不过来了，太累了。"

"也是，我看你最近也憔悴了很多，估计也没睡好，眼圈黑得跟大熊猫似的。"

华武星苦笑。杜思虹住综合 ICU 这几天，华武星没一个晚上能休息好，一闭眼就看到了杜思虹，脑海里像放电影一样过了几遍自己跟杜思虹相遇、相识的过程。从在医院门口早餐店第一次相遇，杜思虹质疑自己为什么不出手相助康宝弟，后来抢夺护士的安定针阻止自己给康永全气管插管，再到后来多次联手抢救病人，以及那晚在小区楼下餐厅的聊天，杜思虹还主动说自己有系统性红斑狼疮的病……

这次杜思虹病重入 ICU，华武星终于体会到了心乱如麻的感觉。那种只有家属才能体会到的深深的无力感，让华武星感到恐惧，甚至窒息。杜思虹好像掉入了悬崖，而华武星却帮不上多少忙，每天只能祈祷，祈祷上天能怜悯杜思虹这么好的女子。

华武星是个唯物主义者，从不信神佛，但在杜思虹病重时，他又是那么期盼这世上真有神佛。如果药物注定不能挽回杜思虹，那么神佛一定可以。

第二天一大早，华武星就来到了医院。原本想早点去综合 ICU 看看杜思虹，但没想到接连几个抢救，实在脱不开身，一忙就到了下午。

这期间有个考虑青霉素过敏、过敏性休克的年轻女病人送入了 EICU，家属害怕得不得了，整个人都在发抖。看到这个发抖的病人的老公，华武星似乎看到了自己，突然心软了下来，安慰了他几句："过敏性休克虽然很严重，但好在你老婆抢救及时，目前治疗都安排上了，应该可以救回来的。不用太担心。"

就连身旁的冯小文听到华武星说出这句话都惊讶极了。华老师什么时候这么会安慰家属了？换作平时，华武星肯定会把各种可能发生的不良结局都告诉家属，然后以一句"是死是活还不能明确，得摸着石头过河"结束谈话。

病人的老公泪流满面，差点给华武星磕头。

等到下班时，华武星才抽空出来，换了衣服直奔综合 ICU。

到了 ICU 病房，护士却说病人已经转到风湿免疫科去了。

"这么快就转出去了？"华武星觉得不可思议。

护士说："病人昨天清醒后，状态一直不错，肯定待不下去 ICU 的，方医生也批准了她转科。"

听到这个消息，华武星更开心了。这进一步证明，杜思虹已经脱离危险了。

没有半点耽搁，华武星掉头就去了风湿免疫科。

找到杜思虹的病房后，华武星又有些犹豫了。等下见到杜思虹，该说点什么，他还没准备好。

"你这人在门口站着干吗，挡着我们的去路啦，要进去我就给你开门，别站着。"

一个护士推着输液车过来，看样子要给杜思虹上补液。华武星站在门口，的确挡住了她的去路。

还没等华武星开口，她就推开了房门。

华武星朝房间里头望去，见杜思虹正躺在床上，此时也朝华武星这边看过来。

两人见到对方都显得有些惊讶，护士嗓门挺大，边推车进去边跟杜思虹说："杜医生，这个是不是你朋友啊？站门口老半天了也不进来。"

华武星没穿白大褂，护士不认识他，以为他是普通家属。

杜思虹脸色还有些憔悴，听护士这么说，不由得微微一笑，轻声说："这个是我朋友，他应该是来看我的。"

华武星赶紧快步走进来，解释说："我是没找好房号，不知道是不是这个房间，所以犹豫了一下。"

"这么多花啊，谁送的？"华武星一眼就瞥见了床头柜上的几束花。

"刚刚科里同事过来了，古蕴也来看我了，叫他们别买花，大家偏偏都买了花。"杜思虹面带笑意，想起上次科里的那束红玫瑰花，两人又不禁觉得好笑。

杜思虹望着华武星，说："华医生请坐。"

"华医生？"护士抬头望了华武星一眼，"你就是华医生？咱们医院只有一个华医生，是急诊科的，就是你吗？"

"是的，是我。"

"我听说华医生脾气很大，不好相处，但你看起来不像，很斯文啊，看来传言都未必是真的，还是眼见为实啊。"

护士这句话，把杜思虹给逗笑了。华武星也没想到这护士会说出这样的话，让人啼笑皆非，便接过她的话，说："有时候眼见也未必为实。"

那护士不再说什么了，着手给杜思虹更换补液，细心地问她有没有不舒服。杜思虹摇头，说："都挺好的，就是人还比较累。"

"我们主任说了，你这个情况真的是死里逃生了，我们大家都替你感到开心。"护士边说边更换补液，手脚麻利，很快就处理完了，走之前叮嘱杜思虹好好休息，有不舒服就按铃找人。

等护士走了后，华武星才说："这里的服务很周到啊。比我们急诊科好。"

杜思虹微微一笑，说："我可不想躺在这里让别人伺候。"

华武星望着杜思虹，内心波澜不已，久久没说话。杜思虹被他盯着看得有些不好意思，低头问："用了激素，我的脸是不是变肥了，不好看了？"

"不不不……"华武星连忙否认，"还是那么好看……好看……不过，你瘦了。"华武星看到杜思虹消瘦的脸颊，心里说不出的难过。

"瘦了吗？我还以为自己胖了很多呢，都不敢照镜子了，之前一用激素我的脸就变圆。"杜思虹摸着自己的脸颊说。

"真瘦了。估计这几天你遭了不少罪。"华武星当然知道 ICU 的治疗是很辛苦的，各种打针操作，杜思虹昏迷的时候营养摄入可能也有所不足，疾病消耗过大，人变瘦是自然的。

"这不挺好嘛，省了减肥的功夫。"杜思虹还在调侃自己。

华武星也不想她难过，遂转移了话题："对了，你爸妈呢？"

"我爸还在开会，我妈到楼下给我买点吃的，今天胃口好一些了，我想吃点粥。"

"真好。"华武星说，"真好。看到你恢复了，真好。"

华武星一连说了三个真好，然后两人陷入了短暂的沉默，气氛有些尴尬。

华武星一直有话想跟杜思虹说，但见到人了又不知道从何说起，吞吞吐吐、扭扭捏捏的，这点杜思虹早就看出来了："你是不是有什么事要跟我说？"杜思虹首先打破了沉默。

华武星支支吾吾开口了："就是上一次，咱们在小区楼下餐厅不是聊了很多嘛，你跟我说你有系统性红斑狼疮，还问我怕不怕这个病，我当时就跟你说我不怕。后来还发生了很多事，包括这次你发病，还发生了狼疮脑病，一度挺严重的。在你睡着的那几天，我一直想跟你说那句话，我不怕，我真的不怕系统性红斑狼疮，我就怕你没熬住……"

"谢谢你，真的，他们告诉我，在我昏迷的那几天，你都有来我看，我很开心。"杜思虹低声说。

"等你这次好了，咱俩……咱俩……"华武星语无伦次，到了嘴边的话怎么都说不出来。

"咱俩？"

"咱俩好好吃一顿，我请！"

杜思虹见他这样说，也感到好笑，突然想起了之前古蕴跟她提起的组饭局的事，这件事又耽误了好几天，不过也没办法，实在是身体不允许。那天自己身体就有些不舒服了，但没想到会这么严重。

想到这层，杜思虹跟华武星说："那等我出院了，这顿我来定时间，你可不能借口推脱哦。"

"那当然！！！"

看到杜思虹死里逃生，华武星是发自肺腑的高兴。虽说红斑狼疮还不能治愈，但他相信，只要好好治疗，一定能控制好，就好像方医生和石教授所说的，这又不是绝症。

在杜思虹出院那天，华武星帮忙跑上跑下办理手续，而且笑容满面，见了谁都打招呼。老马望着华武星的背影，笑着跟冯小文说："你的华老师，总算是找回了8年前的自己，希望这臭小子以后让我少费点心。他的职称啊，什么时候能升上去呢？这点得向江陵学习。"

后来老马在潘芸的陪同下，去了心内科做冠脉造影检查，还好，冠心病不算太严重。看着自己父亲和潘芸越走越近，马小柔心里也舒坦，想到自己父亲孤单了这么多年，这时候能有个情投意合的女人走进他的生活，马小柔没有抵触，反而替父亲开心。

江陵的职称升上去了。违规销售药品那件事，由于事态没有扩大，并且药品本身也是不错的，医院没有严厉处罚江陵，只是取消了年底评优，但职称评选资格还是保留了。急诊科只有一个评比名额，华武星弃权了，江陵的总分很高，所以顺利过关。江陵这件好事正好跟结婚摆酒凑到了一块儿，双喜临门。

江陵的喜宴酒原本打算在乡下老家办，后来为了方便同事们吃酒席，干脆在医院旁边订了个酒店，虽然花费高一些，但是胜在方便。华武星也调侃江陵，把买豪车的钱省出来，可以做很多事情。

华武星和杜思虹一起出席了江陵的喜宴。

后来江陵拿了一个紫色的小药盒给华武星，说是贺薇薇给的，但问起贺薇薇的近况如何，江陵也是一无所知，贺薇薇只是要江陵把这个小药盒还给华武星。

望着手里紫色的小药盒，华武星无尽感慨。这是当初华武星送给贺薇薇的药盒，如今她归还给华武星，意味着两人再也没有交集了。对两个内心世界完全不同的人来说，这未尝不是一个好结局。

江陵的喜事终于办完了。

生活又恢复如常。

一天中午，华武星正在值班，刚吃完饭就接到了沈大花的电话，语气中透露着兴奋。

"阿星，告诉你一件事，上次老妈不是说给你介绍了一个医学博士吗，人家回复了，说看了你的相片之后，非常满意！想约你今天晚上 7 点在咱们小区西餐厅吃饭，这可是难得的机会，你可不能放人家鸽子啊，妈妈抱孙子的愿望就靠你啦，你一定一定要去！"

还没等华武星说话，那头已经挂掉了电话。华武星原本还想跟沈大花说以后不用帮他张罗相亲了，也不需要了，毕竟华武星已经有了意中人。没想到沈大花不给他任何反驳的机会，华武星也是哭笑不得。

正想回拨电话给沈大花时，抢救室那边突然传来一阵嘈杂的声音，紧接着霍婷婷大喊："华哥你快过来啊！"

华武星赶紧放下手机，快步冲到抢救室，才知道是一个肝硬化的病人呕血了，现场十分血腥，几个护士身上都被喷了血，吓得年轻的护士哇哇叫。幸运的是，这个病人做过化验，没有艾滋病、梅毒等。

经过处理，病人情况缓和下来，后来送入消化内科做进一步胃镜止血。

待华武星处理完病人的事情，交班之后发现时间已经到了18：30，突然想起沈大花的嘱托，已经来不及让老妈取消今晚的约了，只能赶紧整理好东西往家里赶。

没想到一进西餐厅门口，就看到杜思虹坐在餐厅内。华武星这个时候心里一万匹马奔过，怎么会这么巧呢！

华武星赶紧转头离开，没想到还是被杜思虹看到了。她示意华武星过去坐，华武星现在只盼着今晚的相亲对象能够再一次放他鸽子。

华武星硬着头皮坐在杜思虹旁边，杜思虹看到华武星的样子顿时笑起来。

"今晚你约了人？"

"没，没有啊……"

"不用瞒着我，我已经帮你点了菜，今晚你是约了姑娘相亲吧？"

华武星很惊讶，杜思虹知道他相亲的事情，从接到沈大花的电话到过来，他没有跟任何人说起这件事。

杜思虹一本正经地伸出右手，说："你好，我是杜思虹，32岁，博士毕业于××大学××专业，现在是汉南市中心医院呼吸内科医生。初次见面，幸会幸会！"

听到杜思虹这么一说，华武星更加惊讶了："几个意思啊？"他一脸蒙地跟杜思虹握了手。

杜思虹强忍着笑，说："就是那天，我们不是正巧在小区餐厅遇上了嘛，当时你说你在等一个朋友，不过那个朋友没出现，我知道你等的是谁。"

"你知道？"华武星讶异，随即感到窘迫，因为当时自己在等待相亲对象，那个相亲对象临时有事取消了见面，所以他才跟杜思虹吃了饭。

杜思虹点头，微微一笑，脸有些红。

"你等的是我，我就是你要见的那个人。"

华武星听杜思虹这么一说，先是愕然，然后恍然大悟。沈大花一直在说的医学博士，原来就是杜思虹，只不过当时华武星、杜思虹没见过面，不认得彼此而已。约好见面那天，杜思虹发现要跟自己相亲的人是华武星，临时改变了主意，说自己有事情耽搁来不了了。

真是无巧不成书。

"原来是你！"华武星内心说不出的欢喜和激动。

杜思虹也羞涩不已，原本久病初愈苍白的脸颊，添了一丝红晕，显得更加娇美。

后来杜思虹告诉华武星，当知道相亲对象是华武星时，整个人都蒙了，因为两人刚认识不久，又是同事，这万一相亲不成功，以后见面都很尴尬，在征求了闺密古蕴的意见后，杜思虹假装临时有事来不了了，然后以同事的身份接近华武星，进一步加深大家对彼此的了解。随着对华武星了解的深入，好感度也在增加。杜思虹其实一直都想找机会跟华武星说开这件事，但一直没找到合适的机会，后来贺薇薇的出现让事情变得更复杂。原本这次鼓起勇气想跟华武星倾诉衷肠，没想到红斑狼疮又发作了，还险些丧命。

阳光总在风雨后，两人一致认同。

餐厅又播放了他们俩都熟悉的经典歌曲，旋律动听，歌词优美，是徐小凤的《风雨同路》。

"往事不记往事不理，一生几多苦与甘，珍惜今朝盼望以后，同渡困苦与厄运，今天且相亲，那知他朝不相分，地老天荒转眼恩义泯，不必怕多变幻……"

歌词有几分贴合当下两人的心境，时间仿佛静止了一般。两人默默地注视着对方，情意绵绵，他们俩都有太多太多的话要跟对方说。

沈大花终于了却了心事，逢人就说儿子能干，未来媳妇不但漂亮，还是高学历人才，又体贴孝顺，善解人意，老华家真真是捡到宝了，现在就等抱孙子了。沈大花天天都笑眯了眼。

过了一段时间，杜思虹的病情进一步稳定了，激素也停了，她跟华武星说："既然你觉得轻舞飞扬这个名字不吉利，那我以后就不用了，用回我的真名吧。"

轻舞飞扬是宝岛台湾作家痞子蔡的成名作《第一次的亲密接触》里面女主角的名字，女主角患有系统性红斑狼疮，最终因该病死亡。杜思虹也是因为这个，一直用"轻舞飞扬"这个名字作为自己的网名，上一次华武星就跟她开玩笑地说，这个名字不吉利。没想到杜思虹今天真的把网名改了。

"那是，思虹，有我在，有你在，红斑狼疮虽然棘手，咱也不怕它。"

"对了，上回说的海洋馆，还没去呢。"杜思虹说。

"好，周末我重新买票。"

说罢，两人会心一笑。